통일 진나라 영토

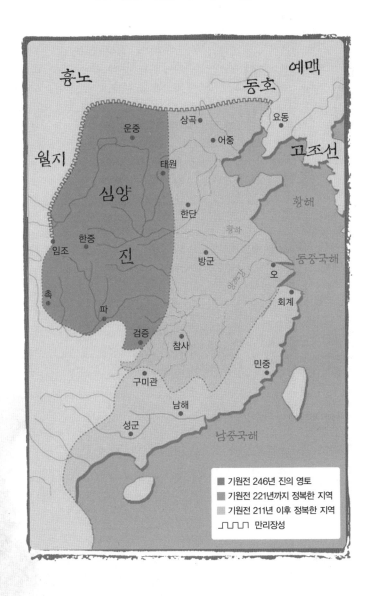

흉노

예맥

동호

월지

상곡

요동

운중

어중

고조선

태원

황해

심양

한단

황하

한중

진

방군

동중국해

임조

촉

오

회계

파

검중

참사

구미관

민중

남해

성군

남중국해

■ 기원전 246년 진의 영토
■ 기원전 221년까지 정복한 지역
■ 기원전 211년 이후 정복한 지역
∿∿∿ 만리장성

주요 등장인물

유방 (기원전 247~기원전 195)

항량 밑에서 항우와 함께 진나라를 멸하기 위해 전쟁을 하면서도 큰 성과를 거두지 못하지만 소하와 장량 등의 도움으로 항우보다 관중에 먼저 진입해 진왕의 항복을 받는다. 그러나 항우의 힘에 밀려 한왕이 되어, 한중으로 내쫓기던 중 한신을 만나 항우와 일전을 벌인다. 4년의 전쟁 끝에 항우를 물리치고 천하통일을 이루어 한의 황제 고조가 된다. 남의 말을 잘 듣는 반면 의심이 많고, 의심스러운 자는 반드시 죽이는 잔인한 성격의 소유자다.

항우 (기원전 232~기원전 202)

천하장사의 힘을 가진 항씨족의 초나라 장군으로, 숙부 항량을 도와 거병을 하다가 항량이 죽자 관중으로 들어가 진나라를 멸망시키고 초패왕이 된다. 그러나 결국 유방의 세력에 밀리면서 사면초가의 형국이 되어 스스로 목숨을 끊는다. 단순하고 불 같은 성격이지만 정이 많으며, 지극히 인간적이다.

진시황 (기원전 259~기원전 210)

장양왕의 아들로 이름은 정이며, 실제로는 여불위의 아들로 알려져 있다. 장양왕이 서거하자 13세에 즉위하여 진왕이 되었고, 그후 6국을 정복하여 중국 최초로 천하통일을 이루었다. 하지만 무리한 토목공사(만리장성, 아방궁 등)와 폭정으로 백성들의 분노를 산다. 바라던 불로초를 구하지 못하고, 순행하던 중 시황제 37년(기원전 210) 49세의 나이로 죽는다.

여불위 (?~기원전 235)

원래 상인 출신이었던 그는 조나라에 인질로 잡혀 왔던 진나라 공자를 장양왕으로 만들고 자신의 애첩을 주어 시황제 정을 출산하게 된다. 여불위는 장양왕에 의해 상국으로 임명됐고 문신후에 봉해졌으나, 후에 태후에게 노애라는 정부를 두게 한 사건에 연루되자 자살한다.

번오기 (?~?)

진시황이 신임했던 장군으로 한나라를 정벌하는 데 큰 공을 세웠으나 적장을 풀어주고 모반을 하려다가 수하의 장수가 진왕에게 밀고해 연나라로 도주한다. 자객인 형가가 진시황을 암살하려 할 때, 자결하여 자신의 목을 내줌으로써 형가가 진시황의 신임을 받도록 도와준다.

번쾌 (?~기원전 189)

개백정이었으나 유방을 형님으로 모시고 거사에 참여한다. 항우와 비교될 만큼 괴력의 소유자로 유방이 위기에 처할 때마다 목숨을 구해준다. 그런 연유로 유방이 황제에 오르자 대장군을 거쳐 무양후에 봉해진다.

소하 (?~기원전 193)

유방을 도와 함양을 점령했으며, 한신을 유방에게 천거하여 대장
으로 삼기도 했다. 유방이 항우와 싸울 때 관중에 머물면서 군량과
군사를 조달하며, 행정에 능력을 발휘해 유방의 천하통일에 일등
공신이 된다.

역이기 (?~기원전 204)

술을 즐기고 능력을 드러내지 않아 사람들은 미치광이라고 했지만
각지에서 민란이 일어나자, 유방을 만나 그 뜻을 펼치기 시작한다.
주로 외교 활동에서 큰 공을 세웠는데 진류 현령을 속여 진류성을
유방에게 바치고 제왕 전광을 설득하여 항복토록 했다. 그러나 역
이기의 공을 시기한 한신이 제나라를 공격하자, 제왕 전광에 의해
죽는다.

장량 (?~기원전 189)

외모는 병약해 보이나 그 기개는 매우 높다. 진이 한을 멸하자 한의
회복을 도모하며 박랑사에서 진시황제를 공격했으나 실패한다. 하
비 땅에 숨어 살다가 유방의 수하로 들어가 뛰어난 선견지명으로
천하통일에 큰 공을 세우지만 관직을 버리고 야인으로 돌아간다.

한신 (?~기원전 196)

항우의 수하에 있었으나 중용되지 않자 이에 불만을 품고 유방의
아래로 들어간다. 유방이 한중으로 들어갈 때 대장군이 되어 위와
조를 항복시키고 제를 평정하여 천하의 3분의 2를 한이 지배하도록
한다. 후에 유방에게 버림받은 것에 불만을 품고 반역을 기도하다
일족이 몰살당한다.

우희 (?~기원전 202)

우미인. 항우의 애첩으로 항우가 해하에서 한나라 유방의 군대에
포위되어 사면초가의 형국에 있을 때, 대세가 이미 기울었음을 한
탄하며 최후의 주연을 베풀어주었다. 우희가 혼자 남을 것을 걱정
한 항우는 그녀를 죽이라고 명한다.

범증 (기원전 277~기원전 204)

초나라를 위해 항우와 함께 유방을 줄곧 죽이려 했지만 계속 실패
하고, 유방의 모사 진평의 반간계에 빠진 항우에 의해 쫓겨난다. 항
우에게 퇴출당하고 천하를 떠돌다가 악성 등창으로 객사한다.

초한지의 역사적 배경

　진秦(기원전 221~기원전 206)은 수많은 나라들의 난립으로 혼란스러웠던 전국시대를 통일한 중국 역사상 최초의 제국이다. 천하를 통일한 진나라의 정은 자신의 업적을 알리기 위해 삼황오제의 공덕을 한 몸에 겸했다는 의미로 '황제'라고 칭했으며, 첫 황제라는 의미로 '시황제'라 했다. 진시황제는 함양을 수도로 삼고, 중앙집권을 확립하기 위해 도량형, 문자 통일, 군현제 실시 등 일련의 개혁을 단행하여 지방관리의 독립적 통치를 막았으며, 각지의 부호들을 강제로 수도 함양에 이주시켰다.

　또한 흉노 등의 북방 기마민족의 침략에 대비한 만리장성 축조와 화려한 아방궁 축조, 분서갱유 등 가혹하고 피비린내 나는 정치를 펼침으로써 민심을 잃게 된다. 그러던 차에 전국 순행 길에 올랐던 진시황이 갑자기 죽게 되면서 그동안 억눌렸던 수많은 반란세력들이 전국 각지에서 일어나게 된다. 그중에서 대표적인 것이 진승·오광의 반란이며, 이 반란이 도화선이 되어 전국에 반란 세력들이 들끓었고 결국 진나라는 멸망한다.

　《초한지》의 중심 내용인 초나라 항우와 한나라 유방의 천하를 건 싸움은, 진시황이 죽은 후 진나라 말기의 혼란기를 배경으로 펼쳐진다. 다시 말해《초한지》는 진말한초秦末漢初의 역사적 배경 속에서 펼쳐지는 두 영웅의 뛰어난 지략과 용인술을 담아냈다. 유방은 가난한 농부의 아들이었지만, 한신·장량·소하 같은 인재를 적재적소에 배치하여 자기 사람으로 만들었다. 항우는 영웅호걸이자 명문가 출신이었지만, 단 한 명의 인재를 곁에 두지 못한 채 결국 유방에게 패하고 만다.

초한지 한숨에 읽기

　기원전 221년 전국시대의 마지막 나라였던 제나라까지 진왕의 군대에 무너지고, 중국 최초의 통일 왕조 '진秦'이 탄생했다. 진시황이 갑자기 죽게 되자, 가혹한 폭정에 그동안 불만이 쌓일 대로 쌓였던 백성들이 이때를 기점으로 하여 반란을 일으키게 된다. 전국에서 많은 군벌이 일어났으며, 이때 마지막까지 남아서 천하를 두고 다툰 것이 평민 출신의 유방과 초나라 명문 귀족 출신의 항우다.

　시황제 사후에 환관 조고가 시황제의 측근 권력자였던 자들을 차례로 암살하고, 어리숙한 2세 황제를 세워 그 권력을 손에 쥐고 폭정을 한다. 시황제가 죽은 이듬해에는 진승·오광의 반란이 일어나 전국으로 퍼져나가면서 걷잡을 수 없게 된다. 진의 2세 황제와 조고는 장한을 장군으로 한 토벌군을 보내 진승군과 초나라의 항량군을 격파하지만, 항량의 조카 항우와의 결전에서 결국 패하고 만다.

　장한이 항우에게 패하자, 조고는 2세 황제를 암살하고 다시 자영을 왕으로 세워 제국의 안정을 도모하려 하지만, 결국 반대세력에 죽임을 당한다. 그 후 유방이 항우보다 앞서 함양에 들어서면서, 진이 멸망하게 된다. 유방은 진나라의 가혹한 법률을 폐지하고 법삼장法三章("살인을 저지른 사람은 사형에 처하고, 사람을 상해하거나 남의 물건을 훔친 자는 죄값을 받는다" 등의 내용이다)을 약속하여 민심을 수습한다. 조금 늦게 함양에 도착한 항우는 유방을 살해할 목적으로 대연회를 열었으나, 실패한다.

　그 후 항우는 자신을 서초패왕이라 칭하고, 기원전 206년 함양에 먼저 도착해 진을 멸한 유방을 한왕에 봉한다. 그 뒤 4년간 항우와 유방의 쟁패전은 계속된다. 결국 유방이 소하, 장량, 한신 등의 도움으로 항우를 대파하고 천하통일을 실현한다.

초한지 최고의 전술가와 전략가

최고의 전술가 - 한신

배수지진背水之陣은 강이나 바다를 등지고 진을 치는 병법으로, 물러서면 물에 빠지게 되므로 사력을 다해 싸움에 임하게 된다. 병사들의 사기를 최고조로 올릴 수 있지만 밀리는 형세이기 때문에 역사 속에서 배수진으로 이긴 사례는 드물다. 승리보다는 어차피 죽을 목숨이기 때문에 적군을 한 명이라도 더 죽이자는 것이 목적인 병법이다. 한나라 한신이 강을 등지고 진을 쳐 병사들이 사력을 다해 싸우도록 하여 조나라를 물리친 데서 유래했다.

십면매복十面埋伏이란 군사를 10개의 무리로 나누어 주머니 모양의 전열로 매복시킨 후, 적을 가운데로 유인해 주머니의 주둥이 방향을 닫아 포위하는 것을 말한다. 유방과 항우의 마지막 전투인 해하전투에서 장수 한신은 한나라 군사 30만을 지휘하여 십면에서 매복과 대응을 번갈아 펼쳐, 초나라 군대의 주력군을 섬멸시켜 항우를 사면초가의 곤경에 빠뜨렸다.

최고의 전략가 - 장량

초나라와 한나라의 마지막 전투인 해하전투에서 장량은 유방에게 최고의 전략을 제시한다. 바로 역사상 그 어디에서도 찾아볼 수 없는 최고의 심리 전략인 사면초가四面楚歌다. 한나라는 모든 군사를 집결시켜 초나라군을 포위하고, 한신은 군사들을 10개의 무리로 나누어 매복(십면매복)시켰다. 그리고 장량의 계책으로 한밤중에 초나라 노래를 피리로 불게 하여, 초나라 군사들의 마음을 흔든다. 결과적으로 많은 초나라군과 장수들이 군을 이탈하고, 결국 해하전투를 유방의 승리로 이끈다.

청소년을 위한

초한지

청소년을 위한
초한지

이상인 지음 | 유환영 그림

사람을 얻는 자가 천하를 얻을 것이요
천하를 얻는 자가 사람을 통치할 것이다!

평단

차 례

제 3 편
하늘의 뜻은
누구에게 있는가

제5편
붉은 용이
하늘에 오르다

제1편

열흘 붉은 꽃이 어디 있으랴

천금으로 천하의 보물을 얻은 여불위

"장사꾼으로 뼈가 굵었습니다. 제 계산은 한 번도 어긋나지 않았기에 이제껏 장사를 할 수 있었지요. 이젠 공자께 이 한 몸을 바치려 하니, 저에게 기회를 주시겠습니까?"

여불위의 목소리는 차분했다. 영이인은 인질로 조나라에 잡혀온 자신에게 제 한 몸을 바치겠다는 여불위의 말에 주위를 둘러보며 몸을 낮췄다. 한단邯鄲(전국시대 조나라의 도읍)의 화려함 뒤에서 그늘처럼 살아가는 영이인이었다. 그 누구도 이런 처지의 자신에게 손을 내미는 자는 없었다. 빈객들조차 발길이 뜸했고, 조나라 사람들의 예우도 전 같지 않았다.

"새도 둥지를 가려서 앉는다 했소. 내 아무리 진의 공자라 하나 기껏해야 바람 앞의 등불 같은 신세임을 그대가 모르진 않을 것이오."

"지금의 처지가 곤궁하다 하여 앞으로의 일까지 어찌 다 헤아리겠습니까? 저 또한 하찮은 목숨이긴 하오나 어찌 함부로 하겠나이까?"

여불위의 표정에는 진정으로 공자를 위하는 마음이 담겨 있었다. 진심 어린 그의 목소리에 영이인의 마음이 차츰 흔들렸다. 공자는 주위 사람들을 물리고 여불위를 안으로 들였다. 근심과 절망으로 무너져 내렸던 가슴이 저도 모르게 뛰고 있었다.

"나는 그대를 위해 아무것도 할 수 없는 처지요."

"제가 공자의 가문을 크게 만들 수 있을 것이옵니다."

"내 집안을 크게 만든다니? 그대의 집안을 크게 만든다면 모를까. 어찌 나에게 그 같은 말을 하는 것이오?"

여불위는 영이인의 얼굴을 쳐다보았다.

"제 집안은 공자의 가문이 크게 된 후에 자연스레 크게 될 것입니다. 제가 알기로 진왕은 이미 늙었습니다. 태자께서는 화양부인을 사랑하지만, 부인에게는 후사가 없습니다. 공자의 형제는 20명이 넘지 않습니까? 또한 태자께서는 장자인 영자혜 공자를 아끼고 있사옵니다. 하지만 공자께서는 태자의 아낌도 받지 못했고, 게다가 이곳 제후에게 인질로 매여 있는 몸이옵니다. 태자가 즉위하게 된다면 공자께서는 아무리 다투어도 후사가 될 수 없을 것이옵니다."

영이인은 한숨을 토해냈다. 수없이 되뇌어도 헤어날 방법을 찾지 못한 일이었다.

"그러니 어쩐단 말이오?"

여불위는 주저 없이 대답했다.

"후사를 세울 수 있는 분은 다만 화양부인뿐입니다."

공자는 순간 숨을 멈췄다. 분명 여불위는 자신을 도울 방도가 있는 것이 분명했다. 화양부인이 후사를 세울 수 있다니……. 공자는 아무런 대답도 하지 않은 채 여불위를 뚫어져라 쳐다보았다.

"저 여불위는 비록 보잘것없사옵니다만, 청컨대 공자를 위해 1,000금을 낼 수 있게 하옵소서. 그리하여 서쪽으로 발길을 옮겨 공자를 후사에 세울 수 있도록 할 것입니다. 그렇게 허락해줄 수 있으신지요?"

"나를 후사로 세운다 하셨소?"

공자의 목소리는 떨리고 있었다.

"먼저 공자께 500금을 드릴 것이니, 이곳의 빈객들과 사귀어 두십시오. 그들은 후에 공자에게 큰 힘이 될 것이며, 또한 천하에 공자의 이름을 알릴 사람들이지요. 그렇게 하신다면 저는 500금을 가지고 진나라에 다녀올 것입니다."

"만일 그대의 계책대로 된다면, 나는 진을 그대와 함께 나눌 것이오."

여불위는 다시 예를 갖추고는 500금을 영이인에게 내주었다. 그의 계책대로라면 1,000금이 문제일 리 없었다. 여불위는 진기한 패물을 사들이는 데 500금을 아끼지 않았다. 천하에서 얻기 어려운 패물들이니, 화양부인의 언니라면 마다할 리 없었다. 한 치의 오차라도 생겨 일이 틀어진다면 여불위는 전 재산을 날리는 꼴이었다.

'이 세상의 그 어떤 귀한 것이라도 마땅히 구해야 할 것이다. 이는 이 여불위가 목숨까지 내건 일이다.'

이 세상에는 맹상군孟嘗君(중국 제나라의 귀족으로 진나라, 제나라, 위나라에서 재상을 역임했다)이 겨우 살아서 돌아갈 수 있게 했다는 호백구狐白裘(여우 겨드랑이의 흰 털가죽을 수 천 장이나 모아 만든 갖옷)와 같은 진귀한 물품이 있는가 하면, 두 다리가 잘려도 옥을 돌로 보는 것에 억울함을 호소할 정도의 화씨지벽▪ 같은 보배도 있을 것이었다.

여불위는 진나라를 향해 길을 떠났다. 화양부인의 언니라면 몇 차례 만나 선물을 바친 적이 있었다. 처음 공자를 본 순간 여불위의 머릿속에는 화양부인의 언니가 떠올랐다. 누울 자리를 보고 발을 뻗으라 하지 않았던가. 그녀라면 충분히 이번 거사에 중요한 다리 역할을 해줄 것이라 믿었다. 꽃도 한창일 때 나

고사성어 초한지

화씨지벽和氏之璧
천하의 귀중한 보배라는 뜻으로, 뛰어난 인재를 비유적으로 이르는 말이다.

비가 좇는 법이리라.

진나라 함양에 도착한 여불위는 화양부인의 언니를 만나 준비한 선물을 내놓았다. 여불위는 기뻐하는 그녀의 안색을 살피며, 공자 이야기를 꺼낼 기회를 찾고 있었다. 그녀가 한단의 일을 물어오자 여불위는 때를 놓치지 않고 공자의 이야기를 꺼냈다.

"조나라 한단에서 오는 길이온데, 모든 사람이 그곳에 계신 자초 공자의 총명함을 칭찬한다고 합니다."

"아, 그래요?"

"어디 그뿐입니까? 공자께서는 각 나라의 빈객들과 널리 사귀어 그 명성도 날로 높아지고 있습니다. 공자께서는 항상 화양부인을 하늘처럼 여기고 있습니다. 아버님과 부인을 사모하여 밤낮으로 눈물을 흘린다고 하시더군요."

화양부인의 언니는 기쁜 얼굴로 여불위의 말에 귀를 기울였다.

"색으로 남을 섬기는 자는 색이 쇠하면 사랑도 함께 잃는다고 합니다. 지금 화양부인께서 태자의 사랑을 한 몸에 받고 계시지만 안타깝게도 후사가 없으니 이제부터라도 총명하고 효심이 두터운 분을 골라 태자의 후계자로 삼아야 합니다. 양자를 삼아야 태자가 살아 계실 때는 물론이고 혹여 태자께 무슨 일이 생기더라도 양자가 왕위에 오를 것이니 부인께서는 권세를 잃지 않고 살아갈 수 있을 것이 아닙니까?"

"그대의 말이 옳을 따름이오. 항상 화양부인을 생각하면 근심이 가시질 않아 나도 묘책을 찾고 있던 참이라오. 무슨 방도라도 있으시오?"

여불위의 목소리는 조금도 흔들리지 않았다.

"젊은 때 튼튼한 발판을 만들어야 합니다. 색의 향이 쇠하고 총애를 잃고 난 뒤에는 이미 늦습니다. 공자는 총명한 분입니다. 형제들의 서열로 보더라도 자신이 후계자가 되리라고는 꿈에도 생각지 않을 것이니 부인을 끝까지 효성으로 모실 것입니다. 자초 공자를 후계자로 정해 놓으신다면 부인께서는 평생을 편안하게 보낼 수 있을 것입니다."

화양부인의 언니는 여불위의 말을 화양부인에게 전했다. 이야기를 전해들은 화양부인은 자신의 처지를 생각하니 눈물이 났다. 많은 공자들이 있지만 자신을 지켜줄 만한 공자를 마음에 두지 못한 부인이었다.

"철이 없을 때 조나라로 떠난 이인이 그토록 나를 잊지 못하고 있다니 나로서는 더없이 고마울 따름이네. 그 타국에서 얼마나 고생이 많을꼬."

"다행히 그 여불위라는 장사치의 도움으로 그럭저럭 지낸다고 하지만 그 속이야 오죽하겠나이까? 전장에서 부모를 그리워하는 마음과 무엇이 다르겠습니까?"

화양부인은 더는 말을 잇지 못한 채 눈물만 흘릴 뿐이었다.

화양부인은 정원을 거닐었다. 봄은 늘 거기에 머무르는 듯했다. 새들이 정원 주위를 날며 울고 있었다. 요즘 들어 부인은 마음이 편치 않았다. 한 떼의 새들이 날아올랐을 때, 부인은 무리에서 떨어져 혼자 숲속에 버려진 것 같은 착각이 일기도 했다. 태자도 그런 부인의 마음을 알고 있는 듯했지만, 내색하지는 않았다. 화려한 정원 속에서 부인은 한숨을 내쉬었다.

'늦기 전에 튼튼한 발판을 만들어야 합니다.'

쉬지 않고 환청이 들렸다. 기이한 풀꽃들이 피어오른 정원에서도 흥이 나지 않자, 부인은 발을 돌렸다.

'꽃들이 핀 정원도 내 마음을 아랑곳하지 않는구나. 꽃이 지고 나면 나비 한 마리도 날아오지 않을 것이다.'

먼 땅에서 흘러가는 구름을 보고 자신을 생각하며 눈물을 흘린다는 이인의 모습이 자꾸 눈에 어른거렸다. 오래전에 본 아이였다. 그 마음이 마치 구름처럼 부인의 가슴에서 흩어져버렸다. 오래전에 어미 품을 떠난 가련한 이인이었다.

"그자를 한번 봐야겠구나."

한편 초조하게 답을 기다리던 여불위는 전갈을 듣고 회심의 미소를 지었다. 천금이 어찌 문제겠는가. 자초가 장차 이 나라의 왕이 된다면, 천한 장사치에서 벗어나 천하의 부귀를 얻을 수 있을 것이다. 한 치의 빈틈도 보여서는 안 될 일이었다. 치밀하게 준비한 여불위는 화양부인을 찾았다. 얼굴에 수심이 가득한 화양부인 옆에는 병약해 보이는 안국군이 있었다.

"그래, 그대가 자초를 보살피고 있다는 말을 들었네. 이렇게 고마울 때가 있는가."

안국군은 여불위를 반갑게 맞았다. 그럴수록 여불위는 자신을 한껏 낮추고, 영이인의 효성과 지혜로움을 거듭 강조하며 말했다. 수심이 가득한 화양부인의 얼굴에 웃음이 피었다.

"내가 자초 공자를 위하여 해줄 수 있는 것이 없으니, 어찌 안타깝지 않겠는가? 말해보시오. 내가 어찌하면 조금이나마 도움이 될 수 있을지……."

"공자께서는 이미 제후국의 빈객들과도 친분을 맺고 계십니다. 무엇보다도 효성이 지극하시니, 어찌 바라는 것이 있겠습니까? 공자는 차남이라서 스스로 후사가 될 수 없음을 잘 알고 있습니다. 또한 생모의 사랑을 받지 못했으니, 그 자식의 그리움을 어찌 말로 옮길 수 있겠나이까? 다만 화양부인에 대한 그리움으로 매일 눈물을 흘리는 공자를 위하신다면 그보다 귀한 선물은 없을 것이옵니다."

여불위의 말에 화양부인은 다시 눈물을 흘렸다. 이를 안타깝게 바라보던 안국군은 잠시 생각에 잠겼다. 권력을 탐하는 자식보다는 효성이 지극한 자식이라면 부인의 텅 빈 가슴을 채울 수 있을 것이었다. 안국군은 이내 결심한 듯 말했다.

"내 자초를 양자로 삼을 것이오."

"하오나, 조나라에 볼모로 잡혀 있으니, 어찌 한단 말입니까?"

화양부인의 얼굴에는 수심이 가득했다.

"답답한 일이오. 그대에게 무슨 방도가 없겠소?"

"어찌 방도가 없겠나이까? 무슨 수를 쓰더라도 공자를 안전하게 이곳으로 모실 수 있사옵니다. 이미 공자를 위해 제 모든 것을 바쳤는데, 그깟 목숨 하나 못 걸겠나이까? 다만……."

"다만 무엇이란 말이오? 어서 말해보시오."

여불위는 침착한 표정으로 안국군과 부인에게 말했다.

"공자를 모셔올 때에 연락을 드릴 것이오니, 국경에 군사를 미리 준비해주시옵소서. 하오나 공자께서 저 같은 자의 말을 믿지 않을 것이 염려되옵니다. 양자로 삼으시겠다는 무슨 증표라도 있어야 공자께서도 뜻을 따르지 않겠나이까?"

안국군은 여불위에게 말했다.

"그것이라면 당연하지 않겠소? 내 옥부玉符(고대 조정에서 사용하는 일종의 옥으로 만든 증표이다. '부符'는 주로 명령을 전달하거나 명장을 파견할 때 사용되었는데, 각각 반쪽을 나누어 가져, 진위를 가릴 때 그것을 합하여 확인했다)에 새겨 후사로 삼겠다는 약속을 해줄 것이오."

여불위는 눈물을 흘리며 감사를 표했다. 화양부인은 여불위에게 후한 선물을 내리며, 영이인에게 보낼 물품들까지 내주었다.

화씨의 구슬

和氏之璧

화씨지벽

전국시대, 초나라에 살던 화씨가 초산에서 옥돌을 주워 와서 여왕에게 바쳤다. 여왕이 옥장이에게 그것을 감정케 하니 옥장이는 그것을 돌이라 했다. 여왕은 화씨가 자기를 속였다 하여 그의 왼발을 잘랐다. 여왕이 죽고 무왕이 즉위하자, 화씨는 그 옥돌을 무왕에게 바쳤다. 무왕이 옥장이에게 감정케 한 결과 또 돌이라고 했다. 그래서 무왕도 화씨가 속였다 하여 그의 남은 오른발을 잘랐다.

무왕이 죽고 문왕이 즉위하자 화씨는 이제 그 옥돌을 안고 초산 아래에서 곡을 했다. 사흘 밤낮을 울어 눈물이 다 마르고 이어 피를 흘렸다. 문왕이 사람을 시켜 이유를 묻게 했다.

"천하에는 다리 잘린 사람이 많소. 그대는 어찌 그렇게 슬피 우시오?"

"저는 다리 잘린 것을 슬퍼하는 게 아닙니다. 저 명옥을 돌이라 부르고 곧은 선비를 사기꾼이라 부르니, 그것이 슬퍼서 이러는 것입니다."

문왕은 옥장이를 시켜 그 옥돌을 다듬게 하여 보석을 얻었다. 그리고 그것을 '화씨지벽'이라 불렀다.

和 화할 화 | 氏 성 씨 | 之 어조사 지 | 璧 둥근 옥 벽

천하의 명옥

[출전] 《한비자韓非子》〈화씨和氏〉

장사꾼에서 승상의 자리에 오르다

여불위는 물품을 가득 실은 수레를 이끌고 한단으로 돌아왔다. 누가 보더라도 장사에서 크게 성공한 것처럼 보였다. 하지만 여불위에게 가슴속에 간직한 옥부보다 귀한 것은 없었다. 이제 자초 공자가 왕이 된다면 이까짓 수레들이 문제겠는가. 여불위는 천하의 부귀와 권세가 제 손아귀에 들어온 것처럼 흡족한 표정이었다.

집에 도착하자마자 여불위는 애첩 진희부터 찾았다. 조나라에서 얻은 첩이었지만, 그 아름다움은 천하에 견줄 만한 여자가 없을 정도였다. 특히 여불위가 감당할 수 없을 정도로 요염하기까지 했다. 애첩은 여불위의 품안에서 떨어지지 않았다.

"내 이 꽃을 어찌하면 좋단 말이냐? 하하."

"꽃이라 하셨나이까? 소첩은 대인이 없는 동안 날마다 눈물을 흘리며 보냈으니, 꽃이라 하시면 비에 젖어 꽃잎이 다 떨어진 볼품없는 꽃일 것입니다."

진희의 칭얼거림에도 여불위의 얼굴에는 여전히 웃음이 떠나질 않았다. 여불위는 진으로 떠날 때에도 진희와는 절대 떨어지지 않으리라 속으로 다짐을 하고 있었다.

"어찌 그러느냐. 내 눈에는 이슬을 가득 머금은 꽃봉오리로만 보이는 것을."

"그러하시다면 이후부터는 소첩을 꼭 데려가셔야 합니다."

"알았다 알았어. 그렇잖아도 내내 후회하고 있었느니라."

그러면서도 여불위는 자초 공자에 대해서는 입을 열지 않았다. 자칫 일이 새나가는 날이면 모두 허사가 될 수도 있었다. 아무리 진희를 아끼고 사랑한다지만 이 일만은 어쩔 수가 없었다.

여불위는 잔치를 베푸는 자리에 공자를 초대했다. 물론 조나라의 중신들과 제후국의 빈객들도 함께였다. 잔치는 화려했고, 음악은 끊이질 않았다. 잔치가 무르익자 여불위는 공자를 따로 모셨다. 분명 진에 다녀온 일이 어찌 되었을까 궁금하기는 공자도 마찬가지였을 것이다. 방 안에는 이미 공자를 위한 상이 차려져 있었다.

"내 무엇보다도 다녀온 일이 궁금하던 참이었소?"

공자는 참지 못하고 여불위에게 물었다. 빙긋이 웃음을 머금었던 여불위는 주위를 물리고 공자에게 큰절을 올렸다. 어리둥절하게 바라보던 공자는 황급히 여불위를 일으켜 세웠다.

"어찌 이러시오?"

"장차 진나라의 임금이 될 귀하신 분이온데, 어찌 예를 표하지 않겠나이까?"

"진나라의 임금이라니? 그러면 화양부인께서?"

"그러하옵니다. 이렇게 양자로 들이시겠다는 뜻을 보이셨습니다."

여불위는 가슴속에서 옥부를 꺼내 공자 앞에 내놓았다. 공자는 옥부를 보는 순간 참았던 눈물을 쏟아냈다. 이제까지 조나라에서 벗어날 수 없을 줄로만 여겼던 그였다. 공자는 옥부를 가슴에 품은 채 한동안 말이 없었다.

"이제부터가 중요합니다. 그 누구에게라도 이러한 사실을 말한다면 결코 조나라를 벗어날 수 없을 것입니다. 평소처럼 행동하신다면 소인이 모든 것을 준비하고, 기회를 보아 이곳을 빠져나갈 것입니다."

공자는 여불위의 두 손을 맞잡았다.

"여 대인의 이 은혜는 내 잊지 않을 것이오."

여불위는 공자에게 술을 올렸다. 이어 무희들과 악사를 불러들였다. 무희들 속에 끼어 있던 진희는 그야말로 한 떨기 꽃이었다. 진희의 춤사위에 넋을 잃은 것은 여불위만이 아니었다. 공자도 그처럼 아름다운 여인이 나풀거리며 춤을 추는 것을 일찍이 본 적이 없었다. 술잔을 든 채 공자는 여불위에게 물었다.

"저런 미인이 있었단 말이오?"

공자가 진희를 가리키자 순간 여불위의 표정이 굳어졌다.

"공자께서 여인을 알아보시는군요."

"내 저처럼 아름다운 여인은 처음이라……."

공자의 시선을 사로잡은 진희는 춤이 끝나자 여불위 옆에 자리를 잡고 앉았다. 여불위는 가슴이 아팠지만 어쩔 수 없이 진희를 공자 옆으로 보냈다. 천금을 들여 부귀영화를 꿈꾸는 여불위였다. 한낱 여인 하나로 이 모든 것을 버릴 수는 없는 노릇이었다. 여불위는 말없이 술잔을 기울였다.

"여 대인, 부탁이 하나 있소만."

잔치가 끝났을 때였다. 공자는 아쉬운 얼굴로 여불위를 잡았다. 내심 공자의 심중을 헤아린 여불위였지만 자신에게는 금쪽같은 진희였다. 본디 조나라 부호의 딸이었던 진희를 얻기 위해 들인 엄청난 돈도 아깝지 않은 그였다.

"부탁이시라면?"

"내 아까 그 진희라는 여인을 얻고 싶소만, 여 대인."

"오늘은 공자께서 흥에 겨워 술을 많이 드신 듯합니다. 여인이란 하룻밤이 지나면 또 달리 보이니, 밝은 날 다시 말씀하시지요. 그때도 여전하시다면 제가 어

찌 무희 하나를 아끼겠나이까?"

여불위는 일단 공자의 마음을 진정시켰다. 무턱대고 진희를 보낼 수는 없었다. 자신도 당황스러운 일이었지만, 진희 또한 호락호락한 여인이 아니기 때문이다. 또 이제까지 오랫동안 자신과 잠자리를 같이 해온 진희였다. 그런 여인을 장차 임금이 될 공자에게 선뜻 내준다는 것도 마음에 걸렸다. 여불위는 밤이 깊어서야 진희를 찾았다. 영문을 알 리 없는 진희는 여불위의 어두운 얼굴을 물끄러미 바라보았다.

"진희야, 네 나를 위해 뭐든지 할 수 있다 했지?"

여불위의 목소리가 무거웠다.

"대인을 위해서라면 소첩이 무엇을 두려워하겠나이까? 오늘밤 안색이 어두우니 무슨 일인지 소첩에게도 일러주시지요."

"으음. 너를 귀하게 만들 기회가 되는 일이다. 너를 천하의 주인으로 만들 수도 있을 테니까."

"호호호. 지금보다 귀하게 된다니, 아무리 생각해도 알 수가 없습니다."

여불위는 품에 안기는 진희를 꼭 끌어안았다.

"공자께서 너를 원하신다. 내 모든 것을 다 말하고 싶지만, 지금은 때가 아니구나. 어떠냐?"

이 말을 들은 진희는 화들짝 놀라더니 이내 흐느끼기 시작했다.

"대인께서는 어찌 소첩을 버리려 하십니까? 소첩은 이미 대인의 아이를 임신했는데, 어찌 그런 말씀을 한단 말입니까?"

청천벽력과 같은 말이었다. 임신이라니? 넋을 놓고 있던 여불위는 진희를 가까이 불렀다.

"내 말을 잘 들어야 한다. 이제는 너에게 숨길 일도 없겠구나. 곧 공자는 진의 태자가 될 것이다. 그런 공자가 너를 원하니, 지금 그 말은 비밀에 붙여야만 한다. 그렇게 되어 아들을 낳으면 훗날 천하의 주인이 될 것이다."

엄숙한 여불위의 말에 진희는 눈물을 그쳤다.

"대인께서 소첩을 버리지만 않는다면 소첩은 대인을 위하여 그리 할 것이지만, 만일 소첩을 버린다면 이 자리에서 죽고 말 것입니다."

진희가 한발 물러서자 여불위는 얼굴 가득 웃음을 띠었다.

공자 영이인은 여불위의 애첩인 진희를 아내로 맞았다. 비용은 모두 여불위가 내주었고, 자신의 애첩을 떠나보낼 때는 혼자 눈물을 흘리기도 했다.

여불위는 치밀하고 비밀스럽게 조나라에서 탈출할 준비를 하고 있었다. 공자를 볼모로 잡고 있던 조나라 공손건의 마음을 사는 것에서부터 은밀하게 남은 재산을 처분하기까지 여불위의 치밀함은 측근조차도 감쪽같이 속을 수밖에 없었다. 자초 공자는 진희와 혼인해서 아들 정을 낳았다. 정은 진희가 이미 여불위와의 사이에서 임신한 아들이었다. 그러나 이러한 사실은 비밀에 싸인 채 자초 공자의 아들 정으로 태어난 것이었다. 그러던 어느 날이었다. 여불위가 급한 전갈을 받고 자리에서 벌떡 일어났다.

"무엇이라고? 진의 군사들이 한단을 포위하기 시작했다는 말이냐? 어찌 이렇게 일을 그르친단 말인가."

심상치 않은 분위기였다. 진의 위협을 견제하기 위해 자초 공자를 볼모로 잡아둔 것이었다. 하지만 진에서 한단을 공격한다면 분명 조에서는 공자를 죽일 것이었다. 여불위로서는 다급한 일이었다. 애초의 약속대로라면 이쪽에서 먼저 전갈을 보내기로 되어 있었다.

"그렇다면 국경 쪽에 있는 군사들의 움직임은 어떠하더냐?"

"이미 진의 군사들이 매복해 있다고 하옵니다."

여불위는 신중하게 사태를 파악했다. 왕의 장군이 이끄는 진의 군사들이 한단을 위협하고 있는 상황이라면 일은 불 보듯 뻔한 것이었다. 한시라도 서둘러 공자를 빼내야만 했다. 자칫 시간을 지체한다면 모든 것이 물거품이 되고 말 것이다.

"금 600근으로 공자를 지키는 관리들을 매수해야 한다. 서둘러라."

여불위는 서둘러 관리들을 매수하고, 연회를 베풀었다. 공손건과 여불위는 이미 허물없는 사이였다. 관리들이 술에 취한 사이 여불위는 공자를 빼냈다. 이미 보이지 않게 재산을 처분해 왔던 여불위였기에, 서둘러 떠날 준비를 마칠 수 있었다. 공자는 여전히 쫓기는 표정으로 불안에 떨었다. 여불위가 그런 공자를 위로했다.

"공자께서는 걱정하실 필요가 없습니다. 오늘밤 떠날 것입니다. 이미 진에서도 군사를 매복시키고 있으니, 국경만 넘어선다면 안전할 것입니다. 다만 공자께서 먼저 가셔야 합니다."

"아니, 그게 무슨 말씀이오? 부인과 아들은 어찌한단 말입니까?"

"혹 조나라에서 탈출한 것을 알면 일이 어려워질 것입니다. 부인은 본디 조나라 부호의 딸이니 안전할 것이며, 아드님 또한 안전할 것입니다. 지금 누구보다도 공자께서 진으로 돌아가셔야 합니다. 자칫 머뭇거리다가는 모두 잡혀 죽음을 면치 못할 것입니다."

고대 중국의 무기

검劍
자르고, 베고, 찌르고, 꿰뚫는 데 쓴다. 양날로 되어 있고 주로 한 손으로 사용한다. 중국에서 가장 오래된 무기이다.

자초 공자는 한숨이 절로 나왔다. 여불위는 밤의 어둠을 틈타 한단을 빠져나왔다. 공손건은 여불위가 마련한 술자리에서 곯아떨어졌고, 그 사이 여불위와 공자는 국경을 향해 말을 달렸다. 이미 진의 군사가 국경에서 이들을 기다리고 있었다.

안국군과 화양부인은 공자가 돌아온다는 소식에 달려나왔다. 어렸을 때 보았던 이인이었다. 화양부인은 초췌한 공자를 보자 눈물을 흘리며 공자를 안았다.

"얼마나 고생이 많았더냐. 내 너를 이렇게 보니 목이 메어 말이 나오질 않는구나."

"어찌 하루라도 어머니를 잊을 수 있었겠나이까?"

화양부인은 양자 이인이 조나라에서 결혼하여 아들까지 낳았다는 소식을 들었지만 여전히 근심이 끊이질 않았다. 여섯 살이 된 정이 마음에 걸렸다. 조나라에서도 이들을 잡아 죽이려고 했으나, 진은 이미 강한 군대를 지닌 국가였을 뿐만 아니라, 자초가 왕이 된다면 다른 원한을 사는 것이 두려워 감히 죽일 수가 없었다. 또한 진희는 조나라 부호의 딸이었기에, 중신들조차 함부로 대할 수 없었다.

진 소왕이 즉위한 지 56년 만에 죽었다. 태자인 안국군이 왕위를 이었고, 여불위의 바람대로 자초는 진의 태자가 되었다. 화양부인은 왕후가 되었고, 조나라에서는 이 틈에 진나라와의 관계를 고려하여 자초의 부인과 아들 정을 돌려보냈다.

안국군이 왕에 오른 지 1년 만에 죽자, 왕위는 자초 태자에게 이어졌다. 자초는 장양왕이 되었다. 화

여불위
상인 출신의 여불위는 조나라에 인질로 잡혀온 진나라 공자를 장양왕으로 만들고 자신의 애첩을 주어 시황제 정을 출산하게 했다.

양부인은 화양태후가 되었고, 생모인 하희는 하태후가 되어 존중받았다. 장양왕은 여불위를 승상丞相(옛 중국의 벼슬. 우리나라의 정승에 해당한다)으로 삼고, 문신후에 봉했다.

"승상이 없었다면 어찌 오늘의 과인이 있을 수 있단 말이오. 이에 낙양의 10만 호를 그대의 식읍食邑(고대 중국에서 왕족, 공신, 대신들에게 공로에 대한 특별 보상으로 주는 영지로 대대로 상속되었다)으로 내릴 것이오."

"이 모든 것이 폐하의 덕이 하늘에 닿았기 때문이옵니다. 어찌 소신의 공이라 하겠나이까."

"승상은 자신의 공을 가리지 마시오. 과인은 승상을 만나 이 나라의 왕이 되었고, 태자인 정을 낳았소이다. 그러니 승상께서 태자의 스승이 되어주시오."

여 승상은 장양왕의 은혜에 가슴이 벅차올랐다.

꿈틀거리는 욕망

여불위의 앞길은 탄탄대로나 다름없었다. 장양왕의 신임은 날로 두터워졌으며, 승상으로서 태자 정의 교육까지 맡고 있었다. 병이 깊어가는 장양왕을 바라보는 것이 싫지만은 않았다. 왕후가 된 진희는 아직도 여불위의 품을 그리워하고 있었다. 여불위를 찾는 빈객들의 수도 점점 늘고 있었다.

"빈객들의 수가 3,000은 되어야지."

여불위는 자신을 장사꾼으로 바라보는 중신들의 시선이 마음에 걸렸다. 진나라 승상에 올랐지만, 그들의 따가운 시선에서 벗어나지 못하고 있었다. 그는 내심 빈객들의 수를 더욱 늘려, 그 기세를 바탕으로 보란 듯이 천하에 자신의 명성을 드러내고 싶었다. 위나라의 신릉군, 초나라의 춘신군, 조나라의 평원군, 제나라의 맹상군 등이 모두 선비 맞이하기를 다투고 있지 않은가. 그들처럼 자신에게도 3,000에 이르는 빈객이 모여든다면 천하가 자신의 명성으로 가득할 것이었다. 또한 장차 정이 천하의 주인이 된다면, 천하는 여불위 자신의 것이나 마찬가지였다. 여불위는 그 생각만 하면 웃음이 절로 나왔다. 하지만 만에 하나라도 그 사실이 들통 나는 날에는 한순간에 모든 것은 끝장나고 말 것이다.

웃음 속에서도 여불위의 마음 한편은 불편했다. 진희 때문이었다. 시름시름 앓고 있는 장양왕은 진희의 음욕을 채워줄 수가 없었다. 태자의 스승으로 자주

불려가던 여불위는 음욕에 찬 왕후의 눈길을 피할 수가 없었다.

"어찌 이러느냐? 너는 진나라의 왕후가 아니더냐?"

"승상, 아무리 왕후라 하더라도 내 예전처럼 대인의 품에 안기던 첩으로 돌아가느니만 못합니다."

여불위는 난처했지만, 어쩔 수 없이 왕후를 안을 수밖에 없었다. 왕후의 음욕을 모르는 여불위가 아니었다. 한번 타오르면 그 불꽃은 뼈를 삭이고, 밤을 새우고도 남을 만큼 강렬했다.

"만일, 일이라도 터진다면 그땐 모든 것이 물거품이 되고 말 것이야."

"정 내 말을 듣지 않는다면, 나에게도 생각이 있어요."

"생각이라니?"

"나를 이 깊은 궁궐 속에 몰아넣고, 승상께서는 온갖 부귀영화와 권세까지 누리고 있으니, 어찌 공평한 일이겠습니까? 듣자하니, 각국의 빈객들이 끊이질 않는다고 들었습니다. 나에게만 이다지도 모질게 구는 것인지 깊이 생각해보겠다는 것이지요. 흥."

왕후의 심기는 뒤틀려 있었다. 여불위는 왕후를 달래듯 어루만졌다.

"네 정녕 그것을 몰라서 그런단 말이더냐?"

"무엇을 말이옵니까?"

"네 아들 정이 천하의 주인이 된다면 너와 내가 무슨 여한이 있겠느냐? 천하의 장사치로 떠돌던 우리에게 부귀와 영화와 권세까지 준 것은 필경 우리의 아들인 정의 덕이 아니었더냐? 어찌 그것을 생각지 않는단 말이냐?"

여불위의 목소리는 낮고도 무거웠다. 꿈속에서조차 헛소리를 할까봐 조심해오던 일이었다. 그러나 왕후인 진희는 오히려 코웃음을 치며 냉랭하게 대꾸했다.

"승상은 천하만을 얻고 싶은지 모르지만, 나는 천하뿐 아니라 당신까지도 얻을 거예요. 이 끝없는 궁궐 속에서 정작 나를 말려 죽이려 하신다면 결코 나도 가만있지는 않을 거니까요."

여불위는 바늘방석에 앉은 것처럼 불안했다.

장양왕은 즉위한 지 3년 만에 죽었다. 태자 정은 아직 어렸다. 왕위에 오른 정은 어려서부터 따르던 여불위를 상국에 임명했고, 그를 '중부仲父(둘째아버지)'라고 불렀다. 여불위는 천하를 얻은 듯 기뻐하며 눈물을 흘렸다. '꿈이란 이렇게 이루어지는 것이구나.' 여불위는 왕위에 오른 정을 흐뭇하게 바라보고 있었다.

이때에 위나라에서는 신릉군, 초나라에는 춘신군, 조나라에는 평원군, 제나라에는 맹상군이 있어 선비들을 존대하여 서로 경쟁하며 빈객을 맞고 있었다. 진은 이제 천하에서도 강국이었지만 그들처럼 빈객들을 불러모으지는 못했으니, 여불위로서는 부끄러운 일이었다. 여불위는 천하의 선비들을 불러들여 그들을 후하게 대하기 시작했다. 자신의 뒤에는 진왕 정이 있지 않은가. 식객들은 하나둘 여불위의 저택으로 모여들었다.

어느 날이었다. 초나라에서 왔다는 선비가 여불위에게 예를 표했다. 한눈에도 범상치 않은 인물이었다. 순경의 제자였던 이사였다. 천하는 넓지만, 뜻을 펼치기에 초나라는 좁았다. 고심 끝에 이사는 몇 달 전 스승인 순경에게 하직 인사를 올렸다.

"때를 얻으면 놓치지 말라고 들었습니다."

"그래서 그때를 얻었더냐?"

순경의 말끝은 날카로웠다.

"지금은 만승의 제후국들이 싸우는 때라 세상의 유세가游說家들이 정사를 주도하고 있습니다. 진나라는 천하를 삼켜 다스리고자 합니다. 지금은 벼슬이 없는 선비가 바삐 다닐 시기이니, 유세가에게는 다시 없는 기회입니다. 비천한 지위에 있으면서 자기의 계획을 실행하지 않는 것은 새나 짐승이 고기를 보고서도 사람이 앞에 있으니 억지로 참고 지나가는 꼴입니다. 비천함보다 큰 부끄러움은 없을 것이며, 빈궁함보다 더한 슬픔은 없을 것입니다. 오랫동안 비천한 지위와 고달픈 지경에 있으면서 세상을 비관하고 이기심을 탓하여 실행하지 않는다면 이는 선비의 진심이 아닐 것입니다. 그러니 저는 서쪽으로 나아가 진나라 왕에게 유세하고자 합니다."

이사의 말을 듣고 난 순경은 짧게 말했다.

"때를 얻었다 하더라도 욕구만을 채우려 든다면 다툼이 일어 사회는 어지러움에 빠질 것이다. 명심하도록 하라."

이사는 예를 올린 후에 길을 나섰다. 문신후 여불위는 이미 천하의 식객들을 모으고 있었고, 이사 역시 그에게 가고 있었다.

이사를 만나본 여불위는 흡족했다. 마침내 식객의 수는 3,000에 이르렀고, 여불위의 꿈을 담아 천지만물에 대한 고금의 일들을 적은 20여 만 자의《여씨춘추 呂氏春秋》(중국 진나라의 여불위가 학자들에게 편찬하게 한 사론서. 유가를 주로 하고 도가와 묵가의 설도 다루었으며, 12기 8람 6론으로 분류했다)도 완성되었다.

"만일《여씨춘추》에 한 자라도 보태거나 뺄 수 있는 자가 있다면 천금을 줄 것이라 방을 붙이거라."

함양의 시장 문 앞에 인파가 몰려들었다. 진열된《여씨춘추》를 구경하기 위해서였다. 그 구름 같은 인파 옆에 화려하게 치장한 수레가 서 있었다. 승상 여불위였다. 그의 입가에는 미소가 흘렀다. 이제 가슴속에 앙금처럼 남았던 일이 말끔하게 씻기는 것 같았다.

"이 세상에 사람 장사만 한 것이 어디 또 있겠는가?"

여불위다운 말이었다. 자신의 인생을 바꾼 것도 바로 사람 장사가 아니었던

가. 배고프면 먹을 것을 찾아 몰려드는 것이 짐승이나 사람이 다르지 않았다. 이 나라 저 나라 떠돌아다니며 헐값으로 사들이고 비싸게 팔아 축적한 재산이었다. 하지만 사람 장사를 하지 않았다면 승상에까지 오를 수 있었겠는가. 그것은 불가능한 일이었다. 그러나 여불위는 깊은 한숨을 내쉬었다. 3,000명이나 되는 빈객들을 통해 엮은 책 외에 이제 또 무엇을 얻을 수 있을까 하는 생각에서였다.

그는 보일까말까 하게 눈짓을 보냈다. 이내 수레가 무겁게 움직이기 시작했다. 널리 인재들을 긁어모으듯 하고는 있지만, 왕후를 생각하면 베개조차 높이 벨 수가 없었다. 여불위는 끓어오르는 가래를 내뱉었다. 깊이를 알 수 없는 태후의 음란함에서 헤어날 수가 없었다.

"아직도 못 찾았더냐?"

시자(侍者)(하인)가 머뭇거리자, 여불위는 한심하다는 듯이 혀를 찼다. 1만 명이나 되는 하인들을 거느리고 대저택에 산다 해도 제 근심 하나 풀어줄 사람이 없었다. 그렇다고 빈객으로 머무는 자들에게 할 이야기도 아니었다. 어찌 태후의 음욕을 달랠 그런 놈을 찾고 있다는 말을 할 것인가. 여불위는 제 속을 끓이며 기다리는 수밖에 도리가 없었다.

태후에게 은밀한 연락을 받은 여불위는 망설였다. 여인의 욕정이 이토록 지독한 것이었던가. 언젠가는 제 몸까지 태워버릴 듯싶어 몸서리를 쳤다. 여불위는 요즘 들어 몸을 사렸다. 태후의 아들 정은 이미 장성하지 않았던가.

'그 누구도 나라를 다스리는 황제의 심기를 어지럽힐 수는 없습니다. 만약 그런 자가 있다면 가혹한 형벌로 다스리소서.'

제 입으로 수없이 진왕 정에게 일렀던 말이다. 여불위는 어느 때라도 진왕의 칼날이 제 목을 향해 날아들 것만 같았다.

시퍼런 칼날 앞에서 어찌 욕정이 살아나겠는가. 그러나 여불위는 태후를 잘 알고 있었다. 비록 칼 앞이라 하더라도 스스로 제 몸의 불덩이를 삼키지는 못할 여인이었다. 꺼진 듯싶은 불꽃은 이내 맹렬한 기세로 타오르기 일쑤였다. 마르지 않을 샘물이 몸속에서 끊임없이 솟아올랐다.

"이젠 내 몸도 예전 같지가 않구나."

한번은 여불위가 품에 안은 태후를 슬쩍 떠보듯 말했다. 그러자 태후는 아직 달콤함에 빠진 표정으로 그를 바라보고는 슬쩍 눈을 흘겼다.

"예전? 아마 그랬다면 내 몸은 숯덩이가 되고 말았겠지? 호호호."

여불위는 제 가슴을 파고드는 태후를 슬쩍 밀어내며 한숨을 내뱉었다.

"하늘의 뜻을 어찌 할 것이더냐."

"그렇게 탄식만 할 일은 아니라오. 예전이나 지금이나 내 몸의 불기운을 잠재울 사람이 그대밖에 더 있겠어요?"

여불위의 탄식을 이해하지 못하는 태후가 오히려 측은하게 느껴졌다. 하늘이 자신에게 이 여인을 주어 천하를 얻을 아들을 주었지만, 끝내는 이 여인이 자신의 모든 것을 앗아갈 것임을 예감한 그의 탄식이었다. 온 세상의 권력을 손에 쥔다한들 무슨 소용이며, 온갖 보물을 산처럼 쌓아놓은들 무엇하겠는가. 저것들은 하루아침에 네 숲속에서 한낱 재로 변할 것인데…….

태후와의 음란한 짓이 계속되면서 여불위의 근심은 깊어갔다. 그렇다고 한순간에 태후의 부름을 물리칠 수도 없는 노릇이었다. 방법은 단 하나뿐이었다. 태후의 음욕을 채울 사람을 찾는 일이었다. 태후의 숲은 은밀하고도 깊었다. 그 그늘에 갇힌 자신의 신세가 한없이 초라하게 느껴졌다. 풀어놓았던 사람들에게서 반가운 소식이 날아들었다.

"노애라는 자가 있나이다."

"정말이냐? 눈으로도 확인을 했더냐?"

"노애라면 모르는 자가 없었는데, 수레바퀴를 음경에 달고 걸을 정도라고 했습니다."

마른 침을 삼키며 여불위는 빠르게 머리를 굴렸다. 태후가 이 소식을 듣는다면 온몸에서 불꽃이 튈 것이었다. 한번 몸이 달아오르면 물불을 가리지 않는 태후이지 않은가. 여불위는 그자를 불러오게 했다. 자신의 식객이라면 그자가 적격이리라 싶었다. 맹상군도 그의 식객으로 도둑놈과 개 짖는 소리를 잘 내던 자를 받아들여 위기에서 벗어날 수 있었다. 그처럼 여불위에게는 노애가 절실하게 필요했다.

"그자를 데려왔나이다."

여불위는 안으로 들어서는 노애의 아랫도리 쪽으로 눈을 돌렸다. 묵직한 것이 덜렁거리며 소리를 내는 듯싶었다. 잔기침을 한 차례 한 여불위는 노애를 찬찬히 훑어보았다.

"사람이란 뭐든 값진 것을 쥐고 있기 마련이다. 네게도 그런 것이 있다고 들었는데 어디 한번 보여줄 수 있겠느냐?"

"어찌 마다하겠습니까. 이렇듯 미천한 저를 불러주신 것만으로도 영광이옵니다."

노애는 황송하다는 표정으로 허리춤을 풀었다. 여불위는 다시 마른 침을 삼켰다. 과연 물건은 물건이었다. 언뜻 태후의 모습이 떠올랐다. 자신에게 올 때만 하더라도 갓 물이 오른 여인이었다. 한 몸에 온 사랑을 다 받던 애첩이었지만, 끝내는 제 사람이 되지 못할 운명인 모양이었다. 안타까운 마음이 없을 리 없는 여불위였으나, 이제 벗어날 수 있으리라는 생각에 얼굴엔 엷은 미소가 번졌다.

"그래 대단하구나. 이제부터는 내 집에 있으면서 나를 따를 수 있겠느냐?"

"어찌 명을 거역하겠습니까? 제 목숨을 바쳐 따르겠나이다."

그날부터 노애는 여불위의 가신이 되었다.

여불위는 때때로 음탕한 음악을 연주하게 하고, 노애에게 오동나무로 만든 수레바퀴를 달아 걸게 했다. 사람들에게서 탄성이 터져나왔고, 그것을 본 여자들은 거의 비명을 질러대기까지 했다. 이제 이 광경은 바람을 타고 태후에게까지 전해질 것이다. 숲은 출렁거리며 거센 바람소리를 내리라. 여불위의 가슴속에서도 태후는 그랬다. 태후라면 거센 바람소리로도 모자라 제 숲을 쥐어뜯으며 몸부림을 칠 것이니, 그때를 기다리면 되는 일이었다.

과연 여불위의 생각대로 숲은 이내 흔들렸다. 노애의 소문을 들은 태후는 은밀하게 사람을 보내 노애를 원한다고 전했다. 여불위는 속으로 웃으며 노애를 보내주었다. 하지만 태후를 저 깊은 곳으로 밀어넣지 않는다면 언제 그 화가 자신에게 미칠지 모를 일이라, 여불위는 이내 사람을 시켜 노애를 부죄腐罪(남자의 성기를 제거하는 형벌)에 처하도록 허위로 고발하게 했다. 노애보다도 태후에게 가혹한 형벌이었다.

여불위는 태후를 찾았다.

"어째 안색이 어두우십니다."

"어둡다니요? 승상께서는 이제 사람의 마음까지도 보시는가 보죠?"

말속에 가시가 있었다. 노애 때문이라는 것을 모를 여불위가 아니었다. 여불위는 태후의 속마음을 훤하게 읽고 있었다. 분명 노애의 부형(腐刑)에 대한 초조함일 것이었다. 하지만 여불위 앞에서 노애에 대해 먼저 말문을 열 태후는 아니었다. 태후의 안색을 살피던 여불위는 조심스럽게 말문을 열었다.

"노애라는 자를 곁에 둘 수 있는 좋은 기회지요."

그제야 태후의 얼굴에 화색이 돌기 시작했다. 여불위에게는 사람의 마음을 읽는 비상한 재주가 있는 듯싶었다. 이미 형리에게 뇌물을 써서 노애를 빼돌린 후였다. 여불위의 계략이었던 셈이다.

"아니 형벌에 처해진다는 자를 어떻게 한단 말이오?"

"부형에 처한 것처럼 하는 것이지요. 그런 다음에 수염을 뽑고 환관으로 들여 시중을 들게 하면 되지 않습니까?"

그 말에 태후의 안색이 바뀌었다.

"역시 제 마음을 살필 수 있는 사람은 승상밖에 없군요. 호호."

여불위는 노애의 형벌을 거짓으로 꾸몄다. 부형에 처해진 것처럼 관리를 매수했다. 그러고는 노애를 환관으로 만들기 위해 수염과 눈썹을 뽑았다. 여불위는 내시의 복장을 한 노애를 앞뒤로 살펴보며 흡족해 했다.

"목숨을 다해 태후를 모셔야 할 것이다. 그리고 이제까지의 일들은 모두 잊거라. 만일 이 일이 새나가는 날에는 네 몸은 갈갈이 찢겨나갈 것이고, 무수한 사람들이 죽게 될 것이다. 그 자리에서 혀를 깨물고 죽는 한이 있어도 행여 그 누구에게도 발설해서는 안 되느니라."

여불위의 단호한 말에 노애도 어금니를 깨물며 다짐했다. 노애는 곧 태후의 시중을 드는 내시가 되었다. 태후는 노애를 보는 순간 새나오는 웃음을 참을 길이 없었다. 이미 노애를 겪어본 태후였기에 그를 총애하고 있었고, 마치 온몸에 불이 붙은 듯 뜨거워졌다. 태후는 틈만 나면 노애를 찾았다.

마르지 않는 샘물처럼 태후는 노애를 탐했으나, 즐거움은 오래가지 않았다. 임신 때문이었다. 내시로 속여서 들여온 노애의 일이 발각되는 순간 그 폭풍은 무섭게 몰아칠 것이었다.

폭풍에 스러지는 꽃잎들

"어찌하면 좋겠소이까?"

태후는 여불위에게 털어놓을 수밖에 없었다. 어차피 이 일에는 여불위의 도움이 필요했다. 여불위도 자유로울 수 없으니, 해결할 방도를 찾아야만 했다. 한동안 말없이 생각에 잠겼던 여불위가 입을 열었다.

"태후께서 멀리 떠나는 방법밖에는 없을 것 같군요."

"어찌 멀리 떠난다는 말씀이오?"

"그렇게 하지 않는다면, 필시 피바람이 몰아칠 수도 있을 것이옵니다. 점을 쳐서 피신해야 한다고 둘러대십시오. 하오면 신도 또한 그 뜻을 폐하께 아뢸 것이니, 어렵진 않을 것이옵니다."

여불위의 말에 태후는 안도의 숨을 내쉬었다. 태후는 농 땅으로 옮겨 살게 되었다. 노애는 항상 태후를 따랐고, 정도 또한 깊어졌다. 태후는 노애와의 사이에 아들 둘을 낳았으며, 노애는 장신후에 책봉되기에 이르렀다. 그의 주변에도 수천에 이르는 가신들이 모여들었다. 노애는 가신들에게 벼슬을 내려주기도 했는데, 이것이 화가 될 줄은 꿈에도 생각지 못하고 있었다.

"장신후 노애는 실제 환관이 아니었나이다."

감쪽같이 속고 있던 왕에게는 기가 막힌 노릇이었다. 한때 노애의 가신이었던 자의 말이라 했다. 궁 안은 발칵 뒤집혔다.

"어찌 이 같은 일이 있을 수 있단 말인가? 일의 진위를 분명히 가려 죄가 있다면 엄하게 물어야 할 것이다."

노한 왕이 관리에게 명을 내렸다. 소식을 전해들은 여불위도 털썩 자리에 주저앉았다. 한순간에 모든 것이 무너지는 것만 같았다. 어디까지 화가 미칠지는 아무도 알 수 없는 노릇이었다. 노애는 두려움에 떨면서 위기를 모면할 방법을 찾았다. 가신들은 서둘러 빠져나가기 시작했고, 더욱 초조해진 노애는 급기야 반란을 꾀하기 시작했다. 왕의 어새를 고쳐 군사를 일으키고, 기년궁으로 향할 계획이었다.

"짐을 속인 것으로도 모자라 반란을 꾀했단 말인가?"

"신이 나서서 반란군을 쳐부술 것이옵니다. 허락해 주시옵소서."

창평군과 창문군이었다.

"내 그대들에게 군사를 내줄 것이니, 역모를 꾀한 자들을 모조리 잡아들이도록 하라."

진의 군사들은 곧 노애의 반란군을 향해 창검을 들었다. 상대가 되지 않는 노애군이었다. 마땅한 명분이 없었을 뿐만 아니라, 이대로 진의 강군에 잡힌다면 목숨조차 보존할 수가 없을 터였다. 달아나는 군사들이 절반이 넘었고, 맞서 싸운 자들 중에도 죽은 자가 수백에 이르렀다. 급기야 노애도 잡히고 말았다.

"그자의 삼족을 멸할 것이며, 그 무리들 또한 집안까지 멸족시켜야 할 것이다. 또한 사인使人(심부름꾼)들 가운데 죄가 가벼운 자들은 촉으로 귀양을 보내도록 하라."

이에 4,000여 가구가 촉으로 귀향을 떠났고, 노애의 두 아들도 참혹한 죽임을 당하고 말았다. 태후는 온몸을 떨며 왕의 명을 기다릴 뿐이었다. 여 승상도 무사하지 못할 것이라는 전갈을 받고는 하염없이 눈물을 흘렸으나, 이미 돌이킬 수 없는 일이었다. 태후는 옹의 부양궁으로 옮겨졌다.

"감히 태후의 일을 간하는 자는 육시毅屍(이미 죽은 사람의 시체에 다시 목을 베는 형벌을 가함)하여 죽일 것이며, 그 사지를 잘라 대궐 아래에 쌓아둘 것이다."

서슬 퍼런 왕명을 거슬러 죽은 자가 27명에 이르렀다. 이때 제의 모초라는 자가 왕에게 간하였다. 놀란 것은 왕의 사자만이 아니었다. 모초가 살던 동네에서는 그 화가 미칠까 두려워 서둘러서 짐을 꾸려 달아났다. 그러나 모초는 눈 하나 깜짝하지 않은 채 말했다.

"신이 듣기에 하늘에는 28개의 별자리가 있다고 합니다. 지금까지 죽은 자가 27이니 신이야말로 그 숫자를 채울 수 있을 것이 아닙니까?"

이에 왕은 머리끝까지 화가 치밀어 차고 있던 검을 만지작거렸다. 진노한 왕은 그를 들이라 명했다.

"저자를 솥에 삶아 죽일 것이리라."

"신이 알기로는 산사람 중에는 죽는 것을 꺼리지 않는 자도 있으며, 나라를 가진 사람도 망하는 것을 꺼리지 않는 사람이 있다고 합니다. 망하는 것에 대해 듣고 싶어하는 것이 성스러운 군주의 모습이 아닙니까?"

태연한 얼굴로 말하는 모초 앞에서 당황한 것은 오히려 왕이었다.

"지금 무슨 말을 하고 있는 것이냐?"

"폐하께서는 순리를 거스르는 행동을 하고 있음에도 그것을 모르고 계십니다. 의붓아버지를 참혹하게 죽이고, 두 동생까지 자루에 넣어 박살을 내 죽였으며, 어머니를 옹으로 옮기셨고, 간하는 선비는 모두 해치고 죽였으니, 걸주(걸왕)의 행동도 이보다는 심하지 않았을 것입니다. 이제 천하의 사람들이 이 말을 들으면 모두 진을 떠날 것이니, 신이 가만히 생각하건대 이 어찌 위험한 일이 아닙니까?"

　말을 마친 모초는 스스로 옷을 벗고 형틀에 엎드렸다. 그제야 제 잘못을 깨달은 왕은 그의 손을 잡으며 가르침을 원했다. 마침내 그에게 벼슬을 내렸고, 왕은 스스로 수레를 몰고 태후를 영접하여 함양으로 돌아왔다.

　여불위는 노심초사하며 두려워하고 있었다. 선왕을 받들던 공로가 아니었다면 벌써 멸족을 당했을 터였다. 왕은 재상의 벼슬을 거두는 것으로 그의 죄를 묻지 않았다. 여불위는 서둘러 자신의 봉국封國(제후들에게 분봉한 나라)으로 떠났다. 그를 따르던 빈객들조차 쫓겨나는 신세가 되고 말았다. 장차 자신들의 나라를 위해 유세할 것이며, 이간질할 것이라는 명분 때문이었다. 이사가 이 말을 듣고는 펄쩍 뛰었다.

　"아니 이 무슨 모함이란 말이오? 내가 듣기로는 태산도 한 줌의 흙을 물리치지 않았기에 그처럼 큰 산이 된 것이고, 황하와 바다는 가느다란 시냇물이라도 가리지 않으니 그렇게 깊게 된 것이라 했소. 왕도 또한 많은 사람들을 물리치지 않기에 그 덕을 베풀 수가 있는 것인데, 어찌 객이라 하여 모두 내친단 말이오?"

　이사는 이대로 뜻을 접을 수는 없었다. 서둘러 왕에게 글을 올렸다.

　"옛날에 목공이 선비를 구할 때, 서쪽으로는 융족에서 유여를 얻었고, 동쪽으로는 완에서 백리해를 얻었고, 건숙을 송에서 영접했고, 진에서는 비표와 공손지를 찾아내서 20개의 나라를 합병했고, 드디어 서융에서 패권을 누렸습니다. 효공은 상앙의 법을 써서 제후들이 가까이하고 복종하게 했으며, 오늘에 이르러서 잘 다스려지고 강하게 되었습니다. 혜왕은 장의의 계책을 써서 6국의 합종책을 흩어버리고 이들로 하여금 진을 섬기게 했습니다. 소왕은 범휴를 얻어서 공실을 강하게 하고 사적 문벌을 막았습니다. 이 모두 객의 공로가 있었기에 가능한 것이었습니다. 이로 본다면 객이 어찌하여 진에 손해가 된다는 말입니까? 오히려 빈객을 물리쳐서 제후들이 업적을 쌓게 하니, 이른바 도적에게 무기를 빌려주는 것이고, 도적에게 양식을 빌려주는 것이 아니옵니까?"

글을 읽은 왕이 마침내 이사를 불러서 그 관직을 회복시키고, 축객逐客의 명을 거두었다. 왕은 이사의 꾀를 써서 몰래 변사들을 파견하여 금과 옥을 가지고 제후들에게 유세하기 시작했다.

극심한 가뭄에 천하는 타들어가고 있었다. 먹을 것 없는 백성들의 마음은 마른 풀처럼 시들었다. 진왕은 내심 문신후 여불위의 근황에 대해 전해 듣고는 불안감에 시달리고 있었다. 봉국으로 떠난 지 채 1년이 되지 않아 그의 주위에는 빈객들이 문전성시■를 이룬다는 것이었다. 태후와의 불미스러운 일에 대해서도 잦아들지 않는 눈치였으니, 진왕은 혹이나 모반을 꾀하지는 않을까 두려웠다.

"이미 빈객들도 떠나지 않았더냐?"

"이미 문신후의 뿌리는 깊어 떠난 빈객들조차 다시 모여들고 있다 합니다. 그에게는 10만 호의 식읍이 있을 뿐 아니라 각 제후들의 호응까지 얻고 있으니, 그 세가 어찌 10만 호에 머물겠습니까?"

진왕은 깊은 한숨을 내쉬었다. 천하를 평정하기 위해서는 누구보다도 냉정해야함을 가르쳤던 문신후가 아니었던가. 볼모로 잡혀 있던 선왕을 왕좌에까지 올려놓았던 문신후였다. 그러나 진왕은 이내 고개를 저었다. 입에조차 올릴 수 없는 일들로 왕실을 능멸한 자가 아니었던가. 한동안 깊은 생각에 잠겼던 진왕은 잡념을 떨쳐버린 채, 단호한 목소리로 명했다.

문전성시門前成市
권세가나 부자의 집 문 앞이 방문객으로 붐비다. 찾아오는 사람이 많아 집 문 앞이 시장을 이루다시피 한다.

"그대에게 무슨 공로가 있기에 하남의 10만 호를 식읍으로 봉하고, 그대가 진나라와 무슨 친족 관계가 있기에 중부라 불리는가? 이는 그 누가 들어도 비웃을 일이니 그대는 촉 땅으로 옮겨 살도록 하라. 짐의 뜻을 엄히 전하여 바로 시행토록 하라."

진왕의 명은 이내 여불위에게 전해졌다. 이는 자신의 숨통을 점점 조여오고 있다는 것이었고, 더 참혹한 일을 당하기 전에 스스로 알아서 처신하라는 경고나 다름없었다. 여불위는 이제 모든 것이 물거품이 되었음을 알아차렸다. 밝힐 수는 없었지만, 그래도 제 혈육인 왕의 명을 받는 것이 당연한 일이라 여겼다. 여불위는 희미한 미소를 지었다. 마음 깊은 곳에서는 언제나 아들로 여겼던 진왕이었다. 천하의 권세를 휘어잡을 만큼 성장한 진왕이 오히려 대견스럽기까지 했다. 장사꾼에서 이만큼 천하의 권세를 누렸으니 더 바랄 것은 없었다. 하물며 천하의 주인이 될 아들까지 세상에 남겨두지 않았던가. 구차하게 목숨을 연명하는 것은 아무 의미가 없었다. 촉 땅으로 떠나라는 왕명 속에는 명예를 지키라는 뜻도 담겨 있으리라 싶었다.

몸가짐을 정갈하게 한 여불위는 진왕에게 예를 갖춘 후에 독주를 서서히 들이켰다. 아들의 손에 참수를 당하는 아비가 될 수는 없는 노릇이 아닌가. 천하의 장사꾼이라면 금은보화보다는 사람을 귀하게 여길 줄 알아야 하는 것이리라. 여불위는 숨이 끊어지는 순간에도 지난 세월이 마치 꽃밭을 걸어왔던 것만 같았다. 아이를 가졌다고 말하던 진희의 아름다운 모습도 스쳐 지났다. 태후는 여불위가 죽은 지 9년이 지나서야 장양왕의 무덤 속에 묻혔다.

門前成市

문전성시

門 문 문 | 前 앞 전 | 成 이룰 성 | 市 저자 시

문 앞이 마치 시장을 이루다

전한 말, 11대 황제인 애제 때의 일이다.

애제가 즉위하자 조정의 실권은 외척의 손으로 넘어갔다. 당시 스무 살이던 애제는 동현이라는 소년에게 빠져 국정을 돌보지 않았다. 충신들의 간언조차 받아들이지 않았다. 특히 정숭은 충심으로 거듭 간하다가 애제에게 미움만 사고 말았다.

그 무렵 조창이란 자가 정숭을 시기하여 모함할 기회만 노리고 있었다.

"폐하, 아뢰옵기 황공하오나 정숭의 집 문 앞이 저자를 이루고 있사온데, 이는 심상치 않은 일이오니 엄중히 문초하시옵소서."

애제는 즉시 정숭을 불러 물었다.

"내가 듣자니, 그대의 문 앞이 저잣거리처럼 북적거린다고 하던데 그게 사실이오? 어찌 그대는 그들과 모의하여 나를 배척하려는 거요?"

"예, 폐하. 신의 문 앞은 저자와 같사오나 신의 마음은 물같이 깨끗하옵니다. 황공하오나 한 번만 생각을 달리해 주시옵소서."

그러나 애제는 정숭의 청을 묵살한 채 그를 옥에 가두고 말았다.

권세가나 부자의 집 문 앞이 방문객으로 붐비다.

[출전] 《한서漢書》〈정숭전鄭崇傳〉

이사, 한비를 죽이다

한왕이 땅과 옥새를 바쳐 신하가 되기를 청했다.

"짐이 듣기로 한비라는 자가 학문에 뛰어나다고 들었느니라."

"그러하나이다. 한비는 왕족으로 학문에 남달리 조예가 깊고, 그 글은 천하에 널리 알려져 있나이다. 또한 지난 역사에서 득실의 변화를 기록한 10여 만 마디를 적었나이다."

시황은 이미 알고 있었을 뿐만 아니라, 몇 번이나 읽은 후였다. 그만큼 문장에 뛰어난 자는 드물 것이다. 시황은 그를 곁에 두고 싶어했다.

"한번 보고 싶구나. 예를 갖추어 방문하도록 하라."

시황의 명을 듣자 이사는 갑자기 등에 찬물을 끼얹은 듯 몸을 움츠렸다. 한비라면 그도 익히 알고 있는 자였다. 한 스승 아래 배움을 같이 한 동문이었으나, 늘 이사보다 앞섰다. 시황이 자신을 또다시 밀어내는 듯해 불안했다. 시황의 곁에 그가 있다면 이사는 설 자리마저 없어지고 말 것이다. 뿌리가 단단하지 못하면 나무는 쓰러지는 법이다. 이사는 지난날을 떠올리며 진저리를 쳤다. 아직도 자신을 몰아내기 위해 기회만을 엿보는 중신들이 널려 있었다. 한비를 곁에 둔다면 시황이 더는 자신을 보호해주지 않을 것은 분명했다. 이사는 시황 앞을 물러나왔다. 방법이라면……. 단 한 가지뿐이었다. 한비와 자신은 함께 존재할 수 없는 사이였다.

"운명이구나. 운명이야."

이사는 하늘을 향해 길게 탄식했다.

얼마 지나지 않아 한비는 시황을 방문했다. 이사는 우려하던 일이 현실로 닥치자 더는 참을 수가 없었다. 이사는 주위의 지인들을 남몰래 불러들였다. 한비의 약점이라면 어눌한 말솜씨였다. 그에게 문장을 준다면 천하를 넘겨주는 것일 테지만, 그의 말로는 천하의 반도 얻을 수 없다는 것을 이사는 잘 알고 있었다.

"한비라는 자는 제 나라를 위해 갖은 수단을 동원할 것이다. 그는 반드시 진에 위협이 될 것이며, 후환이 될 것이니 이대로 놔둬서는 안 될 일이네."

"어찌 하시겠다는 것입니까?"

"폐하께서는 지금 그가 근심거리임을 모르고 계시니, 그것을 일러드리는 것이 신하된 도리가 아니겠는가? 자네들도 한비가 한의 공자임을 상기시켜 드려야 하네. 그는 학문을 배우는 중에도 한이 약해질 때마다 한왕에게 제 뜻을 알리기를 멈추지 않았던 자일세. 한왕이 그의 뜻을 받아들이지 않았지만, 그의 머릿속에는 제 나라를 위한 생각뿐이지. 다행이라면 그에게는 그것을 말로 표현할 재주가 없다는 것일세."

"천하의 문장도 혀끝으로는 담지 못하고, 붓끝으로만 담을 수 있다니……."

이사는 단호하게 말끝을 잘랐다.

"그러니 그에게 시간을 주어서는 안 되네."

그는 이번 기회에 한비의 숨통을 끊어야 한다고 여겼다. 이사는 사신으로 온 한비를 찾지 않았다. 한비는 시황에게 글을 올려 자신의 뜻을 전했다.

"이제 진의 땅은 사방 수천 리이고, 군사는 100만이라고 하며, 호령하고 상벌을 주는 데 천하에서 이와 같은 것이 없습니다. 신은 죽음을 무릅쓰고 대왕을 알현하여 뵙기를 청하오며 이제 천하의 합종책(중국 전국시대에 소진이 주장한 외교 정책. 서쪽의 강국 진나라에 대응하기 위해 남북으로 있는 한·위·조·연·제·초의 여섯 나라가 동맹할 것을 주장했다)을 깨뜨리기 위해 말씀드리고자 합니다. 대왕께서 진실로 제 말씀을 듣고, 한번에 천하의 합종이 깨뜨려지지 않고, 조를 들어내지 않고, 한도 망하지 않으며, 형과 위가 신하 노릇을 하지 않고, 제와 연은 친해지지 않고, 패왕의 이름은 이루어지지 않고, 사방의 이웃 제후들도 알현하지 않는다면, 대왕께서는 신을 참수하여 여러 나라에 돌리시고 왕에게 충성스럽지 않은 것을 모의하는 사람들을 경계하십시오."

거침없는 한비의 글을 읽은 시황은 기뻐했다.

"그대는 어떠한가? 거침없는 글을 읽으니 그의 글을 사랑했던 짐의 마음이 한결 흡족하구나. 짐이 한비를 크게 등용하고자 하는데……."

이사는 시황의 기쁜 안색을 살피며 아뢰었다.

"폐하, 한비는 한의 여러 공자 가운데 한 사람입니다. 이제 제후들을 진의 것으로 하고자 하는데 그는 끝내 한을 위할 뿐 진을 위하지는 않을 것입니다. 이것이 사람의 정리이옵니다."

이사의 말에 시황은 잠시 고민하는 듯했다.

"사람의 정리라……. 으음."

"이제 폐하께서 한비를 오래 머물게 하여 돌려보낸다면, 이는 스스로 근심거리를 남기는 것이옵니다."

"한비와 같은 큰 그릇을 지닌 자가 설마 그렇게야 하겠는가?"

시황의 목소리에는 아쉬움이 묻어 있었다. 그러나 이사는 물러서지 않았다.

"진이 천하를 통합하는 데 그는 분명 후환이 될 것이옵니다."

"그 무엇도 천하통일을 이루는 데 걸림돌이 되어서는 안 될 일이다. 그렇다면 그대는 어찌하면 좋겠다는 말인가?"

이사는 마른 침을 삼키고는 마음속에 묻어두었던 말을 꺼냈다.

"폐하, 법으로 그를 주살하시옵소서."

"죽이라는 말인가?"

"후환이 될 만한 것들은 그 뿌리까지 없애야 하는 법이옵니다."

"으흠. 관리를 내려보내 그 죄를 따져보도록 하라."

시황은 이사의 말에 따랐다. 하지만 죽음만은 내리고 싶지 않았던 듯 시황의 말끝에 주살의 명은 따르지 않았다. 이사는 그런 시황의 뜻을 헤아리고 있었다. 언제든 다시 한비를 불러 곁에 두고자 할 것이다. 이제 남은 일이라면 한비의 숨통을 아예 끊어버리는 것이었다. 이사는 사람을 시켜 한비에게 독약을 건네도록 했다.

"스스로 끝내는 것이 좋을 것이오."

갇힌 몸으로 한비는 아무것도 할 수가 없었다. 거듭 시황을 알현하고자 했으나, 그의 글은 시황에게까지 닿지 않았다. 한비는 이사가 전한 글을 읽으며 이제 한으로 돌아갈 수 없음을 절실하게 깨달았다. 자신에게 남은 것은 가혹한 형벌 뒤의 죽음이었고, 고통 없이 조용하게 이 세상을 떠나는 것 외에는 도리가 없었다. 이사는 마치 한비를 위해 독약을 전해주는 것처럼 말했다. 한비는 선택의 여지가 없자 스스로 독약을 마실 수밖에 없었다.

형가의 암살기도

진나라는 이제 연나라를 향해 30만 대군을 움직이고 있었다. 시황제는 점점 천하를 향해 야욕을 드러냈다. 거기에는 진의 맹장이었던 번오기라는 장수가 진을 배반하고 연으로 망명한 사건이 끼어 있었다. 믿었던 장수였던 만큼 진왕의 분노는 걷잡을 수가 없었다. 정작 번오기 장군의 망명에 난감해한 것은 연나라 조정이었다. 진의 시퍼런 칼바람이 조정에 휘몰아칠 것만 같았다.

"번 장군을 받아들인다는 것은 진과의 전쟁을 선포하는 것과 같습니다. 어찌 저들의 기세를 감당할 수 있단 말입니까? 당장 번 장군을 흉노로 내치는 것이 화를 면하는 길입니다."

중신들은 벌써부터 자신들에게 미칠 화에 진저리를 치고 있었다. 진왕의 잔혹함에 온 천하가 떨고 있었다.

"무슨 말씀이오! 어찌 저 짐승 같은 놈들이 두려워 쩔쩔매고만 있단 말이오? 또한 망명한 장수를 받아들이지 않고 내친다면 천하의 제후들은 우리에게 등을 돌리고 말 것이오. 어찌하여 그것을 생각지 못한단 말입니까"

연의 태자 단이었다. 진왕과의 악연에 아직도 원한이 뼛속에 사무친 태자였다. 어려서 조나라에 볼모로 잡혔을 때부터 알고 지내던 정이었다. 하지만 태자가 진나라에 볼모로 잡혀 있을 때에는 잊을 수 없는 모욕을 주었던 진왕으로 변해 있었다. 태자 단은 진나라를 탈출해 연나라로 돌아오면서 진왕에 대한 복수심으로 가득했다.

"아니 되옵니다."

태자를 막아선 사람은 국무였다.

"저 흉포한 진왕이 연나라에 더 큰 원한을 쌓게 할 뿐입니다. 태자의 일만으로도 진왕은 칼을 들고 역수를 건널 것이온데, 거기에다가 번 장군까지 받아들인다면 진왕이 어찌 나오겠사옵니까? 이는 호랑이가 다니는 길목에 고기를 던져놓는 것과 다를 바가 없사옵니다."

"그렇다면 계책이라도 있단 말이오?"

"일단 번 장군은 흉노로 내치십시오. 그렇게 한다면 진왕도 트집을 잡지 못할 것입니다. 그런 다음에 서쪽으로 삼진과 맹약을 맺고, 남쪽으로는 제나라·초나라와 연합하며, 북쪽으로는 흉노의 선우와 친교를 맺는 것입니다. 진나라를 대적하기 위한 계책은 그런 후에나 가능하지요."

"그것은 계책이 될 수 없소이다. 이미 진왕은 대군을 움직이고 있다 합니다. 어느 틈에 그런 계책을 쓴단 말입니까? 번 장군은 저 잔혹한 진나라를 배반하고 이제 몸 둘 곳으로 연나라를 찾은 것이오. 그를 내친다는 것은 의를 저버리는 것이니, 그럴 수는 없습니다. 번 장군을 받아들이시오. 또한 제 아무리 강한 진나라 군사라 하더라도 그들을 물리칠 방도가 있을 것이니, 모두 그 뜻을 모아보도록 하시오."

태자는 무거운 마음으로 국무를 바라보았다. 이대로 물러설 수는 없는 일이고, 번 장군을 받아들인 자신의 뜻도 헤아려달라는 눈빛이었다. 국무도 더는 태자의 뜻을 거역하지 않았다.

"태부, 달리 방도가 없겠소이까?"

"지금은 지혜로움이 필요할 때이옵니다. 위태로움 속에서 안전함을 찾거나 화를 만들면서도 복을 구한다면, 계책은 얕아지고 원망은 깊어질 것입니다. 기러기의 가벼운 깃털 하나를 숯불 위에 놓는다면, 한순간에 사라지고 말 것입니다. 또 독수리나 매처럼 사나운 진나라가 원망이 가득하여 흉포한 노여움을 터뜨린다면, 어찌 당해낼 수가 있겠습니까? 지혜로움만이 이 위기를 넘길 수 있습니다. 연나라에는 다행히 전광 선생 같은 분이 있사옵니다. 그는 지혜가 깊고 용감하며 침착하니, 능히 지혜로움을 얻을 수 있을 것이옵니다."

국무의 말속에 만류의 뜻이 담겨 있음을 모를 태자가 아니었다. 하지만 국무도 더는 번오기에 대해서 말이 없으니, 태자도 한동안 말을 잊었다. 어찌 모르겠는가.

"그럼 태부께서 전광 선생을 만나게 해주시오."

"명을 받들겠나이다."

초조한 마음은 쉽사리 가라앉지 않았다. 전광이라……. 국무라면 자신의 뜻을 분명 알고 있을 터였다. 시간이 그리 많지 않았다. 시황을 베어버린다면 진나라도 휘청거릴 것이다. 이윽고 국무는 전광 선생과 함께 태자를 찾았다. 태자는 전광을 나아가 맞이하면서, 극진한 예를 갖추고 무릎을 꿇어 선생이 앉을 자리를 털었다.

"이렇듯 선생을 모신 것은 다름이 아니오라, 지혜로움을 얻고자 함입니다. 이제 연나라는 진나라와 함께할 수 없으니 어찌하면 좋겠습니까?"

태자는 간곡하게 의견을 청했다.

"준마가 기운이 왕성할 때에는 하루에 1,000리를 달리지만, 노쇠하면 둔한 말도 그것을 앞선다고 합니다. 지금 태자께서는 제가 왕성할 때의 일만 들으셨을 뿐, 신의 정력이 이미 다한 것을 모르고 계시는군요. 제가 감히 국사를 도모하지는 못해도, 다행히 신의 친구인 형경이라는 자가 쓸 만할 듯합니다."

전광은 형경(형가)이라는 인물을 태자에게 소개해 일렀다.

"형경이라……."

"사람들 눈에는 그가 비록 술꾼들과 어울리는 자로 보일지는 몰라도, 제가 보기에는 사람됨이 침착하고 신중하며 글을 좋아하는 사람입니다. 형경은 위나라 사람으로 제나라와 연나라를 유랑하면서도 자신의 뜻을 굽히지 않는 자이옵니다."

그러나 태자의 마음에 형경은 차지 않는 듯했다. 전광은 그런 태자의 마음을 읽은 듯 부드러운 목소리로 덧붙였다.

"신이 이미 몸은 쇠했다 하더라도, 사람을 보는 눈만은 틀림없을 것이옵니다. 그는 분명 보통 사람은 아니었습니다."

태자는 그제야 마음을 놓았다.

"선생, 형경을 만날 수 있겠소?"

"명에 따르겠나이다."

전광이 그 즉시 자리에서 일어서자 배웅을 하던 태자가 말했다.

"이는 국가의 대사이니, 절대, 절대 흘러나가서는 안 될 것입니다."

그러자 전광은 고개를 숙이고 웃으며 대답했다.

"알겠습니다. 대사를 어찌 그르치겠습니까?"

전광은 굽은 몸을 이끌고 형경을 찾았다. 형경은 이날도 고점리와 더불어 시장 바닥에 앉아 술을 마시고 있었다. 고점리는 개를 잡는 백정으로 축을 잘 연주하기로 소문난 자였다. 고점리가 축을 타면 형경은 그 소리에 맞추어 노래를 불렀다. 소리에 슬픔이 젖기도 했고, 즐거움이 배기도 했다. 그들의 축과 노랫소리는 전광의 가슴을 울렸다. 형경을 찾은 전광은 조용한 곳으로 자리를 옮겼다. 전광은 웃음 띤 얼굴로 형경에게 말을 꺼냈다.

"내가 그대와 친하게 지내는 것을 모르는 사람은 아마 없을 것이오."

"제게 할 말씀이 있는 모양이군요."

"그렇소. 지금 태자는 내가 한창이던 시절의 말만을 들으셨을 뿐, 내 이미 노쇠했음을 모르고 말하셨소. 연과 진은 양립할 수 없으니, 어찌하면 좋겠느냐고 말이오. 그래서 내 감히 태자께 그대를 추천했으니, 그대가 궁으로 가서 태자를 뵙는 것이 좋을 듯하오."

전광은 형경을 바라보았다. 세상의 울분을 노래로 부르던 형경은 말뜻을 이해한 듯 눈에 푸른빛이 감돌았다.

"선생의 말씀을 따르지요."

그러자 전광 선생이 고개를 끄덕이며 말을 이었다.

"내가 듣기로, 나이 들고 덕 있는 자가 일을 행함에는 남에게 의심을 품게 하지 않는다고 했소이다. 태자께서 내게 '우리가 나눈 말은 국가의 대사이니, 절대 흘러나가서는 안된다'고 하셨소이다. 이는 태자가 나를 의심한 것이지요. 무릇 행할 때 남의 의심을 받는 것은 절의 있는 사람의 행동이 아니라오. 내 대의를 위할 수만 있다면 이까짓 목숨 따위가 무엇이 중요하단 말이오? 내 국사를 위해 스스로 목숨을 끊을 것이니 태자를 찾아가 전광은 이미 죽었기에 누설하지 못할 것이라고 전해주시오."

전광은 스스로 목을 찔러 자결했다. 형경은 놀라지 않았다. 자신의 절개와 의협심을 위해서 한낱 목숨 따위에 주저할 선생이 아니라는 것을 이미 알고 있었기 때문이다. 자신에게도 그런 날은 있을 것이다. 전광 선생의 시신을 수습한 형경은 곧 태자를 찾았다. 전광 선생의 죽음을 전해 들은 태자는 예를 올리고는 눈물을 흘렸다.

"내가 선생께 말한 뜻은 국가의 대사를 성공시키고자 했기 때문이었소. 어찌 내 본심이었겠소."

형경이 자리에 앉자, 태자는 머리를 숙이며 말했다.

"선생께서는 내가 어질지 못한 것을 헤아리지 않으시고, 내게 그대를 만날 기회를 주었으니, 이것은 하늘이 연나라를 불쌍히 여겨 버리지 않았다는 증거가 아니겠소? 지금 진나라의 탐욕은 만족을 모르는 상황이오. 천하의 땅을 다 빼앗고 천하의 왕들을 모두 신하로 삼지 않고서는 만족하지 않을 것이오. 진나라는 이미 한나라의 왕을 사로잡고, 그 땅을 전부 거두었소. 또한 군사를 일으켜 남쪽으로는 초나라를 치고, 북쪽으로는 조나라까지 임박했소. 왕전이 수십만 대군을 거느리고 장과 업으로 갔으며, 이신은 태원과 운중으로 출병했소. 하지만 조나라는 진나라에 저항하지 못하고 신하가 될 것이며, 조나라가 진나라의 신하로 들어가게 되면 그 화가 연나라에 미치게 되어 있소. 연나라는 힘이 약해 여러 차례 전쟁에 시달려왔는데, 이제는 온 나라의 힘을 모아도 진나라를 당해내기에 부족하오. 각국의 제후들은 진나라에 복종하고, 감히 우리와 합세하여 따르려는 자가 없는 형편이오. 어리석은 계책이오만……. 천하의 용사를 얻어 그를 진나라에 사신으로 파견하여, 큰 이익을 미끼로 내세우는 것이 좋을 듯하오. 진나라 왕이 이익을 탐하게 되면, 그 형세로 보아 반드시 우리가 원하는 바를 이룰 수 있을 것이오. 만일 진나라 왕을 위협하여, 그로 하여금 제후들에게서 빼앗은 땅을 모두 돌려주게 한다면, 이는 조말(노나라 장군)이 제 환공에게 했던 바와 같은 최상의 수확이 될 것이오. 그렇게 할 수 없다면, 기회를 봐서 그를 찔러 죽이는 수밖에 없소. 진나라의 대장들은 나라 밖에서 군사를 통솔하고 있는데 내부에서 난이 발생한다면, 임금과 신하가 서로 의심을 하게 될 터인즉, 그 틈에 제후들이 합세하여 대항한다면, 반드시 진나라를 쳐부술 수 있을 것이오. 이것이 가장 큰 나의 바람이나 이러한 사명을 맡길 만한 사람을 모르니, 오로지 형가만은 이 일에 대해서 유념해주기를 바라오."

한동안 생각에 잠겼던 형가가 입을 열었다.

"이는 국가의 대사이온데, 신은 어리석고 재주가 없으니, 그러한 사명을 맡기에는 부족한 것 같습니다."

형가는 태자의 말이 복잡하게 들렸다. 일은 단순해야 그 끝도 쉽게 이룰 수 있는 법이다.

"전광 선생께서 목숨을 걸고 추천한 그대가 아니오? 어찌 부족함을 말하는 것이오."

태자의 간곡함에 형가는 드디어 제안을 받아들였다. 태자는 형가에게 상경의 벼슬을 내리고, 상등 관사에 머물게 했다. 또한 날마다 문안하며 진수성찬을 대접하고, 진기한 물건들을 내려주었다. 대접에 조금의 소홀함도 없게끔 수레와 말과 아름다운 여인에 이르기까지 형가의 모든 욕망을 채워주는 것도 빼놓지 않았다. 태자는 모든 정성을 형가에게 쏟아부었다.

하지만 오랜 시간이 지나도록 형가는 움직이지 않았다. 진은 벌써 장군 왕전을 앞세워 조나라 왕을 사로잡았으며, 그 땅을 모두 점령하고 북쪽으로 진격을 거듭하고 있어 이제 연나라의 남쪽 경계에까지 이르렀다는 보고가 들어왔다. 태자 단의 속은 바싹바싹 타들어갔다. 태자는 어두운 안색으로 형가를 찾았다.

"진나라 군대가 조만간 역수를 건너올 것이오. 내 선생을 오래도록 모시고 싶어도 그럴 수 없을 것이니, 이를 어찌하면 좋단 말이오?"

형가는 여전히 침착한 목소리로 대답했다.

"신이 그렇지 않아도 뵙고 말씀드리려고 했습니다. 하오나 당장 진으로 간다 하더라도 진왕을 가까이 할 그 어떤 핑계도 없는 상황입니다.

"그렇다면 어찌하면 된단 말이오?"

태자의 다급함에 형가는 어렵게 말문을 열었다.

"신에게는 마지막 방법이 옳을 듯하옵니다. 진왕을 가까이 할 방법이라면 번 장군의 목과 연나라 옥토인 독항의 지도가 필요합니다. 지금 진나라 왕은 번 장군의 목에 황금 1,000근과 만 호의 식읍을 내걸고 있사옵니다. 이 미끼를 진나라 왕에게 바친다면 기뻐하며 신을 만날 것이옵니다. 태자의 은혜를 갚을 수 있는 길은 단지 그뿐이지만……. 태자의 마음을 모르는 바가 아니니 신으로서도 감히 말씀드릴 수 없었던 것입니다."

형가의 말을 듣자 태자는 난감한 얼굴이 되어 말이 없었다. 장수 하나의 목이 아까운 것이 아니라 신의를 저버리는 것이 어려운 일이었다. 태자는 결단을 내릴 수가 없었다. 형가는 그런 태자의 안색을 지켜보고 있다가 고개를 끄덕이며 말을 꺼냈다.

"신이 방도를 강구해보겠나이다."

번오기

형가가 진시황을 암살하려 할 때, 자결하여 자신의 목을 내줌으로써 진시황의 신임을 받도록 해주었다.

"내 번 장군에게 그렇게 할 수는 없소이다. 곤궁한 처지로 나를 찾아온 사람에게 내 사심 때문에 어찌 연장자의 마음을 상하게 할 수 있단 말입니까? 부디 다른 방도를 찾아주시오."

"어찌 진왕을 죽이려 하는 것이 사심이겠나이까?"

태자는 형가의 말에 아무 대답도 할 수 없었다. 형가는 태자가 번 장군의 목을 베지 못하리라는 것을 알고는 직접 번 장군의 처소를 찾았다. 이는 천하의 악을 뿌리 뽑는 거사였다. 형가는 그런 거사에 내놓을 목숨이라면 오히려 영광이라고 여기고 있었다. 번 장군을 찾은 형가는 여전히 당당한 모습이었다.

"진나라가 장군께 참으로 잔혹한 일을 했습니다. 부모와 온 집안은 이미 몰살되었고, 장군의 목에 황금 1,000근과 만 호의 식읍을 내걸었다고 하니, 장차 이를 어찌 하시겠습니까?"

그러자 번오기는 머리를 쳐들고 길게 탄식하더니, 눈물을 흘리며 말했다.

"그것을 생각하면 가슴이 터질 듯 괴로우나, 어찌해야 할지를 모를 뿐이오."

"지금 연나라의 근심을 없애고 장군의 원수를 갚을 방법이 있다면, 어떻게 하시겠습니까?"

"그것이 무엇이오?"

번오기는 형가에게 대뜸 물었다.

"원컨대 장군의 목을 얻어 진나라 왕에게 바치고자 합니다. 그러면 진나라 왕은 반드시 기뻐하며 저를 만나볼 것이오니, 그때에 제가 그를 죽일 것이옵니다. 그렇게 되면 장군의 원수를 갚고 연나라가 당한 모욕도 씻을 수 있을 것입니다. 장군께서는 어떻게 생각하십니까?"

번오기는 한쪽 옷소매를 걷어붙여 어깨를 드러내고, 한 손으로 팔을 움켜쥐고 다가서며 말했다.

"이는 내가 밤낮으로 이를 갈며 가슴 태우던 일이었으나, 이제 비로소 가르침을 받게 되었소. 어찌 원한을 갚는 데 제 목을 아끼겠나이까?"

번오기는 주저 없이 스스로 목을 찔러 목숨을 끊었다. 태자는 이 소식을 듣고 달려가 통곡하며 매우 슬퍼했으나, 이미 어쩔 수가 없었다. 형가는 번오기의 목을 상자에 넣어 소금에 절였다.

태자는 형가를 불러 비수(날이 예리하고 짧은 칼)를 내려주었다. 금 100근을 주고

사들인 천하의 비수였다. 이미 수차례나 비수에 짐독鴆毒(짐새의 깃에 있다는 맹렬한 독)을 묻혀 시험을 한 터라, 한 방울의 피만 묻어도 그 자리에서 죽을 정도였다. 그러나 태자는 형가 혼자만으로 거사를 완수하기에는 뭔가 미심쩍다고 여겼다. 만에 하나라도 형가가 실수를 하게 된다면, 일을 마무리할 용사 하나쯤은 더 필요하지 않겠는가. 전광 선생에게 한 말처럼 누구를 전적으로 믿는다는 것만큼 위험한 일은 없다고 태자는 생각하고 있었다. 형가는 거사를 함께할 만한 사람으로 기다리는 자가 있었지만, 아직 도착하지 않은 상황이었다.

태자는 수하에게 거사를 치를 용사 하나를 수소문해 연나라 출신의 진무양이라는 자를 얻었다. 열셋의 나이에 사람을 죽일 만큼 대담한 자였다. 누구도 감히 그에게 반감의 눈초리를 보내지 못했다. 태자는 진무양을 형가의 조수로 삼는다면, 만일의 일을 대비할 수 있으리라 여겼던 것이다. 이제 거사를 위한 준비는 끝난 상황이었다.

"왜 아직 떠나지 않은 것이오?"

형가가 머뭇거리자 태자는 못마땅해 한마디 쏘아붙였다. 이제 와 마음이 변한다면 모든 일은 물거품이 될 것이었다.

"기다리는 사람이 있소이다."

"시간이 많지 않습니다. 선생께서 혹 다른 뜻이 있는 게 아니오?"

형가는 의심 섞인 태자의 말에 화가 치밀었다.

"어찌 거사에 저런 애송이를 보내려는 것이옵니까? 비수 한 자루를 쥔 채 저 강포强暴(우악스럽고 사납다)한 진나라로 가는 길이옵니다. 동행할 자가 아직 이르지 않아 그를 기다리고 있을 뿐이오."

형가의 퉁명스러운 말에 태자도 물러서지 않았다.

"한시가 급한 상황인데, 어찌 하염없이 기다리고만 있단 말입니까? 진무양을 추천한 것은 그만한 능력이 있기 때문이니, 선생께서 너무 걱정하실 필요는 없습니다."

태자의 말에 형가는 어쩔 수 없다는 듯 떠날 채비를 서둘렀다.

"그러시다면 어쩌겠습니까?"

형가는 이내 떠날 준비를 마쳤다. 태자와 일을 알고 있는 빈객들은 모두 흰 의관을 한 채 그를 배웅했다. 살아서는 돌아오지 못할 형가를 배웅한다는 뜻이었다. 형가의 절친한 친구인 고점리는 축을 타며 슬픈 노래를 불렀다. 그러자 형가는 예전처럼 화답으로 노래를 불렀다.

'바람소리 쓸쓸하고, 역수는 차갑구나.'

그의 슬픈 노랫가락에 고점리는 눈물을 흘렸다. 하지만 형가의 슬픈 가락은 이내 피를 토하듯, 의지를 내뿜듯 강한 어조로 바뀌었다.

'장사가 한번 가면, 다시 오지 못하리라.'

하직하며 눈물을 훔치던 사람들은 그의 비장한 목소리에 슬픔을 억누른 채, 그가 탄 수레가 떠나는 것을 하염없이 바라보고만 있었다.

진나라에 도착한 형가는 진무양에게 단단히 일러두었다. 나약해 보이기만 하는 이런 자에게 어찌 태자는 거사를 맡길 수 있었는지 도무지 이해가 되지 않았지만, 일을 돌릴 수는 없었다.

"명심해야 하느니라. 이는 사사로운 원한을 갚기 위한 것이 아니다. 천하의 원한이 사무친 백성들의 한을 풀어주는 것이다. 조금의 실수도 허락할 수 없는 일임을 뼛속 깊이 새겨야 한다."

형가의 말에 진무양은 비웃듯이 말했다.

"단 한 치의 어긋남도 없을 것이오. 그대의 일이나 신경 쓰면 거사는 이루어지는 것이나 진배없을 것입니다."

형가는 예리한 눈초리로 진무양을 바라보았다. 진왕에게 번오기의 목과 독항의 지도를 바치는 것까지는 형가의 몫이었다. 진왕의 총신인 중서자 몽가에게 1,000금을 주고, 진왕을 알현할 수 있는 자리를 만들며, 다음에는 진무양이 비수를 감싼 독항의 지도를 진왕에게 바치면서 일을 마무리하는 계략이었다. 일은 순조롭게 진행되어 마침내 진왕의 부름을 받기에 이르렀다. 하지만 아직 어린 진무양은 연나라의 사자로 함양궁에 들어서는 순간, 거대한 궁궐의 위엄에 기가 질려 온몸을 사시나무처럼 떨기 시작했다. 놀란 형가가 진무양에게 눈치를 보냈지만, 그것조차 알아채지 못할 정도였다. 이대로 가다가는 모든 일이 물거품이 되고 말 것이다.

"이자는 왜 이렇게 떨고 있는 것이오?"

의심의 눈초리로 바라보며 묻는 신하에게 형가는 웃으며 대답했다.

"북방의 오랑캐 땅에서 천하게 살아온 사람이라, 어찌 천자를 뵐 수가 있었겠습니까? 해서 두려워 떨고 있는 것이니, 이 사람의 무례를 용서하시고 사신의 일을 마치게 해주십시오."

겨우 위기를 모면한 형가는 진왕을 바라보며 예를 갖추었다. 여전히 진무양은 정신을 차리지 못하고 있었다. 이제 진무양이 독항의 지도를 받들어 진왕에게 비수를 들이댈 차례였으나, 아무래도 일은 그르칠 것만 같았다.

"독항의 지도를 가져오라."

진왕의 명이 떨어졌을 때 재빨리 눈치를 챈 형가는 진무양이 들고 있던 지도를 들고 천천히 진왕을 향해 나아갔다. 진왕이 형가가 바친 지도를 펼쳤다. 이제 기다리던 한순간이 남아 있을 뿐이었다. 지도를 펼치자 이내 비수가 보였다.

형가는 이내 왼손으로 진왕의 옷소매를 붙잡고, 오른손으로는 비수를 쥐어 진왕을 향해 내리 찍었다. 그러나 비수는 미처 진왕의 몸을 찌르지 못하고, 옷소매만을 잘랐을 뿐이다. 놀란 진왕이 몸을 당겨 일어서며 서둘러 칼을 뽑으려 했으나, 칼이 길어 뽑을 수가 없었다. 형가는 달아나는 진왕을 쫓으며 다시 비수를 휘둘렀다. 진왕의 곁에서는 그 누구도 칼을 지닐 수가 없었다. 신하들은 허둥대며 발만 동동 구르고 있었다. 진왕은 형가의 비수를 피해 기둥을 빙빙 돌뿐 방법을 찾을 수가 없었다. 마침 곁에 있던 하무저가 들고 있던 약주머니를 형가에게 던졌다. 형가는 약주머니를 맞고 잠시 멈칫했다. 그때 신하 중에 누군가 다급하게 외쳤다.

"왕께서는 칼을 등에 지십시오."

진왕은 급히 칼을 등에 지고 그것을 뺐다. 그러고는 형가를 향해 예리한 칼을 휘둘렀다. 형가의 왼쪽 다리가 끊어졌다. 비명도 없이 쓰러진 형가는 진왕을 향해 비수를 던졌다. 그러나 비수는 구리 기둥에 맞았을 뿐이었다. 거사는 실패하고 말았다. 진왕은 이미 형가의 몸에 칼을 휘두르고 있었고, 형가는 피를 뿌리며 쓰러졌다. 형가는 기둥에 기댄 채 웃으며 말했다.

"하늘이 나를 돕지 않았구나."

이때 좌우의 신하들이 몰려들어 형가를 때려죽였다. 화가 풀리지 않은 진왕은 형가의 몸을 수없이 칼로 베었다. 진왕은 약주머니를 던져 자신을 위기에서 구해준 하무저에게 금 200일鎰을 상으로 내렸다. 또한 군사를 더욱 많이 동원하여 조나라를 치고 있던 왕전에게 보내 연나라를 치게 했다. 열 달을 버티던 연나라의 왕과 태자는 정예의 병사를 이끌고 요동으로 달아났으나, 끝내 연왕 희는 사로잡히고 연나라는 멸망하고 말았다.

한편, 거사가 실패로 돌아가고 형가가 무참하게 죽었다는 비보를 접한 고점리는 슬픔을 이겨내지 못했다. 고점리는 이름을 바꾸고 스스로 머슴이 되어 송자라는 곳에 머물고 있었다. 형가의 원수를 갚을 기회만 엿보고 있었던 것이다. 천

하는 이미 진나라에 넘어가고 진왕은 황제라 불리고 있었다. 고점리의 가슴속에서는 복수의 불꽃이 활활 타오르고 있었다. 이 같은 괴로움은 가끔 축을 타는 소리에 묻어버리곤 했는데, 어느 날 객이 주인집 마루에서 연주하는 축의 소리에 이끌려 그 주위를 배회하고 있었다. 소리는 가슴을 울리도록 깊었지만, 아쉬움이 남는 연주였다.

고점리는 중얼거리며 그 주위에서 서성거렸다.

"소리를 들을 줄 아는 자인 듯하니, 한번 그 솜씨나 보자꾸나."

주인이 고점리를 불러 축을 내주었다. 한동안 축을 바라보고만 있던 고점리는 형가를 떠올리며 슬픔을 담아 연주하기 시작했다. 모여든 사람들도 저마다 눈물을 흘리며 슬픈 소리에 귀를 기울였다. 연주가 끝나자 사람들은 하나같이 소리를 칭찬하며 술을 내주었다.

고점리는 깊은 생각에 잠겨 있었다. 형가를 위해 할 수 있는 일이라면 이 축을 연주하며 원수를 갚는 길밖에 없었다. 결심한 듯 고점리는 좋은 옷으로 갈아입고, 자신의 축을 꺼내들고는 다시 그들 앞에 나섰다. 사람들이 놀라며 그에게 예를 갖추고, 상객으로 모셔 소리를 듣고자 했다. 그가 다시 축을 타며 노래를 부르자, 이내 사람들이 혼을 빼고 빠져들었다. 송자 고을에 소문이 돌기 시작하고, 고점리에 대한 명성은 바람을 타고 멀리까지 전해졌다. 소문을 들은 진시황도 그를 만나보

척전擲箭

손으로 던지는 화살이다. 길이는 30센티미터 정도이며 주로 대나무나 철로 만든다. 고수가 던지면 유효 사거리가 100미터가 훨씬 넘는다.

고는 그의 음악에 빠졌다.

"짐은 이자를 곁에 두고 싶구나."

"폐하, 이자는 지난날 비수로 황제의 옥체를 노렸던 형가의 절친한 친구이옵니다. 그를 죽여 후환을 막아야 하옵니다."

시황제는 그의 재주가 아까웠다.

"짐이 그를 가까이 두어 음악을 듣고자 하니, 두 눈을 멀게 하는 것으로 죄를 용서할 것이니라."

고점리는 이에 두 눈이 먼 채 진시황의 곁에서 축을 연주했다. 하지만 가슴 가득 쌓인 원한만은 변함이 없었다. 고점리는 축 속에 조금씩 납덩어리를 채웠다. 분명 때가 올 것이다. 단 한 번의 기회에 모든 것을 걸어야 했다. 고점리는 축을 타면서도 소리만으로 시황의 움직임을 놓치지 않았다.

가끔 시황은 무거운 한숨을 내쉬었다. 슬픔이 가득한 음악 앞에서는 시황도 자신도 모르게 축 소리에 이끌리는 듯했다. 슬픔은 납덩이처럼 무겁게 축의 소리에 담겼고, 시황제가 다가오는 소리가 들렸다.

고점리는 때를 놓치지 않고 무거운 축을 들어 시황을 내리쳤다. 하지만 소리만 듣고는 정확하게 시황을 내리칠 수가 없었다. 스치듯 시황의 머리를 비껴갔고, 이에 놀란 시황은 칼을 빼들어 고점리의 목을 내리쳤다.

"이후로는 그 어떤 제후국의 사람이라도 가까이 하지 않을 것이니라."

형가의 원수를 갚으려 했던 고점리 또한 진시황의 칼에 무참히 살해되고 말았다.

늙은 장수의 지략

진왕은 제나라와 초나라를 향해 군사를 움직였다. 이미 연나라는 요동으로 밀려난 상황이었고, 왕과 태자마저 쫓기고 있었다. 진의 장수 이신은 파죽지세[*]로 그들을 몰아붙였다. 연나라는 이제 숨통이 끊어져가고 있었다. 한편 왕분은 10여 개의 초나라 성을 빼앗은 상황이었다. 진왕은 이 기세로 천하를 얻고자 했다.

"이신 장군의 젊은 패기라면 충분히 초를 꺾을 수 있을 것이오."

"하오나 이신 장군만으로는 천하를 얻기에 역부족이지 않겠나이까? 왕분 장군이라면 어떠하올지? 그 아비는 늙기는 했지만 장군으로서 그 공이 많사옵고, 왕분 또한 장군으로 손색이 없을 것이니 적합하지 않겠나이까?"

진왕은 한동안 말이 없었다. 왕전은 이미 늙었다. 초나라를 치는 데 이신은 20만의 군사가 필요하다고 말한 반면에, 왕전은 60만 대군이 아니면 안 된다고 말하지 않았던가. 진왕은 왕전이 겁을 먹은 것이라고 판단하고 있었다.

"먼저 위의 수도인 대량성을 치라 명하소서. 대량은 땅이 기름지고 성이 튼튼하니 탁월한 지략이 아니라면 얻기가 쉽지 않을 것이옵니다."

"대량이라? 대량……"

진왕은 이사의 권유에 따라 위를 칠

파죽지세破竹之勢
'대를 쪼개는 기세'라는 뜻으로, 세력이 강대하여 거침없이 적을 물리치고 쳐들어가는 당당한 기세를 이르는 말이다.

장수로 왕분을 내세웠다. 아비는 대군을 말하다가 밀려났으니, 분명 아비를 대신해 능력을 발휘할 기회였다.

왕전은 아들의 어깨를 토닥여주었다. 의심이 많은 진왕에 대해서도 짧게 한마디 일렀다. 백전노장인 왕전은 아들에게 위의 수도 대량의 지형에 대해서 알려주었다. 이제 우기에 접어들 것이다. 해마다 황하는 큰비가 내려 범람했고, 사람들은 집을 잃고 목숨을 잃었지만, 대량의 땅은 수도로 삼을 만큼 기름진 옥토가 되었다.

"장수란 냉정하게 판단해야만 한다. 적은 필시 성 안에 틀어박혀서 성문을 굳게 닫을 것이다."

왕분은 왕전의 말을 가슴에 담았다. 10만 군사를 이끌고 대량성에 이르기까지 왕분은 냉정함을 잃지 않았다. 이제 우기가 시작된다면 철저하게 물을 이용해야 했다. 적은 왕전의 말대로 대량성에서 꼼짝하지 않았다. 시간이 지체될수록 원정군은 보급품 때문에 시달릴 것이다. 먹는 것이 충분하지 않으면, 싸움에서도 이길 수 없다. 왕분은 황하의 물을 끌어들이기로 결심했다. 물길을 터놓으면 황하의 큰물에 성은 갇혀버릴 것이다.

"군사들을 동원하여 황하의 물을 끌어들여라."

황하의 거센 물살은 강변을 수시로 위협하고 있었다. 군사들은 석 달 동안 쉬지 않고 황하의 둑을 헐어냈다. 성 안에서도 첩자를 보내 왕분의 움직임을 염탐했다. 황하의 물을 끌어들인다는 말에 아연실색한 것은 위왕 위가였다.

"이 일을 어쩔 것인가. 황하의 물길을 끌어들인다면 대량성도 무너지고 말 것이다. 황하를 의지해 나라가 번성하였거늘, 어찌 황하의 물살을 견뎌낼 수가 없단 말인가."

위왕은 깊은 한숨을 내쉬었다. 비가 내리기 시작하자 성 안의 군사들이 동요하기 시작했다. 성을 넘어 달아나는 자가 있는가 하면, 성 안의 군사들도 무기를 놓고 하늘만 바라보며 눈물을 흘리고 있었다. 그러나 왕분의 군사는 성 밖의 길목을 지키며 황하의 물살을 내려다보고 있을 뿐이었다.

"성이 물에 잠기기 시작했습니다. 더는 버틸 수가 없을 것입니다."

위왕은 모든 것이 하늘의 뜻이라 여겼다. 성문을 열고 나오기만을 기다리는 진의 군사들을 상대할 수는 없는 노릇이었다. 그 누구의 도움을 받을 수도 없는 상황인지라, 위왕은 마지막 결단을 내렸다.

"하늘이 나를 버렸구나."

위왕은 왕분에게 항복했다. 왕분은 망설임 없이 위왕을 베어 죽이고, 진왕에게 보고했다. 진왕은 크게 기뻐하며, 왕분에게 상을 내렸다.

한편, 이신과 몽염에게는 20만의 군사를 주어 초나라를 공략하게 했다. 진왕의 신임을 받고 있던 이신이라 그 기세는 가히 하늘을 찌를 지경이었다. 이신은 평여平與를 공격하고, 몽염은 침寢을 공략하여 초의 군사를 대파했다. 하지만 이신은 기세만을 믿고 초나라 항연 장군을 가볍게 여기고 있었다. 분명 왕전이라면 충분한 대비를 한 이후에 군사의 기세를 활용했을 것이나, 이신과 몽염은 그러지 못했다. 항연은 진의 군사들을 기습하여 삼일 밤낮을 쉬지 못하도록 했다. 쉬지 못한 진의 군사들은 이내 지치고, 기세가 꺾여 급기야 초나라 항연에게 대패하고 말았다.

이신과 몽염이 대패했다는 급보를 전해들은 진왕은 크게 노했다. 백전노장이라는 왕전을 가볍게 여긴 탓임을 새삼 깨달았다. 서둘러 빈양의 왕전을 찾은 진왕은 이전의 일에 대해 사과하고는 다시 군사를 이끌어줄 것을 부탁했다. 왕전은 쉽게 응하지 않았다. 의심 많은 진왕이었다. 큰 공을 세운다면 후에 반드시 자신을 경계하리라는 것은 불 보듯 뻔했다.

"장군의 계책을 쓰지 않은 과인의 탓이오. 부디 과인의 청을 저버리지 마시오."

진왕의 거듭된 청에 왕전은 어렵게 입을 열었다.

"신을 쓰시려면 60만이 아니고서는 안 될 것입니다."

"과인이 어찌 장군의 계책을 따르지 않겠소?"

"신에게 또 하나의 청이 있사옵니다만."

"무엇이오? 말씀해보시오."

왕전은 진왕의 마음속까지 헤아리고 있었다. 진왕은 긴장한 얼굴로 왕전의 청을 기다리고 있었다. 왕전은 상으로 좋은 농토와 집을 내려줄 것을 청했다. 그러자 진왕은 크게 웃으며 말했다.

"하하하. 장군은 떠나는 마당에 어찌 가난할까 걱정이시오?"

"대왕의 장수가 되었지만 공로를 세워도 끝내 후에 책봉되지 못했습니다. 신은 다만 좋은 농토와 집으로 자손들의 가업을 삼고자 할 따름이옵니다."

왕전은 군사를 이끌고 떠나기 전에도 진왕에게 청을 전해달라는 말을 수차례나 사자에게 했다. 그 또한 왕전의 계산된 행동이었다. 수하 장수가 왕전의 행동을 기이하게 여겨 물었다.

"어찌하여 장군께서는 평소와는 달리 재물을 탐하시는 것이옵니까?"

"허허. 그렇지 않소. 내 어찌 재물을 탐하는 것이 도를 넘겠소. 왕은 거칠고 사람을 못 믿으니 이제 나라 안의 군사를 나에게 맡겼소이다. 내 농토와 집을 많이 청하지 않는다면 왕은 분명 나를 의심할 것이 아니겠소?"

"그렇군요. 아들인 왕분 장수는 제를 치는 장수가 되었지 않습니까?"

왕전은 평여성에 이르러 진을 치고는 성벽을 단단하게 수비할 것을 명했다. 초의 군사들은 왕전의 군사가 쳐들어온다는 말에 나라 안의 군사들로 이들을 막으려고 했다. 그러나 왕전은 성문을 굳게 닫은 채 아무 대항도 하지 않았다. 군사들은 매일같이 잘 먹고 목욕까지 해가며 싸움은 뒷전이었다. 지치는 것은 초의 군사들이었다. 대항하지 않는 진의 군사들을 상대로 힘만 뺄 뿐이었다. 1년의 시간이 흘렀다. 항연이 이끄는 초의 군사들은 버틸 수 없을 정도로 지쳐 있었다. 항연은 끝내 군사를 돌리고 말았다. 왕전은 급히 군사회의를 소집했다.

"우리 군사들은 어떠하던가?"

왕전이 군사들에 대해 물었다.

"돌 던지기를 하는데 전보다도 훨씬 멀리 나갈 정도입니다."

왕전은 고개를 끄덕이고는 드디어 출전 명령을 내렸다. 기세가 오를 대로 오른 진의 군사들이었다. 오래도록 싸움에 나서지 못했던 터라 군사들조차 출전을 기다리고 있었다. 지친 군사들을 이끌고 물러서던 항연의 군사들은 천지가 울리는 듯한 진군의 함성에 놀라 허둥대며 달아나기에 여념이 없었다. 초의 대패였다. 항연은 하늘을 우러러 통곡하다가 스스로 목을 찔러 자결했다. 왕전은 승세를 타고 초의 성읍들을 공격하기 시작했다.

한편, 진왕의 명을 받고 제나라를 공격한 것은 왕분이었다. 제는 이제까지 직접 진을 상대하지는 않았다. 진도 항상 제의 움직임에 긴장하고 있었다. 진과의 사이에 한·위·조를 두고 있었기 때문에 만약 제에서 그들에게 군사를 지원한다면 진으로서도 어려운 전쟁이었을 것이다.

그러나 제왕 건은 다섯 나라가 하나둘 쓰러질 때에도 그저 지켜보고만 있을 따름이었다. 진에서는 제의 빈객들에게도 이미 이간책으로 손을 써놓은 상황이었다. 제왕 건은 진으로 들어가 조현朝見(신하가 조정에 나아가 임금을 뵙는 일)하는 편이 나라를 지키는 것이라 뜻을 굳히고서 수레에 올랐다. 수레가 성문을 나서려 하자 성문을 지키던 사마士馬(병마兵馬)가 앞으로 나서며 수레를 가로막았다.

"왕을 세운 것은 사직(나라 또는 조정을 이르는 말)을 위해서입니까, 왕을 위해서입니까?"

왕은 주저하며 대답했다.

"사직을 위해서이다."

"그렇다면 왕께서는 어찌하여 사직을 버리고 진으로 가려는 것이옵니까?"

즉묵대부도 나아가 아뢰었다.

"제의 땅은 사방으로 수천 리에 이릅니다. 또한 갑옷 입은 군사만도 수백만이요, 삼진의 대부들조차 진을 원망하고 있으니, 그들에게 군사를 주어 삼진의 옛 터전을 회복한다면 무관으로 들어갈 수가 있을 것입니다. 이리하여 제의 위엄을 되찾는다면 필연코 진은 망할 것이옵니다. 어찌 나라만을 지키려 하시옵니까?"

하지만 제왕 건은 수레만을 돌렸을 뿐 즉묵대부의 뜻을 받아들이지는 않았다. 제는 이제까지 40년 동안이나 전쟁이 없었던 나라다. 제왕 건은 전쟁을 하지 않더라도 나라를 지킬 수 있다고 믿고 있었다. 온 나라를 전쟁으로 몰아가는 것보다는 진과의 화친만이 살길이라 여겼던 것이다.

"하오나, 이미 진은 천하를 참혹하게 마구 죽이고 있사옵니다. 어찌 저들이 우리와 화친을 할 수 있겠나이까? 이제 제를 치기 위해 왕분이라는 장수를 앞세워 대군을 몰아오고 있다고 하옵니다. 지금이 아니면 후회해도 소용이 없을 것이옵니다."

제왕 건의 주위에는 이미 진의 금품을 받고, 이간책에 넘어간 빈객들뿐이었다. 그들은 오직 진과의 화친만이 나라를 온전하게 할 수 있다는 말로 왕을 안심시켰다. 왕분이라면 위의 수도 대량을 황하의 물로 공격하여 항복을 받아낸 장수가 아닌가. 다만 항복한 왕의 목만을 베었을 뿐이었다.

왕분은 40만 대군을 이끌고 연의 남쪽에서 제를 공격했다. 그러나 제는 이미 기세가 오를 대로 오른 진의 군사를 막기에는 역부족이었다.

왕분은 군사 일부를 돌려 바로 제의 수도인 임치성으로 치고 들어갔다. 제의 백성들은 진의 군사를 피해 임치성으로 숨어들었다. 왕분은 제왕 전건에게 항복을 한다면 500리의 땅을 주어 책봉하겠다는 미끼를 던졌다. 그렇지 않아도 제왕 전건은 조금의 땅이라도 준다면 항복할 태세였다. 전건은 왕분의 제안을 수락했다.

"제의 왕이 이런 자인 줄은 몰랐다. 어찌 제 살길만을 찾아 백성을 버린단 말이더냐?"

왕분은 쓸쓸한 미소를 지었다.

"그런 자에게 500리의 땅을 주실 것입니까?"

왕분의 처사가 못마땅한 장수가 물었다.

"휘현에 공이라는 땅이 있다. 그곳은 소나무와 측백나무가 우거진 쓸모없는 땅이지. 그것을 전건에게 준다면 약속대로 500리는 족히 될 것이다. 어찌 전건이 마다할 것이냐."

전건은 공의 땅에 홀로 남겨졌다. 제왕인 자신이 받은 땅에는 소나무와 측백나무뿐이었다. 건은 울면서 자신의 지난 일을 후회했지만, 이미 엎질러진 물이었다. 전건은 그곳에서 굶어 죽었고, 제는 138년을 유지하다 기원전 221년에 망하고 말았다. 천하를 진에게 넘겨준 제나라의 백성들은 간사한 무리들의 말에 넘어가 나라를 망친 전건을 원망하며 눈물을 흘려야만 했다.

파
죽
지
세

破
竹
之
勢

대나무를 쪼갤 듯한 기세

위나라의 사마염은 원제를 폐한 뒤 스스로 제위에 올라 무제라 칭하고, 국호를 진晉이라 했다. 이리하여 천하는 삼국시대가 끝나고 오나라와 진나라로 나뉘어 대립하게 되었다. 무제는 곧 두예에게 오나라로 출병하라고 명했다.

이듬해 2월, 오나라의 무창을 먼저 점령한 두예는 휘하 장수들과 함께 오나라를 칠 마지막 작전 회의를 열었다. 이때 한 장수가 말했다.

"지금 당장 오나라의 도읍을 치기는 어렵습니다. 잦은 봄비로 강물은 범람할 것이고, 또 언제 전염병이 발생할지 모르기 때문입니다. 그러니 일단 철군했다가 겨울에 다시 공격하는 것이 어떻겠습니까?"

그러나 두예는 단호히 말했다.

"그건 안 될 말이오. 지금 아군의 사기는 마치 대나무를 쪼갤 듯한 기세요. 대나무란 처음 두세 마디만 쪼개지면 그 다음부터는 칼날이 닿기만 해도 저절로 쪼개지는 법인데, 어찌 이런 절호의 기회를 버린단 말이오."

두예는 곧바로 휘하의 전군을 이끌고 오나라의 도읍으로 달려가 단숨에 공격했다. 마침내 오나라 왕이 항복함에 따라 진나라는 천하를 통일하게 되었다.

破 깨뜨릴 파 | 竹 대나무 죽 | 之 어조사 지 | 勢 형세 세

세력이 강대하여 거침없이 적을 물리치고 쳐들어가는 당당한 기세

[출전]《진서晉書》〈두예전杜預傳〉

천하를 통일하다

기원전 221년 진은 천하를 통일했다. 제후국들을 하나하나 멸하면서 진왕은 각국의 무기를 함양으로 거둬들였다. 또한 제후들의 궁실을 모방하여 함양의 북쪽에 궁을 만들어, 남쪽의 위수까지 이어지게 했다. 전옥殿屋(황제와 제후들의 궁실)과 복도와 주각柱脚(누각을 둘러싼 통로)이 서로 이어졌고, 제후들의 미인과 음악으로 그 안을 채웠다. 진왕은 그 누구도 얻은 적이 없는 천하를 얻었으니, 그 공이야 삼황오제에게도 뒤지지 않는다고 여겼다. 천하의 주인이 된 진왕은 왕이라는 칭호조차 마음에 들지 않았다.

"어찌 천하를 얻었는데도 왕이라 칭한단 말인가?"

"그러하옵니다. 천하를 얻으셨으니 그 공이야 삼황오제에 비할 수가 없을 것입니다. 오히려 그 공을 넘으셨사옵니다."

"삼황오제라? 으음. 그렇다면 삼황오제를 하나로 묶어 '황제'라 하는 것은 어떠한가?"

"그보다 좋은 것은 없을 듯하옵니다. 황제 폐하."

진왕은 흡족했다. 자신은 이제 황제가 되는 것이고, 그 누구도 황제의 칭호를 사용할 수 없을 것이다. 뒤의 왕들에게는 2세, 3세 하는 식으로 이어간다면 그 누구도 자신의 공에 앞서지는 못할 듯싶었다. 천하를 얻고 천하를 열었으니, 시황제가 되는 셈이리라.

"앞으로 나 자신을 부를 때는 짐이라 할 것이니, 아무도 짐이라 할 수 없느니라. 또한 죽은 후에 살았을 적의 행적으로 시호諡(제왕이나 재상들이 죽은 뒤에 그들의 공덕을 칭송하여 붙인 이름)를 만든다면 이는 아들이 아버지를 평하는 것이 되며 신하가 임금을 평하는 것이 되니 어찌 말이 되겠느냐? 지금부터 시법을 없앨 것이다. 짐은 시황제이고, 후세에는 수를 계산하여 2세, 3세, 만 세에 이르도록 하라."

시황제는 제나라 사람이 화덕火德이라 이르는 주나라를 얻었으니, 주를 대신한 진은 불을 이기기 위한 물이어야 하므로 수덕水德이라 했다. 또 연대를 고쳐 조회(모든 벼슬아치가 함께 정전에 모여 임금에게 문안드리고 정사를 아뢰던 일)와 하례(국가에 큰 경사가 있을 때 신하들이 축하하는 것)를 모두 10월 초하루에 하도록 하고, 의복, 정모(정복에 갖추어 쓰는 모자), 절기節旗(의장용으로 사용하는 깃발)는 모두 검은색을 숭상하게 했고, 숫자는 6을 단위로 했다. 백성들은 검은 두건을 쓴 자들이라 하여 '검수'라 부르도록 했다.

어느 날 승상 왕관이 아뢰었다.

"연·제·형의 땅은 먼 곳에 있으므로 왕을 두지 않으면 이를 눌러 지킬 수 없습니다. 청컨대 여러 아들을 그곳의 왕으로 삼으시옵소서."

이 말을 들은 정위 이사가 다시 아뢰었다.

"제후를 두는 것은 옳지 않습니다. 주의 문왕과 무왕이 책봉한 바는 자제와 동성들이 아주 많았지만, 그런 다음에 소원하게 되어 서로

박도朴刀
손잡이는 짧지만 강철 칼날은 길고 폭이 넓다. 흔히 양손으로 잡고 사용하는데 가까이 있는 적을 상대할 때 좋다.

공격하기를 마치 원수같이 했으나, 주의 왕은 이를 금지시킬 수가 없었습니다. 이제 사해의 안에서는 폐하의 신령스러움에 의지하여 하나로 합쳤으니 모두 군과 현으로 만들고, 여러 아들들과 공신들에게 공적인 부세(세금을 부과하는 일)로 많은 상을 내려주시면 쉽게 통제되어 천하에는 다른 뜻을 품는 이가 없게 될 것입니다. 이로써 천하는 안녕을 지킬 수 있을 것입니다."

시황제는 그의 말에 크게 기뻐했다.

"천하가 다 함께 싸우고 쉬지 못한 것은 후왕에게 제후들이 있었기 때문이다. 종묘에 의지하여 천하가 처음 안정되었는데, 또다시 나라를 세운다면 이는 군사를 심어놓는 것이나 다를 바가 없을 것이다. 어찌 군사들이 평안하게 쉴 수가 있겠는가? 정위가 논한 대로 하라."

천하는 이로써 36개 군으로 나뉘었으며, 군에는 수·위·감을 두었고, 또한 도량형과 글자도 통일해서 법으로 만들었다.

제 2 편
천하는 얻었으나 민심을 잃다

시황제의 덧없는 꿈

시황제는 궁의 뜰에 세워진 금인金人(쇠로 만든 사람의 상)들의 위용을 보며 미소지었다. 무게가 각각 1,000석石('석'은 고대의 무게 단위로 1균의 4배이며, 1균은 30근에 해당한다)에 이르는 금인 열두 개가 늘어서 있었다. 이 모든 것이 천하의 무기를 녹여 만든 것이었다. 천하의 미인들은 음악에 맞추어 춤을 추었고, 거대한 아방궁을 건설하기 시작했다. 함양의 거리에서도 음악은 멈추질 않았으며, 화려한 집들이 나란히 담장을 잇고 있었다. 함양에는 천하의 부호 12만 호를 옮겨 놓았다.

"천하의 아름다움은 다 누리고 싶구나."

시황은 날마다 연회를 베풀었고, 아름다운 여인들을 품에 안았다. 달콤함에 빠져 보내는 나날이 계속되자, 정위 이사가 황제에게 간했다.

"황제께서는 천하의 주인이시옵니다. 성군은 천하를 끊임없이 순회하여 백성들의 삶을 살펴야 천하의 민심을 살필 수 있을 것이옵니다."

"옳은 말이오. 천하의 땅을 내 눈으로 직접 보고 싶소."

시황제는 자신이 순행할 때 이용할 도로를 만들도록 명했다. 황제만을 위한 도로였다. 백성들은 굶주림에 쓰러지면서도 황제의 길을 닦아야 했다. 길은 함양에서 전국으로 뻗어나가도록 했다. 수레바퀴의 폭까지 통일한 시황제는 위용을 갖춘 진군의 호위를 받으며 천하 순행에 나섰다. 수없이 많은 백성들이 시황

제의 행차를 구경하기 위해 몰려들었
고, 검은 깃발을 휘날리는 행렬은 가
히 장관이었다. 백성들은 원망이 가득
한 눈길로 검은 물결처럼 흘러가는 행
렬을 바라보았다.

"천하의 무기를 녹여버리고, 망한
나라의 부호들을 함양에 가둬서 반란
의 싹을 없앤다고 없어질 것이라더
냐."

백성들 속에서 흘러나온 말이었지
만, 시황제의 행렬은 백성들에게서 멀
었기 때문에 들리지 않았다. 무기를
번쩍이며 호위하는 군사들에 휩싸인
수레는 화려하기 그지없었다. 황제를
연호하는 백성들의 표정은 어두웠다.
대공사는 끊이질 않았고, 동원된 백성
들은 연일 죽어나가고 있었지만, 황제
에게 그것은 중요한 문제가 아니었다.

"천하에 짐의 공적과 업적을 기록
하여 영원히 모범이 되게 할 것이다."

순행에 나선 시황은 노나라의 유생
70여 명을 불러놓고 봉선奉先에 관해
물었다. 그러자 유생 가운데 한 사람

이 나서서 말했다.

"오래전부터 제와 노 지역의 유생들은 천하에서 가장 높은 태산에 제사를 지내야 한다고 여겨 왔습니다. 그것을 봉선이라고 했습니다. 봉이란 태산에 올라가 흙을 쌓는 것을 말하며, 태산의 남쪽 양보산 아래에서 땅에 제사 지내는 것을 선이라 했사옵니다. 봉선을 행할 때는 창포로 수레를 감싸서 산의 흙, 돌, 풀, 나무 하나 다치지 않게 했으며, 땅을 쓸고 풀로 자리를 만들어 제사를 지냈습니다."

시황제는 유생의 말이 끝나자 버럭 화를 내며 말했다.

"저들을 내치도록 하라. 짐보다 어찌 태산의 나무 하나, 돌 하나가 귀하단 말이더냐? 고얀 놈들 같으니라고. 저들을 동원해 수레가 태산에 이를 수 있는 길을 만들도록 하라. 그리하여 정상에 짐의 업적을 기록한 거대한 돌을 세워 저들에게 짐의 위대함을 영원히 잊지 않도록 해야 할 것이다."

시황제는 천하의 주인으로서 해야 할 일들이 매우 많다고 여겼다. 무기를 녹여버리고, 각 제후들을 함양으로 불러들이고, 천하의 아름답다는 궁실을 모두 끌어들였다 하더라도 자신이 죽는다면 소용없는 일이었다. 아무리 화려하고 거대한 무덤이라 하더라도 어찌 살아 있는 것만 하겠는가. 시황제는 그 생각만 하면 가슴속에 근심이 차올랐다.

황제의 수발을 들던 조고가 그런 황제의 마음을 읽고는 조심스레 간했다. 늘 황제의 그림자처럼 움직였지만, 이 기회에 황제의 눈에 들 요량이었다.

"신이 듣기로는 신선이 되는 술책이 있다고 하옵

진시황
장양왕이 서거하자 13세에 즉위하여 진왕이 되었고, 그후 6국을 정복하여 중국 최초로 천하를 통일했다.

니다.”

“무엇이라? 신선이 되는 술책?”

얼굴에 화색을 띤 시황제가 조고를 가까이 불렀다.

“그러하옵니다. 연나라 사람 송무기(화선火仙으로 알려진 신선)와 선문자고羨門子高(고대의 신선)의 무리들이 선도仙道(신선이 되기 위해 닦는 도)와 형해소화形解銷化(형태를 벗고 귀신과 같은 일을 할 수 있는 신이 됨)의 술책이 있다고 했사옵니다. 연나라와 제나라에서는 모두 다투어 이 비법을 익힌다고 하옵니다. 신선이 되어 학을 타고 날아다니며 영원토록 살아가는 것이옵니다, 폐하.”

“영원토록 살아간다니? 아니 정말 그런 술책이 있단 말이더냐?”

시황제는 믿기지 않는 표정으로 조고의 말을 기다렸다. 조고는 한 걸음 더 황제 곁으로 다가가 미소를 띠며 말했다.

“제의 위왕과 선왕, 연의 소왕 모두 그들의 말을 믿고 사람들에게 바다에 나아가 봉래와 방장과 영주를 찾게 했는데, 이 세 신산神山은 발해 가운데에 있다고 했사옵니다. 사람들이 사는 곳에서 멀지 않다고 하오나…….”

“하오나라니, 무엇이더냐?”

“신선들이 사는 곳이라 하니 어찌 인간의 발길을 쉽게 받아들이겠사옵니까? 도착할 때쯤이면 바람이 일어서 배를 끌어간다고 하옵니다. 일찍이 그곳에 도착한 사람은 여러 선인을 만나고, 또 불사약까지 얻었다 했사옵니다.”

시황제는 불사약이라는 말에 두 귀가 번쩍 트였다. 가슴속의 근심을 해결할 묘약이 바로 불사약이 아니었던가. 시황제는 주체할 수 없는 기쁨에 조고의 손을 잡아 끌었다.

“짐을 위해 불로초를 구할 자를 찾아 오너라.”

조고는 시황제의 명을 받들어 각지에 황제의 명을 전하고, 방사方士(신선의 술법을 닦는 사람)를 널리 구했다. 제나라 사람인 서시가 이에 불로초를 찾을 적임자로 선택되어 황제를 배알하게 되었다. 서시는 한눈에도 신선의 풍모를 지닌 인물이 었다. 시황제는 몸소 서시를 맞이했다. 서시는 이미 조고에게서 시황제가 불로초를 구하기 위해 몸이 달았다는 말을 들었던 터라, 시황제의 이런 대접을 예측하고 있던 차였다.

"그래, 짐을 위해 불로초를 구할 수 있겠소?"

시황제의 말은 부드러웠고 간절했다.

"신선을 만나야 하는 일이옵니다. 어찌 쉽게 구할 수 있겠사옵니까?"

서시의 말에 시황의 얼굴빛은 금세 어두워졌다.

"그럼 어찌해야 구할 수 있단 말이오?"

"어린 남녀 3,000명을 선발하여 주시옵소서. 목욕재계 한 그들과 함께라면 신선을 볼 수 있을 것이오나, 그렇지 않으면 신선을 볼 수조차 없을 것이옵니다. 또한 그들과 함께 신산을 돌아다니기 위해서는 막대한 비용도 필요할 것이온데, 이 모든 것을 황제께서 베풀어주셔야만 할 것이옵니다."

"어찌 그것을 걱정하겠소. 내 천하의 아름다운 남녀 3,000명을 구하는 것은 물론이고 천금을 내려줄 것이니, 반드시 불로초를 찾아오도록 하오. 한데 얼마나 기다려야 하겠소?"

시황제는 초조하게 물었다.

언월도偃月刀

베는 데 사용한다. 칼날과 손잡이가 길어 총 길이가 2~3미터나 되며, 무게도 50킬로그램에 달한다. 칼날에 장식이 있어 화려하다.

고대 중국의 무기

"선약을 구하는 것도 때에 이르지 않으면 절대 구할 수 없을 것이옵니다. 또한 정성을 다하지 않는다면 구했던 선약이라 해도 이미 약효가 사라지고 말 것이옵니다."

　시황제는 아쉬워하면서도 서시의 말을 믿었다. 단지 시일이 걸릴 뿐이라 했으니, 그리 오래지는 않을 것이다. 시황제는 명을 내려 서시에게 남녀 아이 3,000명을 구해주고, 천금을 내려 길을 떠나게 했다. 하지만 왠지 모를 허전함은 지울 수가 없었다. 신선 같은 풍모의 서시가 멀어지던 모습이 자주 꿈에 나타날 지경이었다.

장량, 시황제를 노리다

한나라 사람인 장량은 대대로 한의 재상을 지낸 가문의 자손이었다. 한이 망했을 때, 장량은 모든 재산을 처분하여 천금을 만들었다. 그는 연약한 여인처럼 아름다운 외모를 지닌 인물이었다. 하지만 그의 가슴속에는 진에 대한 원한으로 가득했다.

시황제는 자주 동쪽으로 순행을 떠났다. 장량은 한의 원수를 갚을 수 있는 방법은 시황제를 죽이는 것뿐이라고 생각하고 있었다. 이미 형가와 고점리의 암살 기도가 실패한 후였기에, 시황제는 더욱 틈을 보이지 않았다. 형가의 암살기도는 어설펐다. 어찌 단칼에 진왕을 베지 못한 것인지, 그는 이해가 되지 않았다. 한 번 시도했던 방법은 통하지 않는 법이다. 장량은 시황제의 순행에 대한 정보를 수집했다. 시황제를 죽일 기회는 순행 때뿐이었다. 함양의 성 안에 들어앉은 시황에게 접근한다는 것은 불가능한 일이었다. 20만의 군사들이 호위하고 떠나는 순행이라 하더라도 빈틈은 있을 것이다.

"역사力士(뛰어나게 힘이 센 사람)를 구했사옵니다. 힘으로는 천하의 누구도 당해 낼 자가 없을 것입니다."

"면밀하게 살펴보았느냐?"

장량은 시종의 말에 따라 역사가 있다는 곳으로 발을 옮겼다. 오래도록 거사를 준비하며 적당한 인물을 찾고 있었던 그였다. 장량은 신중한 태도로 시종의 뒤를 따랐다. 주막 앞에 이른 시종은 한 사내를 가리켰다. 9척尺(1척은 약 30센티미터 정도이다)의 장신에다 한눈에도 역사임을 알 수 있는 사내였다. 장량은 일부러 투덜거리며 역사의 옆자리에 앉아 술을 시켰다.

"세상이 어찌 이 꼴인지 모르겠소. 젊은이들은 다들 노역장으로 끌려가고, 남은 건 송장뿐이니!"

장량은 벌컥벌컥 술을 들이켰다. 사람들은 장량의 눈치를 살피며 자리를 피했다. 누구도 섣불리 세상을 원망조차 할 수 없는 때였다. 생각조차 재갈을 물린 세상이었고, 사람들은 진의 형벌을 두려워하고 있었다. 뼈가 부서지고, 살이 으깨지는 고통에 전율하고 있던 것이다. 장량은 역사의 눈치를 살폈다. 잔뜩 인상을 구긴 채 그도 소리 나게 술을 마셨다.

"누가 아니랍니까? 더러워진 세상이지요. 내 그대의 말을 들으니 10년 묵은 체증이 내려가는 것만 같소이다. 나는 저 창해에서 온 사람이오."

역사의 말에 장량은 고개를 끄덕이며 대답했다.

"나는 장량이라 하오. 자字(본이름 외에 부르는 이름)는 자방이지요. 내 할 이야기가 있으니 함께 자리를 하는 것이 어떻겠소?"

창해는 장량의 말에 흔쾌히 응했다. 함께 자리를 잡은 그들은 술을 마시며 이야기를 나누었다. 장량은 역사가 마음에 들었다. 시황제를 암살하려면 무엇보다도 힘과 용기가 필요했다. 장량에게는 그것이 없었다. 여자 같은 외모로 병약해 보이기까지 하는 장량이었다. 하지만 그에게는 남다른 지혜가 있었다. 장량은 눈빛을 반짝이며 역사의 얼굴을 바라보았다.

"그대는 혹 형가의 일을 알고 계시오?"

장량이 낮은 목소리로 물었다. 돌려서 말했지만 거기에는 분명 시황제의 암살에 대한 의미가 담겨 있었다. 역사도 의미심장한 눈빛으로 고개를 끄덕였다. 황제 암살기도를 쉬쉬하고 있었지만, 천하에는 이미 소문으로 떠돌고 있었다.

"무엇이 잘못된 것이라 생각하시오?"

"단검을 사용도 할 줄 모르는 자에게 그런 막중한 일을 맡긴 것이 문제였지요. 그대는 어찌 생각하시오?"

"진의 잔혹함은 바로 진왕에게서 나오는 것입니다. 허나 형가가 진왕을 바로 죽이지 않았던 이유가 있었지요. 빼앗긴 나라를 되돌려 주겠다는 약속을 받아내기 위해 머뭇거렸던 것이 잘못이었소. 진왕의 면전에까지 가서 일을 그르치고 만 것이지요. 분명하게 끝을 보겠다는 결심이 서지 않았던 탓일 것이오."

"하면 철저하게 준비가 되지 않았다는 말이군요."

"그렇소. 어떤 경우라 하더라도 일은 반드시 성사시켜야 한다는 말이지요."

장량의 말에 역사는 수긍했다. 장량의 말뜻도 분명하게 이해할 수 있었다. 시황제의 목을 반드시 베어야 한다는 뜻이었다. 역사는 선뜻 나섰다. 시황제에게 다가갈 수만 있다면 가능한 일이다.

다절곤 多節棍
여러 개의 봉을 쇠사슬이나 끈으로 연결했다. 구조상 공격 방법이 다양해서 다절곤을 방어하기란 쉽지 않다.

"내 철퇴鐵槌(쇠몽둥이)라면 진왕은 부서지고 말 것이오. 이제껏 실수란 없었으니, 나를 믿어보시오."

장량은 이미 시황제 암살에 대한 계획을 세워두고 있었다. 시황제는 천하를 순행하고 있었지만, 그가 어디로 향할지에 대해서는 극비리에 진행되었다. 장량은 많은 뇌물을 써서 그 행로를 알아내고는 미리 시황제가 지날 길을 답사했다. 시황제의 행차는 바로 양무현의 박랑사를 지나가게 되어 있었다. 삽시간에 일을 해치우기 위해서는 수레의 행렬이 느린 곳이어야 했고, 거리가 짧아야 했다. 장량의 눈에는 모래벌판이 있고, 야트막한 언덕이 있는 박랑사가 제격이었다.

"어떻소? 이곳이라면……."

"이곳이라면 내 철퇴를 피할 수 없을 것이오. 염려하지 마시오."

창해 역사의 자신만만한 대답이 오히려 장량을 불안하게 했다. 시황제는 그렇게 만만한 상대가 아니었다. 자신의 목숨이 위협받고 있다고 생각했기에, 늘 의심의 눈으로 주위를 경계하고 있었다. 황제 전용 수레인 온량거만 하더라도 여섯 대가 함께 움직였다. 시황제는 그 중 하나에 타고 있었지만, 겉으로 보기에는 전혀 구분할 수가 없었다. 화려한 치장이나 호위병들의 삼엄한 경계도 모두 똑같아 시황제가 탄 수레를 찾기가 쉽지 않았다. 하지만 분명 어디엔가 틈은 있기 마련이다. 장량은 끝까지 신중하게 저격 대상이 되는 수레를 고를 참이었다.

장량과 창해는 언덕 위에 숨어서 시황제의 행차를 기다리고 있었다. 검은 깃발을 휘날리고, 수천의 호위병들의 창검이 번뜩이는 가운데 이윽고 화려한 치장의 수레가 눈에 들어왔다.

장량과 창해는 숨을 죽인 채 정확하게 수레의 숫자를 확인했다. 여섯 대였다. 더위와 추위를 막을 수 있다는 온량거는 겉보기에도 화려함의 극치였다. 백성들은 저 시황제의 영화로움을 위한 노예에 지나지 않았다. 장량은 어금니를 깨물며, 여섯 대의 온량거의 차이를 면밀하게 살폈다. 언뜻 보기에는 구분되지 않았다. 호위병의 수에도 차이가 없었다. 하지만 자객이라면 분명 중간 부분의 수레에 황제가 탔다고 여길 것이다.

"두 번째가 아니라면 네 번째일 것이오. 당신의 생각은 어떻소?"

"진왕은 황제라는 허울을 뒤집어쓴 위인이 아닙니까? 두 번째일 듯싶소. 황제 체면에 뒤에 타지는 않았을 것이요."

"두 번째라……."

장량은 유심히 두 번째 수레를 살펴보았다. 수레는 무겁게 움직이고 있었다. 시중을 드는 자들까지 타고 있을 것이니, 수레는 무거울 터였다. 창해의 말에도 일리는 있다. 하지만 쉽게 판단을 내리기 어려운 일이었다. 행렬은 이제 그들의 앞을 통과하기 시작했다. 모래벌판을 지나면서 수레의 행렬은 느려졌고, 호위병들의 발걸음도 무거웠다.

"틀림없을 것이요. 내 진왕이 탄 저 수레를 박살내고 올 것이요."

"만일 일이 틀어진다면 약속대로 행동하시오."

장량은 무겁게 입을 열었다. 거사에 실패할 경우를 대비해 장량은 다시 만날 곳을 일러두었던 것이다. 긴장한 장량의 얼굴을 향해 창해는 자신에 찬 미소를 보이고는 곁에 숨겨두었던 말에 올라타 쏜살같이 언덕을 내달리며 철퇴를 휘둘렀다. 저처럼 빠른 자였던가 싶을 정도로 역사는 단숨에 두 번째 수레 주위에 도착해 놀란 호위병들에게 철퇴를 휘둘렀다.

이내 아비규환이 된 두 번째 수레 쪽에서는 바위가 깨지는 듯한 요란한 소리와 함께 수레가 박살나버렸다. 장량은 숨죽인 채 수레 안을 살펴보았다. 하지만 어찌 된 일인가. 머리통이 박살나버려야 할 시황제는 보이질 않았다.

"아, 일이 틀어졌구나."

이어 호위병들이 소리를 지르고 수레 쪽으로 창검을 휘두르며 달려들었다. 한편에서는 네 번째 수레를 빠르게 호위병들이 에워싸고 만약의 사태에 대비하는 모습이 눈에 들어왔다. 장량은 빠르게 달아났다. 창해는 벌떼처럼 몰려든 호위병들에게 잡히고 말았다. 시황제 앞으로 끌려간 그는 오히려 수레를 잘못 고른

자신의 탓을 하며 시황제 앞에서도 당당한 모습이었다. 화가 머리끝까지 오른 황제는 그 자리에서 창해를 고문했으나, 창해는 살이 터지고 뼈가 으스러지는 고통 속에서도 장량의 이름을 끝내 말하지 않았다.

"내 저놈을 죽여 천하의 근심을 없애려 했더니, 애석하게도 뜻을 이루지 못했구나. 어서 죽여라."

"저, 저런 죽일 놈이 있느냐. 저놈의 입에서 바른 소리가 나올 때까지 가혹한 형벌로 다스리지 않고 뭐하고 있느냐?"

창해는 목숨이 끊어질 때까지 진시황제를 향해 욕을 퍼부었다.

책을 불사르고 유생을 묻어 죽이다

1년이 지나도록 서시에게서는 아무런 연락이 없었다. 시황제는 다급한 마음에 노생과 후생이라는 자를 통해 서시의 행방을 알아보고, 불로초를 구해올 것을 명했다. 시황제가 갈석에 이르렀을 때였다. 그토록 기다리던 노생이 돌아와 시황제의 앞에 책 한 권을 내밀었다. 하지만 그의 표정은 어둡기만 했다. 불안함을 떨쳐버리지 못한 채 시황제가 물었다.

"무슨 글이 적혀 있는데 그러느냐?"

"이 글은 고문古文이라 신들은 감히 알 수 없사옵니다."

황제는 급히 고문을 아는 자를 불러 그 뜻을 물었다. 머뭇거리던 유생은 조심스럽게 아뢰었다.

"진을 망치는 자는 호胡라 적혀 있사옵니다."

시황제 역시 놀라 그 뜻을 헤아려보았다. 호라 함은 오랑캐를 말하는 것이었다. 오래전부터 오랑캐의 침입으로 골머리를 앓아왔던 것을 황제도 잘 알고 있었다.

"호라? 그렇다면 북쪽의 흉노를 말함이 아니더냐. 즉시 장군 몽염에게 군사 30만을 주어 흉노를 치도록 하라. 이는 제국의 흥망이 달린 사안이니 반드시 흉노를 쳐서 화근을 없애야 할 것이니라."

황제의 명은 곧 군사들의 동원령이 되어 떨어졌다. 이미 도망쳤던 자들을 다시 잡아들였고, 췌서贅壻(중국에서 신부의 친정에 재화를 주는 대신에 노역을 하던 데릴사위로 아이를 낳으면 어머니의 성을 따른다)를 징발하여 군사로 삼았다. 또한 50만 명의 죄수를 옮겨서 국경을 지키게 했다.

몽염은 흉노를 막기 위해 임조에서부터 요동에 이르기까지 만리장성을 쌓기 시작했다. 가혹한 노역에 동원된 군사들은 죽어나갔고, 그 부족한 인원을 채우기 위해 진에서는 부패한 관리들을 귀양 보내 장성을 쌓게 했다. 장성은 황하를 건너서 양산을 타고 구불구불 북쪽으로 뻗어나갔다.

"한데 아직도 서시의 행방에 대해서는 아는 자가 없단 말이오?"

황제는 무엇보다도 불로초를 구하러 떠난 서시의 행방이 궁금했다. 노생은 차분한 목소리로 분명 돌아올 것이라 대답했다. 황제의 믿음이 식어서는 안 될 일이었다. 노생이 받은 재물 또한 적지 않은 터였다. 이제와 서시의 거짓이 드러난다면 그 화는 고스란히 자신에게 떨어질 것이다. 노생은 이제 황제에게서 벗어나는 것만이 살길이라는 것도 잘 알고 있었다. 곰곰이 생각하던 노생은 황제를 알현한 자리에서 아뢰었다.

"방술에는 악귀를 피해야만 진인이 나타난다 했나이다. 바라건대 황상께서 거처하시는 궁을 다른 사람들이 모르게 한 후에야 불사약을 구할 수 있을 것이옵니다."

"행방을 모르게 한다면 국사는 어찌한단 말인가?"

"환관들만이 황상의 일을 알고 있을 것이나, 어찌 환관이 사람이겠나이까? 그들에게 명을 내리신다면 또한 국사도 처리하실 수 있을 것입니다."

시황제는 짐이라 부르지 않은 채 진인이라 했다. 노생의 말대로 시황제는 함양 주위 200리 안에 있는 270여 개의 궁을 서로 복도와 용도甬道(성 안에 무기나 양

곡을 운반하며 군사들이 잠복하는 데 이용하기 위해 쌓은 성)가 연결되게 하고, 휘장과 장막, 종고鐘鼓(종과 북)와 미인들로 이곳을 가득 채웠다. 또한 머무는 자들은 그곳을 벗어나지 못하도록 명부를 작성해두었다. 만일 황제의 행차에 대해서 누설을 하는 자가 있다면 사형에 처한다는 엄명까지 내렸다.

한번은 양산궁에서 승상의 행차를 본 황제가 그 수레와 말이 많은 것을 우려한 적이 있었다. 그 후 어찌 된 일인지, 승상이 수레와 말의 수를 줄인 것을 알게 된 황제는 이 일이 새나간 것을 알고는 죄를 추궁했다. 그러나 죄인을 찾을 수 없게 되자 당시 주위에 있던 자들을 모두 잡아 죽였던 일이 있었으니, 황제의 행차는 감히 그 누구도 말할 수 없었다. 하지만 노생은 그런 황제의 모습에 치를 떨며 후생에게 말했다.

"어찌 저런 인간이 진인이 될 수 있단 말인가? 설령 불로초를 구한다 하더라도 우리는 그 비밀을 아는 자라 하여 반드시 죽일 것이니, 이제 멀리 달아나는 것이 상책이지 않겠는가?"

"내 이미 준비를 해두었으니, 어찌 망설이겠는가?"

노생과 후생은 그 길로 함양을 빠져나가 달아나버렸다. 이 일을 한참 후에야 안 시황제는 크게 노하여 그들을 잡아들이라는 서슬 퍼런 명을 내렸다. 이에 나라를 비방하다가 잡혀든 자들이 460명에 이르렀다. 시황제는 이들을 산 채로 묻어 죽이고, 천하 사람들에게 그 본을 보이게 했다. 그러자 이사가 나아가 말했다.

"이 모든 것이 학인들에게서 나온 것이옵니다. 지난 날 제후들은 앞다투어 학인들에게 후히 대하면서 그들을 초청했습니다. 그러나 지금은 천하가 안정되었고, 법령 또한 하나이니 일반 백성들은 농사에 힘쓰고, 생업에 종사해야 할 것입니다. 하오나 옛것을 배워 지금 시대를 비난하고 혼란스럽게 하여 백성들을 현혹시키고 있으니, 어찌 나라에 대한 비방이 끊이겠나이까? 청컨대 사관에게는

진을 비난하는 기록은 모두 태워버리게 하시고, 천하에 숨겨진 시·서·제자백가의 학설들은 모두 군수와 군위에게 보내 이를 불태우도록 하시옵소서. 감히 시와 서를 말하는 자가 있다면 죽음으로써 그 죄를 물으시고, 옛것을 가지고 오늘날의 것을 비난하는 자가 있으면 그 가족을 다 없애며, 관리들이 알고도 처벌하지 않는다면 그들 또한 같은 죄로 다스려야만 합니다. 명을 내리고 30일이 지나도 태워버리지 않는다면 마땅히 그 죄도 물어야 할 것이옵니다. 다만 버리지 말아야 하는 것이라면 의약, 복서卜筮, 농업의 책일 따름이옵고, 만약 법령을 배우고자 하는 자가 있다면 관리를 그 스승으로 삼게 하옵소서." ▪

시황제는 그 말에 따라 시행토록 했다. 태자인 영부소는 눈앞에서 벌어지는 일을 믿을 수가 없어 황제에게 간했다.

"배우는 자들은 모두 공자의 말씀을 외우고 본받는데, 이제 황상께서는 무거운 법률로 이들을 묶어버리니, 신은 천하가 불안할까 걱정입니다."

분서갱유 焚書坑儒
진시황제가 정치적 비판을 막기 위해 의학, 복서, 농업을 제외한 모든 책을 불태우고 학자들을 생매장한 사건

시황제는 그 말에 더욱 노하여 영부소에게 몽염의 군대를 감독하며 만리장성을 쌓으라는 명을 내렸다.

분서갱유
焚書坑儒

책을 불사르고 선비를 산 채로 묻다

진秦나라의 시황제는 천하를 통일하자, 주 왕조 때의 봉건제도를 폐지하고 군현제를 실시했다.

어느 날 시황제가 베푼 함양궁의 잔치에서 박사 순우월은 지금의 군현제도 하에서는 황실의 무궁한 안녕을 기하기가 어렵다며 봉건제도로 바꿀 것을 진언했다. 시황제가 순우월의 진언에 대해 신하들에게 의견을 묻자, 군현제를 제안했던 승상 이사는 이렇게 대답했다.

"봉건시대에는 제후들 간의 잦은 전쟁으로 천하가 어지러웠으나 이제는 통일되어 안정을 찾았사옵니다. 하오나 옛 책을 배운 사람들 중에는 옛것만을 옳게 여겨 새로운 법령이나 정책에 대해서는 비난하는 학자들이 있사옵니다. 하오니 그러한 학자들을 엄히 벌하시고 아울러 백성들에게 꼭 필요한 농업 서적과 진나라 역사서 외의 책들은 모두 불태워 없애버리소서."

시황제가 이사의 진언을 받아들여 관청에 제출된 희귀한 책들이 속속 불태워졌는데, 이 일을 가리켜 '분서焚書'라고 한다. 당시 책은 글자가 적힌 댓조각으로 만든 죽간竹簡이므로 한 번 잃으면 복원할 수 없는 것도 많았다.

이듬해 아방궁이 완성되자, 시황제는 불로장생의 신선술을 닦는 방사方士들을 불러들여 후하게 대접했다. 그들 중에서도 특히 노생과 후생을 신임했는데, 오히려 두 방사는 많은 재물을 취한 뒤 시황제의 부덕을 비난하며 종적을 감춰버렸다. 이에 분노한 시황제는 염탐꾼을 보내 연루된 모든 자들을 잡아들이게 했다. 시황제는 그들 수백 명을 각각 산 채로 구덩이에 파묻어 죽였는데, 이 일을 가리켜 '갱유坑儒'라고 한다.

焚 불사를 분 | 書 글 서 | 坑 묻을 갱 | 儒 선비 유

진시황제가 정치적 비판을 막기 위해 책을 불태우고 학자들을 생매장한 사건

[출전] 《사기史記》〈진시황본기秦始皇本紀〉

시황제의 죽음과 음모

시황제는 천하의 민심이 동요될 것을 우려하여 다시 순행에 나섰다. 좌승상 이사가 순행에 따라나섰고, 20여 명의 시황제의 아들 중에 가장 사랑하던 작은 아들 영호해가 함께 나섰다. 순행을 하던 어느 날 황제는 서시를 만나는 꿈을 꾸었다. 서시는 여전히 신선의 풍모를 지니고 있었다. 반가운 마음에 자리에서 일어나 손수 서시를 맞았다.

"폐하! 이제 신선이 사는 곳으로 들어가려 하는데, 큰 물고기가 나타나 길을 막고 있으니, 활을 잘 쏘는 자를 보내주시옵소서."

서시의 말에 시황제는 선뜻 자신이 가서 그 물고기를 죽일 것이라 대답하다가 잠에서 깨어났다. 황제는 순행을 서둘렀다. 행차가 낭야와 지부에 이르렀을 때였다. 꿈에서 서시가 말하던 그 큰 물고기가 나타나 황제가 직접 활을 쏘아 죽였다. 희한한 일이었다. 이는 분명 자신을 위해 서시가 불로초를 구해올 징조가 틀림없었다.

하지만 시황제는 그날 이후 시름시름 앓기 시작해 끝내 자리에 눕고 말았다. 감히 시황제가 가장 싫어하는 죽는다는 말을 하는 신하는 없었다. 병은 깊어갔고, 시황제를 따르던 중거부령中車府令(황제의 문서를 관리하는 환관)이며 행부새사行符璽事(황제의 명령을 전달하고 군사를 이동시키는 증표인 '부'와 '새'를 관장하는 신하)인 조고에게 명을 내려 영부소에게 편지를 쓰게 했다. 이것은 자신의 죽음이 임박했음을 직감했기 때문이고, 천하의 통일을 이루어낸 진을 이어갈 자는 부소뿐임을 알고 있기 때문이었다.

"죽음에 참여하고 함양에 모여서 장사 지낼지어다."

황제는 순행 도중 숨을 거두었다. 이사와 조고만이 시황제가 숨을 거두는 것을 지키고 있었다. 그때 황제의 그림자처럼 움직이던 환관 조고의 눈빛이 반짝였다.

환관 조고는 황제의 편지를 없애야 한다고 생각했다. 죽음을 직감한 동물적 본능이다. 조고는 분명 그 죽음의 서늘함이 손끝에 묻어 있음을 느꼈다. 일이 이대로 풀려서는 곤란했다. 그래서 황제의 죽음은 하늘의 명이지 않은가. 조고는 깊게 숨을 들이마셨다. 부소가 황제의 자리를 잇는다면 자신의 목부터 날릴 것이었다. 호해가 뒤를 이어야 했고, 그것이 바로 순리였다.

조고는 발 빠르게 주위의 환관들을 불렀다. 시황제의 유언을 알고 있는 자들은 이들이 전부였다. 시황제의 명이라면 그 자리에서 목숨도 버릴 수 있는 이들이었지만, 시황제가 아닌 조고 자신의 명이라도 그렇게 받아들일 자들이었다.

"그 누구에게도 발설해서는 안 된다. 나라의 운명이 걸린 문제이니라. 내 명이 있을 때까지 평상시와 똑같이 행동하라."

조고의 눈빛에 불꽃이 튀었다. 시황제의 죽음을 철저하게 비밀에 부쳐야 했다. 지금은 순행 중이었다. 시황제의 죽음이 밖으로 새나간다면 그야말로 바람 앞의 등불 신세가 되고 말 것이었다. 조고는 먼저 호해 공자와 승상 이사를 떠올렸다.

'호해.'

그는 소리나지 않게 속으로 거듭 되씹었다. 어려서부터 진나라의 법을 가르쳐

온 것도 자신이었다. 호해가 황제의 자리에 오르는 것은 당연한 일이었다. 그러나 시황제는 엉뚱한 유언을 남겼다. 서둘러서는 일이 되지 않는 법이다. 호해의 의중을 정확하게 읽어야 한다. 자신의 뜻에 따라 부소를 없애고 황제의 자리에 오를 것인지를 말이다. 분명 선뜻 그렇게 하겠다고는 하지 않을 것이다. 조고는 시황제의 시신 옆에 꿇어앉아 깊은 생각에 잠겼다.

"몽염에게 군대를 맡기고 부소는 함양으로 돌아와 짐의 유해를 맞이하도록 하라."

아직도 귓가에 울림처럼 남아 있는 말이었다.

조고는 자신이 지니고 있는 옥새와 편지를 들여다보고 있었다. 진나라의 운명이 여기에 달려 있다. 그러나 무엇보다도 자신의 목숨이 먼저였다. 오래전부터 조고는 호해를 황제로 등극시켜야 한다고 여겨왔다. 이제 그때가 되지 않았는가. 조고는 마음을 굳힌 듯 공자 호해를 찾았다. 옥새가 찍힌 시황의 편지를 꺼내 호해 앞에 내놓으며 낮은 목소리로 말했다.

"황제께서 붕어하셨지만, 여러 아들들 가운데 누구를 황제에 봉한다는 조서가 없습니다."

호해는 의아한 듯 조고를 바라보았다. 조고는 여전히 낮지만 결연한 음성으로 말했다.

"오직 장남에게만 글을 남기셨지요. 장남이 오게 된다면 황제 자리에는 장남이 오르게 될 것입니다."

"당연한 일이 아니겠소."

"그러나……."

조고는 아직까지 눈치채지 못하고 있는 호해를 바라보았다. 부소였다면 벌써 칼을 들어 목을 쳤을지도 모를 일이다. 호해는 어리석지 않은가. 이제까지 자신이 그토록 공을 들인 인물이었다. 조고는 주위를 둘러보고 나서 다시 낮은 소리로 말했다.

"그렇게 된다면 공자께서는 한 조각의 땅도 가질 수가 없을 것입니다. 어쩌시겠습니까?"

"어쩌다니요? 당연한 일이 아니오. 내가 듣건대, 현명한 군주는 신하를 잘 알고, 현명한 아버지는 아들을 잘 안다고 했소. 아버지께서 운명이 다하도록 제후를 봉하지 않으셨으니, 따를 수밖에요."

"그렇지 않습니다. 천하의 대권을 잡느냐 마느냐는 오로지 공자와 저와 승상에게 달려 있습니다. 남을 신하로 삼는 것과 남의 신하가 되어 그 통제를 받는 문제입니다."

놀란 호해는 잠시 말을 멈추었다.

"공자께서 이를 도모하셔야 하옵니다."

"형을 막고 아우가 나서는 것은 불의이며, 아버지의 조서를 받들지 않고 죽음을 두려워하는 것은 불효이고, 재능이 천박하면서도 억지로 남의 공로를 빼앗는 것은 무능함이라 배웠소. 이 세 가지는 도덕적으로 역행하는 것이며, 이로 인하여 천하는 복종하지 않을 것이오. 또한 자신의 몸 하나도 보존할 수 없을 것이고, 사직의 제사는 어찌 받든단 말이오?"

조고의 생각대로였다. 자신의 가르침으로 뼈가 굵은 공자가 아닌가. 조금의 흔들림도 없이 조고는 다시 입을 열었다.

"제가 듣기로는 탕왕과 무왕은 각기 자기의 임금을 죽였지만, 천하가 의롭게 칭송하며 결코 그들을 충성스럽지 않다고 여기지 않았습니다. 위나라 임금이 자기의 형을 죽이고 권력을 찬탈했지만 백성들은 그 덕을 받들었습니다. 공자도 이 사건을 기록하면서 불효라고 하지 않았습니다. 모름지기 큰일을 행할 때는 작은 일에 얽매이지 않고, 큰 덕이 있는 사람은 일을 사양하지 않는 법입니다. 마을도 제각각 다른 면이 있으며, 백관의 공도 같은 바가 없습니다. 어찌 한결같을 수 있겠습니까? 작은 일을 돌아보다가 큰일을 잊으면 나중에 반드시 해로울 것이며, 의심하여 주저하다가는 나중에 크게 후회해도 소용없을 것이옵니다. 결단을 내리시옵소서. 그리하여 감행한다면 귀신도 이를 피할 것이며, 반드시 성공할 것이옵니다. 공자께서는 이를 시행하시옵소서."

조고의 간곡한 말에 호해는 한숨을 내쉬며 자리에 앉았다.

"아직 황제의 승하도 발표하지 않았고, 상례도 끝나지 않았는데……."

"촉박하옵니다. 양식을 지고 말을 달려도 늦을까 걱정이옵니다."

호해는 조고의 말에 고개를 끄덕였다.

"승상과 의논하지 않고서는 이 일을 이룰 수가 없습니다. 신이 승상과 의논해 보겠습니다."

호해는 조고만을 믿는다는 표정이었다. 조고는 안도의 한숨을 내쉬며 물러났다. 그러고는 이사를 찾았다.

"황제께서 돌아가시면서 장남에게 편지를 남기셨습니다. 함양에서 장사를 지내고 후사를 세우라고 하셨습니다. 그러나 편지는 아직 보내지 않았고, 지금 황제의 붕어를 아는 사람도 없습니다. 장남에게 쓴 편지와 옥새는 모두 호해 공자께서 가지고 계십니다. 태자를 정하는 일은 승상과 제 입에 달려 있을 뿐입니다. 이 일을 장차 어찌 하시겠습니까?"

승상 이사는 놀라서 주위를 둘러보았다.

"어찌하여 나라를 망칠 말씀을 하시는 것이오. 신하로서 감히 그런 일을 논한단 말이오?"

조고는 눈을 가늘게 뜬 채 승상에게서 눈을 떼지 않았다.

"어르신께서는 몽염의 능력과 비교해 누가 낫다고 생각하십니까?"

승상은 대답할 수가 없었다. 그러자 조고는 차분한 어조로 말을 이었다.

"그렇다면 공로에서 몽염과 비교해 누가 낫습니까? 계책 면에서 천하의 원한은 누가 없겠습니까? 부소 공자와의 관계에서도 누가 오래되고 신임이 두터울까요?"

승상은 불쾌한 얼굴로 되물었다.

"당신은 어찌 그렇게 심하게 따지는 게요?"

"저는 본래 하찮은 일이나 하는 환관에 지나지 않습니다. 다행히 형법의 공문서를 담당하는 관리로 진나라 조정에 들어왔고, 일을 한 지 20년 동안 진나라에서 파면당한 승상이나 공신들 가운데 다음 대까지 이른 사람을 본 적이 없습니다. 결국엔 모두 형벌을 받아 망하고 말았지요. 승상께서도 20명의 황제의 아들들을 잘 알고 계시지 않습니까? 맏아들은 강직하고 용맹스러워 사람들을 믿고 인재를 분발하게 하는 인물이지요. 즉위한다면 반드시 몽염을 등용해 승상을 삼을 것이고, 승상께서는 결국 관직도 보존치 못한 채 고향으로 돌아가게 될 것이 분명하지 않습니까?"

"……"

"제가 칙명을 받들어 호해를 가르치고 법사를 익히게 한 지 몇 해나 되었으나, 아직 잘못을 범하는 것을 본 적이 없습니다. 공자는 인자하고 재물을 탐하지 않으며 인재를 중하게 여깁니다. 마음속으로 분별하면서도 말씨를 겸손하게 하며, 예의를 다하여 선비를 존경하고, 진나라의 여러 공자들 중에 아직 이런 분은 없으니, 참으로 후사로 내세울 만하지 않습니까?"

그러나 승상은 조고의 말이 탐탁지 않았다.

"그대는 그대의 자리로 돌아가고, 이 몸은 군주의 조칙(임금의 명령을 일반에게 알릴 목적으로 적은 문서)을 받들어 하늘의 명을 들을 것이오. 우리가 무엇을 결정할 수 있단 말이오?"

"화는 복이 될 수도 있는 법이지요. 평안함은 위태로울 수 있고, 위태로움은 평안할 수 있습니다. 안정과 위급함을 결정하지 못한다면, 어찌 성인이라고 존중하겠습니까?"

조고의 말에는 날카로움이 묻어 있었다.

"나는 상채의 일반 평민이었소. 그런데 황제께서 발탁하시어 승상으로 삼으셨고, 통후로 봉하시어 자손들이 모두 높은 지위와 많은 봉록을 받게 되었소. 그리고 장차 국가의 존망과 안위를 신에게 맡기셨는데, 어찌 그 뜻을 저버린단 말이오. 대저 충신은 죽음을 피하여 요행을 바라지 않으며, 효자는 부지런히 힘써 위태롭지 않게 하고, 신하된 자는 각기 직분을 지킬 따름이오. 다시는 그런 말을 입에 담지 마시오. 하여 나로 하여금 죄를 짓지 않게 하란 말이오."

조고는 멈추지 않았다. 어떻게 하든지 승상을 끌어들여야만 했다. 같은 배를 타지 않는다면 분명 그는 함께 살아 있을 수가 없었다.

"대체로 성인은 고정관념이 없이 행할 바를 옮기며, 상황이 변하면 때에 따르고, 끝을 보면 시작을 알며, 지향하는 바를 보면 귀착할 바를 안다고 들었소. 어찌 변하지 않고 고정된 것이 있겠습니까? 이제 천하의 대권은 공자 호해에게 달렸으며, 저는 그 뜻을 알고 있습니다. 밖에서 안을 제어하는 것을 혹惑이라 하고, 아래에서 위를 제어하는 것을 적賊이라고 합니다. 그러므로 가을에 서리가 내리면 풀과 꽃이 시들고, 봄이 되면 물이 녹아 흘러 만물이 소생합니다. 이것은 필연의 법칙이지요. 어르신께서는 어찌 이리도 판단이 느린 것입니까?"

이사가 대답했다.

"내가 듣건대, 진晉(중국 전국시대에 존재했던 전국7웅 중의 하나)나라는 태자를 교체

했다가 새 임금이 재위하는 동안 평안하지 못했고, 제 환공의 형은 자리다툼을 하다가 살육당했으며, 은 주왕은 친척을 죽이고 간언하는 자의 말을 듣지 않다가 나라는 폐허가 되고 끝내 사직을 위태롭게 했다고 하오. 이 세 사람들은 모두 하늘의 뜻을 거역하여 종묘에 들지도 못했소. 이 몸도 같은 사람인데, 어찌 모반을 꾸민단 말이오?"

"위와 아래가 같은 마음이면 오랜 세월 권세를 지속할 수 있으며, 안과 밖이 일치하면 그 일에는 겉과 속이 다른 것이 없습니다. 어르신께서 제 계획을 받아들이신다면 오래도록 봉후를 유지하고 대대로 고대 왕후의 가문이 되며, 반드시 왕자교王子喬(신선)나 적송자赤松子(신선)처럼 장수하실 것이고, 공자나 묵자처럼 지혜로운 인물로 추앙받을 것입니다. 지금 이 일을 포기하고 따르지 않으시면, 재앙이 자손까지 미쳐서 두려움에 사로잡힐 것입니다. 처세를 잘하는 자는 재앙을 복으로 돌리는데, 어르신께서는 어떻게 처신하시겠습니까?"

그러자 승상 이사는 탄식하며 눈물을 흘렸다.

"아아! 홀로 어지러운 세상을 만나 죽을 수도 없고, 도대체 어디에 이 목숨을 맡긴단 말인가."

"저는 그럼 태자의 현명하신 명령을 받들어, 조서를 꾸밀 것이옵니다."

조고는 부소에게 전할 조서를 꾸몄다. 호해를 태자의 지위에 올리기 위해서는 부소를 죽일 수밖에 없었다. 몽염 또한 마찬가지였다.

유엽비도柳葉飛刀
날이 버드나무 잎처럼 생긴 가늘고 얇은 칼이다. 던지기용이며 목표물에 날아가 잘 박히도록 칼끝이 날카롭다. 다루기가 어려워 고도의 훈련이 필요하다.

이제 조고의 손끝은 떨리지 않았다.

'짐이 천하를 순시하며 명산의 여러 신들에게 기도드리고 제사를 지내어 목숨을 연장하려고 한다. 지금 부소는 장군 몽염과 함께 수십만 대군을 이끌고 변경에 주둔한 지가 10여 년이 흘렀으나 전진하지 못하고, 병력을 많이 소모하면서도 한 치의 공훈이 없다. 그러면서도 도리어 여러 차례 상소를 올려 직언하여 짐이 하는 일을 비방하며, 현재의 직분을 그만두고 태자의 지위로 돌아올 수 없어서 밤낮으로 원망만 했다. 부소는 아들된 도리로 효성스럽지 못하여, 칼을 내리니 자결하도록 하라. 장군 몽염은 부소와 더불어 궁 밖에 머물면서 바르게 시정하지 못했으므로, 마땅히 그 지모(슬기로운 꾀)를 알았도다. 신하된 자로서 충성스럽지 못했으므로 죽음을 내리며, 군대는 부장 왕리에게 맡기도록 하라.'

조고는 한동안 죽은 시황을 바라보고 있었다. 이것은 분명 시황의 뜻일 뿐이다.

2세 황제의 등극과 가혹한 정치

모든 일들은 조고의 뜻대로 풀려나갔다. 호해는 2세 황제의 자리에 앉았고, 눈이 내리기 전에 죄인들에 대해 대대적인 사면을 실시했다. 다분히 민심을 의식한 조고의 뜻에 따른 조치였다. 2세 황제 호해는 거의 모든 것을 조고와 이사에게 의존하고 있었다. 천하 순행에 나서는 것조차 제 뜻으로 행한 것이 아니었다.

"시황제께서는 천하를 순행함으로써 백성들의 눈과 가슴에 그 위엄을 새기셨습니다. 이제 황제께서도 그렇게 하셔야 백성들의 어리석음을 깨우칠 수가 있을 것이니, 어찌 잠시라도 늦출 수 있겠나이까?"

2세 황제는 조고의 말에 고개를 끄덕였다.

"그 모든 것이 선황의 뜻이었음을 짐이 어찌 모르겠소. 하지만 아직은 때가 이르지 않소?"

"어찌 때가 이르다 하십니까? 백성들이란 어리석어 잠시라도 그 틈을 주게 되면 마음속은 마치 고인 물이 썩듯 할 것입니다. 썩은 물을 퍼내기 위해서는 잠시라도 늦출 수 없는 일이옵니다."

조고는 머뭇거리는 황제 앞에서 제 뜻을 굽히지 않았다. 황제의 자리에 오르기까지의 일들을 잊었단 말인가. 조고의 가슴은 아직도 불안했다. 어디에선가 제 목에 칼을 들이댈 것만 같았다. 조고는 말없이 황제의 대답을 기다리며 승상

이사에게 눈짓을 했다. 조고의 날카로운 눈매를 보자 이사는 움찔하며 황제에게 간했다.

"신의 생각에도 마땅한 일이라 여겨집니다. 선황제께서는 먼 길을 마다하지 않으시고 천하의 어리석은 백성들을 두루 살피셨나이다. 이제 황제께서 순행하지 않으신다면 선황제의 큰 뜻을 헤아리지 못한 것이라 여겨 백성들은 황제를 믿지 않을 것입니다. 저 동쪽으로 행하시어 시황제의 큰 뜻을 돌에 새기고 억만 세까지 덕을 기리도록 하소서."

승상까지 나서서 순행을 간하자 황제는 다시 고개를 끄덕였다. 조고는 보일 듯 말 듯하게 미소를 머금었다.

"선황제의 뜻을 기리는 일에 짐이 어찌 소홀히 하겠소."

조고의 입가에 미소가 돌았다. 만일 부소 태자가 황제의 자리에 올랐다면 그 목은 진작에 떨어지고 말았을 것이다. 그 조마조마한 순간들을 건너온 조고였으나 떨리는 가슴은 진정되지 않았다. 시황의 조서는 순조롭게 처리되었지만, 아직도 주위에는 온통 믿을 수 없는 자들뿐이었다. 버릇처럼 조고는 제 목을 어루만졌다. 보이지 않는 칼날의 서늘함이 묻어 있는 듯싶었다. 조고는 은밀하게 승상을 불렀다.

"낮말은 새가 듣고 밤말은 쥐가 듣는다 했습니다."

조고의 낮은 목소리에 승상은 움찔거렸다. 어차피 한 배를 탔지만 이제 2세 황제가 권력을 장악하게 되었으니, 한시름 놓고 싶은 것이 승상의 마음이었다. 그러나 조고는 꼭꼭 덮어두었던 속마음을 한순간에 뒤집어버리고 말았다.

"그 무슨 뜻입니까?"

"승상께서는 이대로 모든 것들이 사라지리라 믿고 계신 것은 아니겠지요? 저는 오랜 세월 황제 곁에 있었기 때문인지, 바람 한 줄기만 불어도 거기에서 풍겨

오는 중신들의 속마음을 읽을 수 있을 지경입니다. 한둘만을 죽여서 해결될 문제는 아니지요. 이제는 적어도 그 주위부터 깨끗하게 해야 할 때가 아니겠습니까?"

조고의 말에 승상은 할 말이 없었다. 2세 황제는 어려서부터 조고에 의해 다듬어진 황제였다. 거침없이 자신의 뜻에 따라 일을 진행해나가는 조고에게 이제 모든 것들을 덮어버리자고 말할 용기는 선뜻 나지 않았다. 자칫 발을 빼려는 인상을 주었다가는 또 어떤 음모를 꾸밀지 모를 일이었다.

"그렇다면……."

승상이 말끝을 흐리자 조고는 얼굴을 들이대며 단호하게 말했다.

"내가 알기로는 벌써부터 부소의 죽음을 놓고 수군거리는 무리들이 있소이다. 어디 그뿐이겠소? 몽염 장군을 따르는 무리까지 웅성거리고 있습니다."

"황제께서도 이런 일을 알고 계시오?"

승상의 말에 조고는 눈살을 찌푸렸다.

"이 일이야 승상과 제가 알아서 처리해야 할 문제가 아닙니까? 자칫 꾸물대다가는 우리 목에 칼이 들어올 일입니다. 공자들의 움직임도 심상치 않아요. 내이 일은 따로 황제 폐하께 아뢸 것이니, 승상께서도 황제의 위엄을 바로 세울 수 있도록 만반의 준비를 해야 할 것입니다."

조고는 승상 이사에게 은근하게 압력을 넣었다. 공자들을 가만히 두었다가는 언제 화를 부를지 모를 일이다. 부소의 죽음을 덮어버린다고 해결되는 것은 없었다. 애초에 그 싹을 모조리 잘라버리지 않는 한 하루라도 다리를 뻗고 잠들 수 없을 것 같았다. 하지만 문제는 승상이었다. 시황의 유서를 꾸미는 일에서도 마지못해 나선 위인이었고, 늘 자신의 눈치를 살피기만 할 뿐 도무지 그 속을 알 길이 없었다. 조고는 벌써 수하를 풀어 승상의 움직임을 감시하고 있었다.

"어떠하더냐?"

"근래에 들어 자주 중신들과 어울리고 있사옵니다."

조고는 깊은 생각에 잠긴 듯 한동안 말이 없었다. 중신들과 어울린다…… . 이는 권력을 장악하기 위한 움직임이 분명할 것이었다. 이사는 그런 인물이다. 한비에게 그랬던 것처럼 저에게 조금이라도 득이 되지 않을 때는 수단과 방법을 가리지 않고 덤벼들었고, 정적의 숨통을 여지없이 끊어놓았다. 언제라도 자신의 목을 노릴 자였다. 조고는 수하를 가까이 불렀다.

"그림자처럼 따라붙어라. 그와 어울리는 중신들까지 세세하게 살펴야 한다. 만약 어설프게 일을 처리했다가는 네 목도 무사하지는 못할 것이야."

조고는 수하를 물리고도 오랫동안 자리를 뜨지 않았다. 중신들에게 손을 뻗고 있다면, 황제의 주위까지 승상에게 넘길 수는 없었다. 그렇게 되면 자신을 권력 밖으로 밀어낼 것은 뻔한 일이었다. 중신들은 환관 출신인 자신보다는 승상 쪽으로 기울 것이고, 그 기세를 몰아 황제에게서 자신을 떼어내려 음모를 꾸밀 것이다. 서둘러서 일을 마무리 짓는 수밖에 도리가 없었다.

2세 황제의 순행은 봄에 끝났다. 동쪽으로 군현을 순행하고, 시황제가 세웠던 갈석에 시황의 업적과 덕을 새기고 돌아왔다. 그러나 천하에 황제의 위엄을 떨치고 돌아온 2세 황제의 안색은 그리 밝지만은 않았다. 이처럼 황제의 자리가 피곤할 줄은 몰랐던 것이다. 황제는 그저 하늘처럼 높은 자리에 앉아 천하를 내려다보는 것으로 덕을 베풀고, 즐거움 속에 몸을 놓으면 백성들의 즐거움도 또한 커질 것이라 믿었다. 호해는 그런 황제가 되고 싶었다. 어려서부터 스승이었던 조고는 그렇게 가르쳤다. 2세 황제는 돌아오자 바로 조고를 찾았다.

"내 황제의 자리가 이런 줄은 몰랐소."

조고는 짐짓 2세 황제 앞에서 더욱 자세를 낮추었으나, 어린 공자의 투정으로

밖에 들리지 않았다.

"폐하께서는 천하에 위엄을 떨치고 계시옵니다."

"천하에 위엄을 떨친다고 뭐가 달라진단 말이오? 고작 여섯 마리가 끄는 마차를 타고 지날 뿐이니, 이러고서야 어디 천하를 얻은 황제라 할 수 있겠소? 나는 내 마음이 원하는 대로 이 세상의 온갖 즐거움을 누리며 살고 싶소이다. 눈과 귀를 아름다운 것들로 가득 채우고 싶단 말이오."

조고는 이미 2세 황제의 심중을 헤아리고 있었다. 아름다운 꽃들로 가득 채운 정원도 비바람이 분다면 아무 소용이 없지 않은가. 비바람을 가리고서야 그 아름다움도 맛볼 수가 있는 법이다. 이제 조고는 때가 되었음을 직감했다.

"그것은 현명하신 임금이 할 수 있는 일이옵고, 어리석은 군주는 금하는 것이옵니다. 하지만 현명한 임금이라 하더라도 아직은 할 수 없으니, 신이 이것을 아뢰어도 되겠나이까?"

"아직 할 수 없다니, 무슨 말이오?"

"지금 사구沙丘(진시황이 죽은 곳)에서 모의한 일에 대해 공자들과 대신들이 의심하고 있나이다. 여러 공자들은 황제의 형들이고, 대신들은 선황제께서 두었던 신하들이지 않습니까? 신은 지금 그들이 황제께 불만을 가지고 변란이라도 일으킬까 그것을 두려워하고 있는 것이옵니다. 이런 일을 놔두고 어찌 즐기고자 하는 것이옵니까?"

황제는 사구에서 모의한 일이라는 말에 저도 모르게 목소리가 낮아졌다.

"그렇다면 이를 어찌하면 좋단 말이오?"

"먼저 나라의 법을 더욱 엄격하게 하셔야 합니다. 백성들은 몸에 맞는 옷이 편하게 느껴지는 법이지요. 헐렁한 옷을 입는다면 마음도 몸도 풀어져 저 스스로 어찌 추슬러야 할지 모를 것입니다. 엄격한 법만이 그들의 옷이 되고, 제 몸을 지

키는 보호막이 될 것입니다. 황제께서는 먼저 법을 엄격하게 하시어 옥체의 즐
거움을 누리시면 될 것입니다."

2세 황제는 조고의 말에 귀를 기울였다.

"법만을 엄격하게 한다고 저 변란의 조짐을 막을 수 있단 말이오?"

"아니지요. 그 다음에 하셔야 할 일은 죄 지은 자들은 서로 연좌하게 하시고
대신들과 종실 사람들을 죽여 없앤 다음에 유민을 거두어 임용하고 가난한 사람
들을 부유하게 만들고 천한 사람들을 귀하게 만드신다면 천하가 태평해질 것입
니다. 선황제의 옛 신하들은 모두 제거하셔야 합니다. 그 자리에 폐하께서 신임

하는 신하들을 임용하면 음덕이 폐하께 돌아
올 것입니다. 해로움은 제거될 것이고, 간사
한 모의는 막히며, 윤택함을 입지 않는 신하가
없을 것입니다. 그런 후에야 폐하는 베개를 높
이 베고 즐거움을 마음껏 누릴 수 있을 것이
니, 계책 가운데 이보다 뛰어난 것은 없을 것
입니다, 폐하."

"대신들과 종실을 죽여 없애라?"

2세 황제는 잠시 망설이는 표정을 지었다.

"아직도 곳곳에서 부소 공자의 죽음을 놓고
수군거린다 하니, 어찌 종실이라 하더라도 나
라의 앞날에 화가 되지 않겠나이까?"

황제는 그제야 조고의 말을 받아들여 법률
을 다시 만들라고 명했다. 법률은 더욱 각박하
고 엄격하여 백성들의 숨통을 졸라댔고, 대신

당鏜
당은 공격뿐만 아니라 양쪽에 있
는 창날을 이용해 방어에도 능하
다. 길이가 3미터이고, 가운데 창
날은 30센티미터이다.

들과 여러 공자들에까지 그 화가 미쳤다. 대신들과 공자들이 줄줄이 조고의 국문鞠問(국청에서 중죄인을 심문하는 일)을 받게 되었다.

함양에는 이제 피바람이 불기 시작했다. 죄가 있어 잡혀 들어간 사람들이 아니었으니 그만큼 원성이 높았고, 그럴수록 조고는 더욱 잔인하게 이들을 죽였다. 열두 명의 공자는 함양의 저자에서 죽임을 당했고, 열 명의 공주들은 돌에 맞아 죽는 탁형에 처해졌다. 또한 그들의 재물은 모두 관에서 몰수했으며, 서로 연좌되어 체포된 자들은 그 수를 헤아릴 수 없을 지경이었다.

조고의 이러한 잔인한 처벌에 이사까지도 몸서리를 칠 정도였다. 한편 함양의 피바람이 가시기도 전에 2세 황제는 한동안 멈추었던 아방궁 공사를 서둘렀고, 공사에 끌려온 백성들의 비명이 연일 끊이질 않았다.

진승과 오광이 반란을 일으키다

　진은 더할 수 없이 가혹한 정치를 펼쳤다. 백성들은 대규모 공사에 끌려나가 농사를 제대로 지을 수 없어 도처에 굶어 죽는 자들이 넘쳐났다. 죄인들은 징발되어 국경을 지키게 되었는데, 죄인들 중에서 관리, 췌서, 상인이 가장 먼저 징발되었다. 다음으로는 전에 췌서와 상인이었던 사람이고, 그 다음으로 부모가 췌서였거나 상인이었던 사람이 징발되었다. 그러고도 모자라는 노동력은 여좌로 채웠다. 여좌란 징발하는 사람이 골목에 들어섰을 때 그 왼편에 사는 사람들을 징발하는 것을 말했다.

　백성들의 원성은 하늘을 찔렀으며, 수없이 많은 백성들이 노역 속에서 죽어나갔다. 마른 들풀에 불이 번지듯 백성들의 원망과 불만은 지방으로까지 번져나갔다.

　며칠이나 계속해서 비가 내리던 가을이었다. 젖은 들판은 제대로 농사를 지을 수가 없어 황량하기 그지없었다. 한 무리의 병사들이 비에 젖은 채 무거운 발걸음을 옮기고 있었다. 진승과 오광이 여좌로 900여 명을 징발하여 어양이라는 곳을 지키기 위해 떠나는 길이었다. 굶주리는 처자를 두고 떠나는 농민들과 병사들이 뒤섞여 걷고 있었다. 빗줄기가 더욱 거세지고 큰비가 되어 쏟아지기 시작하자, 일행은 대택향에 주둔하게 되었다.

"이러거나 저러거나 참형을 면치 못할 처지군."

기한을 헤아려보니 이미 정해진 날은 지나버렸다. 기한 안에 도착하지 못했을 때에는 모두 참형에 처해지는 것이 진나라의 법이었다. 이대로 어양에 도착한다 하더라도 죽음을 면치 못할 것이라는 사실을 안 병사들과 농민들은 서서히 동요하기 시작했다. 둔장이었던 진승과 오광도 사정은 마찬가지였다. 한참동안 생각에 잠겼던 진승은 오광을 불렀다.

"이렇게 억울하게 죽을 수는 없는 일이다. 제 아무리 큰비 때문이라 해도 진은 이미 백성들의 목숨을 파리만도 못하게 여기고 있으니, 불 보듯 뻔한 일이지 않은가. 저자들에게 무슨 죄가 있단 말인가. 이대로 죽게 내버려둘 수는 없어."

진승의 말에 오광도 어금니를 깨물었다.

"개나 돼지보다 못하게 사느니 차라리 싸우다 죽는 편이 낫겠지."

진승과 오광은 병사들과 농민들을 불러모았다. 진승은 그들을 향해 무겁게 입을 열었다. 이제까지의 눈빛과는 사뭇 달랐다.

"이제 우리는 기한을 넘겼으니 모두 참형을 면치 못할 것이다. 행여 참형을 면한다 하더라도 이제 곧 겨울이라, 수자리(국경을 지키는 일)를 서다가 얼어 죽는 자가 열에 예닐곱은 될 것이니, 어찌 억울하게 죽겠는가. 남아로 태어나서 이름을 드러내고 죽는다면 무슨 한이 남겠는가만 이것은 개죽음일 뿐이다. 어디 왕후장상의 씨가 따로 있단 말이더냐."▪

진승의 말에 모두 환호하며 그를 좇았다. 속에 가득 찬 불만의 목소리는 거침없이 터져나왔고, 그것은 저항의 함성으로 대택향에 울려퍼졌다. 이에 진승과 오광은 공자 영부소와 옛 초나라의 명장이었던 항연을 사칭하고 단을 만들

왕후장상영유종호 王侯將相寧有種乎
제왕, 제후, 장수, 재상의 혈통이 같다는 뜻으로, 왕과 제후, 장수와 정승의 신분은 노력에 따라 달라진다는 의미다.

어 맹약한 후에 대초라 하였다. 진승은 장군이 되고, 오광은 군위가 되어 반란의 기치를 높이 올렸다.

진승은 먼저 대택향을 공격하여 무너뜨렸다. 죽음을 무릅쓴 병사들의 사기는 하늘을 찌를 듯했으나, 진의 병사들은 이미 지쳐서 맥없이 무너지고 말았다. 대택향의 군사를 무너뜨리고 기를 떨어뜨렸다. 진승의 반란군은 무서운 기세로 인근 지역의 군현과 성을 휩쓸었고, 군졸은 수만 명에 이르렀다. 6,700승의 전차와 기마가 1,000필로 늘어나 기세를 떨치기 시작했다. 진의 가혹한 법에 짓눌리고, 노역에 시달리던 백성들은 진승의 반란군에 합세하여 무기를 드니 그 수는 눈덩이처럼 불어났다. 그 소식 또한 진 제국 곳곳으로 퍼져나가 크고 작은 저항의 물결을 이루기 시작했다.

진승은 이제 진을 공격하기에 이르렀다. 이미 전세가 기울었다는 것을 안 고위관리들은 모두 달아난 후였고, 다만 초문을 지키던 병사들만이 남아서 싸웠으나 막을 수가 없었다. 진승의 반란군은 함성을 올리며 진으로 들어섰다.

진승이 성으로 들어섰을 때였다. 두 사람이 그의 앞에 나서며 예를 갖추어 맞았다. 장이와 진여였다. 그들은 본래 대량 사람으로 절친한 사이였다. 하지만 진 제국 이전에 진나라가 위나라를 멸망시켰을 때 두 사람이 대단한 명사라는 소문 때문에 진에서는 많은 상을 걸고 그들을 찾도록 했다. 그러자 장이와 진여는 이름과 성을 바꾸고 위나라에서 벗어나 진陳으로 숨어들었다. 그리고 감문을 지키는 문지기의 낮은 직책으로 있으면서 밥을 빌어먹었다.

하루는 이리가 진여의 허물을 잡아 매질을 한 적이 있었다. 진여는 화가 치밀어 이리에게 대들려고 하자 장이가 그의 발을 밟고는 움직이지 못하게 하여 고스란히 태장을 맞고 말았다. 이리가 돌아간 후에 진여가 씩씩대며 장이를 바라보자, 장이는 진여를 나무 아래로 끌고가서는 화를 내며 나무랐다.

"어찌 내가 태장 맞는 것을 보고만 있는 것이오?"

진여는 아직도 화가 풀리지 않은 얼굴이었다.

"벌써 잊었는가? 우리가 시작할 때 무어라 약속했는가. 고작 이리 하나 죽이
자고 했던 것인가?"

장이의 말에 진여는 아무 대꾸도 할 수가 없었다. 진여는 순간적으로 참지 못
한 자신의 잘못을 뉘우치고는 장이에게 사과했다. 수모를 참아가며 때를 기다렸
고, 따를 만한 인물을 기다린 그들이었다. 진승의 현명함은 익히 들었던 바였다.
해서 지금 진승을 기쁘게 맞이하고 있는 것이었다.

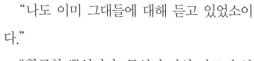

"나도 이미 그대들에 대해 듣고 있었소이
다."

"황공할 뿐입니다. 들었던 바와 다르지 않
게 현명한 분이시군요."

진여와 장이는 진승을 성 안으로 이끌었다.
성 안에는 이미 그들을 맞이하는 부로父老(중국
의 전국·진·한 시대의 취락, 즉 마을의 대표자이며 질
서유지의 책임자)들과 백성들이 환호하고 있었
다. 진여는 그들 앞에 나서며 말했다.

"진은 백성들을 잔인하고 포악하게 대했습
니다. 곳곳에는 원망의 소리만이 넘쳐날 뿐이
고, 굶어죽는 사람들은 그 수를 헤아릴 수가
없을 정도입니다. 이에 우리는 창과 칼을 들
었고, 반드시 진의 잔악한 무리들을 뿌리째
뽑아버릴 것입니다."

방천극方天戟

창과 같은 뾰족한 강철 날은 뚫
거나 찌르는 데 사용하고, 옆의
초승달 모양의 날은 내리찍거나
베기 위해 사용한다. 삼국지의 여
포가 사용하던 무기와 비슷하다.

고
중 대
국 의
의 무
기

이에 환호성이 일었고, 부로들 중에 나이가 많은 사람이 앞으로 나서서 진승에게 말했다.

"이제 진은 장군을 왕으로 모시고자 합니다. 헤아려 주시옵소서."

부로들은 한결같은 목소리로 진승을 왕으로 추대했다. 하지만 그 자리에서 바로 대답할 수 없는 문제였기에 진승은 진여와 장이에게 이 문제에 대해 물었다.

"저들이 나를 왕으로 삼고 싶다는데 어떻게 생각하시오?"

"진은 마땅한 도리를 저버리고 다른 사람의 사직을 없애고, 백성들에게 포악하게 한 일을 헤아릴 수가 없습니다. 이에 그 잔인하고 포악한 것을 없애기 위해 기치를 든 장군이지 않습니까? 그러나 이제 진에 이르러서 왕이 되신다면 이는 사사로움을 드러내는 것일 뿐입니다. 바라옵건대 장군께서는 왕의 자리에 오르지 마십시오."

하지만 진승은 진여의 말이 귀에 들리지 않았다.

"이제 진을 상대하기 위해서는 우리도 체계를 갖추는 것이 바람직하지 않겠소? 백성들의 원을 들어주는 것인데 그것이 어찌 사사로운 일이란 말이오?"

이번에는 장이가 나서서 진승에게 말했다.

"장군께서는 좀더 멀리 보셔야 합니다. 그렇게 되면 오히려 급히 서쪽으로 군사를 이끌어야 한다는 것을 아실 것입니다. 또한 사람을 파견하여 6국을 세운 후에 그 세력을 얻는다면, 진의 적은 더욱 많아질 것입니다. 적이 많으면 아무리 강한 진이라 해도 힘이 흩어지고 말테니, 어찌 진이라고 많은 적을 상대할 수 있겠습니까? 6국의 제후들과 힘을 합하여 진을 상대한다면 들에서는 전투를 하지 않고, 현에서도 성을 지킬 것이 없을 것이며 포악한 진을 주멸하고 함양을 점거할 수 있을 것입니다. 그런 후에 덕으로써 제후들을 복종시킨다면 그제야 황제의 대업을 이룰 수가 있을 것이니, 지금 홀로 진에서 왕이 되신다면 천하 사람들은 따르지 않을 것입니다."

"두 분의 계책은 참으로 뛰어나군요. 서쪽이라면 반드시 가야 할 길이지요. 하지만 확고한 토대를 만들어야 합니다. 지금 천하에는 진의 법을 견뎌내지 못해 수령들을 죽이고 우리를 따르는 무리가 끊이질 않고 있소. 내가 왕이 된다 하더라도 나는 서쪽으로 향할 것이오. 하니 두 분께서 제 곁에서 가르침을 주십시오."

장이와 진여는 진승을 말릴 수가 없었다. 진승의 현명함이 고작 이것이었나 싶었다. 설령 천하가 그의 손에 들어온다 하더라도 진승은 천하를 호령할 인물은 아니었다.

"과욕이 서둘러 화를 불러들이고 있어."

끝내 진섭(진승의 자가 섭이다)은 스스로 왕에 올라, 나라 이름을 '장초'라 했다.

왕후장상영유종호
王侯將相寧有種乎

사람의 신분이 어찌 정해져 있겠는가

진시황제가 죽고 호해가 즉위했다. 호해는 진시황제와는 달리 황제의 재목이 되지 못하여 환관인 조고의 손아귀에서 놀아나 백성들을 도탄에 빠뜨렸다. 이때 조정에서는 이문里門 왼쪽에 살고 있는 빈민들을 변방 근처의 어양 지역으로 옮겨가도록 했는데, 진승과 오광이 이들을 통솔하게 되었다.

이들이 대택향大澤鄕까지 갔을 때 큰 비가 쏟아지는 바람에 도로가 무너져서 갈 수가 없게 됐다. 당시 진나라의 법은 기한 내에 도착하지 못하면 죽임을 당해야 했다. 진승과 오광은 지금 달아나도 죽을 것이니 차라리 나라를 위해 죽는 것이 낫다고 생각하여 농민들을 모아 반란을 일으키기로 했다. 진승과 오광은 사람들에게 이렇게 호소했다.

"기한을 어기면 마땅히 모두 죽임을 당해야 한다. 만약 죽지 않는다고 해도 나중 일은 알 수가 없다. 대장부로 태어나 세상에 이름 한 번 남기고 죽어야 하지 않겠느냐? 왕과 제후, 장수와 정승의 씨가 어찌 따로 있겠느냐!"

평소 황제의 폭정에 괴로워하던 사람들은 진승과 오광을 따르기로 했다. 이들은 진나라를 멸망시킨 불씨가 되었다.

王 임금 왕 | 侯 제후 후 | 將 장수 장 | 相 정승 상 | 寧 어찌 영 | 有 있을 유 | 種 씨 종 | 乎 어조사 호

왕과 제후, 장수와 정승의 씨가 따로 있지 않듯 신분은 노력에 따라 달라진다.
[출전] 《사기史記》〈진섭세가陳涉世家〉

천하를 품을 유방의 관상

진나라의 패현 풍읍은 유방이 태어난 작은 마을이었다. 유방의 아버지는 태공이었고, 어머니는 유온이었다.

하루는 유온이 큰 연못가에서 쉬고 있을 때였다. 잠깐 잠이 들었는데, 꿈속에 신이 나타나자 천둥과 벼락이 치며 하늘이 시커멓게 변해 어두워졌다. 그리고 교룡이 꿈틀대며 유온의 몸을 친친 감았다. 곁에 있던 태공은 몹시 두려웠으나, 이때부터 유온은 태기가 있어 아이를 낳았는데 그가 곧 유방이었다.

"분명 이 아이는 하늘이 낸 것이오."

태공은 유방에게 집안일도 시키지 않았다. 용의 기운이 흘러넘치는 유방은 성장하자 콧날이 높고, 이마가 넓어 용의 얼굴을 닮아갔다. 그리고 유방의 넓적다리에는 72개의 검은 반점이 있었다. 인자한 성품으로 사람들과 사귀기를 좋아했고, 남에게 베풀기를 좋아했다. 활달하고 호탕하며 큰 포부도 지니고 있었던 그의 주위에는 항상 사람들이 따랐다.

유방은 사수泗水의 정장亭長이 되었으나, 늘 술을 마시거나 색을 밝히며 시간을 보냈다. 유방은 관아의 관리들에게도 함부로 대하며 깔보기가 일쑤였다.

"제깟 놈들이 감히 이 유방을 뭘로 보는 거야? 정장으로 썩을 유방으로 보인단 말이냐? 여기 술 좀 더 주쇼."

술집 주인들은 유방을 마다하지 않았다. 유방이 나타나는 날이면 사람들이 몰려들었고, 매상도 몇 갑절이나 올릴 수 있었으니 마다할 이유가 없었다. 그런데다가 유방에게 기이한 일이 일어난 후에는 함부로 대할 수도 없었다. 유방은 항상 술에 취해 그 자리에 쓰러진 채 잠이 들었는데 그때마다 용이 그의 몸 위에 나타나는 것이었다.

"술이야 얼마든지 드립지요."

"장부에 달아놓으시오. 내 한꺼번에 드릴 것이니."

"그럴 필요도 없습니다요. 연말이면 장부는 모조리 없애버립니다요."

"어허, 장부를 없앤다……."

유방은 내심 울화가 치밀었다. 고작 대장부로 태어나 외상술이나 마시고 있는 자신의 모습에 화가 치민 것이었다. 아직도 시황제의 행차를 보았을 때가 잊히지 않았다. 검은 깃발을 휘날리며 화려한 수레를 타고 행차하던 시황제를 보는 순간, 유방은 가슴이 뛰었다. 모름지기 대장부라면 저 정도는 되어야 하지 않겠는가. 어찌 이렇게 세월만 보내고 있단 말인가. 그러나 유방도 한탄만 하며 지내지는 않았다. 언젠가 제 몸을 감싼 용들이 승천할 날이 있으리라 믿고 있었다.

"형님 지금 현청에서 잔치가 벌어지고 있는 모양입니다요. 현의 호걸들이 모조리 청으로 향하는데 형님도 가셔야지요?"

유방의 그림자처럼 붙어 다니던 번쾌였다. 번쾌는 패현 출신으로 개를 잡아 파는 백정이었으며, 유방에게만은 제 목숨까지도 내놓을 사람이었다. 그런 번쾌가 잠든 유방을 흔들어 깨웠다.

"무슨 일인데 청에 모인다는 게냐?"

"선보 사람인 여공을 위해서 환영 잔치를 벌인다고 합니다. 현령과는 둘도 없는 사이라는데, 벌써 많은 사람들이 청으로 향하는 것을 저도 보았습니다. 그렇게 다들 가는 자리라면 형님도 가는 게 당연하지 않겠습니까?"

번쾌의 말이 틀리지는 않았다. 유방은 청으로 갈 채비를 하다가 수중에 한 푼도 없다는 사실을 알아챘다. 으레 그런 자리에는 두둑할 정도의 하례금을 넣어야 했다. 하지만 현의 관리들이라야 모두 안면이 있는 자들이니, 자신을 대놓고 탓할 자는 없을 터였다. 유방은 번쾌와 함께 현청으로 향했다.

현청으로 들어서는 유방의 모습을 본 소하는 눈살을 찌푸렸다. 사람들은 그에게 덕이 있다고 했다. 덕이라니? 유방에게 그런 덕이 있었단 말인가? 소하는 제 귀를 의심할 수밖에 없었다. 돈 한 푼 없이 주막에서 외상술을 마시며 허풍이나 떠는 유방에게 사람들이 몰려들었다. 묘한 일이었다. 그에게 덕이 있다니? 유방의 아비인 태공은 제 자식이 용의 정기를 타고 태어났다는 정신 나간 소리나 하고 돌아다닌다고 하지 않던? 태공의 그런 말들은 유방의 몸 위로 자주 용이 나타난다는 세간의 풍문으로까지 퍼져 사람들이 그를 두려워한다고 했다. 그러나 소하는 믿지 않았다. 세상 사람들의 가슴속에 환상처럼 자리 잡고 있는 무엇인가가 있는 것이리라 싶었다.

소하는 현청으로 들어선 유방을 눈여겨보고 있었다. 간신히 정장의 자리를 얻은 주제였지만 그의 행동에는 조금도 거리낌이 없었다. 그림자처럼 좇아다니는 번쾌라는 개백정과 무리를 보고 있자면 시장의 주먹패들과 다를 바 없었다. 소하는 밀려드는 손님들로 정신이 없었다. 하지만 저런 자들에게 자리를 내줄 수는 없어, 한 가지 꾀를 냈다. 보나마나 하례금도 없이 청에 들어섰을 것은 뻔한 일이었다. 소하는 잠시 손님들을 향해 말했다.

"자자, 손님들이 많으니 1,000전 이하를 내는 사람들은 당 아래로 내려가주시오."

소하의 말에 잠시 불평의 소리가 들리는가 싶었지만 이내 가라앉았다. 유방도

126

마찬가지였다. 소하는 다시 자리에 앉아 죽간에 하례금을 적기 시작했다. 1,000전 이상을 내기가 쉬운 일은 아니었다. 어차피 그들을 구분해야 할 판이었다. 소하는 평판답게 행정에서는 뛰어난 관리였다.

"자, 유방 1만 전이요."

소하는 깜짝 놀라 유방을 바라보았다. 1만 전이라니, 이 또한 허풍이 틀림없었다. 그러나 유방은 내색 하나 없이 소하를 내려다보았다. 어쩔 수 없이 소하는 여공에게 죽간을 보여주었다. 1만 전을 낸 귀한 손님이라면 여공이 직접 자리에 안내해야 했으나, 소하가 보기에는 허풍이 분명했다.

소하는 여공에게 제 생각을 귀띔했다. 소하의 말을 들은 여공은 잠시 유방의 얼굴을 바라보았다. 관상 보는 것이 여공의 특기였으니, 허풍을 떠는 자라면 한눈에 알아볼 수 있을 것이기 때문이었다. 소하는 잠시 여공의 말을 기다리고 있었다. 하지만 여공은 다른 손님에게보다도 더욱 예를 갖추어 자리를 안내하는 것이 아닌가.

"이렇게 귀한 관상을 가진 분은 처음입니다."

여공의 감탄에 겨운 말에 소하도 깜짝 놀랐다. 유방의 얼굴 어디에 그런 관상이 있단 말인가. 1만 전이라는 소리에 여공의 판단력도 흐려진 듯싶었다. 유방은 여공의 환대에 밝은 표정으로 자리에 앉아 술을 마시고 있었다. 현령의 오랜 친구인 여공을 위해 마련한 자리

추錘
긴 손잡이에 타격을 가할 수 있는 둥근 무기를 부착했다. 여기에 강도를 높이기 위해 작고 예리한 칼날들을 단 질려골타가 있다.

고대
중국의
무기

였다. 소하는 그 자리에서까지 허풍을 떨어대는 유방이 마땅치 않았다.

"내, 관상을 많이 보았습니다만 유공처럼 좋은 관상은 처음이구려. 하늘이 아니고서야 누가 이런 상을 줄 수가 있겠소?"

여공의 연이은 찬사에 유방은 한껏 기가 올라 있었다.

"보잘것없는 사람을 그토록 귀하게 대해주시니 몸 둘 바를 모르겠습니다. 한낱 정장에 있는 제게……."

"아무리 정장의 관상을 좋다 하겠소이까? 아무쪼록 말이나 행동을 조심하셔야 합니다, 유공."

여공이 유방을 바라보는 시선은 그윽했다. 여공의 찬사에 함께 앉았던 사람들 모두 유방의 얼굴을 유심히 들여다보았다. 하지만 그들에게는 오직 그 특이한 관만이 보일 따름이었다. 패현의 사람들이라면 모르는 사람이 없을 정도로 유명한 관이었다. 누군가 그 관에 대해 물었다.

"쓰신 관이 사람들이 말하는 일명 유씨관이라는 것이 아니오?"

"하하. 세상에서는 그렇게들 말하지요. 설 땅에서 나는 대나무 껍질로 만든 것이올시다. 이 유방에게만 있는 유일한 관이지요."

여공은 유방의 말에 고개를 크게 끄덕였다. 세상에 하나밖에 없는 관이었고, 그것도 천하를 내려다볼 관상을 타고난 유방이 쓰고 있었다. 그 누구에게도 어울릴 수 없는 관이 유방에게는 썩 잘 어울렸다. 그 누가 관 하나로 자신을 사람들에게 알릴 수 있단 말인가. 그것도 정장인 주제에 말이다. 여공은 틈틈

소하

유방이 항우와 싸울 때 관중에 머물면서 군량과 군사를 조달하며, 행정에 능력을 발휘해 유방의 천하통일에 일등공신이 된다.

이 유방의 관상을 면밀히 살폈다. 현령도 여공의 눈은 알아주는 터라, 범상치 않은 인물이라 눈여겨보고 있었다.

'참 알 수 없는 인물인 것만은 틀림없어.'

소하는 여공마저 사로잡은 유방을 바라보며 마음속으로 이렇게 생각하고 있었다. 천한 백정에서부터 백성들에 이르기까지, 아니 현의 관리들까지 사로잡는 그의 매력을 소하 자신은 찾을 수가 없었다. 단지 그런 유방을 바라보고 있을 뿐이었다. 소하는 여전히 유방이 허풍쟁이라는 자신의 생각을 버리지는 않았다. 하지만 여공이 자신의 딸을 유방에게 시집보내기로 했다는 말을 듣고는 놀라지 않을 수가 없었다. 딸의 혼인이라면 현령의 제안에도 마다하던 여공이었다. 부귀를 누리는 여공이 처음 본 유방에게 선뜻 제 딸을 준단 말인가. 여공은 유방이 대단한 인물이 될 것이라고 믿는 것이 틀림없었다.

소하는 매사에 신중한 인물이었다. 관리의 임무에서도 한 치의 오차가 없을 정도였으니, 돌다리도 두드려보고 건널 인사였다. 하지만 쉽사리 자신의 뜻을 내비치지도 않았다. 진 제국에서 관리로 살아가기 위해서는 그만큼 제 속조차 쉽게 내보일 수가 없었다.

비를 기다리는 용

진의 혼란스러움은 패현까지 전해졌다. 전국 곳곳에서 반란 세력들이 일어났다. 진승과 오광이라는 도적 무리의 세력이 나날이 커지고 있다는 전갈도 끊이질 않았다. 하지만 함양에서는 진시황릉의 노역장에 필요한 형도들을 보내라는 명만 내려올 뿐이었다. 이미 진은 제 숨통을 조이고 있는 것처럼 보였다.

소하는 아직도 유방과 일정한 거리를 둔 채 지켜보고 있었다. 조참과 하후영이라는 관리들이 그와 가깝게 지낸다는 것도 알고 있었으나, 쉽게 말을 섞지는 못했다. 유방이 여공의 딸을 아내로 맞았다는 사실은 패현에서 모르는 사람이 없었다.

"그 사수의 정장 말일세. 혹 그자에 대해서 알고 있는가?"

소하는 조참에게 어렵게 물어보았다.

"알다 뿐입니까? 한데 주리主吏(아전의 우두머리)께서 형님을 물으시다니요? 매번 그 허풍쟁이라고 하지 않으셨습니까?"

"어떤 사람인가 궁금했을 뿐이네."

소하는 조참의 말이 불쾌했지만 한발 뒤로 물러섰다.

"여공께서도 그 딸을 줄만큼 대단한 관상을 지닌 분이라 하지 않으셨습니까? 항간에서는 형님 주위에 항상 용의 기운이 느껴진다고들 합니다. 사람을 가리지 않을 뿐만 아니라 그 덕은 천하를 품을 정도입니다.”

“천하를 품을 덕이라? 하지만 무엇 하나 제대로 하는 일은 없지 않은가? 정장 일만 하더라도 그렇지. 제 자리를 지킨다는 소리를 들어본 적이 없네, 나는.”

소하의 말에 조참은 뜨끔한 모양이었다. 소하의 눈썰미가 보통이 아니라는 것쯤은 모를 조참이 아니었다. 유방이 늘 일은 하지 않고 술을 마시며 시간을 보내는 것을 소하는 지적하고 있었다. 그러나 한편으로 생각하면 그것을 알면서도 이제까지 그냥 넘겼다는 것이 아닌가.

“천하를 담을 그릇을 사수의 정 하나로 채울 수 있다고 생각하시오? 한결같이 형님을 따르는 저 사람들을 보십시오. 누구 하나 그들을 불러 모은 사람은 없었습니다. 그러니 그것이 형님의 덕이 아니고 무엇이라 하겠습니까?”

소하는 말없이 보일 듯 말 듯하게 고개를 끄덕였다. 주머니 속에 송곳을 감출 수 없는 법이라더니, 유방을 두고 하는 말인 듯했다. 조참의 말에도 일리는 있었다. 첫눈에 제 딸을 준 여공을 보아도 알 터였다. 소하는 조참의 말에 아무 대꾸도 없이 자리를 피했다. 사람들을 사로잡는 힘만으로는 천하가 아니라 이 패현조차도 얻을 수가 없을 것이다. 하지만 그가 진나라 곳곳에 숨은 인재들을 얻을 수 있다면 상황은 달라질 터였다.

현령은 함양에서 내린 명에 따르기 위해 급하게 소하를 찾았다. 시황제의 능이 있는 여산의 노역장으로 보낼 형도들을 기한 안에 압송해야 할 문제가 시급했다. 더욱이 반란군으로 일어선 진승의 무리가 패현에서 멀지 않은 곳까지 내려왔다는 첩보에도 대비를 해야만 했다. 어느 것 하나 선후를 가릴 수 없을 만큼 급한 일이었다.

“당장 형도들을 함양으로 압송하는 것이야 어찌 해본다지만, 도적들까지 대비해야 할 판이니 어찌하면 좋겠는가?”

소하는 침착하게 현령의 말을 헤아렸다. 함양으로 형도들을 압송하는 것도 예전 같지는 않았다. 진시황의 시퍼런 칼날 앞에서라면 형도들에다 농민들까지 수를 보태어 별 무리없이 보냈겠지만 지금은 그때와는 상황이 사뭇 달랐다. 백성들도 눈이 있고, 귀가 있었다. 소하의 생각에도 이미 진은 서산에 걸린 해나 다름없었다. 하지만 어찌 해볼 수 있다니, 현령은 이미 대비책을 세워놓은 듯싶었다. 소하는 조심스럽게 현령의 의중을 떠보았다.

"현령께서는 고작 도적떼에 지나지 않는 자들을 염려하고 계십니까? 그보다는 형도들을 압송하는 것이 먼저일 듯합니다만……. 형도만으로는 모자라니 그 수를 농민들로 채워야 할 것이며, 또한 그들을 압송할 자를 가리는 것도 수월치 않은 일입니다."

현령은 소하의 말에 고개를 끄덕였다.

"정장들에게 이미 그 수를 채우라 했으니 그들에게 책임을 물으면 될 것이고, 압송할 자라면 유방이라는 자가 어떻겠는가? 그자라면 백성들도 잘 따른다 하지 않았던가? 그뿐만 아니라 무리가 많이 따르는 자를 현에 두는 것은 왠지 꺼림칙하지 않은가?"

소하는 잠시 머뭇거렸다. 현령이 유방을 점찍어 두고 있으리라고는 예상치 못한 일이었다. 여공을 위한 연회에서 유방의 관상에 대해 했던 말들을 현령은 가슴에 담아두고 있었던 듯싶었다. 소하로서는 막아설 명분이 없었다. 정장들 중에서 누군가는 그 형도들을 압송하는 것이 관례였다. 또한 현령의 눈에도 유방의 평판은 부담스러웠기에 차라리 이참에 앓던 이까지 뽑을 셈인 듯했다.

"내 알아보니 그자는 정장이 되기 전에도 함양에 노역을 다녀온 적이 있었다고 하네. 사람들이 그렇게 따르는데, 형도들이라고 따르지 않겠는가? 그렇게 하도록 하게."

소하는 현령의 뜻에 따랐다. 개운치 않았으나 소하에게도 나름의 명분은 있었다. 조참의 말처럼 사수의 정 하나로 채울 그릇이 아니라면, 마땅히 헤쳐나갈 수 있을 터였다. 하지만 그렇지 못하다면 유방은 한낱 허풍쟁이에 불과하다는 자신의 눈이 옳은 것이었다.

"도대체 어찌 된 일입니까? 유방 형님께서 여산으로 가신다니요?"

소하에게 달려온 것은 조참과 하후영이었다. 당연하게 빠져야 할 사람이 어떻게 선택되었는지를 따졌다. 소하는 현령의 명이라 전했지만, 그들은 그 말을 믿으려 하지 않았다. 여공은 현령과 절친한 사이였고, 유방은 여공의 사위였으니, 현령이 그렇게 했을 리가 없다는 것이었다.

소하로서도 난감한 일이었다. 자신은 전부터 유방을 허풍쟁이로 몰아붙이지 않았던가.

"자네들은 어찌 그렇게 단순한가? 현령은 자신에게 내려진 명을 시행하고 있을 뿐이네. 이 상황에서 여산까지 형도들을 이끌 자가 유방 말고 누가 있단 말인가. 또 하나는 자네들이 말하는 유방은 하늘이 내렸다 하지 않았던가? 천하를 운운하면서 어찌 이만한 난관 하나 넘지 못할까 노심초사하고 있느냔 말일세."

소하의 말에 조참과 하후영은 입을 다물었다. 현에서는 제일의 마부였지만, 유방을 위해서라면 제 목숨까지 내놓을 하후영이었다. 그들의 생각이 짧았던 것도 사실이다. 여산에

낭아봉 狼牙棒

고대의 무기

나무나 금속 덩어리에 날카로운 못을 가득 박고 긴 손잡이를 달았다. 맨 끝에 단 칼날로 적을 찌르기도 하고, 타격 효과가 커서 갑옷을 입은 적과도 싸울 수 있다. 수호지에 나오는 진명이 잘 사용하는 무기이다.

끌려가는 자들은 죽음을 면치 못할 것이란 생각 하나로 지금 소하에게 달려온 것이었으니, 소하처럼 꼼꼼하게 일의 전후를 헤아리지도 못했다. 유방이라면 능히 해결할 수 있을 것이었다. 이제야 조참과 하후영은 안심이 되었다.

소하는 여산까지 생각을 잇지는 않았다. 진 제국의 곳곳에서 일어나는 반란의 무리들 중 여산으로 끌려가던 무리가 많을 것이라는 것은 삼척동자도 알 일이지 않은가. 기일을 맞추지 못하거나 그 형도의 수도 맞추지 못한다면 고스란히 죽음을 면치 못할 그 자리까지 순순히 제 목을 내놓고 갈 자가 얼마나 될 것이며, 유방이 그 중 하나라면 그만큼 멍청한 인사도 없을 터였다.

유방은 패현의 형도들을 이끌고 여산을 향해 길을 떠났다. 시황제의 노역장으로 가는 길이라는 것을 안 형도들은 틈만 나면 도망치기 시작했다. 유방은 이를 알고도 모른 체했다. 그 수는 점점 줄었다. 어차피 명대로 여산에 도착할 것이라고는 예상하지 않았다. 무사히 도착한다 하더라도 살아남기 어려운 곳임을 유방은 잘 알고 있었다. 자신도 무사하지 못할 것임을 알고 있었기에 도망치는 형도들을 잡으려 하지 않았던 것이다. 유방은 풍읍 서쪽 연못가에 이르러 행렬을 멈추었다. 아직 해가 남아 있었다. 형도들이 도망치기에도 어두운 것보다는 나을 듯해서였다.

"오늘은 여기에서 술을 마실 것이니, 그대들은 알아서들 가거라."

남은 형도들의 무리는 서둘러 도망치기 시작했다. 하지만 유방의 이러한 행동을 지켜보던 10여 명의 형도들은 오히려 유방의 주위로 몰려들었다.

"우리는 그대를 따를 것이오."

"나를 따르다니? 나 또한 살기 위해서 달아날 것인데, 누가 누구를 따른단 말인가?"

유방은 태연하게 술을 마셨다.

"우리가 돌아간다 하더라도 어디로 간단 말입니까? 갈 데가 있었으면 벌써 달아났을 것이오. 우리는 죽으나 사나 그대만을 따를 것이오."

유방은 그들과 함께 밤 늦게까지 술을 마시고는 자리에서 일어섰다. 그때 앞서서 길을 찾던 자가 헐레벌떡 뛰어와 앞에 큰 뱀이 있어 갈 수가 없다고 알렸다. 이에 유방은 술 취한 목소리로 소리쳤다.

"장부가 길을 가는데 무엇이 두렵단 말인가?"

유방은 길을 막고 있는 큰 뱀을 칼로 내리쳐 두 동강을 내버렸다. 얼마쯤 갔을 때 취기가 오른 유방은 그만 그 자리에 쓰러져 잠이 들고 말았다. 일행은 조심스럽게 유방이 뱀을 죽인 자리를 지나고 있었다. 그때 한 노파가 뱀이 죽은 자리에 앉아 하염없이 눈물을 흘리며 곡을 하고 있는 것이 보였다. 일행은 머리카락이 설 정도로 두려움을 느끼며 노파에게 사연을 물어보았다.

"어떤 사람이 내 아들을 죽였기에 이렇게 울고 있는 것이라오."

"아니 무엇 때문에 아들을 죽였단 말이오?"

"내 아들은 바로 백제白帝의 아들이오. 뱀으로 변해서 길을 가다가 그만 적제赤帝의 아들에게 화를 당했지 뭐요."

이 말을 들은 사람들은 기겁하여 노파에게 달려들었으나, 노파는 순간 사라지고 말았다. 두려움에 떨면서 그들은 유방에게 달려갔다. 이미 취기가 가신 유방에게 그 사실을 일러주었으나, 유방은 오히려 의아한 얼굴로 그들을 둘러보았다. 사람들은 유방이 범상한 인물이 아니라는 사실을 알아채고는 두려워하는 마음이 깊어졌다.

유방은 예언을 알아차리지 못했다. 백제의 아들을 적제의 아들이 해쳤다는 것은 오행설에 따르면 곧 진나라가 멸하고 한나라가 설 것이라는 의미였다. 유방은 고작 정장의 시험에 응해 관리가 될 정도의 인물이었고, 관상의 좋고 나쁨에 따

라 희비가 엇갈리는 정도의 학식만 있었을 뿐이었다.

　"내게 그런 일이라면 하나둘이 아니네. 내 아내는 내가 깊은 산중에 있어도 단걸음에 나를 찾으니까 말이야. 뭐라는 줄 아는가? 내가 있는 곳에는 구름 같은 기운이 있다고 했네."

　무리 앞에서 유방이 스스로 위안하기 위해 한 말이었다. 물론 아내가 한 말인 것도 사실이었다. 한때 시황제는 동남쪽에서 천자의 기운이 느껴진다고 하여 동쪽으로 순행을 떠날 때마다 그 기운을 꺾으려 했다. 그러나 그때마다 유방은 망과 탕 사이의 연못가 석굴에 숨어 몸을 피했다고 했다. 그러면 어김없이 아내가 쉽사리 찾아왔는데, 그때 해주었던 말이다.

　그것은 태몽과도 연관되었고, 한 노인이 유방의 집을 지나치다가 던진 말과도 같았다. 이제 용이 비를 기다리고 있구나. 유방은 그 말을 믿고 있었다. 지금 난감한 처지에 있다 하더라도 조금만 기다린다면 반드시 헤쳐나갈 것이라는 희망을 그를 따르는 무리에게 던진 것이었다.

패공, 붉은 깃발을 세우다

형도들이 도중에 모두 도망쳤다는 소식이 전해지자 현령은 온몸을 부르르 떨며 화를 냈다.

"도대체 그들이 어디로 갔단 말이냐? 감히 진나라의 법을 어기고 이 땅에서 살 수 있을 것 같으냐."

"그들은 현을 벗어나지는 않았을 것입니다. 하지만 지금 반란군이 현을 향하고 있다는 급보가 들어왔으니, 그에 대한 대비부터 서둘러야 합니다."

소하가 현령에게 말했지만, 현령은 골똘하게 생각에 빠져 있었다. 현령은 위기에 처해서는 제 살기에 급급한 위인이었다. 생각 끝에 던진 대비책이라는 것도 한심하기 그지없었다. 현령은 진승에게 이 현을 바치고 호응하자는 의견을 내놓았다. 그러자 소하가 발끈하고 나서서 말했다.

"어찌 반란의 무리에게 현을 바쳐 목숨을 구할 생각을 하는 것입니까? 차라리 유방의 무리를 불러들인다면 그 수가 몇 백에 이를 것이요, 유방이라면 패현의 백성들이 따르는 자이니 그 수가 수천에 이르게도 할 것입니다. 차라리 그들에게 죄를 사면해주고 반란의 무리를 물리친다면 함양에서도 그 공을 저버리지는 않을 것입니다."

소하의 생각은 막힘이 없었다. 마치 준비라도 해놓았던 것처럼 문제가 닥치면 곧바로 그에 대한 대비책을 꺼냈다. 현령으로서도 현을 지킬 수천의 군사를 얻을 수만 있다면 능히 진승을 당해낼 수 있을 듯했다. 그러나 오히려 그것을 빌미로 현에 들어온 유방의 무리가 반란이라도 일으키는 날이면 화를 불러들이는 꼴이 되고 말 것이다. 현령에겐 달리 뾰족한 수가 없었다. 당장 발등에 떨어진 불부터 꺼야 했다.

"아니, 그럼 유방의 무리가 어디에 있는 줄 안단 말인가?"

"그에게는 그림자 같은 번쾌라는 작자가 있습니다. 유방이 어디에 있든지 번쾌는 찾아갈 것이니 걱정할 필요가 없습니다."

조참이 나서서 말했다.

"아무리 그렇더라도 그들을 어찌 믿는단 말인가?"

"지금은 그 방법밖에는 없습니다."

소하는 짧은 대답으로 현령의 결단을 기다렸다. 하는 수 없이 현령은 유방을 불러들이도록 했다. 소하와 조참은 번쾌에게 일러 유방을 급히 찾도록 했다. 하지만 번쾌도 자칫 이것이 이들의 함정일 수 있다는 의심을 떨쳐버릴 수가 없었다.

"형님을 찾는 것이야 어렵지 않지만, 법을 어긴 자들의 죄를 면해준다는 관리들의 말을 어떻게 믿으란 것이오?"

그러자 조참이 나섰다.

"지금 반란군이 현으로 몰려들고 있는 상황이라지 않는가? 그들을 막아낼 사람은 형님뿐이라는 것을 자네도 잘 알고 있을 것이니, 무슨 다른 말이 필요하겠는가? 반란군을 막는다면 죄가 문제겠는가, 오히려 공을 세울 수 있는 다시 없는 기회가 될 수도 있지. 한시가 급한 일이네."

"그렇다면 이 일에 그대들의 목이라도 걸 수 있겠소?"

소하와 조참은 번쾌의 조건을 받아들였다.

"성문을 열어둘 것이니, 한시라도 서둘러 올 수 있도록 하게."

번쾌는 달리는 말에 채찍을 휘두르며 서둘렀다. 유방이 있는 곳이라면 어디라도 찾을 수 있다고 자부하는 번쾌였다. 하늘은 금방이라도 숨은 유방을 내줄 것처럼 구름이 덮여 있었다. 마른 먼지를 날리며 한참이나 말을 달렸을 때였다. 유방도 언젠가 나타날 번쾌를 기다리고 있던 터라 멀리에서도 말발굽 소리를 들을 수 있었다. 유방에게도 익숙한 곳이었지만, 번쾌에게도 익숙한 곳이었다. 언제나 유방은 연못 주위를 택하여 은신했다. 유방을 찾은 번쾌는 소하와 조참이 말한 것을 하나도 빼지 않고 전했다.

"제 목까지 건다고 했으니, 함정은 아닐 것입니다."

"하지만 우리는 고작 10여 명에 불과하지 않느냐? 수가 아주 적어."

유방은 망설였다.

"사람들이야 걱정할 것 없습니다. 먼저 제가 가서 사람들을 모은다면 족히 수백은 모일 것입니다."

유방은 번쾌의 뜻에 따랐고, 패현의 성 앞에 이르렀을 때는 이미 번쾌가 수백의 무리를 이끌고 있었다. 하지만 정작 열려 있어야 할 성문은 굳게 닫힌 채였다. 난감한 것은 번쾌였다. 당장이라도 쳐들어가 제 목을 건다고 큰소리 친 소하와 조참을 죽이고 싶었다. 그러자 유방이 번쾌를 말리고 나섰다.

"그들은 그럴 자들이 아니다. 나를 잡고자 한 일이라면 어찌 성문을 닫아걸고 있겠느냐. 성 안에 들어선 다음에 문을 걸어도 늦지는 않을 것인데 말이야. 이는 분명 현령의 뜻이 바뀌었기 때문일 것이다. 애초에 나를 함양으로 보낸 것도 현령이라고 들었다."

오래지 않아 황급히 말을 달려 유방에게 오는 자들이 있었다. 소하와 조참이었다. 사색이 된 얼굴로 유방에게 이른 그들은 성문이 닫힌 이유에 대해서 소상하게 일렀다. 현령이 유방을 불러들인 것을 후회하고는 성문을 닫아걸게 했다는 것이다. 진승에게 호응하여 제 목숨을 건지기로 했으니, 그에 반대하고 나섰던 소하와 조참의 목을 당장에 베어버려야만 했다. 이를 눈치챈 소하와 조참은 급히 성을 빠져나와 유방에게 몸을 의탁한 것이었다.

"나도 짐작은 하고 있었소. 이제는 선택의 여지가 없는 것 같군요. 현령을 죽이는 수밖에 말이오."

"오히려 부로들을 일깨울 만한 글을 써서 화살로 날려 보내는 편이 나을 듯합니다. 분명 부로들은 뜻을 알 것입니다."

소하의 제안이었다. 유방은 그 뜻을 받아들였다. 소하는 글을 써내려갔다. 이제 더는 진의 관리가 아니었다. 붓은 날렵하게 움직였다.

'천하가 진나라의 폭정에 신음한 지가 이미 오래다. 오늘 패현의 부로 당신들이 현령을 위해서 성을 지키고 있지만 이미 거사한 제후들이 패현을 무참히 치기 위해 달려오고 있소. 패현 사람들이 힘을 모아 현령을 죽이고, 그 우두머리를 뽑아 제후들에게 호응한다면 그대들의 집안은 보존할 수 있을 것이오. 그러나 이에 불응하여 계속 패현을 지키려고 한다면 아비와 자식이 모두 무참한 죽임을 당할 것이오.'

성 안의 부로들은 이 글을 읽고 나서 현청으로 몰려들어 현령을 죽이고 성문을 열어 유방의 일행을 맞았다. 이제 그들의 우두머리를 뽑는 일이 남아 있었다. 하지만 이미 패현의 부로들에게 유방은 낯선 인물이 아니었다. 그의 유씨관만을 보더라도 그들의 우두머리는 유방이었다. 부로들이 유방을 패현의 현령으로 추대했다. 그러자 유방이 나서서 말했다.

"이제 천하에 제후들이 일어나 진나라에 대항할 것을 외치며 깃발을 들었습니다. 이런 혼란한 시기에 익숙지 않은 사람을 장수로 내세운다면 한 번의 싸움으로도 모든 것이 허사가 되고 말 것입니다. 이것은 내 목숨이 아까워서가 아니라 그 능력이 부족한 탓이니 어찌 그대들의 가족들을 지켜낼 수가 있겠습니까? 또한 대사를 결정할 때도 서로의 상의를 거치는 것이 합당할 것입니다."■

유방의 말에 부로들은 소하와 조참도 현령의 대상으로 점찍었다. 소하는 패현의 누구나 아는 유능한 관리였다. 조참 또한 관리였으니 패현에 대해서는 누구보다도 잘 알고 있는 자였다. 하지만 소하는 위급한 상황에서 제 목숨을 구해준 유방을 외면할 수가 없었다. 또한 거사에 실패할 경우까지도 대비해야만 했다. 집안이 모두 죽임을 당하는 것은 물론 모든 것이 끝장나버리는 일이었다. 조참도 소하와 크게 다르지 않았다. 둘이 거듭 사양하자 부로들은 다시 유방에게 현령의 자리를 맡아줄 것을 청했다.

"그대에게 나타나는 상서로운 징조에 대해 모르는 사람이 없을 것이오. 또한 그대의 관상은 천하에 둘도 없는 상이라는 것도 모두 알고 있는 사실이오. 감히 그런 그대를 두고 누구를 현령으로 삼을 수 있단 말입니까?"

소하와 조참도 이에 뜻을 같이했다. 유방의 거듭된 사양에도 그들의 청은 끊이질 않았고, 아무도 현령이 되겠다고 나서는 사람도 없었다. 이에 사람들의 뜻을 받아들인 유방은 자신을 '패공'이라 칭했다.

패공은 현청 앞에 사당을 세워 황제와 치우에게 제를 지내고 제물의 피를 북과 깃발에 바르며 맹세했다. 이제 패공을 나타내는 깃발은 모두 붉은색이었다. 유방의 곁에는 소하와 조참이 있었고, 하후영과 번쾌가 지키고 있었다. 소하와 조참은 패현에서 2,000~3,000명의 자제들을 뽑아 전열을 가다듬었다.

일패도지—敗塗地
싸움에 한 번 패하여 간과 뇌가 땅비닥에 으깨어진다는 뜻으로, 여지없이 패하여 다시 일어설 수 없게 되는 지경에 이름을 이른다.

일패도지
一敗塗地

한 번 싸움에 패하여 땅을
더럽히다

진秦나라 2세 황제 원년 가을, 진승이 기현에서 군사를 일으키고 왕위에 올라 국호를 장초張楚라 했다. 여러 군현의 백성들도 진승을 반겼다. 패현의 현령도 진승을 두려워하며 백성들을 이끌고 따르고자 했다. 이때 소하와 조참이 현령에게 유방의 무리를 불러들여 진승에 맞서자고 제안했다.

현령은 번쾌에게 유방을 불러오도록 했다. 번쾌가 유방을 데려오자 현령은 곧 후회하며 성문을 걸어 잠근 후 소하와 조참을 죽이려고 했다. 이에 두 사람은 유방에게 투항했고 유방은 비단에 글을 써서 화살에 매달아 성안으로 쏘아 보냈다.

'천하 백성들이 오랫동안 진나라로 인해 고통을 받았다. 그대들은 현령을 위하여 성을 수비하고 있으나, 전국의 제후들이 이제 곧 패현을 공략해 올 것이다. 그러니 그대들이 함께 현령을 처형하고 새로 우두머리를 세워 제후들과 뜻을 같이한다면 가족과 재산을 지킬 수 있을 것이다. 그렇지 않으면 가족이 모두 죽임을 당하게 될 것이다.'

이에 성 안 사람들이 현령을 죽이고 유방을 맞이하여 패현 현령으로 삼으려고 했다. 그러자 유방이 말했다.

"천하가 혼란스러워 제후들이 사방에서 일어나고 있는데, 지금 장수를 한 번 잘못 두게 되면 한 번 패하여 땅을 더럽히고 만다. 내가 내 목숨을 염려해서 그러는 것이 아니다. 내 능력이 부족해서 그대들과 백성들의 생명을 온전히 지킬 수 없는 것이 두려운 것이다. 이는 중대한 일이니 다시 한번 훌륭한 사람을 찾길 바란다."

그러나 소하와 조참이 유방을 끝까지 추대하여 마침내 유방은 현령이 되었고 한나라 건국의 기초를 쌓게 되었다.

一 하나 일 | 敗 패할 패 | 塗 더럽힐 도 | 地 땅 지

싸움에서 한 번 크게 패하여 다시는 일어설 수 없게 되다.

[출전] 《사기史記》〈고조본기高祖本紀〉

항량과 항우의 거사

진시황제가 회계 지역을 순행할 때였다. 구름처럼 모여든 사람들 속에 남달리 덩치가 큰 사내가 섞여 있었다. 절강 주위는 인산인해를 이루며 시황제가 강을 건너는 것을 구경하고 있었는데, 덩치 큰 사내가 그 광경을 보고는 거침없이 말을 내뱉었다.

"저 자리는 내가 차지해야겠다."

그 순간 옆자리에 있던 나이 든 사내가 손으로 그의 입을 틀어막았다. 그러고는 눈을 부라리며 덩치 큰 사내를 나무랐다.

"멸족을 당하려고 환장을 한 모양이구나. 그런 망언을 입에 담다니……."

야단은 쳤지만 나이 든 사내는 오히려 장하다는 표정으로 덩치 큰 사내를 바라보았다. 바로 항량과 항우였다. 항량은 시황제의 장군이었던 왕진에게 살해당한 초나라의 명장 항연의 아들이었다. 아버지의 죽음을 떠올리면 아직도 분이 풀리지 않았지만, 천하는 이미 진의 것이었다. 항우를 보면 그런 원한을 품고 돌아가신 아버지가 떠올랐다. 거구의 몸에서 솟구치는 힘은 당해낼 자가 없었다. 이제는 무술까지도 익혔으니 대장부로서 천하를 호령할 수도 있을 듯싶었다. 그런 항우가 대뜸 시황제의 자리를 넘보고 있었으니, 마음 깊은 곳에선 대견하지 않을 수가 없었다.

"이젠 가자."

"나는 더 보다가 가렵니다."

항량은 항우를 놔둔 채 혼자 인파를 빠져나왔다. 이제까지 자신을 그림자처럼 따르던 조카였다. 글공부에도 뜻이 없었고, 병법에도 흥미를 갖지 않았던 항우였다. 이제껏 겨우 제 이름을 쓸 정도였고, 병법도 그 뜻을 헤아리는 정도에서 그만둔 항우가 무술만은 배우겠다고 나섰을 때에도 항량은 내심 기대를 걸었다. 솥을 들 정도로 괴력을 지닌 항우는 무술을 익히는 데만은 열심이었다.

항량은 시황제의 순행을 구경나온 많은 사람들로 술렁거리는 거리를 혼자 걷고 있었다. 많이도 컸구나. 항우가 뜻을 품고 있으리라고는 꿈에도 생각지 못했다. 아니다. 가만히 생각해보면 글공부보다는 만인을 상대하는 학문을 하겠다던 그의 뜻도 이제와 헤아리면 큰 뜻이 담겨 있을 수도 있었다. 이렇게 떠돌며 오 땅까지 쫓겨와 있긴 해도 항우를 생각하면 든든했다.

항량의 곁에는 늘 산만 한 항우가 버티고 있었다. 오의 회계군에서는 젊은이들조차 항우를 두려워했다. 이미 항량의 밑에는 오 땅의 어진 선비들과 대부들이 들어와 있었다. 그는 따르는 무리와 함께 오 땅에서 큰 공사나 상가를 찾아가 일을 주재하며 강동의 자제들을 제 수하로 모으고 있었다. 항량은 비상한 재주를 지닌 인물이었고, 사람들은 그의 뛰어난 재주에 이끌려 모여들었다.

"우야, 항시라도 근본을 잊어서는 안 되느니라. 초나라의 명장이었던 조부의 원한도 잊어서는 안 될 것이다. 섣불리 아무나 믿음을 주어서도 안 되지만, 그렇다고 제 힘만을 믿고 설쳐서는 대사를 그르치고 말 것이니 명심해야만 한다."

항량은 자주 항우를 타일렀다. 항우의 불 같은 성격을 잘 알고 있었기 때문이다. 제 마음에 들지 않았을 때에는 물불을 가리지 않는 성격인 터라, 항량이 아니라면 누구의 말도 귀담아 듣지 않았다. 오 땅의 선비나 대부들도 그런 항우를 두려워 했다.

"이 항우의 믿음을 등지는 자에게는 주먹이 가만 있지 않을 것입니다."

"함부로 경거망동은 금물이다. 천하는 지금 요동치고 있으니, 머지않아 항씨 가문의 앞날도 탄탄대로가 될 수 있을 것이다. 이미 진의 대세가 기울었다. 진승과 오광이 반란을 꾀했다고 한다. 그 기세라면……. 이제 우리도 준비할 때가 된 것 같구나."

항량의 말에 항우는 의아한 표정으로 물었다.

"그렇다면 군사를 일으킨다는 말씀입니까?"

"네 눈엔 태수 은통이 어찌 나올 것 같으냐?"

항량은 대답 없이 항우에게 물었다.

"회계군의 우두머리니 백성들을 끌어모아 반란군을 막으려 하지 않겠소?"

항량은 고개를 가로저었다.

편鞭
모양이 검과 비슷한데, 타격 부분에 마디가 있는 것이 특징이다. 금속으로 되어 있어서 적의 무기와 부딪쳐도 쉽게 부러지지 않는다. 편의 명수로 수호지의 호연작과 손립, 손신 형제가 있다.

고대
중국의
무기

"은통이란 그런 그릇도 되지 못한다. 제 욕심에만 눈이 먼 자여서 곁에 있으면 구역질이 날 정도였다. 태수 곁에 있던 환초도 그런 역겨움 때문에 달아난 것이지. 이제는 제 살길을 도모하느라 밤잠을 설치고 있을 테지만, 결국 빠져나갈 수가 없을 것이다. 우야, 잘 듣거라. 분명 은통은 나를 찾을 것이다. 이제까지 그랬던 것처럼 백성들이 필요할 때면 제가 스스로 할 수 없었기 때문에 나를 찾은 것이다. 은통 스스로 반란군을 막으려 해도 회계군의 군사로 고작 무엇을 할 수 있겠느냐? 백성들은 따르지 않을 것이고, 나 또한 은통의 뜻을 받아들이지 않을 것이다. 그런 관리는 일찍이 없앴어야 했다."

"제가 단칼에 베어버릴 것입니다. 당장이라도."

"아니, 때가 올 것이니 기다려야 한다. 그리고 은통을 제거한 후에는 순식간에 태수의 군사들을 제압해야 할 것이다. 미리 태수 주위에 수하들을 몇 명 심어놔야겠다."

항량은 항우에게 치밀하게 일러두었다. 오래지 않아 태수는 예상대로 항량을 찾았다. 태수가 찾는다는 전갈을 듣고도 항량은 자리에서 움직이지 않았다. 한낮이 되도록 깊은 생각에 잠겨 있을 뿐이었다. 항우는 몇 번이나 방문을 열고 들어서려 했지만, 싸늘한 정적에 감히 문을 열지 못했다. 항량은 오랫동안 두 눈을 감은 채 책상 앞에 앉아 있었다. 예상대로 태수가 움직이고 있었다. 진승의 반란군은 두 달 만에 벌써 장강의 서북쪽까지 내려왔다. 장강을 뒤엎을 기세였다. 태수는 그들을 막아설 수 없었다. 그렇다면……. 항량은 문밖에서 서성거리는 항우를 불렀다. 기다림에 지친 듯 씩씩거리는 항우를 바라보는 항량의 눈매가 매서웠다.

"내가 태수를 만나는 동안 문밖에서 기다리고 있어야 한다. 무슨 일이 있어도 너는 내 명에 따라야만 한다는 것을 명심하라. 그리고 절대 경거망동해서는 안 되느니라. 내 눈짓을 보내면 그 즉시 일을 처리해야 하고, 다음은 태수전을 사수해야만 한다. 알겠느냐?"

항우는 숙부의 진중한 말에 고개를 크게 끄덕였다. 항량은 곁에 항우를 그림자처럼 붙이고는 태수전을 찾았다. 태수는 깊고 어두운 방에서 항량을 맞았다. 항량을 애타게 기다렸던 흔적이 은통의 표정에 고스란히 드러나 있었다. 하지만 은통은 부드러운 태도로 항량을 맞았다. 항량은 더욱 공손한 태도로 태수 앞에 몸을 굽혔다.

"급히 찾아뵙지 못했습니다. 부디 용서해주십시오."

"그 무슨 말씀이오. 하지만 내 공을 많이 기다리고 있었소."

항량의 표정은 다른 때처럼 부드러웠다. 오 땅에서 이만큼이나 자리를 잡을 수 있었던 것도 그 속과 겉이 다른 표정 덕분이었다. 항량은 늘 사람들에게 부드럽고 인자한 인상을 심어주었다. 상가에서 사람들을 위로하며 그들의 마음을 얻었고, 저를 따르는 자들의 몸놀림 하나하나 놓치는 법이 없었다. 때는 기다리는 자에게 오는 법이다. 항우는 아직 그것이 부족했다. 제 마음에 들지 않으면 그 자리에서 모든 일을 처리해버렸다. 그 뒤처리도 항량의 몫이었다. 아직은 혈기만 왕성한 나이가 아닌가. 항량의 부드러움 속에는 세상에 대한 온갖 분노와 더러움과 역겨움이 감춰져 있을 뿐이었다.

"무슨 일이시온지요?"

"공과 함께 내 뜻을 펼쳤으면 해서 이렇게 뵙자 한 것이오. 아시다시피 이미 세상은 진의 세상만은 아닌 것 같소. 그렇지 않소?"

"어찌 그 같은 말씀을 소인에게 하시는 것이옵니까? 천하가 혼란스럽다 하더라도 이 회계군이야 바람 한 점 일지 않고……."

"아니, 지금 하늘이 진을 망하게 하려는 것 같소이다. 내 알기로는 먼저 행하면 남을 제압할 수 있고, 뒤에 일어나면 남의 부림을 당한다고 들었소."▪

항량은 말없이 허리를 굽힌 채 태수의 말에 귀를 기울이고만 있었다.

"내 이에 결심을 했는데, 어떻소? 공과 환초가 내 장군이 되어준다면 군사를 일으키고 싶소만."

항량은 놀란 표정으로 태수를 바라보

선즉제인先則制人

남보다 앞서 일을 도모하면 능히 남을 누를 수 있다는 뜻으로, 아무도 하지 않는 일을 남보다 앞서 하면 유리함을 이른다.

았다. 태수는 당당한 어투로 말하고는 있지만, 어딘가 조심스러워 하는 표정이 역력했다. 항량은 다시 허리를 굽혔다.

"제가 어찌 태수님의 뜻을 거역하겠습니까만……."

"환초라면 내 백방으로 사람을 풀어 찾고 있는 중이니 걱정할 필요가 없을 것이오. 어찌 이토록 중요한 때에 행방을 감출 수가 있단 말이오?"

은통은 아직도 환초에 대한 분노가 가시지 않은 모양이었다. 진승이 반란을 일으켰다는 소식을 접하자마자 환초는 태수에게서 달아났다.

"하오나 환초는 이미 진의 법을 어긴 자이니, 찾으면 찾을수록 더욱 숨어들 것이옵니다. 환초가 없다면 이 대사도 힘겨울 것입니다. 제가 태수를 보필한다 하더라도 환초만큼은 하지 못할 것이고, 백성들도 그를 훌륭한 관리로 여겨 따르고 있으니 이번 거사에서 빠져서는 안 될 인물이지 않습니까?"

태수는 이내 안색이 변했다.

"은밀하게 군사를 풀어 알아보기도 했소만, 영 행방이 묘하니……."

"하오시면, 제게 한 가지 방법이 있기는 합니다만."

"방법이 있다니, 어떤 방법이 있다는 것이오?"

"제게는 항우라는 조카가 있사온데, 이 오 땅을 손바닥 훑듯이 볼 줄 알지요. 다른 사람들은 모른다 하더라도 항우만은 분명히 알 것입니다. 조카놈을 통해 환초에게 태수님의 뜻을 전한다면 틀림없이 믿고 돌아올 것입니다."

항량의 말에 태수는 기뻐하며 말했다.

"그럼 바로 조카를 불러야지요. 지금 어디 있습니까?"

"바로 문밖에 있으니 허락하신다면 제가 불러오겠습니다."

태수는 웃음 띤 얼굴로 크게 고개를 끄덕였다.

항량은 문밖에 나서서 항우를 불렀다. 눈빛으로만 항우의 긴장한 얼굴을 바라보고는 이내 방으로 들어섰다. 태수 은통은 항우의 몸집에 놀라며 항우에게 다가섰다. 이때 항량은 머뭇거리지 않고 항우에게 눈짓을 보냈다. 항우의 귀에 여러 차례 일러주었던 항량의 목소리가 들리는 듯싶었다.

'바로 그때를 놓쳐서는 안 된다. 단칼에 끝내야만 한다.'

항우는 순간적으로 칼을 뽑아 태수의 목을 내리쳤다. 피를 뿜으며 떨어진 태수의 목을 움켜쥔 항량은 곧 태수의 인장을 허리에 둘렀다. 항우는 문을 박차고 들어선 수십 명의 군사들의 목을 베어버렸다.

"나서는 자들은 모두 목을 벨 것이다. 여기 태수의 인장이 있으니 똑똑히 보아라. 태수는 이미 백성들의 신임을 잃었을 뿐만 아니라 제 한 몸의 안위만을 위해 반란을 꾀했다. 이는 백성들의 안위를 지켜야 할 태수로서 그 직무를 다하지 못했으니 죽음을 면치 못한 것이다."

항량은 태수전을 장악하고 나서 미리 연락해둔 오 땅의 관리들과 유지들을 불러들였다. 거사에 대해서만은 비밀로 했지만, 일을 완벽하게 해내기 위해서 이미 소집 명령은 내려놓은 상태였다. 항량은 그들 앞에서 태수 은통의 죄와 거사를 일으킨 이유에 대해 설명했다. 은통은 이미 백성들에게서 신임을 잃은 지 오래였다. 또한 이번 거사는 터지기 직전의 백성들의 불만을 건드린 것이었으니, 성 안에서는 반기지 않는 자들이 없었다.

항량은 서둘러 각 현으로 보내 백성들을 통제하고 군사들을 모집하기 위해 파견할 인재를 뽑았다. 이미 그의 밑에 인재들이 조직되어 있은 지도 오래였다. 각현에 파견될 자들에게는 각각 군사를 내어주고 현으로 떠나게 했다. 항량은 8,000여 명의 군사를 모집했다.

항량은 스스로 회계 군수가 되었고, 항우는 그의 비장이 되었으며, 휘하의 인재들은 교위, 후, 사마 등을 삼았다. 항량은 치밀하게 준비했다. 간혹 친분은 있

으나 기용되지 않은 자들의 불만에는 일일이 상가에서나 대공사장에서 제대로 처리하지 못했던 일들을 거론하며 그 이유를 들 정도였으니, 이내 불평은 잦아들었다.

"이제 군 관할 현을 돌 것이다. 따르지 않는 자들은 죽음을 면치 못할 것이며, 따르는 자들은 그 공을 높이 살 것이다."

항량은 회계군의 현들을 돌아다니며 백성들을 때로는 위로하고 때로는 진압하여 복종시켰다.

먼저 알아차리고 막아내다

先則制人

선 즉 제 인

진秦나라 2세 황제 때의 일이다. 계속되는 폭정에 항거하기 위해 농민군 수백 명을 이끈 진승과 오광이 단숨에 함양을 향해 진격했다. 이에 강동의 회계 군수 은통이 항량을 불러 의논했다. 항량은 초나라 명장이었던 항연의 아들로 조카인 항우와 함께 도망온 뒤 타고난 통솔력을 발휘하여 명성을 얻은 인물이었다. 은통이 말했다.

"모든 강서 지방의 사람들이 진나라에 반기를 들었는데, 이는 하늘이 진나라를 멸망코자 하는 뜻이오. 옛말에, 먼저 손을 쓰면 남을 제압할 수 있고 늦으면 남에게 제압당한다고 했소. 나는 그대를 환초와 함께 장군으로 삼아 군사를 일으킬까 하오."

은통은 병법에 조예가 깊은 항량을 이용하여 출세의 실마리를 잡아볼 속셈이었으나, 항량은 그보다 한수 위였다.

"군사를 일으키려면 우선 환초부터 찾아야 하는데, 그의 행방을 알고 있는 자는 오직 제 조카 항우뿐입니다. 지금 항우가 밖에 있으니 그에게 환초를 불러오라고 명하시지요."

항량은 밖으로 나가 항우에게 귀엣말로 일렀다.

"내가 눈짓을 하거든 지체 없이 은통의 목을 치도록 하라."

항우를 데리고 방에 들어온 항량은 항우가 은통에게 인사를 마치는 순간 눈짓을 했다. 항우는 단칼에 은통의 목을 쳤다. 항량과 항우가 은통에 앞서 상대를 미리 제압한 것이다.

항량은 곧바로 관아를 점거한 뒤 스스로 회계 군수가 되어 군사 8,000을 이끌고 함양으로 진격했으나 전사하고 말았다. 그 뒤를 이어 회계군의 총수가 된 항우는 유방과 5년간에 걸쳐 패권을 다투다가 패하여 자결했다.

先 먼저 선 | 則 곧 즉 | 制 억제할 제 | 人 사람 인

상대가 준비하기 전에 얼른 선수를 쳐서 제압하다.

[출전] 《사기史記》 〈항우본기項羽本紀〉

제3편
하늘의 뜻은 누구에게 있는가

함양으로 향하는 진승

진승은 오광을 가짜 왕으로 세우고 여러 장수들을 이끌어 형양으로 향하고 있었다. 가는 곳마다 진승의 세력은 눈덩이처럼 불어났다. 걷잡을 수 없는 기세로 군과 현에서는 장리長吏(고위 관원)를 죽이고 반란을 일으켜, 진승에게 호응해오고 있었다. 그럴 때마다 장수들은 그들의 우두머리를 장수로 삼고 군사를 다시 편성해 나갔다.

진여와 장이는 북쪽의 조 지역에 대한 계책을 세우고 있었다. 진왕陳王(진현에서 왕이 되었다고 하여 역사상 진승을 진왕이라 부른다)이 함곡관을 향해 장수와 군사를 이끄는 상황에서 북쪽에 대한 대비를 하지 않을 수 없었다. 오히려 북쪽의 조 지역을 평정한다면 진왕이 이끄는 군의 지원까지 안정적으로 확보할 수 있었다. 하지만 지금 진왕은 함곡관으로 들어서는 것에만 집중하고 있었다.

"어떻소? 우리의 계책이라면 지극히 당연한 일이 아니겠소?"

"자네의 말에 일리가 있네. 그렇지만 함양으로 향하는 군사들을 떼어주려고 하겠는가? 진왕이라면 오합지졸■이나 주지 않을까 모르겠네."

장이의 투덜거림이 틀린 것만은 아니었다. 진왕은 아무리 좋은 계책이라

오합지졸烏合之卒
까마귀가 모인 것처럼 질서가 없이 모인 병졸이라는 뜻으로, 규율이나 통일성이 없는 군중 또는 훈련을 받지 않은 군대를 이른다.

하더라도 제 욕심부터 앞세워 계책을 택했다. 장이의 눈에는 아직도 채워지지 않은 욕심으로 가득한 진왕일 뿐이었다.

"오합지졸이라면 승산이 없소이다. 반드시 날렵한 군사들로 기습작전을 펼쳐야만 할 것입니다. 기동성이 필요하다는 것이지요. 우리의 계책이 받아들여지지 않는다면 더는 함양으로 동행하는 것에 대해서도 다시 생각해야 하지 않겠소?"

"자네의 뜻에 따르겠네."

진여와 장이는 좀더 철저한 계책을 세워 진왕을 찾았다. 진여가 나서서 계책을 말했다.

"전군을 이끌고 앞으로만 향하는 것은 자칫 위험을 초래할 수도 있습니다. 저희에게 기습할 수 있는 군사를 주어 조 지역을 다스릴 수 있도록 하십시오. 저들은 지금 함양으로 향하는 군사들의 움직임에 마음을 놓고 있을 것이지만, 분명 배후에서 또다른 위협이 될 수 있습니다. 그들을 다스림으로써 든든한 장초(건장한 사람을 뽑아 편성한 군대)의 기반이 되도록 한다면 함곡관으로 향하는 우리 군사들에게도 큰 보탬이 될 것입니다. 헤아려 주시옵소서."

진왕은 잠시 진여와 장이를 바라보았다. 틀림없이 뛰어난 계책이었고, 당연하게 대비해야 할 문제이기도 했다. 그러나 진여와 장이에게 모든 것을 맡기기에는 뭔가 개운하지가 않았다.

"그렇다면 누가 군사를 이끈단 말씀이시오? 선생들의 뛰어난 계책이 뒷받침되지 않는다면 그 아무리 강한 군사들이라 하더라도 승패는 장담할 수가 없을 것이오."

진여와 장이는 진왕의 말뜻을 알아차렸다. 자신들을 믿고 군사를 내주지는 않을 것이란 말이었다. 역시 진왕의 그릇은 이 천하를 담을 만큼 크지 않은 것이 분명했다. 그러자 장이가 나서서 말했다.

"계책이란 적의 움직임까지 파악하는 것이지요. 우리 군사들의 움직임이야 장수가 통제하면 되는 것이니, 어찌 저희처럼 용맹함도 능력도 없는 자들이 맡을 수 있겠습니까?"

"그렇습니다. 나라를 위하는 일에 어찌 자리에 연연하겠습니까?"

진왕은 그제야 마음이 놓이는지 기쁜 얼굴로 계책을 받아들였다. 진왕은 예전부터 알고 지내던 무신을 상장군으로 삼고, 소소를 호군으로, 진여와 장이를 각각 좌우 교위로 삼았다. 그리고 3,000의 군졸을 내주었다. 무신은 군사를 이끌고 황하를 건너, 이르는 현마다 호걸들을 불러 설득해 나갔다.

"진나라는 혼란한 정치와 가혹한 형벌로 천하의 백성들을 고통에 빠뜨렸소. 수십 년이 지난 지금까지도 그 가혹함은 멈추지 않고, 더욱 가혹해지고 있소이다. 북쪽으로는 만리장성을 쌓느라 백성들의 노역이 끊이질 않고, 남쪽으로는 다섯이나 되는 산줄기를 수비하는 병역에 안팎으로 백성들은 나날이 피폐해지고 있는 것이 진나라입니다. 어디 그뿐이겠소. 가혹한 인두세를 거두어 백성들의 기름을 짜서 군비로 충당하고 있으니 재물이란 재물은 모두 동이 나버리고, 백성들은 제 삶조차 지킬 수 없는 처지가 되고 말았소. 이러한 때 우리 진왕(진승)께서는 팔을 걷어붙이고 천하를 위해 앞장을 서시어 초나라 땅에서 왕위에 오르시니, 사방 2,000리의 땅에서 이에 호응하지 않는 곳이 없어 집집마다 스스로 분노하고, 사람마다 스스로 떨쳐 일어나 제 원한을 갚고 원수를 공격해서 현에서는 그 영승을 죽이고, 군에서는 그 수위를 죽였습니다. 이제 초나라의 세력을 확장시켜 진에서 왕위에 오르시고는 오광과 주문에게 100만의 군사를 거느리고 서쪽으로 진격하여 진나라를 공격하도록 하셨습니다. 이러한 때에 제후에 봉해지는 업적을 이루지 못하는 사람을 어찌 호걸이라 하겠소? 천하의 사람들이 한마음으로 진나라에 괴로움을 느낀 지가 이미 오래되었습니다. 이제 천하의 힘에 의지하여 무도한 군주를 몰아내고 부모의 원한을 갚고, 땅을 나누어 받아 토지를 차지하는 일은 대장부로서 좋은 기회가 될 것입니다."

호걸들은 무신의 말에 수긍했다. 이에 무신은 군사들을 거두어들여 그 수가 수만에 이르렀다. 이제 군의 규모는 처음에 비할 바가 아니었다. 이에 무신을 무신군이라 칭하고, 조나라의 10여 개 성을 함락시켰다. 하지만 아직도 항복하지 않은 성들이 버티고 있었다. 이대로 시일을 오래 끌 수는 없는 노릇이었다. 무신은 서둘러 조나라의 평정을 마무리 짓고자 하여 군대를 이끌고 범양으로 진군하기 시작했다.

범양의 성은 서서히 동요하기 시작했다. 무신이 이끄는 군사들은 벌써 10여 개의 성을 피로 물들여 함락시킨 후였다. 이제 범양에도 피바람이 불 것이라는 두려움이 성 안을 휩쓸고 있었다. 차라리 범양령을 죽이고 무신에게 항복하는 것이 피바람을 면하는 길이라 여기는 사람들도 많았다.

그런 소문을 들은 사람들 속에 괴통이 있었다. 범양 사람으로 천하에 제 학문을 드러낼 때를 기다리던 괴통이었다. 이제 그때에 이른 것이었다. 순간처럼 지나버릴 때이니, 지금이 아니고는 천하에 뜻을 펼 수 없을 것이었다.

'어서 범양령을 죽이고 무신에게 호응해야만 한다.'

한시가 급하게 상황은 변해가고 있었다. 괴통은 서둘러 범양령을 찾았다. 괴통은 범양령의 조문을 왔다고 알렸다. 행색이 초라하고 멀쩡하게 산 사람의 조문을 왔다는 괴통을 제정신이라 여기는 사람은 없었다. 하지만 범양령은 지푸라기라도 잡고 싶은 심정이었던 터라 괴통을 들이라고 명했다.

이미 무신의 군대는 바람처럼 범양으로 향하고 있었다. 범양령은 얼굴이 파랗게 질려 있었다. 무신군을 물리치기 위해서라면 누구든 만나지 못하겠는가? 이미 범양령은 자신을 조문하기 위해 왔다며 지껄이는 괴통을 탐탁지 않게 여기고 있었지만 불러들였다. 범양에 숨었던 인재인지도 모를 일이었다. 아무리 그렇더라도 조문이라니, 범양령은 헛소리를 지껄이는 자라면 단칼에 베어버릴 것이라 단단히 벼르고 있었다.

"아니 나를 조문하다니? 그 무슨 말이오?"

"공께서 곧 돌아가시게 되었다는 말을 들었기 때문입니다. 하지만 공께서 이 괴통을 얻어 살아나게 되실 것이니 어찌 경하드리지 않겠습니까?"

범양령은 여전히 의아한 표정으로 괴통의 말을 기다리고 있었다. 조문이라더니, 경하는 또 무슨 말인가 싶었다. 그는 마른 침을 삼키며 괴통의 얼굴에서 눈을 떼지 않았다.

"공께서 범양령이 된 지가 10년이 되었는데, 진나라의 법이 엄격하여 남의 부모를 죽이고, 남의 아들을 고아로 만들고, 백성의 다리를 끊어놓고, 백성의 얼굴에 먹물을 들이는 등 그 피해는 가히 헤아릴 수도 없을 것입니다. 하지만 그들의 아비와 효성 지극한 자식들이 공의 배에 칼을 꽂지 못한 것은 진의 무서운 법령 때문이었습니다."

범양령은 아무 말 없이 식은땀만 흘리고 있었다. 진의 법은 앞으로도 더 가혹해져야만 제 목숨도 지켜낼 수가 있을 것이었다. 무신군만의 문제는 아닌 상황이었다. 괴통은 이어서 말했다.

"지금 천하는 크게 혼란하여 진나라의 법이 제대로 시행되지 않고 있으니, 그 아비와 자식의 칼을 어찌 피할 수 있겠습니까? 이것이 바로 신이 공을 조문하는 까닭입니다."

"으음. 그렇다면 경하한다는 것은 무엇을 의미하는 것이오?"

"이제 제후들은 진을 배반하고 무신군의 군대도 곧 이곳에 도달할 것입니다. 하지만 공께서 범양을 굳게 지키려고만 하신다면 젊은이들은 모두 앞을 다투어

공을 죽이려 할 것이고, 무신군에게 항복할 것입니다. 다만 공께서 저 괴통을 파견하여 무신군을 만나게 하신다면 화를 복으로 바꿀 수 있을 것이니, 어찌 경하할 일이 아니겠습니까?"

"그렇다면 계책이 있단 말이오?"

"신을 믿으신다면 신은 반드시 화를 복으로 바꾸어드릴 것입니다."

범양령은 괴통의 말을 받아들여 무신군을 만나도록 했다. 괴통은 수레에 올라 무신군의 진영으로 향했다. 괴통은 무신군 앞에서도 당당하게 말했다.

"공께서는 전쟁을 벌여 승리를 얻고 나서야 그 땅을 다스린다거나, 공격을 하여 이긴 뒤에야 성을 함락시켰다고 생각하십니까? 신의 생각은 그렇지가 않습니다."

괴통의 말에 무신군은 되물었다.

"아니 그 무슨 말인가?"

"신은 전쟁을 하지 않고도 성을 함락시키고, 싸우지 않고도 땅을 차지할 수 있다면 그보다 뛰어난 성과는 없을 것이라 여깁니다. 또한 격문 하나만으로도 1,000리를 평정할 수 있을 것입니다."

상장군인 무신은 장이와 진여에게 의견을 물었다.

"그렇게만 된다면 그보다 나은 계책이 어디 있겠습니까? 범양의 성주城主(성의 우두머리)가 다만 시간을 벌자고 거짓 계책을 들어 항복하는 것이 아닐 것이니, 제 목숨이나 잠시 붙여놓자고 했겠습니까?"

장이와 진여도 괴통의 계책을 귀담아 듣고 있었다. 무신이 다시 괴통에게 물었다.

"싸우지 않고도 1,000리를 평정한다?"

"그렇습니다. 지금 범양령은 성을 지키기 위해 군사들에게 무기를 들게 하고 전투 준비를 하고 있을 것입니다. 그는 워낙 겁이 많아 죽음을 두려워하며, 탐욕스러워 부귀를 중하게 여기는 사람입니다. 천하의 누구보다도 먼저 항복하고자 하지만 공께서 진나라에서 임명한 관리인 그를 이전의 10여 개의 성에서처럼 죽일 것이라 여겨 두려워하고 있습니다. 그리고 지금 범양의 젊은이들 역시 그 영슈(우두머리)을 죽이고 자신들이 성을 근거로 하여 공에게 항거하려 하고 있습니다. 공께서는 저에게 제후의 인印(관직)을 가져가게 하시어 그를 범양령에 봉하게 하신다면 범양령은 공께 항복할 것입니다. 젊은이들도 감히 그 영을 죽이지 못할 것입니다. 그런 후에 범양령에게 화려한 장식의 붉은 수레를 타고 연나라와 조나라의 교외를 지나가게 하십시오. 연나라와 조나라 사람들이 교외에서 그런 모습을 본다면 범양령이 항복한 후에도 저렇게 다니는구나 싶어 기뻐할 것입니다. 그러하다면 연나라와 조나라의 성은 싸우지 않고도 항복을 받을 수 있을 것입니다. 이것이 바로 제가 말한 격문 하나로 1,000리를 평정한다는 계책입니다.”

무신군은 괴통의 명쾌한 말에 크게 고개를 끄덕였다. 성 하나를 함락시키는 데에도 수많은 군사들을 잃을 것이었다. 그것도 1,000리의 땅을 얻기 위해서라면 그 손실도 만만치 않음은 당연한 것이었다. 하지만 손실 하나 없이 성을 얻고 땅을 차지한다면 그보다 뛰어난 계책은 없었다. 무릇 전쟁이란 싸우지 않고도 이길 수 있는 방법이 최상이었다.

“그대의 계책이 훌륭하군. 내 그대의 계책을 따를 것이니, 차질 없도록 일을 수행하라.”

무신군은 범양령에게 제후의 인을 하사했다. 괴통은 말대로 범양령에게 닥친 화를 복으로 바꾸어주었고, 무신군은 조나라의 30여 개 성을 싸움도 없이 얻을 수 있었다. 진여와 장이가 처음 진왕에게 올렸던 계책도 이와 다를 것이 없었다. 천하를 얻으려면 백성들의 뜻을 헤아릴 줄 알아야 했다. 그러나 주장의 군대가 함곡관에 들어가 회까지 이르렀으나 패하여 퇴각했다는 소식이 들려왔고, 진왕은 자신을 위해 땅을 빼앗은 장수들을 무고하게 죽이고 있다는 원망의 소리도 듣게 되었다.

"내가 뭐라 하든가, 저 욕심은 그 무엇으로도 채울 수 없을 걸세."

"그렇다면 우리가 진왕을 위해 무엇을 할 수 있단 말이오? 이제는 제후들에게 마저 버림을 받을 것은 당연한 일이지요. 우리만 하더라도 장군으로 삼지 못할 위인이 아닙니까?"

진여의 말에 장이도 동감했다. 진승은 천하의 혼란을 틈타 제 욕심이나 채우는 도적에 불과할 뿐이었다. 진여와 장이는 오히려 무신을 설득하는 편이 옳다고 여겼다. 차라리 이곳의 제후만이라도 하나로 묶는 것이 바람직할 듯했다.

"상장군이 과연 우리의 뜻에 따라 이곳의 왕이 되겠습니까?"

진여는 한편으로 진왕의 손아귀에 있는 무신의 집안이나 자신들의 식솔들이 걱정스러웠다. 진왕이라면 그들을 가만두지 않을 것이다.

"지금으로서는 그래야 하네. 진왕은 그렇게 하지 못할 것이야. 만일 그렇게 한다면 그나마 붙어 있는 제후들마저 모조리 등을 돌리고 말 것을 모르겠는가? 그리고 진왕에게는 또 하나의 진나라가 생기는 일이니 감히 그럴 수 있겠느냔 말일세."

장이의 말에 일리가 있었다. 어리석은 진승이라 해도 그 정도도 헤아리지 못할 인물은 아니었다. 진여와 장이는 무신군을 설득했다.

"진승은 기 땅에서 봉기한 뒤 진陳 땅에 이르러 왕위에 올랐는데, 그는 이제 반드시 6국의 후대를 세울 것 같지 않습니다. 장군께서는 3,000의 군대로 수십 개 성에서 항복을 받고 홀로 하북에 우뚝 서 있지만, 장군께서 왕이 되지 않고서는 이곳을 진압할 수가 없을 것입니다. 게다가 진왕은 모함하는 말을 듣고 있으니, 돌아가 보고한다 하더라도 그 화를 면치 못할 것입니다. 차라리 왕위에 오르시는 것이 좋을 것이며, 그렇지 않다면 조나라의 후손을 세워 왕으로 삼으십시오. 이 기회를 놓쳐서는 안 될 것입니다. 시간이 없사옵니다."

"내 어찌 조왕이 된단 말이오? 진승은 우리를 배신한 무리로 여길 것이오."

"그렇지 않습니다. 이 지역을 평정하기 위해서는 왕위에 오를 수밖에 없는 명분이 있습니다. 그것을 인정하지 않는다면 진왕은 더없이 곤란한 처지에 이를 것이니, 끝내는 왕으로 인정할 것입니다."

무신은 장이와 진여의 말을 받아들여 조왕에 즉위했다. 진여를 대장군에 임명하고, 장이를 우승상, 소소를 좌승상으로 삼았다. 그러고는 진왕에게 이 같은 사실을 통보했다. 이 보고를 들은 진승은 크게 노하여 무신 등의 집안을 멸족하고 군대를 일으켜 조나라를 공격하려고 했다. 그러자 상국인 방군이 말리며 말했다.

"어찌 진나라를 멸하지도 못했는데 조나라를 적으로 두려 하십니까? 그보다는 그들에게 축하해주고, 뒤를 안전하게 한 후 서둘러 진나라를 치는 것이 우선입니다."

새문도차 塞門刀車
성문이 파괴되어 적이 성 안으로 침입해 올 때 이 차로 성문을 막고 앞에 붙어 있는 칼로 적의 접근을 막는다.
고대의무기 중국

진승은 어쩔 수 없었다.

"그렇다면 그들이 배신하지 않도록 해야 하지 않겠는가?"

"그들의 집안을 궁중으로 옮겨 외부와 차단하고, 장이의 아들 오를 성도군成都君으로 삼아 겉으로는 대우하면서도 안으로는 그들을 경계한다면 어렵지 않을 것입니다."

진승은 그의 말에 따르고, 사자를 보내 조왕을 경하했다. 또한 서둘러 군사를 일으켜 서쪽으로 진격하여 함곡관에 들어갈 것을 재촉했다.

장이와 진여는 무신을 설득하며 말했다.

"왕께서 조왕이 되신 것은 초나라의 뜻이 아닙니다. 다만 계책에 따라서 대왕으로 삼고 예를 표한 것에 지나지 않지요. 초나라가 진나라를 멸하면 반드시 조나라를 공격할 것입니다. 원컨대 대왕께서는 군대를 서쪽으로 움직이지 말고 북쪽의 연과 대代(중국 5호 16국 시대에 선비족이 세운 나라. 뒤에 후위가 됨)를 얻고, 남쪽으로는 하내를 거두어들여 영토를 넓히십시오. 조나라가 남쪽으로는 대하를 근거로 하고 북쪽으로는 연과 대를 차지하게 되면, 초나라가 비록 진나라를 겪는다 하더라도 감히 조나라를 제압하지는 못할 것입니다."

무신은 군대를 서쪽으로 움직이지 않고, 한광에게는 연나라를 공격하도록 하고, 이량에게는 상산을 공격하도록 했으며, 장염에게는 상당을 공략하도록 했다.

오합지졸

烏合之卒

까마귀 떼같이 질서 없는 무리

전한 말 왕망이 황제를 시해하고 스스로 제위에 올라 국호를 '신'이라 했다. 이에 유수는 군사를 일으켜 왕망을 토벌하러 나섰다. 이때 상곡 태수 경황이 아들 경엄에게 군사를 내주며 평소 흠모하던 유수를 도우라고 했다.

경엄의 군대가 유수의 본진을 향해 가고 있을 때였다. 갑자기 손창과 위포라는 자가 행군을 거부했다. 왕망은 한 왕조의 피를 이어받은 인물이니 공격할 수 없다는 것이었다. 이에 경엄이 크게 노하여 그들을 끌어내어 말했다.

"왕망은 도둑일 뿐이다. 그런 놈이 황제를 사칭하며 난을 일으키고 있지만, 내가 장안의 정예군과 함께 공격하면 그까짓 까마귀 떼 같은 군사들은 마른 나뭇가지보다 쉽게 꺾일 것이다."

그러나 그날 밤 손창과 위포는 왕망의 군대로 도망을 가버렸다. 경엄은 그들을 뒤쫓는 대신 유수의 토벌군에 가세해 많은 공을 세웠다.

烏 까마귀 오 | 合 합할 합 | 之 어조사 지 | 卒 병졸 졸

규율이나 통일성이 없는 군중 또는 훈련을 받지 않은 군대

[출전] 《후한서後漢書》〈경엄전耿弇傳〉

조고의 간계

조고는 반란에 대한 알자謁者(알현을 청하는 사람)들의 보고에 귀를 기울이고 있었다. 사태는 점점 더 심각해지고 있음이 분명했다.

진승의 장수 주장이 함곡관을 향해 10만의 대군을 몰아오고 있었고, 연·조·제·위에서도 진승의 장수들이 왕을 자처하고 있었다. 들불 번지듯 제국이 불길에 휩싸이고 있다는 사실을 조고는 누구보다도 잘 알고 있었다. 대신들이라고 어찌 이 같은 사실을 모르고 있으랴. 조고는 곳곳에 거미줄을 치듯 수하들을 깔아놓고 있었다. 이사 쪽에서도 움직임이 예사롭지 않았다. 우승상 풍거질과 장군들과의 접촉이 끊이질 않는다고 했다. 그들은 반란에 대한 알자들의 보고가 2세 황제에게 바로 전해지길 원하고 있었다.

조고는 그 점을 두려워하고 있었다. 자신에게 죽임을 당한 자들이 헤아릴 수 없을 정도였다. 그 죽음과 연관된 자들이 황제에게 자신의 죄를 알리기라도 하는 날에는 모든 것이 끝장이었다.

처음 알자의 보고를 접한 2세 황제는 다행히 조고의 말을 믿었다. 제국은 굳은 땅에 뿌리를 내렸으며, 아방궁의 축조도 순조롭게 이루어지고 있다는 조고의 말이 꿀물처럼 달았다.

"어찌 반란자들에 대한 보고가 끊이질 않는단 말이오?"

근심이 가득한 2세 황제의 한탄에 조고가 말했다.

"크고 작은 일들이 어찌 없을 수 있겠나이까? 너무 걱정하지 마시옵소서. 작은 일에 걱정하시는 황제의 모습을 본다면 간사한 자들의 말이 끊이질 않을 것이옵니다."

그러나 황제는 길게 한숨을 내쉬며 말했다.

"반란이 일어난 것이 어찌 작은 일이란 말이오? 짐이 이 일을 대신들과 논의하고자 하는데 어떻겠소?"

조고는 황제의 말에 가슴이 뜨끔했다.

"선제께서는 등극하시어 천하를 다스린 지가 오래되자 군신들이 감히 잘못을 저지르지 못하고 사악한 말을 올리지 못했습니다. 오늘날 폐하께서 어리고 즉위하신 지 얼마 되지 않았는데 공경들과 조정에서 어찌 대사를 결정하실 수 있단 말이옵니까? 만일 일을 처리하는 데 잘못이라도 있을 때에는 군신들에게 허점을 보이게 될 것입니다. 천자가 스스로 짐이라 칭하는 것은 원래 그 음성이 신하들에게 들리지 않게 하려고 한 것이었습니다."

조고는 2세 황제를 궁 깊은 곳으로 밀어넣었다. 황제의 귀를 막고, 눈을 가린 조고는 알자들의 보고마저 황제에게 미치지 못하게 했다. 대신들은 그런 상황에 대해 이해할 수가 없었지만, 누구도 조고에 맞설 엄두를 내지 못했다. 조고는 함양을 향하는 10만의 반란군을 막아낼 방안을 강구했다. 이미 관중의 강한 군사들을 동쪽의 반란군을 막기 위해 보낸 후였고, 군현의 군사들을 징발하여 주장의 반란군을 막기에는 늦었다. 달리 뾰족한 수가 없던 차에 소부 벼슬에 있던 장한이 조고를 찾았다.

"그래 무슨 일인가?"

조고는 시큰둥한 표정으로 장한을 맞았다.

"이미 도적들이 가까이 왔으나 그들을 막아내기에는 역부족인 상황입니다. 오직 방법이라면 단 하나뿐입니다."

"방법이 있단 말인가?"

"여산의 노역자들에게 대사면령을 내리는 것입니다. 그들을 군사로 삼는다면 도적을 물리칠 수 있을 것이며, 또 공을 세우는 자들에게 상을 내린다면 죄수들은 목숨을 내걸고 도적과 싸울 것입니다."

조고는 답답한 가슴이 한순간에 뚫리는 것만 같았다. 기묘한 술수였다. 여산의 죄수들이야 다시 끌어들이면 될 일이다. 지금은 발등에 떨어진 불부터 꺼야 할 판이었다.

조고는 당장 그 일을 2세 황제에게 간하려고 했다. 하지만 도적들이 함양을 향하여 밀물처럼 밀려드는 상황에 대해 알리는 것이 문제였다. 조고는 빠르게 머리를 굴렸다. 황제의 분노를 다른 쪽으로 돌릴 수 있는 묘안만 있다면 그 다음이야 여산의 죄수들을 해결책으로 내놓으면 이내 가라앉을 것이다. 조고는 이사를 떠올렸다. 여러 차례 황제에게 간언을 하겠다고 했던 이사가 언제 틈을 파고들지 모를 일이었다. 승상의 자리에 있으면서 이렇게 다급한 사안에 대해서도 손을 놓고 있다는 질책을 받기에도 충분했다. 더구나 이사의 아들인 이유는 삼천군의 군수로 있지 않은가. 벌써 반란군은 삼천군을 지나쳐 함양으로 향하고 있었다. 분명 반란군의 앞길을 그대로 열어준 것이나 다름없는 일이었다. 조고는 입가에 미소를 머금었다.

조고는 승상 이사를 찾았다. 둘의 눈빛에는 살기가 서려 있었다. 조고는 짐짓 걱정스러운 투로 이사에게 물었다.

"함곡관 동쪽의 도적떼가 심상치 않다면서요?"

"걱정스러운 일입니다. 낭중령께서도 잘 알고 있으리라 생각하오만."

"저같이 미천한 직위에 있는 자가 어찌 폐하께 간할 수가 있어야 말이지요. 그런 일이야 승상께서 하실 일이 아닙니까? 폐하께서는 아방궁이나 지으려고 부역을 징발하고, 개나 말처럼 쓸데없는 것에만 골몰하시는지, 이처럼 안타까운 일은 없을 것입니다. 어찌 폐하께 간하지 않으십니까?"

조고의 말에 가시가 있다는 것을 이사도 잘 알고 있었다.

"내 어찌 간하려 하지 않았겠소? 지금 폐하께서는 깊은 궁중에만 머물고 계시니 간하려 해도 그 기회가 없지 않습니까?"

"그래요?"

조고는 생각에 잠겨 한동안 말이 없었다. 황제를 알현할 수만 있다면 지금의 심각함에 대해서 이사도 간할 수가 있으니, 조고가 나서준다면 불가능한 일도 아닐 듯싶었다. 황제는 어떤 연유에서인지 깊은 궁에만 있을 뿐이었다. 분명 조고가 부린 농간이 틀림없었다. 이사는 조고의 눈치를 살피고 있었다.

"폐하께서는 승상을 참으로 아끼고 계십니다. 다만 한가롭지 않은 때에는 그 누구도 만나려 하시지 않을 뿐이지요. 제가 승상을 위해 폐하의 한가한 때를 알려드릴 것이니, 어떻겠소?"

"낭중령께서 그리만 해주신다면, 어찌 간하기를 주저하겠소."

이사로서도 마다할 것이 아니었다. 황제에게서 멀어진다면 지금의 이 모든 지위와 부귀도 한낱 모래성에 지나지 않을 것이다. 황제의 그늘에 들 수만 있다면 저 여우 같은 조고쯤이야 어렵지 않게 제거할 수 있을 것이다. 이미 대신들과도 은밀히 조고의 죄상을 논하지 않았던가.

"제가 그럼 승상을 위해 그리 하겠으니, 기다리시오."

조고는 이사의 속마음을 훤하게 들여다보고 있었다. 황제는 이미 제 손아귀 안에 있는 것이나 진배없었다. 이사는 황제의 분노를 사고, 조고 자신은 황제의 총애를 받게 될 일이었다. 조고는 황제의 심기를 살피는 묘한 재주가 있었다. 황제가 연회를 즐기며 미녀들의 품속을 파고들 때, 조고는 이사에게 사람을 보냈다. 2세 황제의 심중을 모르고서는 그 누가 봐도 황제가 한가함에 빠져 있다고 볼 것이다. 조고가 노린 것이 바로 이때였다.

"황제께서 지금이 가장 한가한 때라 이르러라."

승상 이사는 조고의 말만 믿고 바로 황제의 알현을 청했다. 하지만 황제는 이미 연회의 재미에 푹 빠져 있던 터라, 승상의 알현이 달갑지 않았다. 황제는 알현을 허락하지 않았다. 조고는 황제의 곁에서 잠시도 물러나 있지 않았다. 이미 내관들에게도 은밀하게 명을 내려놓은 상태였다. 승상에게는 잠시만 기다리라고 일러놓고는 거듭 황제에게 알현을 청하게 한 것이다. 황제는 화가 치밀어 버럭 소리를 질렀다.

"승상을 들라 하라."

승상 이사가 황제 앞에 엎드렸을 때는 이미 때가 늦었다.

"짐이 한가한 날이 많았는데도 승상께서는 오지 않았소. 그러다가 짐이 연회를 즐기려 하자 달려와 안건을 아뢰려 한다니, 승상께서 감히 짐을 어리다고 얕잡아보는 것이오?"

"어찌 소신이 그럴 리가 있겠사옵니까?"

이사의 떨리는 음성이 채 끝나기도 전에 황제의 노한 목소리가 울려퍼졌다.

"듣기 싫소. 듣기 싫으니 당장 물러가시오."

승상 이사가 물러가자 조고는 황급히 황제에게 아뢰었다.

"폐하, 어찌 승상을 그처럼 대하십니까?"

"이젠 낭중령까지 짐의 심기를 불편하게 할 참이오?"

"그런 것이 아니옵니다. 승상은 저 사구의 음모(호해를 진의 2세 황제로 옹립한 사건)에도 관여했습니다. 지금 폐하께서 황제의 지위에 계시지만, 승상의 지위는 높아진 것이 없사옵니다. 이에 승상은 영토라도 나누어 왕이 되려는 것이옵니다. 또한 폐하께서 신께 묻지 않으셨기에 아뢰지 못했사온데……. 승상의 장남이 삼천군의 군수가 되었으나 초 땅의 도적인 진승 등이 모두 승상의 이웃 고을에 살던 자들이옵니다. 이런 까닭에 초 지역의 도적들이 삼천군을 지나가도, 군수는 이들을 공격하지 않았다고 했나이다. 저는 그들 사이에 문서가 오간다는 말을 들었으나, 아직 진위를 확인하지는 못하고 있나이다. 게다가 승상은 궁 밖에 있으며 폐하보다 권세가 막중합니다."

"무엇이라고?"

조고의 말에 황제는 치밀어 오르는 분노를 참지 못했다. 당장이라도 이사를 잡아다가 요절을 내고 싶었다. 하지만 확실하지 않은 일로 승상을 건드렸다가는 오히려 화를 불러올 수도 있는 일이었다. 황제는 조고에게 은밀하게 명을 내렸다.

"승상과 관련된 죄상을 낱낱이 조사하여 그 죄를 물을 것이니, 은밀하게 이를 조사토록 하시오."

조고는 벌써 삼천군에 조사관을 파견해놓고 있었다. 이사는 이제야말로 올가미에 걸린 짐승처럼 발악을 하다가 죽을 것이었다. 그를 따르던 대신들과 식객들도 결코 벗어날 수가 없을 것이니, 이제부터는 자신의 세상이나 다름없었다. 조고는 황제의 두터운 신임을 이용해 눈엣가시 같았던 이사를 제거해버리면 될 터였다.

하지만 마지막까지 경계를 늦추어서는 안 되는 일이다. 한편으로는 반란군이 밀고 들어오는 기세를 막아내야 했다. 장한이라면 충분히 막아낼 수 있을 것이었다. 만약 그마저 막아내지 못한다면 어찌한다? 조고는 발등의 불부터 끄기 위해 장한을 내세우기로 결심했다.

"폐하, 지금 함곡관 동쪽에서는 도적들이 몰려오고 있사옵니다. 승상과 같은 대신들이 어찌 저들을 막아낼 수 있겠사옵니까?"

"진의 병사들이 그따위 도적들에게 밀린단 말이오?"

"폐하, 이미 진의 강한 군사들은 반란군을 진압하기 위해 곳곳으로 떠난 상황이옵고, 새롭게 병사들을 모은다 해도 이미 늦었나이다. 신께 한 가지 묘책이 있사온데 아뢰어도 되겠나이까?"

조고는 장한의 묘책을 꺼내놓았다. 여산의 노역자들을 군사로 삼고, 그들의 죄를 사면해준다는 것과 공을 세우게 된다면 후한 상을 내린다는 것을 먹이로 활용하자는 것이었다. 조고는 이에 덧붙여 말했다.

"여산의 노역자들이야 다시 불러들이면 될 일이옵니다. 도적들을 몰아내는 것이 우선이옵니다."

2세 황제는 그제야 안색이 밝아지며 조고를 치켜세웠다.

"역시 낭중령밖에 없구려. 그렇다면 누가 그 군사들을 이끈단 말이오?"

"폐하, 소부 장한이 적임자이옵니다. 그에게 저들을 맡겨보소서."

황제의 명이 떨어지자 조고는 급히 장한을 불러 명을 받들도록 했다.

여산의 죄수들이 반란에 맞서다

장한은 여산의 죄수들에게 무기고를 열었다. 천하의 무기들을 함양에서 녹여 정예의 진군에게 지급하고 남은 것들이었다. 죄수들은 진군의 복장으로 갈아입었다. 이제 검은색으로 무장한 진의 강한 군사일 따름이었다. 오히려 죄수들의 사기는 높았다. 장한은 구름처럼 몰려든 군사들의 모습을 지켜보며 다시 한 번 전의를 가다듬었다. 선봉군은 진의 정예군인 장한의 명령을 기다리고 있었다. 죄수들은 이제 진의 강군으로서 검은 물결을 이루며 정렬해 있었다.

장한은 진승군이 함곡관을 통과했다는 첩보를 접하고는 이내 함곡관 쪽으로 진군을 이동시켰다. 적의 장수는 주문이라 했다. 주문이라면 초의 장수이기는 했지만, 이미 늙은 장수일 뿐이었다. 그보다도 진승군은 이제까지 패배를 모르며 밀어닥친 군사들이었다. 기세만 꺾인다면 오합지졸이 되고 말 군사들이었다. 장한은 그 점을 노리고 있었다.

"한때는 죄수의 몸이었다고 하나, 지금 그대들은 진의 강력한 군사들이 되었구나. 검은 물결을 이루며 검은 기치와 무기를 들었으니 누구인들 상대하기 어렵겠느냐. 공을 세우는 자에게는 큰 상을 내릴 것이지만, 물러서는 자는 준엄한 군율에 따라 죽음을 면치 못할 것이니라."

장한의 목소리는 산천을 울리는 함성으로 되돌아왔다. 죽음의 문턱에서 고

된 노동으로 죽어가던 그들이었다. 목숨이 지기 전에는 희망 하나 없었다. 하지만 이제 그들은 진의 거대한 검은색 물결 속에서 너울거리고 있었다. 그 어떤 적이라 해도 자신과 가족들의 목숨과는 바꿀 수 없었다. 장한은 이들이 죽을힘을 다해 싸워줄 것을 믿었다. 그것이 아니라면 함양은 바람 앞의 등잔불일 따름이었다.

"저들은 군사라 떠들어대지만 오합지졸에 불과하다. 그 수도 우리 진군에 비할 바가 아니니, 어찌 우리가 패배할 수 있겠는가."

진의 군사들은 다시 출렁거리며 함성을 질렀다. 진군은 함곡관을 향해 검은 물결을 움직이기 시작했다. 한의 물결은 장한의 이름을 걸고 빠르게 함곡관을 향해 움직였고, 다른 장수가 이끄는 군사들 역시 검은 물결로 출렁이며 진승군의 다른 물줄기를 향해 무기의 날을 세웠다.

장한의 군사들은 일사불란하게 움직였고, 정교한 무기들은 진승군의 날카로운 기세를 꺾기에 충분했다. 천하를 통일한 진의 강군이 선봉에서 흩어진 진승군을 몰아쳤다. 주문은 싸움에 패하고 민지澠池에 이르러 스스로 목숨을 끊었다.

장한은 멈추지 않고 진승군을 추격했다. 전세를 뒤집은 군사들은 사기가 올라 진승이 점령했던 마을들을 쓸어나갔고, 곳곳에서 진승군을 격파했다. 수세에 몰린 진승은 성을 버리고 달아났다. 군사들은 뿔뿔이 흩어져 재기조차 어려운 상황이었다. 진승은 궁전 깊숙이 숨은 채 꼼짝하지 않고 있었다. 이제 남은 유민

거마창 拒馬槍
중고국대의무기
말을 타고 공격해 오는 기병들을 막기 위해 통나무에 창을 여러 개 부착했다. 진지를 구축하거나 길을 막아설 때도 많이 사용한다.

들조차 진승에게서 멀어지고 있었다.

한편, 형양성을 포위하고 있던 오광도 사태가 심상치 않음을 느꼈다. 형양성은 삼천군수인 이사의 아들 이유가 단단히 지키고 있었다. 진승군의 대패 소식은 이내 초나라 군사들의 사기를 떨어뜨렸고, 오광 또한 언제 진의 강군에게 죽임을 당할지 모른다는 공포에 떨고 있었다. 이때 장군인 전장의 불만이 터져나왔다.

"주문의 군사는 이미 깨져버렸다. 이제 곧 진군이 들이닥칠 것인데, 우리는 여전히 형양성을 포위한 채 머뭇거리고만 있으니, 진의 군사가 들이닥친다면 이대로 무너지고 말 것이다. 차라리 군사 일부를 남겨 형양을 지키게 하고, 정예의 군사들로 진의 군사와 싸우는 것이 나을 것이다. 한데 지금 가왕인 오광은 교만하고 병권兵權(군을 편제·통수할 수 있는 권력)도 가지지 못했으니, 끝내 패배하고 말 것이다. 하여 왕명에 따라 오광의 목을 벨 것이다."

전장은 이에 칼을 빼들어 가왕인 오광을 주살했다. 왕명이라 했지만, 이는 전장의 독단에 의한 결정이었다. 하지만 이미 진승에게는 오광을 살해한 전장의 책임을 추궁할 세력도 남아 있지 않은 상황이었다. 이에 오광의 목을 바친 전장에게 초의 재상에 해당하는 영윤의 직책을 내릴 수밖에 없었다.

전장은 군사의 일부를 남겨 형양을 지키게 하고, 스스로 정예의 군사를 이끌어 서쪽으로 향했다. 오창에서 진의 군사와 맞붙어 싸웠으나 패하고, 전장은 죽었다. 장한은 군사를 진격하여 형양 아래에서 전장의 군사들을 물리쳤고, 군사들은 흩어져 진陳으로 달아났다.

진승의 죽음

궁지에 몰린 이사는 전전긍긍하고 있을 뿐이었다. 황제의 눈 밖에 나고 말았으니, 언제라도 폭풍은 불어닥칠 것이었다. 수많은 위기 속에서도 살아남았던 이사가 아닌가. 여불위의 폭풍에 날아가다가도 시황제에게 올린 글로 살아남았던 이사였고, 조고의 술책으로 위기에 처해 있기는 하지만, 이 고비만 넘긴다면 조고를 제거하는 것조차 어렵지 않은 일이라 여겼다.

"이제 저 환관부터 없애지 않는다면, 머지않아 화를 입게 될 것이다."

이사의 목소리는 무겁게 가라앉아 있었다. 황제의 마음을 돌려놓기 위한 방법은 이번에도 편지를 올리는 것뿐이었다. 한편으로는 아들 이유에게 주위를 경계하라는 서신을 급하게 보낸 후였다. 어찌하든 도적들에게 삼천군을 내주어서는 씨가 마를지도 모를 일이라 적었다. 이사는 그런 자신이 미웠으나, 이미 칼자루는 조고의 혀에 놀아난 황제의 손에 쥐어져 있었다. 이사는 고민 끝에 붓을 들었다.

"요와 순을 두고 현명한 군주라 할 수 있겠느냐?"

이사는 붓을 잠시 멈추고는 아들에게 물었다. 대답을 듣기 위해서가 아니었다. 아들은 멍하니 아버지를 바라보고만 있을 뿐 말이 없었다. 그러자 이사는 다시 붓을 들면서 말했다.

"현명한 군주란 격려하고 책임감 있게 일을 해야 하느니라. 그렇지 않고 저 요와 순처럼 행한다면 그것은 천하의 백성을 수고롭게 하는 것이며, 그를 일러 천하를 가진 것이 고통과 같다고 한 것이다. 천하의 일에 몸소 나서서 수고롭게 하는 것이 어찌 군주의 일일 수 있겠느냐? 그것은 백성들의 일일 따름이니라."

낮은 목소리였지만 그 속에는 백성들을 향한 무서운 칼날이 숨어 있었다. 이사는 조심스럽게 글을 적기 시작했다.

'폐하, 밝은 군주는 모든 일을 홀로 위에서 결단하는 분이옵니다. 그렇게 된 후에야 권력이 신하에게 있지 않고, 신하들이 간하는 변론을 끊을 수 있을 것이옵고, 방자한 마음을 품어 감히 거역하는 사람이 없을 것이옵니다. 더욱 엄격하게 법을 시행하신다면 여러 신하들과 백성들은 자기의 허물을 벗기에 급급할 것이오니, 어찌 변란을 도모하겠나이까?'

황제는 이사의 글을 읽고, 더욱 엄하게 법을 시행하기 시작했다. 백성들에게는 더욱 혹독한 세금을 거둬들였다. 앞장선 자들에게는 밝은 관리라 했고, 많이 죽이는 자에게는 충신이라 하여 형벌을 받는 자가 길에 반쯤은 되었으며, 죽은 자들이 시장에 널려 있었으니, 진의 백성들은 더욱 놀라고 두려워 반란을 생각하게 되었다. 하지만 이사로서는 황제의 답답한 마음을 풀어준 것이나 다를 바 없었으니, 한편으론 안도의 한숨을 내쉬고 있었다. 아쉬운 점은 황제에게서 저 교활한 조고를 떼어놓지 못한 것이었다.

이사는 조고에 관한 글을 다시 황제에게 올렸다. 지나침을 경계하지 않은 것은 아니지만, 이사에게 조고는 눈에 든 가시나 다름없기 때문이었다.

'지금 폐하를 곁에서 모시는 대신 중에 폐하만큼이나 권세를 누리는 자가 있사온데, 폐하와 차이가 없사옵니다. 이처럼 부당한 일이 어디 있겠습니까? 사성使星(임금의 명으로 지방에 출장 가던 벼슬아치)이었던 자한이 송나라의 재상이 되어, 형벌을 집행하고 위세를 부리더니 1년이 안 되어 임금을 위협한 고사가 있사옵니다. 또한 전상도 제나라 간공의 신하가 되어 직위와 서열로는 그 나라에서 따를 자가 없었고, 재력마저 제나라 궁실과 다를 바 없어지자, 아래로는 은혜를 베풀고 덕을 펼쳤으며 위로는 신하들을 끌어들여 제나라를 탈취하기에 이르렀습니다. 그는 궁중에서 재여宰予를 죽이고 간공을 시해하여 제나라를 차지했습니다. 사악한 뜻과 위태로운 행동이 마치 송나라의 자한과 같고, 재력은 제나라의 전상과 같은 자가 바로 조고이옵니다. 전상과 자한의 수법을 병행하여 폐하의 위신을 깎아내리는 뜻이 어디에 있겠나이까? 폐하께서 이에 대한 방법을 모색하지 않으신다면 그가 변란을 일으키지나 않을까 신은 두려워하고 있나이다.'

하지만 이사의 글이 황제에 이르기 전에 조고는 발 빠르게 황제의 눈을 가리고 있었다. 이사의 강력한 법 시행이 결과적으로 백성들의 반란만 부추겼다는 보고 때문이었다. 황제는 이사의 글을 집어던졌다. 변란의 조짐을 보일 자라면 오히려 승상 쪽에 가까웠다. 삼천군수인 아들이 도적들과 내통했다는 혐의까지 받고 있는 처지였다.

황제는 낭중령을 불러들였다. 환관으로 잔뼈가 굵었지만, 오로지 황제를 위한 충성심을 보인 조고였다. 그런 자를 곁에 두지 않는다면 어떤 자를 믿을 수 있단 말인가. 조고는 황제에게 맑은 물 같은 존재였다. 그 속이 투명해 허욕을 부리지 않았고, 황제의 가슴을 채우고도 남을 지식이 넘치는 자였다. 발걸음 소리조차 내지 않은 채 조고가 황제 앞에 이르자, 이사의 글을 읽게 했다.

"어떻소?"

조고는 잠시 황제의 의중을 살피고 나서 눈물을 흘리며 말했다.

"신처럼 보잘것없는 자를 이토록 아껴주심은 황제의 은혜가 아니고 무엇이겠습니까? 어찌 신 같은 자에게 탐욕스러움이 있을 것이며, 권세가 또한 저에게 생기겠나이까? 이는 모두 승상 스스로 자신의 죄를 덮기 위해 부리는 간사한 술책에 지나지 않을 것이옵니다. 헤아리시옵소서, 폐하. 승상의 걱정거리는 오직 조고뿐이며, 제가 죽으면 전상과 같이 행할 자는 바로 승상이옵니다."

"짐도 그대의 생각과 같으니 염려 놓으시오. 다만 승상이 얕은꾀로 그대를 해하지는 않을까 염려되어 그대를 부른 것이오. 또한 승상의 이 같은 짓을 더는 두고 볼 수가 없어 낭중령에게 넘길 것이니, 그의 죄를 빠짐없이 조사토록 하시오."

조고는 위기에서 빠져나와 그 즉시 이사를 잡아들였다.

황제는 장한의 군사를 돕기 위해 사마흔과 동예가 이끄는 군사들을 보냈다. 이미 장한에 밀려 사방으로 흩어지던 반란군들인지라 장한군은 무서운 기세로 밀어붙이고 있었다.

함께 거사했던 오광의 죽음마저 받아들일 수밖에 없었던 진승은 더욱 몸을 움츠리고 있었다. 그의 주위는 텅 비어 있을 뿐, 이제 남은 것이라고는 초라함뿐이었다. 진승은 왕이 되었을 때를 떠올렸다. 수많은 옛 친구들이 찾아와 의지했을 때만 하더라도, 그들은 진승을 천하의 주인처럼 대했다. 하지만 당시 우쭐함으로 처의 아버지를 예의도 차리지 않은 채 맞아 노여움을 샀던 일도 스쳐 지나갔다. 생각했던 것처럼 왕의 자리는 호화롭기만 한 것은 아니었다. 외롭고 두려운 자리였다. 옛정에 이끌려 호방하게 놀았던 친구의 목을 칠 수밖에 없었던 일이 떠올랐을 때, 진승은 눈물을 흘렸다.

"내 외로움은 어디에서 시작된 것인가?"

심복이었던 여신이 차마 진승의 얼굴을 바로 보지 못했다.

장한의 군사는 나날이 진승의 진영을 압박해왔다. 각지에서 진승군은 패배했고, 진승은 더욱 곤혹스러워 했다. 군사들의 대부분이 유민이었던 탓에 성 안에

는 먹을 것이 떨어졌고, 유민들의 불만은 더욱 커졌다. 진승은 이미 왕의 권위를 잃었다. 이때 진승의 마부인 장가조차 딴 마음을 품고 있었다.

'만일 진승의 목을 들고 장한에게 투항한다면 지금보다는 훨씬 나을 것이다.'

그는 미리 몇몇 동료들과 입을 맞추고는 틈을 엿보고 있었다. 마침내 진승과 둘이 있게 된 장가는 이내 칼을 빼들어 진승의 목을 쳐버렸다. 진승은 한순간에 허무한 죽음을 맞았다. 장가는 동료들과 함께 몰래 진영을 빠져나와 장한의 군에 항복하고는 진승의 머리를 바쳤다. 장한은 기뻐하며 장가와 함께 수레에 올라 진승의 진영을 향해 그의 목을 높이 쳐들었다.

"이제 반역의 괴수가 죽었다. 항복하면 목숨은 살려줄 것이나, 반항한다면 죽음을 면치 못할 것이니라."

진승의 진영에서도 술렁이기 시작했다. 진승의 목이 분명했다. 이때 진승의 심복이었던 여신이 군사를 재조직하여 푸른색 두건을 쓰고 '창두군'이라 칭하며 진승의 원수를 갚기 위해 일어섰다. 창두군은 먼저 장한의 군사들을 쳐 장가를 죽이고 진에 대항하기 시작했다. 하지만 진승의 죽음은 곧 장초의 멸망을 의미하는 것이었다. 고작 6개월이었지만 진에 대항하여 거센 저항의 물결을 일으켰던 진승이었다.

항량, 범증과 함께 초왕을 세우다

소평이 이끄는 장초의 군사들이 광릉을 공격하고 있을 때, 진승이 패주했다는 소식을 접했다. 장한의 군사들이 몰려오고 있다는 급보도 이어졌다. 이대로 맞섰다가는 군사들만 잃을 뿐이었다. 소평은 항량을 떠올렸다. 만일 항량의 군사가 장한에 맞서주기만 한다면 승산이 있을 것이었다. 지금으로써는 항량의 군사를 얻어 위기를 극복해야만 했다. 소평은 서둘러 강을 건넜다. 진왕의 거짓 명령서를 꾸민 소평은 항량을 만나고자 했다.

"신은 초의 신하 소평이라 하옵니다."

항량은 의아한 표정으로 소평을 바라보았다.

"초의 신하라? 한데 무슨 일로 나를 찾았단 말이오?"

"장군에게 초의 상주국을 제수하셨나이다. 어서 예를 갖춰 명을 받으시지요."

소평은 항량에게 진왕의 명을 전했다. 얼떨결에 초의 상주국이 된 항량이었지만, 이제까지 뚜렷한 명분이 없었던 터라 내심 반가웠다. 항량은 무릎을 꿇고 진왕의 명을 받들었다.

"강의 동쪽은 이미 평정되었으니, 급히 군사를 이끌고 장한의 군사를 공격하라."

항량은 급히 8,000명의 군사를 이끌고 장강을 건너 서쪽으로 나아갔다. 군사들은 이제 훈련된 장초의 군사들이었다. 사기가 오른 군사를 이끌고 나아가는 항량에게 반가운 소식이 또 날아들었다. 동양현에서 현령을 죽이고 일어선 진영의 2만여 군사들이 항량군에 들어온 것이다. 진영은 동양의 현에서 왕으로 추대되었지만, 그의 어머니의 만류로 왕이 되는 것을 받아들이지 않았다.

"항씨는 이미 초에서도 유명한 장수의 집안이 아니옵니까? 신들을 멸망시키고자 하나 의지할 곳은 오로지 장군밖에는 없나이다."

항량은 그들을 받아들였다. 항량이 이끄는 군사는 순식간에 6만~7만으로 불어났고, 거소 사람 범증을 얻은 것도 이 무렵이었다. 평소에 기이한 계책을 세우기로 평판이 났던 인물인지라, 누구보다도 항량에게 필요한 사람이었다. 항량은 몸소 범증을 찾았다. 그러나 범증은 말없이 항량의 관상을 한참이나 들여다 보다가 이내 돌아앉았다.

"나는 이미 늙었소. 어찌 그대를 도울 수 있겠소이까?"

"선생의 가르침이라면 반드시 진을 물리칠 수 있을 것이오니, 부디 가르침을 주십시오."

범증은 항량의 거듭된 간청에 마지못한 듯 그 뜻을 받아들였다.

"다만……."

"다만 무엇이옵니까? 선생의 뜻을 따를 것이니, 말씀해주시옵소서."

"초의 후예를 왕으로 세워야 합니다. 진승의 실패는 당연한 일이었습니다. 무릇 진이 여섯 나라를 멸망시켰는데, 그 가운데 초가 가장 죄가 없습니다. 회왕은 진으로 들어가서 돌아오지 못하면서도 초인들이 이를 가엾게 여겨 지금까지 이르렀습니다. 초의 남공이 이르기를 '초에 비록 집이 세 채만 있더라도 진을 멸망시키는 것은 반드시 초일 것이다'고 했습니다. 진승이 처음으로 일을 일으켰지만 초의 후예를 세우지 않고 자립했으니, 그 세력이 오래가지 못한 것이었습니다. 이제 그대가 강동에서 일어나니, 초에서 벌떼처럼 장군들이 다투어 그대에게 복종하는 것은 그대가 대대로 초의 장수였기에 초의 후예를 다시 세울 수 있다고 여기기 때문입니다."

항량은 범증의 뜻에 따라 초의 후예를 왕으로 삼기로 했다. 범증은 회왕의 손자 중에 미심이 양을 치면서 살고 있다고 알려주었다. 항량은 미심을 초의 회왕으로 삼았다. 이제 전영은 상주국이 되었고, 우이에 도읍을 정했다. 항량은 스스로 무신군이라 칭했다.

패공은 시황제의 암살을 기도했던 장량을 얻었다. 숨어 사는 동안 노인에게서 병법서를 얻어 이미 병법을 꿰뚫고 있던 장량이었다. 누구도 자신의 병법에 귀를 기울이지 않았으나, 패공만은 달랐다. 하늘이 내린 분이 아니라면 어찌 이 병법에 귀를 기울인단 말인가. 장량은 패공 곁에 머물기로 했다.

"그대의 계책은 훌륭하오. 내 곁에서 계책을 세워준다면 아무리 사나운 진이라 하더라도 버텨낼 수가 없을 것이오."

장량은 패공 앞에서 몸을 낮추었다. 장량의 계책으로 탕을 공격하여 그들의 군사 6,000명을 거두자 군사의 수는 9,000명에 이르렀다. 장량은 항량의 군사가 눈덩이처럼 불어나고 있으며, 초가 회왕을 세웠다는 소식을 듣고 패공에게 항량군과 합세하는 방안에 대해서 말했다.

"진의 군사는 아직도 강합니다. 그에 대항하기 위해서는 무신군의 군사와 힘을 합쳐야 할 것입니다."

패공도 진지하게 장량의 말을 들었다. 이를 허락한 패공은 장량과 함께 항량을 찾아가 만났다. 항량은 이제 자신에게 복종하는 군사들의 수에 흡족해 있던 터라, 패공에게 5,000의 군사를 내주고 풍읍을 치도록 명했다. 패공은 군사를 이끌고 풍읍을 공격하여 무너뜨렸다. 항우에게도 명을 내려 양성을 공격하게 했다. 저항은 거셌고, 항우는 어렵사리 성을 함락했다. 이에 화가 난 항우는 성 안의 모든 사람들을 묻어 죽이라고 명했다. 돌아와 항량에게 보고하자 항량은 고개를 가로저었다.

"어찌하여 백성들을 모두 묻어 죽인 것이더냐? 우야, 항상 네 혈기만을 믿고 행하다가는 큰 화를 면치 못할 것이라 수없이 이르지 않았더냐?"

항량의 꾸지람에 항우는 고개를 숙인 채 아무 말이 없었다. 항우에게는 오직 숙부 항량이 있을 뿐이었다. 만일 다른 누군가가 항우에게 이토록 화를 냈다면 그 또한 목숨을 보존하기 어려웠을 것이다.

회왕도 이런 항우를 눈여겨보고 있었다. 잔인하고 두려운 인물이었다. 천하의 백성들을 모조리 적으로 생각하여 죽인다면 항우 앞에 살아남을 자는 없을 것이었다. 회왕은 굳게 입을 다물었다. 항량의 곁에는 항우가 버티고 있었고, 항우의 뒤에는 항량이라는 거목이 있었기 때문이다.

장량은 미심을 찾아내어 회왕으로 삼은 초를 보고 많은 생각에 잠겨 있었다. 지금이야말로 한나라를 다시 세울 때였다. 뜻을 굳힌 장량은 항량을 찾아 말했다.

"무신군께서는 벌써 초의 후손을 세웠으나, 한나라에서는 아직 왕을 세우지 못했습니다. 진을 상대하기 위해서는 더욱 많은 무리가 필요한 때이옵니다. 한의 여러 공자 가운데 횡양군 한성이 가장 똑똑하니 그를 왕으로 삼으심이 어떠하겠나이까?"

장량의 말에 항량의 마음도 흡족했다. 이제 한나라의 왕을 세우는 것에도 자신의 힘이 필요하게 된 것이다. 또한 세력의 기반을 단단하게 다지는 것이니 마다할 이유가 없었다. 항량은 한성을 찾아 한왕으로 삼았다. 또한 장량을 사도로 삼았으며 1,000여 명의 무리를 거느리고 서쪽으로 향해 옛 땅을 다스리도록 했다. 하지만 그것은 그리 쉽지가 않아, 진과의 싸움에서 밀고 밀리기를 여러 차례 한 후에 영천 지역에서 아직 유격병으로 남아 있었다.

"이제 곳곳에서 진에 대항하는 무리가 초를 따르고 있으니, 진은 버틸 수 없을 것입니다. 장강 일대에서는 경포라는 자가 수천의 무리를 이끌고 있사온데, 그들도 진의 허를 찌르며 괴롭히고 있사옵니다."

범증은 천하의 흐름을 읽고 있었다. 진과

고대 중국의 무기

유성추 流星錐
줄 끝에 금속으로 된 추를 묶었다. 손으로 줄을 돌릴 때 생기는 힘으로 추를 던져 공격한다. 줄의 길이는 다양하며 추의 무게는 최대 5킬로그램이나 된다. 굳이 방향을 바꾸지 않아도 뒤에 있는 적까지 노릴 수 있다.

맞설 세력들의 움직임도 소홀하게 여기지 않았던 것이다. 경포라는 자는 본래 이름이 영포로 육안현 사람이었다. 경형黥刑(중국에서 행하던 오형 가운데 하나로 죄인의 이마나 팔뚝 따위에 먹줄로 죄명을 써넣던 형벌)에 처해져 얼굴에 생긴 문신 때문에 경포라 불린 것인데, 또한 그 이름을 싫어하지 않았다.

"내 경형을 당한 것이 어찌 부끄럽겠는가? 어려서 내 관상을 본 한 노인이 죄를 받고 난 다음에는 왕이 될 것이라 했느니라. 하하하. 그러니 나인들 그 이름을 싫어할 이유가 있겠는가?"

경포는 여산의 죄수였다. 죄수들의 우두머리와 호걸들과의 친분이 깊었던 경포는 여산에서 달아나 장강 일대 도적떼들의 우두머리가 되고, 파양 현령인 오예의 딸을 아내로 맞아 그의 군사들까지 거느리게 되었던 것이다. 유격전이라면 경포를 따를 자가 없었으니, 범증은 그의 활약이 초에 큰 도움이 될 것이라 여겨 아뢴 것이었다.

"내 그자를 한 번 만나야겠소."

"먼저 그들을 찾지 않아도, 그들이 무신군 아래로 들어올 것입니다. 그때 그들과의 친분을 쌓아둔다면 훗날 큰 힘이 될 것이옵니다."

항량은 기뻐하며 범증의 신비한 힘에 이끌리 듯 공손하게 대했다.

머지않아 경포와 포 장군은 자신들의 무리를 이끌고 무신군을 찾아왔다. 험악한 인상의 경포는 거칠었다. 항량은 따뜻하게 그들을 맞이했고, 연일 잔치를 베풀어 대접했다. 항우는 그런 항량의 곁에서 항상 오만한 표정으로 그들을 내려다보고 있었다. 몸집이 산처럼 거대한 항우의 포악함을 두려워하는 자들도 있었다. 범증은 항우의 그런 점을 아쉬워했다. 항량이 그나마 그런 항우의 아쉬움을 덜어주고는 있었지만 아쉬움은 가시지 않았다.

이사를 죽인 조고

한편 진에서는 피바람이 불고 있었다. 조고는 2세 황제의 권력을 틀어쥔 채 이사의 주위를 피로 물들였다. 종족은 물론이고 그의 빈객들조차 옥에 갇혔다. 이미 풍거질과 풍겁은 고문을 참아내지 못해 스스로 목숨을 끊은 후였으나, 이사만은 자신의 무죄를 주장하고 있었다. 조고는 이사의 죄를 가혹하게 추궁하라는 명을 관리에게 내렸다. 그에게 붙은 죄목은 아들 이유와 함께 모반을 꾀한 것이었다. 이사는 펄쩍 뛰면서 죄를 부인했다. 하지만 계속되는 가혹한 고문은 피할 방도가 없었다.

"아직도 죄를 자백하지 않았더냐?"

조고는 예리한 눈으로 관리에게 추궁했다.

"아무리 고문을 해도 한결같이 결백을 주장하고 있나이다."

"그렇게 해서야 무슨 자백을 받아낸단 말이냐? 내 방법을 일러줄 것이니 그대로만 시행토록 하라."

조고는 자신의 빈객 10여 명을 어사, 알자, 시중으로 위장시켜 이사를 심문하도록 했다. 가혹한 고문은 반복되었고, 모반을 했다는 말을 받아낼 때까지 심문은 계속됐다. 말을 바꾸면 더욱 심한 고문을 해 이사의 머릿속에 새겨지도록 반복적으로 이어졌다. 이사는 이제 말을 바꾸었다가는 고문으로 죽을 수밖에 없다고 판단했다. 하지만 마지막으로 황제에게 자신의 무고함을 알리기만 한다면 분명 풀려날 것이라는 확신은 버릴 수가 없었다. 이사는 눈물을 흘리며 황제에게 전할 편지를 써내려갔다.

'제가 승상이 되어 백성을 다스린 지가 30여 년입니다. 진의 땅이 좁아서 1,000리에 지나지 않았으며 군사도 수십만 명이었습니다. 신은 얕은 재주를 다하고 속으로 꾀를 내는 신하가 되어 금과 옥을 밑천으로 하여 제후들에게 유세遊說하게 했고, 안으로는 군사들을 강하게 했으며, 투사들에게 관직을 주었고 공신들을 존중했습니다. 그러므로 끝내 한을 위협하고 위를 약하게 했으며, 연과 조를 깨뜨려서 제와 초를 평정하여 끝내는 6국을 아울렀고 그 왕들을 포로로 만들었으며, 진을 세워서 최고 통치국으로 만들었습니다. 또 북으로 호와 맥을 쫓아버리고 남으로 백월을 평정하여 진의 강함을 보였습니다. 다시 도량과 문장을 고르게 하여 이를 천하에 공포하고 진나라의 이름을 세웠습니다.'

붓끝에 눈물이 떨어졌다. 글을 쓰는 중에 하늘을 우러러 길게 탄식을 하면서 울먹이기도 하며 다시 심혈을 기울여 글을 적어 나갔다.

'이것이 모두 신의 죄라면 저는 마땅히 오래전에 죽었을 것입니다. 황상께서 다행히 그 능력을 다하게 하여 마침내 오늘에 이를 수 있었습니다. 바라건대 폐하께서는 이를 살펴주시옵소서.'

편지는 황제가 아닌 조고에게 전해졌다. 조

봉棒

중국 고대의 무기

나무로 된 봉에 철을 씌워 강도를 높인 가리봉과 봉 끝에 칼날을 부착한 구봉이 있다. 특히 구봉은 적을 타격할 수도 있고 칼날로 찌를 수도 있다.

고는 즉시 편지를 태워버렸다. 황제는 사람을 시켜 이사를 심문하게 했다. 매번 반복된 심문이었던 터라 이번에도 말을 바꾸게 된다면 가혹한 고문이 있으리라 판단한 이사는 자신의 죄를 인정하고 말았다. 이는 곧 황제에게 고해졌고, 황제는 편안한 안색으로 조고를 불렀다.

"그대가 없었더라면 승상이 천하를 팔아먹을 뻔했소."

황제는 곧 삼천군수 이유를 잡아들이려 했지만 이미 이유는 죽고 없었다. 조고는 모반을 꾀한 죄로 이사에게 오형五刑(중국에서 행하던 다섯 가지 형벌인데, 첫째로 얼굴에 글씨를 쓰고, 둘째로 코를 자르고, 셋째로 두 다리의 발뒤꿈치를 자르고, 넷째로 채찍으로 때려죽이고, 다섯째로는 목을 베고 살을 젓 담그는 것이다)에 처하도록 하고, 함양의 시장에서 허리를 잘라 죽이게 했다.

이사는 힘없이 옥에서 끌려나오다 잡혀온 둘째 아들을 만났다. 비 오듯 눈물을 쏟던 이사가 눈물을 훔치며 말했다.

"내 너와 함께 누런 사냥개를 끌고 상채의 동쪽 문에 나아가서 교활한 토끼를 쫓고 싶었는데 그럴 수 없을 듯하구나."

이사는 아들을 바라보며 눈물을 흘렸다.

'때를 얻었더냐?'

오래전 스승의 목소리가 떠올랐다. 이사의 눈물은 멈추지 않았다. 쉴 새 없이 달려온 길이었지만, 이제는 그 끝에서 모든 것이 사라지고 있었다. 함양의 시장으로 끌려가는 이사를 향해 백성들은 저주의 욕을 퍼붓고 있었다. 이사는 함양의 시장바닥에서 처참한 죽임을 당했고, 그의 가족들도 모두 참형을 면할 수가 없었다.

무신군 항량의 죽음

　큰비가 내리기 시작했다. 무신군은 이제 승승장구하는 장한의 군사들과 맞서고 있었다. 전영의 급보를 받고 동아로 움직이고 있었다. 이미 장한의 군사들은 가는 곳마다 승리하고 있었다. 초에서도 항타가 군사를 이끌고 출전하여 위왕을 구원하려 했지만, 장한의 기습에 밀려 대패하고 난 뒤였다.

　"동아 지역에서 장한의 군사를 기습하는 것이 좋을 것입니다. 저들은 이미 위왕을 죽였고, 제왕 전담까지 죽였으니, 그 기세로 맞섰다가는 크게 화를 입을 것입니다. 다만 이 빗속에서 군사들이 피로에 지쳐 있을 것이니, 정예의 군사로 기습을 한다면 승산이 있을 것입니다."

　항량의 곁에는 범증이라는 노련한 책사가 있었다. 또한 그의 좌우에는 유방과 항우가 버티고 있었다. 유방은 항량의 군사들을 빌려 전투에서 승리했고, 범증은 그런 유방을 눈여겨보고 있었다. 항우도 또한 싸움에 나서서는 군사들에 앞서 전장을 누비고 있었다. 항량은 동아 아래에서 장한의 군사를 격파하고 다시 북으로 정도에 이르러 진의 군대를 깨뜨리자, 장한의 군사를 가볍게 여기기 시작했다. 항우와 패공 또한 옹구에서 진의 군사를 대파하는 전과를 올렸다.

　"이 항량을 당할 자들이 어디 있단 말인가? 장한의 군사라 하더라도 한낱 허수아비에 지나지 않아."

"하오나……."

항량의 신중했던 태도는 서서히 변해가고 있었다. 진을 가볍게 여기고 교만한 모습까지 드러내보이는 항량 앞에 송의가 나섰다. 송의라면 회왕을 가까이에서 모시며 대대로 영윤令尹(중국 초나라의 관직 이름. 정치를 하는 최고의 직위)을 지낸 가문의 자손이었다. 그런 출신의 송의를 영윤의 자리에 앉혀야 한다는 범증의 말이 항량은 마음에 들지 않았다. 항량은 모처럼 기분을 푸는 연회의 자리에서까지 바른 소리를 하려는 송의가 못마땅했다.

"그래, 영윤께서 내게 할 말이라도 있는 듯하오만……."

"전투에 이기고도 장수가 교만해지고, 군사가 게을러지면 패하는 것입니다. 군사들이 나태해지고 있으나, 진의 군사는 끝없이 밀려오고 있사오니, 그것이 걱정이옵니다."

항우가 자리에서 벌떡 일어섰다.

"무슨 막말을 하고 있는 것이오?"

사태가 험악해지자 항량이 나서서 항우를 저지했다. 저 성격대로라면 영윤이 아니라 그 누구라도 항우를 막지 못한다는 것을 항량은 잘 알고 있었다. 항량은 항우를 자리에 앉히고는 이내 정색하며 물었다.

"장수와 군사들은 전장에서 적군과 맞서 죽기를 각오하고 싸우고 있소이다. 영윤의 말씀처럼 지금 장한의 군사들이 아직도 그 기세가 꺾이지 않았으니, 이 번에는 영윤께서 제나라에 사신으로 다녀와야 할 것 같소이다. 이미 전영이 전 담의 아들 전시를 제왕으로 삼고, 스스로 재상이 되었다 들었소. 하지만 몇 번이나 함께 장한을 칠 것을 말했으나, 영 움직임이 시원치 않소. 영윤이라면 이미 그 덕망이 천하에 알려져 있는 분이니, 능히 일을 처리할 수 있을 것이 아니오?"

송의는 항량의 태도에 마음이 상했으나, 제의 사신으로 다녀오라는 말에는 선뜻 대답이 나오질 않았다. 제왕이었던 전가는 전영에게 쫓기어 이미 초로 도망쳐오지 않았는가. 분명 전영이라면 전가의 목을 달라고 할 것이었다.

"왜 자신이 없소이까?"

"왕명을 받드는 신하로 자신을 운운하겠나이까? 명을 내리시면 명에 따를 것이옵니다."

항량은 송의의 대답에 껄껄 웃으며 술을 마셨다. 회왕은 그저 왕의 이름만을 붙였을 따름이다. 송의는 자리에서 일어섰다. 불길함을 떨쳐버릴 수가 없었다. 진의 군사들은 분명 항량이 이끄는 초의 군사들을 향해 소리 없이 다가오고 있을 것이 분명했다. 적이 다가오는 것은 모른 채, 승전의 기쁨에만 젖어 있는 항량이 안타까웠지만 송의는 더는 말릴 수가 없었다. 송의는 제의 사신으로 길을 떠났다. 비 때문에 길이 질어 수레는 좀체 앞으로 나아가지 못했다. 때마침 제에서도 항량에게 사신을 보냈는데, 그 일행과 마주치게 되었다. 안면이 있었던 고릉군의 현이었다. 그러자 송의가 현에게 말했다.

"공께서는 무신군을 만나려는 것입니까?"

"그렇소."

송의는 돌아서다가 문득 현을 불러 일러주었다.

"제 생각에 무신군은 반드시 패할 것이오. 공이 천천히 간다면 죽음을 면할 것이지만, 급히 찾아간다면 화를 면하기는 어려울 것이오."

"어찌 그렇습니까?"

의아해 하는 현의 물음에 송의는 다만 희미한 미소만 지을 따름이었다. 군사를 지휘한 경험이 없던 송의였으나, 병법에는 통달한 그였다. 항량은 머지않아 그 화를 입을 것이었다.

정도에 진을 치고 있던 항량은 진의 진영으로 너무 깊숙이 들어와 있었다. 항량에게 그것이 문제일 리가 없었다. 자신이 직접 군사를 이끌어 장한을 물리치고 싶었다. 송의 따위가 어찌 병법을 안단 말인가. 항량은 귀찮은 듯 송의의 말을 물리쳤지만, 갑작스럽게 나타난 진군 앞에서는 허둥댈 수밖에 없었다.

"온통 진나라 병사들뿐입니다."

연이은 급보가 날아들었으나, 항량은 점점 고립되고 있을 뿐이었다. 지원군을 요청할 수도 없는 상황이었다. 장한은 항량의 움직임에 대해 면밀히 살펴보고 난 뒤에 치밀하게 군사를 움직였던 것이다. 느슨해진 초군의 경계를 뚫고 기습한 장한의 군사들은 굳게 닫혔던 성문을 열었고, 진의 전차와 기병은 대군에 앞서 삽시간에 성 안으로 밀어닥쳤다. 항량은 군사의 복장으로 갈아입고 달아나려 했으나, 이미 온 성은 진군의 검은 물결로 가득했다. 항량의 군사들은 대패했고, 항량은 숨을 거두었다.

"무엇이라? 숙부께서 돌아가셨단 말이냐?"

믿을 수 없는 급보에 항우는 털썩 주저앉았다. 항상 숙부의 곁에 있어야 했으나, 항우는 지금 패공과 함께 진류를 공격하고 있던 차였다. 외황을 공격했으나 여의치 않아 진류로 향한 그들이었다. 항우는 괴성을 지르며 날뛰었다. 항량의 원수를 갚기 위해 당장 단신으로라도 나설 태세였다. 주위의 장수들조차 섣불리 항우를 막아설 수가 없었다. 그때 패공이 항우를 위로하며 군사를 물려 우이로 돌아갈 것을 제안했다.

"먼저 군사들을 물리고 난 뒤에 대비하는 것이 좋을 듯하오."

항우는 눈물을 흘리면서도 온몸을 부르르 떨었다. 자기에게는 아버지요, 스승이었던 숙부였다. 어려서부터 자신을 키워주고 가르쳐준 숙부를 잃자 항우는 짐승처럼 울부짖었다.

군사들은 이내 회왕이 있던 우이로 돌아갔다. 그러나 그곳마저도 방어하기가 수월치 않아 급히 팽성으로 도읍을 옮겼다. 여신은 팽성의 동쪽에 진을 치고, 항우는 팽성의 서쪽에, 패공은 탕에 진을 치고 있었다.

"도대체 어찌된 것이냐?"

의아하기는 회왕도 마찬가지였다. 항량의 죽음은 누구도 받아들일 수 없는 사건이었다. 아무리 무신군이 자만을 했다 하더라도 참패를 당할 정도는 아니지 않은가. 회왕은 장수들을 불러모아 그 대책을 물었다. 이것은 장한이 이끄는 군사들이 만만치 않다는 것을 보여준 결과였다. 항우처럼 당장에 전군을 이끌고 무신군의 원수를 갚을 상황이 아닌 것이었다.

"범증께서 살아 돌아오셨습니다."

항우는 그 말에 맨발로 뛰쳐
나갔다. 범증이 살아 있다면 숙
부도 무사할지 모를 일이었다.
그러나 항우 앞에 선 범증의
몰골은 말이 아니었고, 할
말이 없다는 표정의 범증
을 보자 항우는 다시 한
번 울부짖었다.

"이 모든 것이 저의
불찰이옵니다. 이미 무
신군은 누구의 말도
듣지 않았나이다. 이는
제 죄를 변명하기 위한
것이 아니옵니다."

"당장 장한이라는 놈의
목을 베어버리고, 머리통
을 부숴버리러 이 항우가
정도로 달려갈 것이오."

씩씩거리는 항우에게 패공
이 차분하게 대꾸했다.

"무신군을 잃은 슬픔은 초
의 전 군사들의 슬픔일 것이오. 이
는 반드시 원한을 갚을 것이나,

적군의 움직임에 철저히 대비해야만 합니다."

항우의 복수심은 한동안 계속되었으나, 장수들의 거듭된 설득에 서서히 가라 앉았다. 범증의 눈에 패공의 차분함은 인상적이었다. 패공의 저런 모습은 어디에 숨어 있었단 말인가. 항우에게 저런 기품이 있었다면……. 범증은 안타깝게 항우를 바라보고 있었다.

회왕은 팽성에 도읍을 정했다. 무신군의 그늘에 눌려 기를 펴지 못했던 회왕이었다. 항량의 빈자리는 분명 항우가 노리고 있을 터였다. 회왕은 고개를 저었다. 항우에게 힘을 준다는 것은 백성들에게 또다른 호랑이를 풀어주는 꼴밖에 되지 않았다. 항우는 그만큼 잔인했고, 포악한 장수였다. 그때 회왕을 알현한 고릉군 현의 말은 회왕의 이러한 고민을 말끔히 씻어주기에 충분했다. 다름 아닌 송의에 관한 말이었다.

"신이 오는 길에 송의를 만났는데 무신군의 군사가 패할 것이라 말해주었습니다. 그런데 며칠 지나지 않아 정말 그렇게 되고 말았습니다. 이는 송의가 병법을 꿰뚫고 있기에 가능한 이야기일 것입니다. 만일 그가 병법을 알지 못했다면 어떻게 군사들이 싸우기도 전에 그것을 알 수 있었겠나이까?"

제장들이 그 말에 동의하며 수군거렸다.

"본래 영윤은 병법에도 능한 사람이었소. 짐은 그를 상장군에 임명하고자 하는데 어떻소?"

항우는 불만이었지만, 다른 장수들의 동의에 물러나고 말았다. 회왕은 송의 곁에 차장으로 항우를 임명하고, 말장은 범증에게 맡겨 조를 구원하라는 명을 내렸다. 송의에 대한 믿음도 있었거니와 초왕으로서 자신의 지위를 회복하는 순간이었다. 초왕은 여러 별장들을 모두 송의에게 소속시켜 이를 '경자관군卿子冠軍('경자'는 귀족의 자제들로 구성된 군대란 뜻이며, '관군'은 상장군 자신이 친히 지휘하는 초군

최정예 친위대라는 뜻이다)'이라 불렀다.

초왕이 제장들 앞에서 명을 내렸다.

"먼저 관중에 들어가서 평정하는 사람을 그곳의 왕으로 할 것이오."

관중으로 들어서는 것은 위험천만한 일이었다. 이미 강한 진군에게 놀란 장수
들이었다. 하지만 항우만은 관중으로 들어가고 싶어했다. 그것은 항량에 대한
복수 때문이었다. 회왕은 고개를 가로저었다. 항우는 전에도 성을 무너뜨린 후
에 모든 백성들을 모조리 묻어 죽이지 않았던가. 포악한 진과 다를 바가 없으니
백성들의 원성을 살 것은 자명한 일이었다. 회왕이 이에 여러 장수들 앞에서 말
했다.

"항우는 빠르고 용감하지만, 교활하고 포악하여 일찍이 양성을 공격하면서
살아 있는 것을 땅에 묻어버렸고, 지나는 곳마다 소멸되지 않은 것이 없었습니
다. 또 초를 자주 진격하여 빼앗으려 했지만 진승과 항량이 모두 패했으니 덕이
있는 사람을 다시 파견하여 의를 북돋우면서 서쪽으로 나아가 진의 부형들을 끌
어안아야 할 것입니다. 진의 부형들은 그들의 주군 때문에 오랫동안 고생했고,
이제 어른스러운 사람을 찾아내 침략하거나 폭행하지 않는다면 마땅히 떨어뜨
릴 수 있습니다. 항우보다는 패공이 관대한 장자이니 그를 파견하고자 하오."

회왕은 항우에게는 허락하지 않고, 패공을 파견했다. 항우의 가슴속은 회왕에
대한 분노로 가득했다. 숙부에 의해 왕이 된 그가 아니었던가. 이제 이 항우마저
내치려 한다는 말인가. 항우는 서쪽을 향해 떠나는 패공의 군사를 바라보며 이
를 갈았다. 항우는 송의가 이끄는 경자관군 속에 묻혀 있을 뿐이었다.

패공은 진의 군사를 물리치며 관중을 향하고 있었다. 하지만 송의가 이끄는
군사들은 안양에 이르러 벌써 한 달 보름이나 머물고 있었다. 비는 그칠 줄 모르
고 쏟아졌다. 군막은 비바람을 막지 못한 채 맥없이 무너졌다. 군사들이 추위에

떨며 쓰러진 군막을 다시 세웠다. 화가 치밀어 오른 항우가 송의의 군막을 열어젖혔다.

"진의 군사들이 조를 포위하고 있는 마당에, 서둘러 군사를 이끌고 황하를 건너야 하지 않겠소? 우리 군사들이 외곽을 치고, 조의 군사들이 안에서 호응한다면 진군은 맥없이 무너질 것인데, 상장군께서는 무엇을 하고 계신단 말이오?"

항우의 우렁찬 목소리에 송의는 불쾌한 표정으로 말했다.

"어찌 생각이 그렇게 짧단 말이오? 진이 조를 쳐서 이긴다면 반드시 그 군사들이 지칠 것이기 때문에 그 틈을 노릴 수 있을 것이오. 또한 진이 이기지 못한다면 우리는 군사를 이끌고 북을 치면서 서쪽으로 나아간다면 진을 무너뜨릴 수가 있을 것이오."

항우는 온몸을 부르르 떨며 송의를 노려보았다.

"적군이 지치기만을 기다리겠다는 것이 아니오?"

"진과 조가 먼저 싸우도록 놔두는 것이 지금으로서는 최상의 전략이오. 갑옷을 입고 싸우는 것에서는 장군에 비할 바가 아닐지 모르나, 앉아서 전략을 짜고 지혜롭게 운영하는 것에는 나 송의가 나을 것이오."

"빗속에서 비루먹은 개처럼 헐떡이고 있는 저 군사들이 보이지 않으시오?"

"개죽음을 당하는 것보다는 그 편이 오히려 나을 것이오. 군령은 상장군인 내가 내리는 것이니, 명을 따르시오."

항우는 군막을 빠져나오면서 몇 차례나 칼을 만지작거렸다. 저런 자에게 초의 군사를 이끌도록 한 회왕이 원망스러웠다. 진의 군사를 겁내어 뒤로 물러나는 저런 자에게 상장군을 맡길 수는 없는 노릇이었다. 항우의 위협적인 행동을 눈치챈 송의는 곧바로 군중에 명을 내렸다.

"용맹하기가 호랑이 같고, 삐뚤어지기가 양 같으며, 욕심 많기가 이리 같고,

강하여 부릴 수 없는 자는 모두 처단할 것이다."

항우는 굴욕감을 느끼며, 군중을 돌아보았다. 계속되는 비로 추워진 날씨에 군사들은 얼고 굶주렸다.

'어찌 진이 지치기만을 기다리겠는가.'

항우는 송의에 대한 원한이 깊어갔다. 얼마 지나지 않아서였다. 송의는 아들 송양을 제의 재상으로 파견하며 연회를 베풀었다. 군사들은 이미 식량이 떨어져 젖은 콩으로 끼니를 잇고 있던 차였다. 황하를 건너 조의 식량을 이용하면서, 조와 힘을 합친다면 진은 어렵지 않게 물리칠 수 있을 터인데도, 송의는 출전할 기미조차 보이지 않았다. 항우는 마음을 굳히고 이른 아침 송의의 장막을 향했다. 늦게까지 마신 술로 아직도 정신을 차리지 못한 송의는 게슴츠레한 눈으로 항우를 바라보았다. 항우는 그 자리에서 칼을 뽑아들고, 무섭게 송의를 노려보고 있었다.

"이것은 네가 자초한 일이다. 제와 함께 초를 배반하지 않았다면 어찌 이럴 수가 있단 말이더냐."

항우는 송의의 목을 그 자리에서 쳐버렸다. 그리고는 송의의 머리를 들어 보이며 군령을 내렸다.

"송의는 제와 함께 초에 대한 모반을 꾀하고 있었다. 초왕이 은밀하게 그를 주살하도록 내게 명을 내린 것이다."

항우의 목소리는 쩌렁쩌렁 울렸고, 여러 장수들이 두려워 복종하지 않을 수가 없었다. 서둘러 항우를 장군으로 세웠고, 회왕에게는 환초를 보내 송의가 주살되었다고 보고했다. 회왕은 놀라고 당황했으나, 어쩔 수 없이 항우를 상장군으로 삼을 수밖에 없었다.

장한의 군사와 맞서는 항우

한편, 장한은 항량을 격파한 후 황하를 건너 북쪽의 조를 공격하여 대파했다. 그리고 군사를 이끌고 한단에 이르러서 그 백성들을 모두 하내로 옮기고 성곽을 없애버렸다. 이때 장이와 조왕 조헐은 간신히 달아나 거록성으로 들어갔으나, 이내 왕리가 이끄는 진의 군사들에게 포위되고 말았다. 진여는 상산의 군사 수만 명을 모아 거록 북쪽에 진을 치고 있었으나, 섣불리 장이를 구할 방법을 찾지 못하고 있었다.

장한은 용도를 쌓아 황하에서 거록성을 에워싼 왕리의 군사들에게까지 식량을 공급하고 있었다. 거록성 안은 굶주리고 있었지만, 용도 덕분에 왕리의 군사들을 배불리 먹일 수 있었다.

"진여는 나와 절친한 사이이거늘, 어찌된 영문으로 이 지경이 되도록 지원군을 보내지 않는단 말이오. 함께 죽기를 맹세하고 사귀었거늘 이러한 때 죽기를 각오하고 나와 왕을 구원해야 하는 것이 아니겠소?"

장이는 장염과 진택을 통해 진여를 책망하는 서신을 보냈다. 하지만 서신을 받은 진여는 여전히 군사를 보내는 것에는 반대하고 있었다. 그러자 장염이 그 이유를 물었다.

"아무리 헤아려보아도 성을 구원할 방법이 없소이다. 헛되게 군사들만 없앨 뿐이오. 또 나 진여가 함께 죽으려 하지 않는 이유는 조왕과 장이 장군을 위해 진에 보복하기 위해서니, 지금 함께 죽는다면 굶주린 호랑이에게 먹이를 던져주는 것과 무엇이 다르겠소?"

"하오나, 당장 군사를 보내지 않는다면 조왕과 장이 장군은 모두 죽을 것이오."

장염과 진택도 물러나지 않았다. 그러자 진여는 군사 5,000명을 내주면서 싸워보라고 권했다. 어디까지나 진의 군사에 맞설 수 있는지 가늠해보라는 뜻이었다. 장염과 진택은 진여의 태도가 못마땅했지만, 그 군사만으로라도 싸워야만 했다. 그러나 진의 군사에 맞서자 이내 패하여 죽고 말았다. 진여가 예상했던 결과였다. 때마침 제의 군사와 연의 군사들이 조를 구원하기 위해 거록으로 향하고 있었다. 장이의 아들 장오도 역시 북쪽의 대에서 군사 1만여 명을 얻어 진여의 옆에 성을 쌓았지만, 섣불리 진을 공격할 수는 없는 상황이었다.

"항우 장군이 이끄는 초의 군사들이 황하를 넘었다 합니다."

항우는 거록성을 향해 군사를 움직이고 있었다. 제후의 군사들도 이에 발맞춰 군사를 움직이기 시작했다. 항우는 상장군에 올라, 군사들을 호령하며 거록에 이르렀다. 장한이 왕리의 군사들에게 식량을 조달하는 용도가 먼저 눈에 띄었다.

"저것이다. 저 용도를 습격해 무너뜨리고, 적의 군량미 공급을 차단해 우리 군사들의 군량미를 확보해야 한다."

항우는 굶주림에 지친 군사들에게 식량 확

운제雲梯
수레에 긴 사다리를 부착해 놓아 성을 공격할 때 성벽을 쉽게 올라갈 수 있도록 한다. 수레는 안에 탄 사람이 움직인다.

중국 고대의 무기

보를 위해 용도를 먼저 공격하라고 명을 내렸다. 군사들은 굶주린 맹수처럼 왕리의 군사를 공격했다. 용도를 공격하여 먼저 식량로를 차단하자 왕리의 군사들은 열세에 몰리기 시작했다.

"전 군사들에게 3일 치의 양식만을 주도록 하라. 만약 이를 어기는 자가 있으면 군령으로 엄히 다스릴 것이다. 또한 황하를 건넌 배들도 모조리 불태워 돌아갈 길조차 남기지 마라. 적군과의 싸움에서 더는 물러날 곳이 없다는 것을 군사들에게 보여줘라. 죽이지 않으면 죽을 수밖에 없을 것이다. 솥과 시루도 또한 모두 깨버려라."▪

항우의 명에 군사들은 벌벌 떨었다. 왕리의 군사들을 죽이지 않으면 이대로 황하에 빠져 죽을 수밖에 없는 상황이었다. 군사들은 진군과 아홉 번이나 치열한 전투를 벌였다. 하지만 이미 사기가 오른 항우의 군사들은 진의 군사들을 대파하고, 장한이 이끌던 군사들은 퇴각하기 시작했다.

제후들의 군사들도 진군을 공격하여 소각을 죽이고 왕리를 포로로 잡았으며, 섭한은 항복하지 않은 채 스스로 불에 타 죽었다. 항우가 이끄는 초의 군사들은 제후의 군사들 가운데 으뜸이었다. 거록을 구원하기 위해 모인 군사들은 10여 개의 성에 진을 치고 있었다. 하지만 제후의 군사들은 초나라 군사들의 용맹한 전투를 성 위에서 구경만 하고 있을 뿐이었다. 항우의 군사들은 하나로 열을 해치운다는 소문이 나돌 정도로, 두려움의 대상이었다.

진을 깨뜨린 항우는 제후들을 불러모았다. 제후들은 항우의 용맹함에 벌벌 떨면서 감히 항우를 똑바로 보지도 못했다. 항우는 제후들의 상장군이 되고 제후들은 모두 그의 소속이 되기에 이르렀다. 항우의 구원으로 거록성에서 가

파부침선破釜沈船
솥을 깨뜨려 다시 밥을 짓지 않으며, 배를 가라앉혀 강을 건너 돌아가지 않는다는 뜻으로, 죽을 각오로 싸움에 임하는 것을 비유적으로 이른다.

까스로 살아나온 장이는 진여를 만나자마자 불편한 기색을 드러내며 책망했다.

"장염과 진택을 보냈는데, 그들은 지금 어디에 있소?"

그간의 사정을 소상히 설명했건만 장이는 받아들이지 않은 채 두 장수의 행방을 물었다. 진여가 그 장수들이 죽었다고 말했지만, 장이는 믿지 않고 여러 차례 되물었다. 이것은 분명 군사를 보내지 않기 위해 두 장수를 진여가 죽였다고 의심하는 것이 분명했다. 화가 치민 진여가 말했다.

"그대가 신을 원망함이 이렇게 깊은 줄은 미처 몰랐소. 어찌 신이 장군의 인수 印綬(병권을 가진 무관이 발병부 주머니를 매어 차던 길고 넓적한 녹비 끈)에 연연하겠소."

진여는 인수를 벗어 장이에게 주었다. 장이는 진여의 행동에 놀라 인수를 받지 않았다. 잠시 진여가 자리를 비우자, 장이의 빈객이 나서서 말했다.

"하늘이 주는 것을 받지 않으면 도리어 화를 입는다 합니다. 진여 장군이 그대에게 인수를 주었는데 받지 않는다면, 이는 하늘의 뜻에 반대하는 것이니 상서롭지 못할 것입니다."

빈객의 말에 장이는 인수를 차고 그 휘하의 군사를 수습했다. 잠시 자리를 비웠던 진여가 돌아와 장이를 보고는 놀라지 않을 수가 없었다. 설마 정말로 인수를 받으리라고는 생각지 못했던 것이다. 진여는 이내 발길을 돌려 휘하의 수백 명을 이끌고 성을 나와버렸다.

파부침선 破釜沈船

밥 짓는 솥을 깨고 돌아갈 때 탈 배를 가라앉힌다

진나라 말기 영웅들이 천하를 두고 다툴 때의 이야기다. 급격히 추진된 진나라의 통일정책과 무리한 토목공사 등으로 민심이 동요하기 시작하자, 진시황제 말년에 극단적인 탄압정책이 시작됐다. 폭정을 견디다 못한 진나라 백성들은 시황제의 죽음을 계기로 여기저기서 반란을 일으키게 된다. 이에 진나라는 장군 장한을 내세워 항량을 대패시키고, 조왕을 크게 격파했으며, 쥐루를 포위했다.

그러자 항량의 조카 항우가 이에 맞서 영포를 보내 막게 했지만 역부족이었다. 다급해진 조왕의 대장 진여가 항우에게 구원병을 요청하기에 이르렀고, 항우는 진나라를 치기 위해 직접 출병하기로 했다.

항우의 군대가 막 장하를 건넜을 때였다. 항우는 갑자기 타고 왔던 배를 부수어 침몰시키고, 싣고 온 솥마저도 깨뜨려버리고 주위의 집들도 모두 불태워버리도록 했다. 그리고 병사들에게는 3일분의 식량만을 주도록 했다. 이제 돌아갈 배도 없고, 밥을 지을 솥마저 없으니, 병사들은 결사적으로 싸우는 수밖에 방법이 없었다. 과연 병사들은 출진하라는 명령이 떨어지기가 무섭게 적진을 향해 돌진했다. 이렇게 아홉 번을 싸우는 동안 진나라의 주력부대는 무너지고 말았다.

破 깨뜨릴 파 | **釜** 가마솥 부 | **沈** 잠길 침 | **船** 배 선

죽을 각오로 싸움에 임한다.

= 파부침주破釜沈舟, 기량침선棄糧沈船

[출전] 《사기史記》 〈항우본기項羽本記〉

역이기, 패공의 혀가 되다

혹독한 추위가 몰아치는 겨울이었다. 패공은 군사를 이끌고 함양으로 향하고 있었다. 위나라 군사를 합병하여 그 수가 늘었고, 이어 진의 군사를 공격하기 시작했다. 팽월을 만난 것은 창읍에 이르러서였다.

팽월은 창읍 사람으로 도적의 무리였으나, 진승과 항량이 일어나자 창읍의 젊은이들이 팽월에게 자신의 우두머리가 되어달라고 청했던 것이다. 옛 제후의 흩어진 1,000여 명의 무리를 이끌고, 팽월은 패공을 찾아 그를 좇았다.

패공은 창읍을 공격하기 위해 서쪽으로 향했다. 그때 휘하의 기사가 쓸 만한 유생 하나가 있다는 말을 패공에게 조심스럽게 했다. 유생을 좋아하지 않는 패공은 대뜸 불쾌한 표정으로 말했다.

"나는 본래 유생들이 쓰는 유관을 보는 것조차 싫어하는 사람이다."

"역생이란 자는 사람들이 모두 미쳤다고 말하지만, 그자는 스스로 미치지 않았다고 합니다. 한 번 만나기를 간청하고 있사옵니다."

패공은 지나가는 말로 기사의 청을 들어주었다. 별 볼 일 없는 유생이라면 그 관을 벗겨 오줌을 갈겨주고 싶은 것이 패공의 솔직한 마음이었다. 창읍의 진군을 공격하기 위해서는 이곳 지형을 훤히 알고 있는 자들이 필요했고, 마을의 부로들 또한 잘 다독여야 한다는 것을 누구보다도 잘 알고 있는 패공이었다. 속으로는 싫었지만, 그런 이유에서 패공은 허락을 했던 것이다.

그가 역이기였다. 그는 진류陳留의 고양高陽 출신으로 집안이 가난해서 뜻을 얻지 못하고 문지기가 되어 있을 뿐이었다.■ 하지만 오만하기는 해도 지략이 풍부하다는 말을 듣고는 패공을 좇고 싶었던 것이다. 기사의 연락을 받은 역이기는 한달음에 패공의 부름을 기다리고 있었다.

"들라 하라."

막사에서 쉬고 있는 패공이 역이기를 불렀다. 여자들이 패공의 발을 씻기고 있었고, 패공은 걸터앉은 채 역이기를 건성으로 바라보았다. '늙었군.' 패공에게는 첫인상이 그랬을 뿐이다. 역이기는 한동안 패공을 바라보고 있다가 길게 읍을 할 뿐, 절은 하지 않았다.

"족하足下(상대편을 높여 이르는 말)께서는 진을 도와서 제후들을 공격하려고 하십니까? 아니면 제후들을 거느리고 진을 깨뜨리려는 것이옵니까?"

느닷없는 역이기의 말에 패공은 벌컥 화를 내며 욕을 퍼부었다.

"이런 쓸데없는 유생놈 같으니라고. 천하가 진의 고통으로 신음한 지 오래인데, 어떤 제후가 보고만 있겠는가? 어찌 진을 도와 제후를 공격하겠다는 막말을 한단 말이냐?"

퍼붓는 욕에도 역이기는 차분하게 말했다.

"진을 주살하기 위해서라면 마땅히 무리를 모으고 의병을 합해야 할 것인데, 나이 많은 자에게 이렇듯 거만하게 보인다면 어찌 그 뜻을 이룰 수 있겠소?"

패공은 역이기의 말에 움찔하며 자리에서 일어섰다. 서둘러 옷깃을 여민 패공은 역이기에게 사과하며 자리에 앉으라고 했다.

낙백洛魄
혼이 떨어진다는 뜻으로, 뜻을 얻지 못하고 실의에 빠져 있음을 이른다.

"족하께서 무리를 규합하고 병사를 수습했다고는 하지만 고작 1만 명에 지나지 않소. 그 군사를 이끌고 진으로 들어간다는 것은 호랑이의 입에 머리를 들이미는 것이나 다를 바가 없소이다."

패공은 더욱 몸을 낮춰 그 대책을 물었다.

"진류로 가야 합니다. 진류는 천하의 요충지로 통하지 않는 곳이 없으며, 성 안에는 많은 곡식들이 쌓여 있습니다. 그곳의 현령은 신이 잘 알고 있사온데, 사신으로 가게 된다면 그를 설득해볼 것입니다. 만일 일이 여의치 않다면 족하께서 군사를 이끌고 공격하시면 신이 안에서 호응할 것입니다."

패공은 무릎을 치며 기뻐했다. 곧 역이기를 사신으로 파견한 뒤 패공은 군사와 함께 뒤를 좇았다. 역이기는 자신의 세 치 혀로 천하의 판도를 바꿀 수 있다고 믿고 있었다. 패공은 그런 면에서 자신이 좇을 만한 인물이었다. 진류는 역이기의 혀에 넘어갔고, 패공은 군사를 이끌고 쉽사리 성으로 들어설 수 있었다.

역이기의 동생 역상은 4,000여의 군사를 모아 패공의 군사에 합류했다. 패공의 군사는 사기가 올라 이르는 곳마다 진군을 격파하고 함양으로 향해 진군을 서둘렀다. 이때 패공의 곁에는 장량이 돌아와 있었다. 마침내 한 지역을 장악한 한왕은 패공의 명에 따라 옛 수도인 양적에 머물고 있었고, 장량은 군사와 함께 패공을 따르고 있었다.

"함곡관에 빨리 들어가고 싶어도 서두르시면 안 됩니다. 아직 진의 군사는 많습니다. 돌아간다 하더라도 완성宛城을 치지 않는다면 앞뒤로 강한 진나라 군사의 협공을 받을 것입니다. 이처럼 위험한 길로 가시렵니까? 완성으로 향해야 합니다."

패공은 깊은 밤 군사를 이끌고 깃발을 숨긴 채 다른 길로 돌아 완성을 세 겹으로 포위했다. 놀란 남양 군수는 이제 살 수 없을 것이라고 생각하여 자살하려고 했다. 그때 사인 진회가 말리며 아뢰었다.

"어찌 죽으려 하십니까? 아직 늦지 않았습니다."

"네게 무슨 방법이라도 있단 말이더냐?"

"신에게 살 방도가 있나이다."

진회가 성을 넘어가 패공을 만나 말했다.

"신이 듣건대, 함양에 먼저 들어가는 사람이 그곳의 왕이 된다고 들었나이다. 족하께서 완에 머물고자 하시지만, 완은 남양 군현에 이어진 성이 수십 개이고, 그 관리들과 백성들도 항복하는 것은 죽는 것이라 여기고 있사옵니다. 그러니 모두 굳게 지키고자 할 것은 당연한 일이지요."

"무슨 계책이라도 있는 것이더냐?"

"족하께서 만일 항복한 남양 군수를 그대로 군수로 책봉하신다면, 그들의 군사를 이끌고 함께 진으로 향할 것입니다. 또한 다른 성에서도 이 소문을 듣고 성문을 열어 족하를 기다릴 것입니다. 이 계책이 아니라면 그 저항은 오랜 시일이 걸릴 것이며, 무수한 백성들과 군사들이 죽을 것이옵니다."

진회의 말에 귀를 기울이던 패공은 장량을 바라보았다. 장량은 동의하는 듯 고개를 끄덕였다. 패공은 진회의 뜻을 받아들여, 남양 군수가 항복하자 그를 은 후에 책봉하고 진회에게 상으로 천호를 내렸다. 진회의 말대로 군사들은 그 수를 늘려 패공의 뒤를 따르고 있었고, 이르는 성마다 성문을 열지 않는 곳이 없었다. 함양으로 바로 향하는 길은 아니었어도, 뒤에서 발목을 잡을 만한 세력들은 모두 패공에게 항복하고 성문을 열어 군사를 내주었다. 노략질을 금했던 패공이기에 진의 백성들조차 그를 반겼다.

혼이 떨어지다

洛魄

낙 백

역이기는 집안이 가난하고 쇠락하여 직업도 없이 하루하루를 보내고 있었다. 그러던 중 문지기 자리를 하나 얻었다. 남을 설득하는 능력만큼은 뛰어났던 그는 패공 유방을 만나 자신의 능력을 펼치고 싶어 주위 사람들에게 이렇게 말했다.

"남들은 나를 바보 취급하지만, 책략이 뛰어나니 그분에게 한 번 만나고 싶다고 전해주게."

마침내 역이기는 패공을 만나게 됐다. 때마침 패공은 의자에 앉아 다리를 씻고 있었는데, 역이기를 보고는 미동도 하지 않았다. 역이기는 불쑥 물었다.

"당신은 진나라를 도와 제후를 공격하려는가, 아니면 제후들을 이끌고 진나라를 공격하려는가?"

이에 유방은 자신이 제후들을 이끌고 진나라를 공격하려는 것을 모르냐고 호통했다.

"그렇다면 다리를 고치고 앉아 어른인 나를 만나야 되지 않겠는가?"

패공은 느낀 바가 있어 역이기를 상석에 앉히고 천하 대사를 논의하기 시작했다. 그 이후로 역이기는 제후들 사이에서 큰 활약을 했고, 유방은 역이기의 말에 따름으로써 진류성을 얻게 된다. 그 공으로 역생은 광야군이라 불리게 되었다.

洛 떨어질 락 | 魄 혼백 백

뜻을 얻지 못하고 실의에 빠져 있다.

[출전] 《사기史記》 〈역생육가열전酈生陸賈列傳〉

2세 황제의 자살과 조고의 죽음

왕리가 군사를 모두 잃고 패하자, 장한은 불안감을 떨쳐버릴 수가 없었다. 항우의 군사와 맞서 진을 치고는 있었으나, 얼마나 버틸 수 있을지 두려웠다. 또한 2세 황제의 책망도 끊이질 않았다. 장한은 사마흔을 불렀다.

"왕리의 군사가 패한 것을 알려야 할 것인데, 황제의 분노가 대단하오. 군사를 더 청해야만 대적할 수 있을 것이오."

장사 사마흔이 함양으로 말을 달렸다. 그러나 3일을 머물러도 조고를 만날 수조차 없었다. 사마흔은 함양의 분위기가 심상치 않은 것을 알아챘다. 황제에게 사슴을 바쳤던 일에 관해서 들었을 때 사마흔은 오금이 저려왔다. 승상의 자리에 오른 조고는 자신의 권력을 시험하기 위해 하루는 황제에게 사슴을 바쳤다. 그러면서 황제에게는 사슴을 말이라고 했다. 조고는 황제의 마음만이 아니라 신하들의 움직임도 주시하고 있었다. 황제는 주위의 신하들에게 저것이 말인지, 사슴인지를 물었다. 신하들은 조고의 눈치를 살피며 말이라고 대답했고, 그 중 몇은 사슴이라고 대답했다. 조고는 사슴이라고 말한 자들에게 죄를 씌워 죽였다. ■

지록위마 指鹿爲馬
사슴을 가리켜 말이라고 하는 것으로, 윗사람을 농락하여 권세를 마음대로 휘두르고, 모순된 것을 끝까지 우겨 남을 속이는 것을 이른다.

'이대로 있다가는 조고에게 잡혀 죽

을 것이 분명하다.'

사마흔은 두려운 마음에 말을 돌려 달아났다. 과연 조고는 급히 군사를 풀었으나, 사마흔을 잡을 수는 없었다. 장한에게 돌아온 사마흔은 사색이 되어 있었다.

"어찌 된 일이오?"

"조고가 황제의 모든 권력을 쥐고 마음대로 하고 있었나이다. 전투에서 승리한다 하더라도 조고는 그것을 질투할 것이니 무사하지 못할 것이며, 패한다면 그 또한 죽음을 면하기 어려울 것입니다. 어찌하면 좋습니까?"

장한도 모르는 바가 아니었다. 진의 장수였던 백기는 큰 공을 세우고도 죽음을 면치 못했고, 몽염 또한 진의 장수로 장성을 쌓아 오랑캐를 몰아내는 공을 세웠지만 참수를 당하고 말았지 않은가.

"조고는 필경 장군에게 죄를 씌울 것입니다. 황제에게 아부하고, 천하의 실상을 가려온 조고가 아니옵니까? 이제 그것이 드러나게 된다면 스스로 죽음을 면치 못할 것을 알고 그 죄를 모두 장군에게 뒤집어씌울 것입니다."

장한은 여러 날 고민에 빠져 있었다. 사마흔의 말이 귓가를 맴돌았다. 항우도 장한에게 끊임없이 항복을 권하고 있었다. 장한이 머뭇거리는 사이 항우는 포장군에게 진을 공격하게 했고, 진의 군사는 연이어 패하고 있었다. 장한은 이내 결심한 듯 항우에게 항복의 뜻을 내비쳤다. 항우는 장한의 뜻을 받아들여 장한을 옹왕으로 삼고, 초의 군중에 머물게 했으며, 사마흔은 상장군으로 삼아 진의 군사를 거느리게 했다.

한편, 함양의 궁궐은 장한의 군사가 항복했다는 소식이 전해지자 발칵 뒤집혔다. 보고를 접한 조고는 사색이 되어 측근들을 불러모았다. 이제 곧 황제가 알게 된다면 주살을 면치 못할 것이었다.

"아직까지 황제가 이 사실을 알아서는 안 된다."

"장차 이 일을 어찌할 것입니까?"

조고의 동생 조성이 떨리는 목소리로 말했다. 그 곁에는 사위인 함양령 염락이 역시 초조한 얼굴로 지켜보고 있었다. 조고는 서성거리다가 멈춰서 한동안 말이 없었다.

"무슨 생각을 하는 것이옵니까?"

"이제 황제는 간하는 말조차 듣지 않는다. 만일 일이 다급하게 된다면 그 화를 내게 물으려 할 것이니, 어찌 앉아서 화를 당한단 말이냐? 황제야 누가 하면 어떻겠느냐?"

조고의 말에 의아해 하던 조성이 한참 말뜻을 헤아리고는 몸을 떨었다. 황제를 바꾸겠다는 말이 아닌가. 조성이 입을 열려는 순간 조고가 손을 들어 제지했다.

"자영이 황제가 된다면 어떻겠느냐? 어질고 검소하여 백성들이 모두 그를 따를 것이다. 지금부터 내가 이르는 말을 명심해야만 한다."

조고는 살기가 가득한 눈으로 좌중을 둘러보았다.

"이것은 한 가문이 모조리 죽임을 당할 수도 있는 일이다. 나는 안에서 큰 도적이 성을 향하고 있다고 호응할 것이니, 염락은 관리와 병졸 1,000명을 소집하여 바로 망이궁으로 향하라. 거기에는 위령복야衛令僕射(궐문 담당관)가 지키고 있을 것이다. 그를 죽인 다음 바로 황상이 숨어 있는 장막에 활을 쏜다면 틀림없이 황제를 죽일 수 있을 것이다. 그 이후는 내가 알아서 할 것이니, 한 치의 실수도 없어야 한다."

조고는 동생에게 명을 내려 염락의 어머니를 잡아서 집안에 두게 하고는 발빠르게 움직이기 시작했다. 염락은 조고의 명에 따라 망이궁으로 가서 위령복야를 포박했다.

"도적이 들어왔다는데 어찌 막지 못했느냐?"

염락의 말에 위령은 당황하며 말했다.

"군사들이 삼엄하게 지키고 있는데, 도적이 궁에 들어갈 수는 없소이다."

염락은 순간 위령의 목을 베고는 곧바로 군사들에게 활을 쏘게 하여 환관과 낭관들을 죽였다. 황제의 주위에는 환관 한 사람만이 지키고 있을 뿐이었다. 비명소리가 점점 가까워오자, 황제는 장막 안으로 피했다. 그러나 이내 염락의 군사들이 들이닥쳤다. 염락이 황제를 향해 소리쳤다.

"그대는 교만하고 방자하여 천하가 그대를 배반했으니, 스스로 죽음을 택하는 것이 옳을 것이오."

황제는 떨리는 목소리로 승상을 만나게 해달라고 했으나, 염락은 듣지 않았다. 그러자 황제는 다시 염락에게 간청했다.

"한 개의 군을 얻어 왕 노릇이나 하면서 살게 할 수는 없소?"

"아니 되오."

"그렇다면 만호후萬戶侯(1만 호의 백성이 사는 영지를 가진 제후라는 뜻으로, 세력이 큰 제후를 이른다)는 안 되겠소? 아니, 그럼 처자와 함께 일반 백성이 되어 다른 공자들처럼 살고 싶소이다."

그러자 염락이 한심하다는 듯 황제에게 말했다.

"신은 승상에게 명을 받아서 천하를 위해 그대를 주살하는 것이오. 그대가 많은 말을 했으나 그대를 위해 말하지 않을 것이니, 어서 자결하시오."

염락은 이내 군사들을 불러들였다. 2세 황제는 더는 살아날 방도가 없다는 것을 알고 눈물을 흘리며 자결하고 말았다. 곧이어 조고는 대신들과 공자들을 불러 2세 황제가 주살된 경위를 알리며 말했다.

"진은 왕국이었소. 시황제가 천하의 군주가 되니 황제라 칭했던 것이오. 이제 6국이 다시 자립하여 진의 땅은 더욱 작아지고, 황제란 헛된 이름이 되고 말았으

니, 마땅히 옛날처럼 왕이라 하는 것이 옳을 것이오."

2세 황제는 두현의 남쪽 의춘원에 장사지냈다. 조고는 영자영을 진왕의 자리에 앉혔다. 시황제의 유언을 위조해 호혜를 황제에 올렸고, 이제는 영자영을 그 자리에 낮추어 앉혔다. 그러나 영자영은 조고를 믿지 않고 있었다. 하루는 두 아들을 불러 낮은 목소리로 말했다.

"승상 조고는 2세 황제를 망이궁에서 죽이고, 신하들은 그가 주살할까 두려워 나를 왕에 세운 것이다. 듣기로 조고는 관중에서 왕이 되기를 소망하여 초나라의 유방과 결탁하고 있다고 한다. 나에게 목욕재계하고 종묘를 찾도록 했는데, 이는 필시 그곳에서 나를 죽이려 하는 것이니, 만일 내가 병이 들었다고 한다면 반드시 조고가 직접 나를 찾아올 것이다. 그때 그를 죽이도록 하라."

조고는 여러 차례 자영을 만나기를 청했으나, 자영은 가지 않았다. 그러자 조고는 직접 자영을 찾아와 말했다. 자영은 이 순간을 위해 짐독을 묻힌 비수를 숨기고 있었다.

"종묘는 중요한 일이온데, 어찌 왕께서 가지 않으십니까?"

영자영은 그 순간을 놓치지 않고 비수로 조고를 찔렀다. 조고는 짧은 비명을 지른 채 그 자리에 쓰러져 죽었다. 자영은 조고의 집안 삼족을 멸하여 끌고 다니며 망신을 시켰다. 바람 앞의 등불 같은 진의 운명 속에서 종묘에 재계한 자영은 눈물을 흘렸다.

指鹿爲馬

지록위마

사슴을 가리켜 말이라 한다

진시황제가 죽자, 환관 조고는 음모를 꾸며 태자 부소를 죽이고 어린 호해를 황제로 삼았다. 조고는 어리석은 호해를 교묘히 조종하여 많은 충신들을 죽이고 승상이 되어 조정의 실권을 장악했다.

어느 날 조고는 중신들 가운데 자기를 비판하는 사람을 가려내기 위해 호해에게 사슴을 바치면서 이렇게 말했다.

"폐하, 말을 바치오니 거두어 주시옵소서."

"승상은 농담도 잘 하시오. 어찌 사슴을 가리켜 말이라고 한단 말이오. 그대들 눈에도 말로 보이오?"

호해는 웃으며 좌우의 신하들을 둘러보았다.

말이라고 긍정하는 사람이 많았으나 아니라고 부정하는 사람도 있었다. 조고는 부정하는 사람을 기억해두었다가 나중에 죄를 씌워 죽여버렸다. 그 후 궁중에는 조고의 말에 반대하는 사람이 하나도 없었다.

指 가리킬 지 | 鹿 사슴 록 | 爲 할 위 | 馬 말 마

윗사람을 농락하여 권세를 마음대로 휘두르다.

[출전] 《사기史記》〈진시황본기秦始皇本紀〉

제 4 편

어찌 천하에 패자가 둘이겠는가

관중에 먼저 들어간 유방

시월의 겨울이었다. 패공은 패상까지 진군했다. 멀리 진나라 왕인 자영이 탄
흰 수레와 말이 눈에 띄었다. 패공은 입가에 묘한 미소를 머금고 그 대열을 바라
보고 있었다.

진나라 왕인 자영은 흰 말이 끄는 흰 수레를 탄 채 지도정까지 나와 항복했다.
그것은 상례를 갖춘 행렬이었고, 그의 목에는
인수줄을 건 채였다. 이미 목숨은 패공에게 넘
어간 뒤였다. 자영은 황제의 옥새와 부신符信
(신표)과 부절符節(신표)을 받들었다.

여러 장수들 가운데 진나라 왕을 주살해야
한다고 말하는 사람도 있었으나, 패공의 생각
은 달랐다.

"애초에 초나라의 회왕이 나를 파견했던 것
은 내가 덕이 있는 사람이라 여겼기 때문이오.
그리고 그가 항복까지 했는데 주살한다는 것
은 상서롭지 못한 일이오."

그러고는 관리에게 이 일을 처리하도록 했다.

천강벽수선天罡劈水扇
부채 모양을 한 호신용 무기이다.
실제로 부채질을 할 수 있고, 부
채폭이 철로 되어 있어 활처럼 날
아오는 무기를 방어하기에 좋다.

패공이 함양에 들어가자, 장수들은 모두 금과 비단, 온갖 재물이 있는 창고로 달려가 이를 나누어 가졌다. 하지만 소하만은 먼저 진나라 승상부에 있는 지도와 전적傳籍(옛날부터 전해지는 지도와 호적)을 가져다가 이를 보관했다. 이로 인해 패공은 천하의 요새가 되는 지역이 어느 곳이며, 각 지역별로 호구가 얼마나 되고, 또한 강하고 약한 곳을 알 수 있게 되었다.

패공은 이곳에서 진나라의 화려한 궁실과 휘장, 개와 말 같은 가축, 귀중한 보배와 아름다운 여인이 수천에 이르는 것을 보고는 입이 다물어지지 않았다. 패공은 넋이 나간 듯 이곳에 머물고 싶었다. 당장이라도 잔치를 벌이고, 이 아름다움에 흠뻑 빠지고 싶을 뿐이었다. 그러자 이를 본 번쾌가 눈살을 찌푸리며 충고

했다.

"패공께서는 천하를 갖고 싶으십니까? 장차 부잣집 영감이 되고 싶으십니까?"

번쾌의 말에 패공은 눈을 부릅뜨며 그를 바라보았다. 그러나 번쾌는 조금도 흔들리지 않고 말을 이었다.

"이런 사치한 물건들은 모두 진나라를 망하게 한 원인이 된 것들이온데, 패공께서는 무엇에 쓰려고 하는 것이옵니까? 원컨대 패공께서는 빨리 패상으로 가시고, 부디 이곳 궁중에 발을 들이지 마십시오."

"아니, 그 무슨 말인가? 이 진귀한 것들을 거들떠보지도 말라는 것이 아닌가? 내 그동안 모질고 험한 길을 지나서 예까지 이르렀거늘, 그 무슨 되지도 않는 말이더냐?"

그 말을 듣고 있던 장량이 나서서 말했다.

"진나라가 너무나 가혹하게 폭정을 했기 때문에 패공께서 이러한 위치에 이를 수 있었사옵니다. 무릇 천하 사람들을 위해 잔적들을 제거하시려면 마땅히 상복 입는 자세를 취하시어 뒷날의 밑천으로 삼으셔야 할 것입니다. 이제 처음 진나라에 들어왔는데, 바로 그 즐거움에 편안히 있고자 하신다면, 이는 이른바 '옛날 하나라를 망친 걸을 도와 포학한 짓을 하는 것'과 무엇이 다르겠사옵니까? 또 충성스러운 말은 귀에 거슬리지만 실천하면 이롭고, 독한 약은 입에 쓰지만 병을 고치는 데에는 이로운 법입니다. 원컨대 패공께서는 번쾌의 말을 들으시옵소서."▪

장량까지 나서서 말하자, 패공은 그만 할 말이 없어졌다. 패공은 이내 자신의 행동을 뉘우치고, 함양을 떠나 패상으로 돌아가 주둔할 수밖에 없었다. 패공은 여러 현의 부로들과 호걸들을 불러 위로하며 말했다.

"여러 부로들께서는 진나라의 가혹한 법 때문에 오랫동안 시달려왔소. 나와 제후들이 의제에게 약속하기를, 먼저 함곡관에 들어서는 자가 이곳의 왕이 된다고 했으니, 내가 이 관중의 왕 노릇을 할 것이오. 여러 부로들과 약속하건대, 나는 단 세 개의 법만을 남겨둘 것이오. 첫째, 사람을 죽인 자는 사형에 처할 것이오. 둘째, 다른 사람을 상하게 한 사람은 죄를 받을 것이오. 마지막으로 도적질을 한 자도 그 죄를 물을 것입니다. 그 외의 진나라 법은 모두 없앨 것이니, 여

양약고구良藥苦口
좋은 약은 입에 쓰나 병에 이롭다는 뜻으로, 충언은 귀에 거슬리나 자신에게 이롭게 한다는 말이다.

러 관리들과 백성들은 모두 안심하고 옛날같이 지내시기 바라오. 무릇 내가 여기에 온 이유는 부로들을 위해 해로운 것을 없애려는 것이지 약탈하거나 포학한 짓을 하려는 것이 아님을 알고 두려워하지 마시오."

현의 부로들과 호걸들은 환호하며 기뻐했다. 패공은 함양에 들어선 후에도 줄곧 패상에 주둔하고 있었다. 약탈하거나 포악한 짓을 하려 했다면 그곳에 머물 하등의 이유가 없을 것이었다. 패공은 좌중을 둘러보며 다시 말했다.

"이제 다른 제후들이 이 패상으로 올 것이오. 그때 제후들끼리의 약속을 확정 지을 것이니, 두려워하지 말고 안심하고 예전처럼 지내면 될 것이오."

패공의 말은 진나라 관리들을 통해 각 현과 향과 읍에까지 알려졌다. 진나라 사람들은 기쁨을 감추지 못하고, 소와 양을 잡고 술과 밥을 가져와 패공의 군사들에게 바쳤다. 하지만 패공의 군사들은 명에 따라 아무것도 받지 않았다.

"창고에 곡식이 많아 부족함이 없소이다. 백성들의 것을 쓰고 싶지 않으니 그리 알고들 돌아가시오."

백성들은 패공의 덕을 더욱 치하하며, 그가 진의 왕이 되기만을 간절히 바라고 있었다.

良藥苦口
양 약 고 구
좋은 약은 입에 쓰다

진秦나라 시황제가 죽자 폭정에 시달렸던 민중들이 진나라 타도를 외치며 들고일어섰다. 특히 유방은 황제 자영에게 항복을 받고 왕궁을 차지하게 되었다. 궁중에는 온갖 진귀한 보물들이 헤아릴 수 없이 많았다. 마음이 해이해진 유방이 그대로 궁궐에 머물려고 하자 번쾌가 간했다.

"아직 천하는 통일되지 않았나이다. 지금부터가 큰일이오니 지체없이 왕궁을 물러나 적당한 곳에 진을 치도록 하시옵소서."

유방이 듣지 않자 이번에는 현명하기로 이름난 참모 장량이 간했다.

"지금 전하의 임무는 천하를 위해 남은 적을 소탕하고 민심을 안정시키는 것이옵니다. 그런데도 벌써 부와 권세에 현혹되어 포악한 진시황의 횡포를 배우려 하신다면 그 전철을 밟게 될 것이옵니다. 원래 충언은 귀에 거슬리나 행실에 이롭고, 독한 약은 입에 쓰나 병에 이로운 법이옵니다. 번쾌의 진언을 들으소서."

유방은 신하들의 말을 따라 왕궁을 떠나 패상이라는 곳에 진을 쳤다.

良 좋을 양 | 藥 약 약 | 苦 쓸 고 | 口 입 구

충언은 귀에 거슬리나 결국은 자신을 이롭게 한다.

[출전] 《사기史記》〈유후세가留侯世家〉

항우, 20만의 포로를 땅에 묻다

항우는 황하의 북쪽을 평정한 뒤 제후들의 군사를 이끌고 함곡관으로 향했다. 이미 장한은 진나라의 20만 군사와 함께 항우에게 투항한 후였다. 하지만 장한의 수하 군사들의 불만이 나날이 커지고 있었다.

이미 유방이 함양에 들어섰다는 소식을 들은 터라 항우의 심기는 불편했다. 이대로 함양을 유방에게 넘길 수는 없는 노릇이었다. 한시라도 빨리 함곡관으로 들어서야만 했다.

"이대로 저들을 끌고 갈 수는 없을 듯합니다."

"이제 함곡관이 코앞이지 않은가? 무얼 망설인단 말인가. 저 유방이라는 놈이 먼저 함곡관에 들어가 왕이라도 되겠다고 나선다면 그땐 어찌 한단 말인가."

항우는 이대로 밤을 새워서라도 군사들을 밀어붙일 태세였다. 하루라도 빨리 함양으로 향해야만 했다.

"진나라의 관리와 군사들의 마음은 이미 술렁이고 있습니다. 우리가 이대로 함곡관에 이르렀다 하더라도 저들이 말을 듣지 않는다면 오히려 우리가 위험에 빠질 수도 있는 일이옵니다."

항우는 자리에서 벌떡 일어섰다.

"그놈들은 제 목을 베어버리지 않은 것만도 다행으로 알아야 할 것이 아닌가?"

항우가 장수들을 둘러보며 불만을 터뜨렸다. 하지만 그들의 군사만 해도 20만이었다. 아무리 자신의 군사들이 훨씬 많다고는 하지만 함양은 그들의 고향이었고, 두고 온 자식들이 아직도 거기에 남아 있었다.

"어찌하면 좋단 말인가?"

경포가 나섰다.

"우리 군사들은 이미 사기가 하늘을 찌르고 있으니, 구태여 근심거리를 끌고 갈 필요는 없을 것입니다. 다만 장한과 장사인 흔, 도위인 예 정도만 있어도 함양을 평정한 후에 진의 백성들을 다스릴 수가 있을 것입니다."

"그렇다면 저들을 죽여버리자는 것이군."

항우의 눈빛에 살기가 돌았다. 20만이나 되는 진의 포로였다. 항우는 자리에 털썩 주저앉으며 잠시 말이 없었다. 경포는 이미 항우의 생각을 읽고 있었던 것이다. 20만 군사라 하더라도 자신의 길을 막는 자들이라면 항우는 결코 용납할 수가 없었다. 잠시 동안의 침묵은 이내 깨져버렸다.

"이 항우에게 복종하지 않는다면 저들을 결코 살려둘 수가 없다. 지금 저들이 주둔하고 있는 신안성 남쪽에 묻어버릴 것이다. 군사들을 은밀하게 움직여 밤이 깊어졌을 때 기습하여 한 놈도 살려두지 말아야 한다."

항우의 말이 떨어지기가 무섭게 장수들은 일사불란하게 움직였다. 경포와 포장군은 항우의 작전대로 한밤중에 기습하여 진의 군졸 20만을 신안성 남쪽에 파묻어버렸다.

항우는 20만 진나라의 군사를 묻어버린 후, 서둘러 함곡관으로 향했다. 항우의 군사가 몰려온다는 소식은 패공에게도 날아들었다. 무자비한 항우군에 대한 소식을 접한 부로들도 온몸을 떨며 패공을 찾았다.

"항우를 어찌 믿겠습니까? 그는 포로가 된 진의 군졸들을 모두 죽여버렸다고 합니다. 함양에서 그 소식을 접하지 않은 백성들이 없을 것입니다."

패공도 온몸을 부르르 떨었다. 잔혹함은 익히 알고 있었으나, 수많은 포로들을 땅에 묻어버린 항우를 생각하자 먼저 함양에 들어선 자신조차 무사할 수 없을 것 같았다.

"진나라는 부유하기로 하자면 천하의 열 배이고, 지형도 유리합니다. 그런데 듣자하니, 항우가 장한을 옹왕으로 부르며 관중에서 왕 노릇을 하게 한다 하옵니다. 그러니 이제 그가 오면 패공께서 이 지역을 차지하지 못할까 걱정이옵니다. 급히 군사를 동원하여 함곡관을 지키게 하고, 제후들의 군대가 들어오지 못하도록 하십시오."

"항우군만 하더라도 100만이라고 하니, 우리의 군사로 어찌 저들을 막을 수 있단 말이오?"

그때 한 부로가 나섰다.

"저들의 군사가 100만이라고는 하나, 실은 그 수가 40만 정도라 합니다. 또한 함양에서는 항우의 잔인함에 치를 떨고 있으니, 우리가 병사를 징발하는 것에는 어려움이 없을 것입니다. 함곡관의 문을 단단히 걸고 저들을 막아내야만 합니다."

패공은 그 계책을 따랐다. 항우의 본심을 알기 전까지는 함부로 함곡관을 열어줄 수 없었다.

항우의 제후군이 함곡관에 당도했으나 이미 함곡관은 굳게 닫혀 있었다. 설마 유방이 자신의 진군을 막으리라고는 상상도 못한 일이었다. 항우는 피가 거꾸로 솟는 것처럼 화를 내며 경포에게 함곡관을 깨버리라고 명했다. 함곡관은 성난 항우군을 견뎌내지 못하고 무너지고 말았다. 항우는 관중으로 들어서 희수의 서

쪽에 이르렀다. 패공은 패상에 주둔한 채 감히 항우에게 나서지 못하고 있었다. 항우는 그런 패공의 의중을 알 수가 없었다. 자신의 앞길을 막아설 만큼의 군사력을 지니지 못한 패공이었다. 단 10만의 군사로 20만을 묻어버린 항우를 막아설 정도로 어리석지는 않을 것이다.

"패공을 가볍게 여겨서는 절대 안 될 것입니다."

범증은 항우의 생각을 알고 있기라도 한 듯 단호하게 말했다. 항우는 자신의 속마음까지 들여다보고 있는 범증을 때로는 눈엣가시처럼 여기고 있었다. 늙은 범증의 얼굴을 바라보던 항우가 그 이유를 물었다. 귀찮다는 표정이 역력했으나, 범증은 전혀 동요하는 빛이 없었다.

"패공이 산동 지역에 있을 때에는 재물을 탐하고 여색을 밝히던 자였으나, 지금은 그렇지 않다고 합니다. 이는 무엇을 말하는 것이겠습니까? 발톱과 이빨을 숨긴 호랑이와 다르지 않을 것입니다."

항우는 범증의 말을 막아서지 않았다. 패공을 호랑이에 비한다면 자신은 어디에 비할 것인지를 내심 불쾌하게 여길 따름이었다.

"함곡관에 들어간 뒤로는 재물을 탐하지 않을 뿐만 아니라, 여자를 가까이하지도 않는다는 것은 그의 뜻이 결코 작은 데 있지 않다는 것을 뜻하는 것입니다. 어찌 10만에 그치겠습니까?"

"그의 군사가 갑자기 나타나기라도 한단 말입니까?"

"이미 관중은 우리를 곱게 보지 않을 것입니다. 20만을 묻어버리지 않았습니까? 그들의 처자와 부모가 모두 관중의 백성들인 것을 생각한다면, 그 군사들의 수가 수십만으로 불어나는 것은 순식간일 것입니다."

"……으음."

범증의 말은 날카롭게 항우의 귓속을 파고들었다.

"제가 사람을 시켜 그의 기상을 살펴보니 모두 용과 호랑이의 형상이 있다고 합니다. 또한 다섯 가지 색깔을 이루었다고 하니 이는 천자의 기상이옵니다. 급히 공격하여 그 기세를 꺾어야 할 것이니 부디 기회를 잃지 마십시오."

"패공에게 그런 기상이 있었답니까? 그렇다면 선생께서 미리 그런 싹을 없애버려야 하지 않았소?"

"이 늙은이에게 어찌 그 같은 기회가 있었겠사옵니까?"

"알겠소. 알겠소."

항우의 심기가 불편하다는 것을 범증은 잘 알고 있었다. 자리에서 물러나오면서도 범증의 안타까움은 가시질 않았다. 분노와 살기가 번뜩이는 항우에게 하늘은 지혜를 내리지 않은 것인가. 범증은 깊은 한숨을 내쉬었다.

얼마 지나지 않아 항우를 찾아온 자가 있었다.

"패공이 사람을 보냈더란 말이냐?"

"패공이 보낸 자가 아니옵니다. 패공의 좌사마로 있는 조무상이 보낸 수하라 합니다."

항우는 그자를 불러들였다. 패상에 주둔한 채 함곡관의 성문을 단단히 걸어둔 패공의 의중이 궁금했던 항우였다.

"그래, 조무상이란 자가 너를 보낸 이유가 무엇이더냐?"

"패공은 관중의 왕이 되려 하고 있습니다. 자영을 상국으로 삼았으며, 성 안의 모든 보물들을 취하고 있음을 알려드리라 했사옵니다."

항우는 그 소리를 듣자 화가 치밀어 버럭 소리를 질렀다.

"요런 쥐새끼 같은 놈이 있단 말이냐? 어찌 제가 관중의 왕이 되려 한단 말이더냐."

항우는 온몸을 부르르 떨었다. 제후들이나 장수들의 입맛도 썼다. 다들 '관중에 먼저 들어선 자가 관중의 왕이 된다'는 회왕의 명을 떠올렸다. 차라리 패공의 수하에 들지 못했던 것이 아쉬운 자들도 있었다. 항우의 살기는 어디에서나 이어졌다. 포로가 된 20만 진의 군사들조차 눈 깜짝일 사이에 묻어버리지 않았던가. 그러나 누구도 항우 앞에서는 목소리를 낮추었다. 분노가 가시지 않은 항우의 명이 내려졌다.

"내일 새벽에 군사들을 배불리 먹여라! 패공의 군사들을 공격해 모조리 베어버릴 것이다."

제후와 장수들은 항우의 명을 받고는 서둘러 몸을 움직였다.

고대 중국의 무기

화창火槍
나무로 된 손잡이에 화약 성분이 들어 있는 통을 부착했다. 적이 접근하면 통에 불을 붙여 화염을 방사하고, 방사 후에는 일반 창으로도 쓸 수 있다. 화창의 유효 사거리는 약 3미터이다.

유방, 항우의 손아귀를 빠져나오다

항우의 작은아버지인 항백은 새벽에 항우가 패공을 칠 것이라는 소식을 듣고
는 좌불안석이었다. 패공의 진영에는 자신과 친교가 있는 장량이 있었다. 자신
의 목숨을 구해주었던 장량이 아니던가. 그를 죽음으로 몰아갈 수는 없는 노릇
이었다. 항백은 이내 말을 달려 패상으로 향했다. 항우군에 맞서서 살아남을 자
는 없었다. 항백은 몰래 패상의 장량을 찾아 새벽에 항우의 공격이 있을 것이라
일러주었다.

"패공과 함께 죽지 마십시오. 어서 이곳을 피해야 합니다."

항백의 다급한 말에 장량은 고개를 저었다.

"신은 한왕을 위해 패공을 함곡관으로 보냈습니다. 패공이 이제 다급한 처지
에 놓였는데 어찌 저만 달아난단 말입니까? 이는 의로운 것이 아니니, 패공에게
말해야 하지 않겠습니까?"

장량은 즉시 패공을 찾았다.

"새벽에 항우가 이곳으로 쳐들어올 것이라 합니다."

"그게 무슨 말이오?"

패공은 크게 놀라 자리에서 벌떡 일어섰다. 함곡관의 성문을 닫아걸고, 항우
와 맞서겠다는 생각이 실수였음을 깨달았다. 눈앞의 유혹에서 벗어나기는 했지

만, 부로들이 자신을 왕으로 추켜세우는 통에 어이없는 선택을 하고 만 것이었다. 패공은 핏기 없는 얼굴로 장량을 바라보았다.

"이제 어쩌면 좋단 말인가?"

장량은 패공에게 되물었다.

"도대체 어떤 자가 함곡관을 지키라는 계책을 냈단 말입니까?"

"이제 보니 소인배의 계책일 뿐이었소. 함곡관을 지켜 제후군이 관중에 들어서지 못하게 막는다면 진나라 땅은 모두 내 차지가 되고 이곳의 왕이 될 수 있다하기에, 내 잠시 정신이 나가 그 말을 들은 것이오."

장량은 어이없다는 표정으로 패공에게 물었다.

"정녕 항왕에게 이길 수 있다고 생각하셨단 말입니까?"

패공은 장량의 말에 대답 없이 난처한 표정만 짓고 있었다.

"어차피 이렇게 되었으니 어찌하면 좋겠소?"

"항우의 작은아버지인 항백께서 직접 저를 찾아와 일러준 것입니다. 그를 만나 방법을 찾아야 합니다."

패공은 흔쾌히 항백을 맞았다. 장량은 패공에게 항백에 대해 자세하게 말했다. 자신이 항백의 목숨을 살려준 적이 있었다는 것과 그 후로는 의형제를 맺어 지낸다는 말끝에 항백이 자신보다 연장자라는 것을 안 패공은 그를 형님이라 불렀다. 항백은 장량의 뜻을 거역할 수 없어 패공에게 방법을 일러주었다.

"새벽 일찍 항왕의 처소를 찾아 사죄의 말을 올리시오. 또한 내가 항왕에게 다른 뜻이 없었음을 알릴 것이니, 그렇게 한다면 항왕은 용서할 것이오. 명심하셔야 합니다."

"꼭 그리하겠습니다."

패공은 안도의 숨을 내쉬며 항백을 보냈다.

이른 새벽 패공은 패상을 출발했다. 고작 기병 100여 명의 호위를 받고 있었다. 하후영은 유방의 수레를 직접 몰았고, 번쾌와 장량이 곁을 지켰다. 장량은 일행을 재촉했다. 항백을 그만큼 믿고 있었지만, 자칫 늦기라도 한다면 항우의 의심을 살 것은 분명했기 때문이다. 밤새 뒤척이다가 한숨도 자지 못한 패공의 얼굴은 초췌했다. 긴장감이 역력한 패공이 안쓰럽기까지 한 장량은 넌지시 패공에게 말을 걸었다.

"항우는 그 속을 알 수 없을 때가 많습니다. 자신보다 상대가 약하다고 느낄 때면 한없이 정을 주기도 하니 말이지요. 아마도 패공께서 숙이는 모습을 본다면, 그 옹졸한 마음이 쉽게 풀어질 것입니다."

"항우에게도 그런 면이 있단 말인가?"

패공은 마지못해 맞장구를 쳤다. 호기라도 부리고 싶었지만, 온몸이 얼어붙은 것처럼 뜻대로 되지 않았다. 항우의 우레 같은 목소리가 들리는 듯싶어 벌써 가슴이 철렁하고 내려앉는 것 같았다. 수레는 이제 항우군이 진을 치고 있는 홍문을 향해 내달리고 있었다. 항우의 진영 깊숙이 들어올수록 자신의 처지가 처량하게 느껴졌다. 이제 천하를 놓고 항우와 대결해야 한다는 생각도 사라진 지 오래였다. 그저 홍문에서 무사히 빠져나올 수 있을지가 걱정이었다.

홍문에 다다른 패공이 혼잣말처럼 중얼거렸다.

"자방, 옛 생각이 나는군."

장량은 말없이 패공을 바라보았다. 금세 눈물이라도 흘릴 것만 같았다. 천자의 기운은 어디론가 사라져버린 얼굴이었다. 이제는 하늘에 맡길 수밖에 없는 일이었다.

"패공께서는 나약한 마음을 버리십시오. 무엇 하나에도 욕심을 낸 적이 없거늘, 어찌하여 항우가 공에게 해를 끼칠 수 있단 말입니까? 항우에게 힘이 있다면, 공께서는 지혜가 있지 않습니까?"

"그래, 지혜……."

이윽고 항우의 본진 앞에 수레가 멈췄다. 패공은 마차에서 내려 군문에 들어섰다. 장량만이 패공을 따르고, 호위병들은 군문 밖에 대기하고 있었다. 이제 운명은 하늘에 맡기는 수밖에 달리 도리가 없었다. 항우는 이미 군막 안에서 패공을 기다리고 있었다. 항우를 보는 순간 패공은 저도 모르게 주저앉아 머리를 숙였다. 몸은 한껏 낮추었고, 눈은 바닥을 향해 내리깔았다.

항우는 꿇어앉은 패공의 그 어디에서도 천자의 기운 따위를 느낄 수가 없었다. 호랑이나 용의 그림자조차 묻어 있지 않았다. 오로지 자신의 관대한 처분만을 기다리는 자세일 뿐이었다. 항우는 이미 마음속에 경계를 풀고 있었다. 저런 자가 감히 자신을 상대하려 한다는 범증의 말이 오히려 가소롭게 느껴졌다. 하지만 항우는 패공을 향해 버럭 소리를 질렀다.

"감히 이 항우에게 반기를 들었단 말이오?"

패공은 가슴이 철렁 내려앉았다.

"장군, 저처럼 보잘것없는 자가 감히 그 같은 일을 생각조차 할 수 있었겠습니까? 오해이십니다."

패공의 목소리는 떨리고 있었다.

"저와 장군은 죽을힘을 다하여 진나라를 공격했습니다. 장군께서는 저 황하의 북쪽에서 싸우시고 저는 황하의 남쪽에서 싸웠습니다. 그러다 뜻하지 않게 제가 먼저 함곡관에 들어가 진나라를 깨뜨린 것뿐입니다. 그런데 지금 소인들이 쓸데없는 소리를 하여 장군과 저의 사이에 틈이 생긴 듯합니다, 장군."

항우는 여전히 패공을 이리저리 살펴보고 있었다. 패공이 앞에 섰을 때부터 항우의 마음은 이미 한결 풀려 있었다. 그러나 여전히 편치 않은 표정으로 말했다.

"이렇게 된 것은 패공의 좌사마인 조무상이 한 말 때문이었소. 그렇지 않았다면 내가 이 지경까지 이르렀겠소?"

항우의 목소리에는 자신감이 넘쳐흘렀다. 범증의 안색이 어두워졌다. 그의 눈에는 한껏 낮춘 패공에게서 여전히 넘쳐나는 천자의 기운이 보였다. 범증은 항우를 향해 몇 번이나 눈짓을 보냈다. 어서 패공의 목을 쳐버리라는 뜻이었다. 그러나 항우는 범증의 눈빛을 피한 채 패공의 말에 귀를 기울이고 있었다.

"함곡관에 들어와 제가 감히 무엇에 손을 댈 수가 있었겠습니까? 관리와 백성들을 장부에 기록하고 부고를 봉인하고서 장군이 오시기만을 학수고대했던 것입니다."

"그렇다면 어찌하여 관문을 굳게 닫아 놓았던 것이오?"

패공은 순간 움찔했지만, 더욱 자신을 낮추며 대답했다.

"장수를 파견하여 함곡관을 지키게 한 것은 다름 아니오라 다른 도적들이 출입하거나 비상사태가 일어날까 염려하여 대비를 한 것이옵니다. 밤낮으로 장군이 오시기만을 기다렸는데, 어찌 감히 배반을 하겠습니까?"

항우의 너털웃음이 터져나왔다.

"자, 이제 알았소. 패공께서 이 항적을 어찌 배반하겠소? 괜한 소리였으니 술이나 함께 듭시다."

패공은 몸을 낮추면서 안도의 숨을 길게 내쉬었다. 항우는 패공을 머물게 하여 술자리를 벌였다. 항백과 항우, 항우의 곁에는 날카로운 눈의 범증이 자리하고 있었다. 패공과 장량은 여전히 긴장을 늦추지 않은 표정으로 마주했다. 장량의 눈에도 범증의 눈빛은 예사롭지 않았다. 항우를 향해 보내는 몸짓에도 살기가 번뜩였다. 그러나 범증의 그런 눈빛을 항우가 모른 척하고 있는 것을 알아챈 장량은 속으로 깊은 숨을 내쉬었다. 늙은 여우라는 표현이 옳을 것이었다. 범증의 눈빛은 집요했다.

장량은 슬쩍 패공의 허리춤을 손가락으로 찔렀다. 마음을 놓지 말라는 뜻이었다. 언제 저들이 칼을 겨눌지 가늠할 수 없는 상황인 것만은 틀림없었다. 장량은 패공의 곁에서 조금도 흐트러짐 없이 주위를 살피고 있었다. 잔뜩 독이 오른 범증이 자리에서 일어서 군막을 빠져나갔다. 분명 무슨 일을 꾸미고 있는 것이 틀림없었다. 항백도 그런 범증의 행동을 예의 주시하고 있는 모양이었다.

밖으로 나온 범증은 이미 대기시켰던 항장을 불렀다. 항우만을 믿고 있다가는 일을 그르치고 말 것이었다. 자신이 나서서라도 저 여우 같은 유방의 머리를 베어버려야만 했다. 항장은 날카롭게 빛나는 범증의 눈을 바라보고 있었다.

"이제 네가 나서야겠구나. 반드시 해치워야만 한다."

범증의 말은 매섭게 날이 서 있었다. 검무라면 항장을 따라올 자가 없었다. 항장은 이내 군막 안으로 들어갔다. 축수祝壽(오래 살기를 빎)를 올린 항장이 항우를 향해 마땅히 즐길 만한 것도 없으니, 자신이 검무를 추겠다며 허락을 구했다. 항장의 검무 솜씨를 익히 알고 있던 항우였다.

"항장의 검무라, 그 또한 일품이지. 어서 춰보아라. 하하."

항장이 검을 꺼내 춤을 추기 시작하자, 항백은 아차 싶어 서둘러 따라 일어섰다. 이는 필시 패공을 노리고 추는 검무이리라. 항장의 칼날이 천천히 패공 쪽을 향해 나아가고 있었다.

"어찌 검무를 혼자 춘단 말인가? 검무란 어울려야 제맛인 게지."

항백이 서둘러 검을 꺼내들고, 패공의 앞으로 다가서는 항장을 막아섰다. 항장의 안색이 순간 흑빛으로 변했다. 항백의 검이 항장의 검을 막아서며, 항장에게 조금의 틈도 보이질 않았다. 항장은 항백에게 눈치를 보냈지만, 항백은 못 본척 패공을 막고 있었다. 서슬 퍼런 칼날은 허공에서만 번쩍이고 있었다. 항장과 항백의 검무를 지켜보던 장량도 이내 일이 난 것을 알아차리고 자리에서 일어나 연회장을 벗어났다. 서둘러 군문으로 향한 장량은 다급하게 번쾌를 불렀다.

"일은 어떻게 되어가고 있소?"

번쾌의 물음에 장량은 어두운 표정으로 대답했다.

"지금 일이 다급하게 되어가고 있소. 항장이 칼을 뽑아들고 춤을 추는데, 아무래도 패공을 노리고 있는 것 같소이다. 다행히 항백이 나서서 막고는 있지만, 서둘러서 군막을 벗어나야만 하겠소."

"뭐라고요? 그럼 내 당장 연회장으로 들어가야 하겠소. 어찌 그런 무례한 자리에 주군만을 남겨둔단 말입니까?"

"필시 들여보내지 않을 것이오."

"이 번쾌의 앞을 가로막지는 못할 것입니다. 내 이런."

번쾌는 서둘러 연회장으로 뛰어갔다.

"어딜 들어가려고 그러십니까?"

"내 안에 들어가 술 한 잔 얻어 마시고 싶어서 그러오."

"지금은 들어갈 수가 없습니다."

번쾌는 막아서는 군사를 힘으로 밀어버리고는 연회장 안으로 들어섰다. 이에 놀란 연회장 안은 금세 검무가 그치고 찬물을 끼얹은 것처럼 분위기가 가라앉았다. 번쾌는 두 눈을 부릅뜬 채 항우를 쳐다보고 있었다. 머리카락이 위로 치솟고, 눈은 거의 찢어질 듯 노려보는 번쾌의 모습을 본 항우는 칼을 만지작거리며 자리에서 일어서며 물었다.

번쾌 ————
항우와 비교될 만큼 괴력의 소유자로 유방이 위기에 처할 때마다 목숨을 구해준다.

"그대는 대체 누구인가?"

그러자 장량이 나서서 말했다.

"패공을 수행한 번쾌이옵니다."

항우는 다시 번쾌의 위아래를 훑어보고는 흡족한 얼굴로 말했다.

"장사로구나! 그에게 술을 내려라."

시종들이 술을 번쾌 앞에 놓자, 번쾌는 항우를 향해 우렁찬 목소리로 말했다.

"어찌 장사가 이런 잔으로 술을 마신단 말입니까?"

"어허, 그렇구나. 그에게 말술을 내리도록 하라."

다시 번쾌 앞에 한 말의 술을 놓았다. 번쾌는 감사의 표시로 절을 한 뒤 선 채로 이를 단숨에 마셔버렸다. 흡족한 얼굴로 바라보던 항우는 다시 그에게 돼지 다리를 내려주라고 했다. 삶지도 않은 돼지 다리 하나가 통째로 그의 앞에 놓였다. 그러자 번쾌는 땅에 방패를 엎어놓고는, 그 위에 돼지 다리를 얹어 칼로 베어내 우쩍우쩍 먹어댔다. 항우가 다시 물었다.

"장사는 더 마실 수 있겠는가?"

"죽음도 피하지 않는 저이온데, 어찌 술을 사양한단 말입니까?▪ 짐승 같은 진나라에서는 수없이 많은 사람들을 죽이고, 잔혹한 형벌이 끝이 없었습니다. 그리하여 천하의 사람들이 모두 진나라에 반기를 들고 일어났던 것입니다. 그때 회왕과 여러 장수들이 약속하기를, '먼저 진나라를 깨뜨리고 함양에 들어가는 사람을 그곳의 왕으로 삼자'고 했습니다. 그러다 지금 패공이 먼저 진나라를 깨뜨리고 함양에 들어갔지만, 좋은 것은 터럭만큼도 가까이하지 않고 패상으로 돌아가 주둔하면서 장군을 기다렸던 것입니다. 이처럼 수고로운 일을 하고 높

두주불사 斗酒不辭
말술도 사양하지 않는다는 뜻으로, 술을 매우 잘 마심을 이르는 말이다.

은 공로를 세웠는데, 작위를 내리기는커녕 간사한 놈의 말을 듣고서 공을 세운 사람을 죽이려고 하니, 이는 망한 진나라가 했던 짓을 계속하는 것이옵니다. 감히 장군을 위해 말씀드린다면 이러한 일은 하지 마시옵소서."

항우가 대꾸를 하지 못하고 있다가 말했다.

"앉으라."

번쾌가 장량을 좇아서 앉았다. 패공은 이 틈에 변소에 가면서 장량을 밖으로 불러냈다.

"지금 인사도 하지 않고 나왔으니 이를 어찌하면 좋겠소?"

"지금 저들은 칼과 도마를 준비하고 있고, 우리는 도마 위의 고기 같은 처지인데, 무슨 인사를 한단 말입니까? 서둘러서 달아나야 합니다."

패공은 장량에게 이곳에 남아 있다가 항우에게 사과한 뒤 백옥구슬을 바치고 옥두玉斗 (옥으로 만든 국자)는 범증에게 주라고 일렀다.

"이 길로 가면 우리의 주둔지까지는 20리에 불과하오. 내가 우리 진지에 이르렀다고 생각할 즈음에 공은 들어가시오."

이내 패공은 샛길로 도망쳐 자신의 주둔지에 이르렀다. 그 시간 장량은 항우에게 들어가 사과하며 말했다.

"패공이 술을 이기지 못하여 인사 말씀을

산鏟
선장禪杖이라고도 한다. 삽처럼 생긴 칼날과 초승달처럼 생긴 칼날을 양 끝에 부착하여 적을 찌르거나 벨 수 있다. 주로 승려들이 사용한 것으로, 칼날에 철로 된 링이 달려 있는 것이 특징이다.

중국 고대의 무기

드릴 수가 없었습니다. 그래서 저로 하여금 흰 옥구슬 한 쌍을 받들게 하여 두 번 절한 뒤 장군께 바치고, 또 아부亞父(범증)께는 두 번 절한 뒤 옥두 한 쌍을 올리게 했습니다."

의아한 듯 항우가 물었다.

"패공은 지금 어디에 있는가?"

"장군께서 그를 책망하려 한다는 말을 듣고, 혼자 몸을 빼내서 이미 진지에 이르렀습니다."

항우는 패공이 겁이 많은 것을 알고는 웃으며 그것을 받았다. 그러나 범증은 옥두를 땅에 던져 칼로 깨뜨려버리고는 자리를 박차고 나왔다.

'아! 어린아이와는 더불어 꾀를 쓸 수가 없구나! 장군의 천하를 빼앗을 놈은 반드시 패공일 것이다. 우리의 군사들은 이제 모두 그의 포로가 될 것이구나!'

패공은 군중에 이르러서 즉각 조무상을 주살했다.

두주불사

斗酒不辭

말술도 사양하지 않는다

유방이 진나라 수도 함양을 함락시키고 진나라 왕 자영에게서 항복을 받았다는 사실을 알게 된 항우는 유방을 칠 결심을 한다.

유방은 이러한 상황을 눈치채고 항우에게 나아가 해명했다. 유방의 변명에 항우는 고개를 끄덕였으나, 범증은 이를 기회로 삼아 유방의 목숨을 노렸다. 유방이 위급한 처지에 있는 걸 알게 된 번쾌가 방패와 칼을 들고 연회장에 들어갔다.

항우는 그가 유방의 수행부하 번쾌라는 사실을 전해 듣고, 번쾌에게 술을 주도록 했다. 한 말의 술이 그의 앞에 놓였다. 번쾌는 선 채로 단숨에 들이켰다.

"이자에게 생돼지 다리를 하나 갖다주어라."

번쾌는 방패 위에다 생돼지 고기를 놓고 썰어 먹었다. 이를 본 천하의 항우도 간담이 서늘해졌다. 항우가 물었다.

"굉장한 장사로군. 한 잔 더 하겠나?"

"죽음도 사양하지 않는 제가 어찌 술 몇 말을 사양하겠습니까."

번쾌는 흔쾌히 대답했다. 항우는 더는 할 말이 없었다. 그리하여 번쾌는 유방을 구해낼 수 있었다.

斗 말 두 | 酒 술 주 | 不 아니 불 | 辭 말씀 사

술을 매우 잘 마신다.

[출전] 《사기史記》 〈항우본기項羽本紀〉

공적에 알맞은 상을 내리다

머칠 뒤 항우는 군사들을 이끌고 함양으로 들어섰다. 원한이 깊은 곳이었다. 항량과 항연이 모두 진에 의해 죽지 않았는가. 항우는 지나는 곳마다 함양 곳곳의 사람들을 참혹하게 죽이고, 불태워버렸다. 진의 화려한 궁궐만이 아니었다. 시황제의 능 또한 무사할 수 없었다. 이미 20만의 진나라 병사들을 산 채로 묻어버린 항우였다. 백성들은 그의 이름만 들어도 벌벌 떨기 시작했다. 군사들은 함양의 금은보화를 거둬들였고, 부녀자들도 잡아들였다.

함양은 아비규환의 지옥이나 다름없었다. 항우는 패공이 살려주었던 진왕 자영을 끌어내 목을 베어버렸고, 패공이 없애버렸던 진의 잔혹한 법도 되살렸다. 항우는 불타는 함양을 내려다보고 있었다.

"아부, 이 항우는 돌아갈 것이오."

범증은 항우의 뜻밖의 말에 놀랐다. 관중만 한 곳이 없다는 것을 모르는 항우가 아니었다.

금의야행錦衣夜行
비단옷을 입고 밤길을 다닌다는 뜻으로, 자랑삼아 하지 않으면 생색이 나지 않음을 이른다.

"돌아간다면 팽성으로 말입니까?"

"그렇소. 고향이 아니라면 천하를 얻는다 하더라도 비단옷을 입고 밤길을 걷는 것■과 무엇이 다르겠소. 관중은 이미 잿더미에 불과할 따름이오, 아부. 팽성을 중심으로 서초를 세워, 천하의 중심으로 삼고 이 항우가 서초패왕이 된다면 어떻겠소?"

범증은 항우의 말에 또 실망하고 말았다. 우리에 갇힌 맹수를 풀어주던 어리석은 항우였고, 이제는 고향에 대한 그리움으로 천하의 요지를 버리려는 항우였다. 그러나 항우의 눈속에는 아직도 분노가 가득 차 있었다.

봄이 되자 항우는 회왕을 의제라 높여 칭했다. 하지만 호칭일 뿐이었다. 정작 의제는 장강의 남쪽인 침으로 내몰리는 판이었다. 옛 황제들의 땅이 사방 1,000리였으며, 상류 지역에 거주하겠다는 뜻을 붙였으나, 누구도 그 뜻을 새기는 사람은 없었다. 항우는 여전히 속이 편하지 않았다. 회왕을 굳이 황제로까지 대할 필요는 없다고 여겼다. 자신의 능력을 인정하지 않은 채, 나약해빠진 유방에게 관중 지역을 내주려 했던 것이 목에 걸린 가시처럼 남아 있었다.

"저대로 놓아주어야 한단 말인가?"

범증은 항우의 속마음을 읽고는 한마디 덧붙였다.

"맹수도 제 무리를 떠나서는 힘을 쓸 수가 없는 법입니다. 아직은 제후들이 황제의 뜻을 따를 것이지만, 이제 시간이 지나면 맹수라 해도 이빨 하나 발톱 하나 남아 있지 않을 것이옵니다."

그제야 조금 마음이 풀어진 항우가 빈정거리며 말했다.

"그래 발톱 하나도 날카롭게 세우지 못할 자가 어찌 천하의 주인이 된단 말인가? 개가 웃을 일이지, 개가 웃을 일이야."

항우의 비웃음에도 범증은 웃지 않았다. 의제를 어찌 유방에 비할 수 있단 말인가. 범증은 오히려 항우의 말에 탄식이 터져나왔다. 항우를 비웃던 한생이 아니었더라도 자신의 입을 통해 항우를 원숭이에 비했을지도 모를 일이었다. 하늘은 그에게 용맹스러움을 주었을지 몰라도, 지혜로움은 주지 못한 것이리라. 아직도 패공을 죽이기에는 늦지 않았다.

"하지만, 의제쯤이야 어찌 패공에 견줄 수가 있겠습니까? 우리에 넣었던 맹수였으나 이제는 제 무리로 돌아가버리고 말았으니, 항시 경계를 늦추어서는 안 될 일입니다."

"어찌 대장부가 한 번 약속한 일을 저버린단 말이오? 이 항우는 그렇게 할 수가 없소. 제 아무리 맹수라 하더라도 이 항우 앞에서는 한낱 겁먹은 짐승에 불과할 뿐이었소. 내 황제라는 자를 저 장강에 처박은 깃처럼, 유방 또한 세상 구경을 할 수 없도록 할 것이니, 아부는 그 방법이나 강구해보도록 하시오."

"대장부라 하더라도 버려야 할 약속도 있는 것입니다."

"어허 참, 아부도 집요한 구석이 있구만. 내 그리는 할 수 없다 하지 않았소."

범증은 흰 수염을 부르르 떨었다.

"하오면 파와 촉 지역은 길이 험하여, 한 번 들어가면 쉽게 나올 수 없는 곳이니, 그곳으로 보내심이 어떠실지요?"

"파촉이라? 그렇다면 그 역시 관중의 땅이질 않소?"

항우에게도 묘안이 떠올랐다. 자신이 약속을 지키지 않았다는 말을 듣는 것보다는 그 명분을 내세워 눈엣가시 같은 패공을 파촉의 험난한 우리 속에 가두어 버리는 것이 백 번 나으리라 싶었다. 항우는 늙은 범증의 쓸 만한 말에 귀를 기울였다.

"그렇습니다. 패공을 세워 한왕으로 삼으시고, 그 지역을 다스리게 하신다면 명분도 세울 뿐 아니라, 맹수도 가두어둘 수 있을 것입니다. 또한 따르는 군사들조차 잔도(험한 벼랑 같은 곳에 낸 길)를 타고 절벽을 넘다 보면 그곳에 이르는 수가 절반도 안 될 것이니, 그 세력도 이미 쇠하게 될 것입니다만, 이 또한 그를 죽이는 것만 못할 것입니다."

범증의 말끝에 항우는 다시 버럭 소리를 질렀다.

"나올 수도 없는 오지에 갇히고, 또 따르는 군사들조차 그 수가 늘지 않을 것인데, 굳이 내 심기를 건드리는 이유가 무엇이오?"

"신은 이미 늙었으나, 군왕께서 행여 방심하실까 하여 아뢴 것이옵니다. 천하를 얻기 전까지 어찌 맹수 하나라도 가볍게 보겠습니까?"

항우는 자신을 생각하는 범증의 말에 호탕하게 웃었다.

"내 아부를 어찌 모르겠소? 이런 아부의 뜻을 모르고 늙은이라고 욕을 보인 것을 용서하오. 하하하.”

　“이제 천하의 제후들에게 그 공에 따라 크고 작은 땅을 주시어 왕을 삼으시고, 진은 장한, 사마흔, 동예에게 주어 대비하게 한다면 천하는 안정될 것입니다.”

　“아부의 뜻에 따를 것이나, 군사를 휘몰아치며 적군을 물리친 장수들의 공을 높이 사야 할 것이요. 뒷전에서 어물거리던 자들에게까지 그 공을 살 수는 없는 일이지 않겠소?”

　항우는 범증에게 그 기준을 정해주었고, 그에 따라 제후들에서부터 말단에 이르기까지 상을 주었다.

금의야행

錦衣夜行

비단옷 입고 밤길을 가다

유방에 이어 진秦나라의 도읍 함양에 도착한 항우는 유방과 달랐다. 그는 유방이 살려두었던 황제 자영을 죽이고 아방궁에 불을 질러 석 달 동안 불타는 광경을 지켜보았다. 또한 시황제의 무덤도 파헤쳐서 엄청난 금은보화를 몽땅 차지했다.

항우의 이런 무모한 행동이 이어지자 곁에 있던 범증이 간곡히 말렸다. 그러나 항우는 듣지 않고 오히려 재물과 식량을 거두어 강동으로 돌아가고 싶어했다. 이때 한생이라는 사람이 말했다.

"함양은 사방이 산과 강으로 둘러싸여 요충지로 손색이 없고, 땅도 비옥합니다. 이곳을 도읍으로 정하시고 천하를 호령하소서."

그러나 항우의 눈에 비친 함양은 황량한 땅일 뿐이었다. 그는 하루바삐 고향으로 돌아가 자신의 성공을 과시하고 싶었다.

"부귀한 몸이 된 뒤에 고향으로 돌아가지 않으면, 비단옷을 입고 밤길을 가는 것과 같으니 누가 알아주겠는가."

항우에게 함양에 도읍을 정할 뜻이 없다는 것을 안 한생은 자리에서 물러나 말했다.

"초나라 사람은 원숭이에게 옷을 입히고 갓을 씌운 것처럼 지혜가 없다고 하더니, 그것이 정말이구나."

이 말을 전해 들은 항우는 크게 노하여 한생을 죽였다.

錦 비단 금 | **衣** 옷 의 | **夜** 밤 야 | **行** 다닐 행

아무리 잘해도 남이 알아주지 않는다.

[출전] 《사기史記》〈항우본기項羽本紀〉

유방에게 간 한신

"어찌 이럴 수 있단 말이오? 파촉이라니. 저 변방으로 우리를 쫓아내고 천하를 제 손에 쥐겠다는 것 아닙니까? 받아들일 수 없는 일입니다."

한왕인 유방도 화가 나기는 마찬가지였다. 흥분한 번쾌의 말에 주발과 관영까지 나섰다.

"당장이라도 저 돼지 같은 항우를 쳐야 합니다. 물러설 수가 없습니다. 먼저 관중에 들어온 자가 왕이 된다는 약속마저도 깨버린 저들이 아닙니까?"

이미 약속은 깨진 지 오래였다. 그것만으로도 한왕의 측근들은 분노하고 있었는데, 파와 촉 지방으로 내몰려 하자 화가 머리끝까지 치민 것이었다.

"파촉 역시 관중의 땅입니다. 파촉의 한중 땅에서 왕 노릇하는 것이 싫더라도 죽는 것보다는 낫지 않겠습니까?"

소하의 말이었다. 좌중은 일시에 찬물을 끼얹은 듯 조용해졌다. 뜻밖의 말에 한왕이 물었다.

"어찌하여 죽는단 말이오?"

"지금 우리의 군사들은 저들만 못합니다. 백 번을 싸운다 해도 백 번 모두 질 것이니, 죽지 않고 어쩌겠습니까?"

소하의 냉철한 말에 한왕도 멈칫거렸다. 군사들이 저들만 했다면 함양을 내주는 일도 없을 것이었다.

"지난날 한 사람에게 굴복했지만, 만승萬乘(1만 대의 병거)의 위에서 믿음을 주었
던 사람으로 탕 임금과 무왕이 있었습니다. 저는 대왕께서 한중에서 백성들을
잘 다스리고 현명한 사람들을 불러들여 파촉 지역을 거두어들이고, 다시 삼진인
옹·적·새를 평정한다면 천하를 도모할 수 있을 것이라 믿습니다."

선불리 움직여 죽음을 자초하지 말고 마음속에 뜻을 감추고 신중히 행동하라
는 말이었다. 번쾌조차 아무 말이 없었다. 소하만큼 신중하게 일을 처리하는 사
람도 드물 것이다. 한왕은 소하의 말을 깊이 새겼다.

"좋소. 때를 기다린다면 지금의 분함을 잊어서는 안 될 것이오. 저 홍문에서의
치욕까지도 말이오."

"누군들 그것을 잊겠습니까? 장량과 항백이 아니었다면 사태는 걷잡을 수 없
었을 것입니다. 대왕께서 그들의 공을 치하하여 상을 내리신다면 앞으로도 그들
의 공은 더욱 빛날 것입니다."

역시 소하였다. 한왕의 얼굴에 미소가 감돌았다. 장량이 아니었던들 어찌 화
를 면할 수 있었겠는가. 항백 또한 장량이 아니었다면 제 조카를 등지고 달려오
지는 않았을 것이었다. 한왕은 장량에게 금 100일과 구슬 두 말을 상으로 내렸
다. 또한 장량으로 하여금 항백에게도 후한 선물을 전하게 했다. 장량은 오히려
제 몫까지 항백에게 건넸다. 대신 항백을 시켜 항우에게 한중의 땅을 모두 유방
에게 주라고 이르게 하니, 항우가 이를 허락했다.

그해 여름이었다. 항우는 제후들에게 군사를 철수해 각자의 본국으로 돌아가
게 했다. 유방에게는 병졸 3만 명을 주어 떠나게 했는데, 다른 제후의 군사 중에
유방을 좇는 자가 수만 명에 이르렀다. 장량은 유방을 전송하며 말했다.

"파촉 지역으로 가시다 보면 잔도가 나올 것입니다. 워낙에 험한 지역이라 그

잔도가 아니면 오도가도 못합니다."

유방은 길게 한숨을 내쉬었다.

"나도 알고 있소. 어쩌다 이런 신세가 되었는지……."

"대왕께서는 반드시 일어설 것이옵니다. 신에게 청이 하나 있는데 거역하지 말아주시옵소서."

"청이라니요?"

"잔도를 지나시거든 그것을 불태워 끊어버리십시오."

장량의 말에 유방은 소스라치게 놀랐다. 잔도를 불태워버리라니? 세상으로 향하는 유일한 통로를 없애라는 뜻이었다. 짐승들조차 벗어날 수 없을 터였다. 가슴이 답답해진 유방은 놀란 표정으로 장량을 바라보았다. 예상하고 있었던 듯 장량의 표정에는 흔들림이 없었다.

"놀라실 줄 알았습니다. 그 잔도가 아니라면 어떻게 세상과 통하겠는지를 염려하고 계시질 않습니까?"

"어찌 그래야 한단 말이오?"

"항우는 반드시 그냥 두지 않을 것입니다. 다른 제후들을 시켜서라도 반드시 대왕을 추격할 것입니다. 그러니 잔도를 불태워 함양으로 갈 의사가 없음을 보여주는 것이옵니다. 그렇게 해야 항우는 마음을 놓을 것이고 대왕을 믿을 것입니다. 반드시 그리하셔야 합니다."

유방은 장량의 말에 아무 대꾸도 하지 않았다.

"항왕은 능히 그리고도 남을 자이옵니다. 함양의 모든 것들이 불타버렸습니다. 시황의 능마저 파헤친 자가 아닙니까? 수없이 많은 진의 병사들을 산 채로 묻어버린 그런 잔인한 자입니다. 그런 자에게 의심할 여지를 남겨두는 것은 스스로 위기에 빠지는 것이나 다름없사옵니다."

장량의 말에 고개를 끄덕인 유방의 목소리는 힘이 없었다.

"참으로 험한 길을 가고 있구려. 내 그대에게 무거운 빚만 지고 떠나니 착잡하기가 이루 말할 수가 없소."

"천하를 얻고자 함이 어찌 하루아침에 될 일이겠습니까? 때가 올 때까지 자세를 낮추어도 늦지 않을 것입니다."

유방은 아쉽지만, 항우의 명에 따라 장량을 한나라로 돌려보냈다. 파촉으로 향하는 유방의 군사는 점점 그 수가 줄었다. 험한 길이었던 터라 절벽을 지나다 떨어져 죽는 말과 병사들의 수도 적지 않았다. 또한 고향이 동쪽인 많은 병사들은 점점 동쪽에서 멀어지자 향수를 이기지 못하고 군영에서 달아나기 시작했다.

"장수들까지 달아나고 있습니다. 하루가 다르게 그 수가 줄어들고 있으니, 마땅히 대책을 세워야 할 것입니다."

유방은 이 같은 보고를 받자 자리에서 벌떡 일어섰다. 군령을 더욱 엄하게 하는 방법밖에는 달리 도리가 없었다. 도망치다 잡힌 자들은 참수하여 그 본을 보이게 했다. 하지만 지친 병사들에게 군령은 닿지 않았다. 도망가는 자의 수는 줄어들지 않았다. 수레가 따를 수 없자 병사들이 보급품을 나르면서 보급마저도 차질을 빚기 시작했다. 급기야 군량미까지 손을 대는 자가 생기는 지경에 이르렀다.

"어찌 하실 작정이시옵니까?"

군량을 훔친 자들에 대한 처벌을 두고 소하가 물었다.

"무엇을 어쩐단 말이오? 지금 군사들의 기강을 바로 세우지 않는다면 군사는 허수아비가 되고 말 것이니, 엄한 군령으로 모든 군사들 앞에서 그 죄를 물어야 할 것이오."

"하오나⋯⋯. 군사들의 사기는 바닥에 떨어진 상태고, 군량 또한 턱없이 모자란 지경이니 엄한 군령만으로 해결될 일이 아니옵니다."

소하의 걱정을 유방도 잘 알고 있었다. 그러나 유방은 단호한 표정으로 명을 내렸다.

"이 정도의 어려움에 꺾일 군사라면 제 땅도 지켜내지 못할 것이오. 이들과 어찌 천하를 도모할 수 있단 말이오? 군령의 엄격함이 필요하오. 그 지위 고하를 막론하고 명령을 어긴 자들을 벌하도록 하오."

소하는 명을 따를 수밖에 없었다. 군량미를 빼낸 자들을 모조리 참하도록 명했다. 명을 받은 등공 하후영은 군사들 앞에서 죄에 연루된 자들을 끌어내 목을 베었다. 열세 명의 목을 친 후에 마지막 남은 자를 참하려는 순간이었다. 그는 조금도 두려워하지 않고 오히려 하후영을 똑바로 쳐다보며 말했다.

"임금께서는 천하를 얻을 생각이 없으신 것입니까? 어찌 장사의 목을 베려는 것이옵니까?"

등공은 처형을 멈추고 그를 살펴보았다. 양곡 창고를 관리하는 연오의 직책에 있던 한신이었다. 그는 기골이 장대했을 뿐만 아니라, 그 말에도 뼈가 있었다. 등공은 그를 풀어주었다. 당당한 그의 기세에 잔뜩 겁에 질렸던 군사들조차 무기를 다잡았다. 하후영은 이를 왕에게 보고했고, 유방은 그를 즉시 치속도위에 임명했다.

한신은 치속도위에 제수되긴 했어도 탄식이 저절로 나왔다. 유방은 그를 눈여겨보지 않았던 것이다. 고작 관직이나 바라고 유방을 따라 촉까지 온 한신이 아니었다. 거들떠도 보지 않는 한왕이 항왕과 다를 것이 없었다. 병서에서도 그러지 않았던가.

'장수가 나의 계언戒言(경계하는 말)을 듣고 이를 쓰면 반드시 승리할 것이다. 그렇게 되면 나는 그에게 머무를 것이다. 장수가 나의 계언을 듣지 않고 이를 쓰

지 않는다면 반드시 패할 것이다. 그렇게 되면 나는 그에게서 떠날 것이다.'

한신은 저도 모르게 깊은 한숨을 내쉬었다. 오래전 회음에서의 일이 떠올랐다. 한신의 고향이기도 한 그곳에서 가난은 아직도 심했다. 사내로 태어나 목숨을 내놓을 만한 주군을 만날 수 없다면 어찌 살아 있는 목숨이라 할 수 있겠는가 싶었다. 가난은 그에게 관리의 길을 열어주지 않았다. 뜻은 그릇을 넘쳤으나, 길이 없었다. 하릴없이 다른 사람의 뒤나 쫓다가 생을 마치지나 않을까 자신이 한심스럽기만 했다.

어느 날 한신은 성 아래에서 낚싯대를 드리우고 있었다. 먹을 것조차 없던 한신의 몰골은 비참했다. 그때 마침 그곳에서 빨래를 하던 늙은 여인이 그에게 밥을 주었다. 한신은 기뻐하며 말했다.

"내 반드시 크게 보답하리다."

그러자 늙은 여인은 버럭 화를 내며 한신을 나무랐다.

"사내 대장부가 밥벌이도 하지 못하니, 한심하구려. 왕손인 그대를 가엾게 여긴 것이니 어찌 보답을 바라겠소."

한신은 말문이 막히고 목이 메었다. 어찌 빨래터에서조차 자신의 처지가 이렇단 말인가. 치욕은 거기에서 끝나지 않았다. 사내로 뜻을 품은 이상, 끝까지 제 뜻을 펼쳐보이리라 다짐한 그였다. 하지만 회음의 건달 앞에서는 다리가 후들거릴 지경으로 참아내기 힘들었다.

"자네는 키가 멀쩡하게 클 뿐인 겁쟁이네. 칼은 뭐 하러 차고 있는가?"

주위에 사람들이 몰려들자 그는 내친김에 더욱 몰아붙였다.

"이보게, 한신. 자네도 용기란 게 남아 있는가? 어디 있다면 그 칼로 나를 찔러보게. 그러지 못하겠거든, 내 바짓가랑이 사이로 지나가든가, 하하하."

한신은 한동안 머뭇거렸다. 겁쟁이가 될지언정 어찌 뜻을 버리겠는가. 결심한 한신은 건달의 가랑이 사이를 기어 지났다. 그 광경을 본 사람들에게 그는 한낱 겁쟁이에 불과할 뿐이었다.

그런 한신에게도 기회는 찾아왔다. 항량의 군대가 회하를 건넌다는 말을 들은 것이다. 한신은 달랑 칼 한 자루를 차고 그의 휘하에 들어갔다. 항량이 패한 후 항우의 소속이 된 한신은 낭중에 임명되었다. 한신은 자신의 계책을 자주 항우에게 올렸다. 그러나 그의 계책은 채택되지 않았고, 자신의 뜻은 무참히 버려지고 말았다. 한신이 한왕인 유방을 선택하여 항우에게서 도망쳐온 것도 그 때문이었다. 항우의 그늘에서는 제 뜻을 펼칠 수가 없었다.

그러나 유방이라고 달라진 것은 없었다. 가끔 승상인 소하가 귀를 기울여주었을 뿐이다. 실망한 한신은 남정에 이르렀을 때 달아나기로 작정했다.

"무엇이라고? 한신이 달아났다고?"

놀란 것은 소하였다. 자신이 서두르지 못한 것이 이내 한스러웠지만 그를 잡지 못한다면 천하를 얻기는 틀린 일이었다. 소하는 서둘러 한신을 쫓았다.

"승상 소하가 도망쳤습니다."

"무슨 말이더냐. 승상이 도망을 치다니?"

유방은 자리에 털썩 주저앉았다. 양 팔을 잃은 것만 같았다. 멍하게 앉았던 유방은 불같이 화를 내며 군사를 풀어 소하를 잡아들이라 명했다. 소하가 돌아온 것은 이틀이 지난 후였다. 그가 돌아왔다는 보고를 받은 유방은 한편 기쁜 기색을 감추지 못했으나, 다른 한편으로는 괘씸한 생각에 화가 치밀었다.

"그대가 도망치다니, 어찌 된 일인가?"

"신이 어찌 대왕을 두고 도망을 친단 말입니까? 신은 단지 도망친 사람을 쫓았을 뿐입니다."

그러나 유방은 소하의 말을 믿지 않았다.

"그대가 쫓은 자가 누구란 말인가?"

"한신이옵니다."

유방은 어이가 없다는 표정을 지었다.

"한신이라고? 장수들 가운데 달아난 자가 수십 명은 될 것이거늘 한 번도 그대가 쫓은 바가 있었는가? 어찌 한낱 한신 같은 자를 쫓는단 말인가? 어찌하여 그대는 과인에게 거짓을 고한단 말인가?"

유방은 진노했다. 그러나 소하의 얼굴에는 진지함이 드러나 있었다.

"지금까지 도망친 장수들이야 어디서나 쉽게 얻을 수 있는 자들이옵니다. 어찌 한신에 비할 수 있겠습니까? 천하를 뒤진다 해도 그와 같은 자는 얻을 수 없을 것이기에 쫓았던 것입니다. 왕께서 한중에서만 오래도록 왕을 하실 것이라면 한신은 필요치 않을 것입니다. 하지만 천하를 얻고자 하신다면 반드시 그자가 아니고서는 함께할 사람이 없을 것입니다. 한신은 왕께서 먼저 분명한 목표를 정하고 나서야 쓰실 수 있을 것입니다."■

유방은 소하를 뚫어져라 바라보다가 주저 없이 말했다.

"내 반드시 동쪽으로 향할 것이다. 어찌 답답하게 파촉에 머문단 말인가?"

유방의 말끝에 탄식이 묻어났다.

"반드시 동쪽으로 가야 하신다면, 또한 한신을 기용할 수 있으시다면, 한신은 머물 것이옵니다. 하오나 한신이 일할 자리를 만들어주지 못한다면 그는 결국 도망치고 말 것입니다."

"그렇다면 승상의 말에 따라야 하겠지. 그를 장군으로 삼으면 되겠소?"

"머물지 않을 것이옵니다."

"그렇다면 대장군으로 삼으란 말이

국사무쌍國士無雙
나라 안에 견줄 만한 자가 없는 인재라는 뜻으로, 나라에서 가장 뛰어난 인물을 이르는 말이다.

오?"

"대장군이라면 그도 머물 것이니, 다행한 일이옵니다."

유방은 즉시 한신을 불러들이고자 했다. 그러자 소하가 다시 나섰다.

"왕께서는 어찌 그와 같이 오만하십니까? 그를 대장군에 임명하시면서 어린 애 부르듯 하시다니요? 만일 그리하신다면 그는 결코 머물지 않을 것입니다."

"으음. 내가 경솔했던 것 같소이다. 용서하시구려."

유방은 소하의 따끔한 말을 받아들였다. 행정적인 면에서라면 소하를 따를 자가 없었다. 함양에 들어서면서도 그 행동이 남다른 소하였다. 유방은 소하가 일러주는 대로 길일을 택하고 목욕재계는 물론이요, 단을 만들어 예를 갖추었다. 화려한 대장군의 임명식이었다. 군사들이 정렬한 가운데 엄숙하게 행해졌으나, 제각각 자신이 대장군으로 승진하는 것이라 여겼던 많은 장수들은 정작 한신이 그 당사자라는 사실을 알고는 허탈해 하며 불만을 터뜨렸다.

"어찌 이럴 수가 있단 말인가? 한신이라면 지난번 참수를 당하려던 그놈이 아닌가 말이야."

"어디 그뿐인가? 항우의 개 노릇이나 하던 자였는데, 항우조차도 대우하지 않았던 그런 졸장부일 뿐이었다고 하지 않던가. 아무래도 이번 처사는 잘못된 것이 틀림없네."

그러나 그런 불만에도 소하는 눈 하나 깜짝하지 않았다.

"한중 땅에서 뼈를 묻겠다면, 그대들 같은 장수들이 대장군에 임명되어도 되겠지만, 천하를 얻고자 한다면 반드시 한신과 같은 장군이 있어야 된다는 것을 알아야지. 항우가 어찌 그런 인재를 알아볼 수 있었겠는가?"

불만을 터뜨렸던 장수들은 유방이 나서서 정중하고, 엄숙하게 예를 갖추는 것을 보고는 입을 다물었다. 유방은 그제야 소하가 왜 자신의 경솔함을 지적했는지 알아챌 수 있었다. 이렇게 하지 않았다면 분명 장수들의 동요를 막을 수가 없었을지도 모를 일이었다. 임명식에 임하는 한신의 당당한 태도 또한 유방의 눈에는 남달라 보였다. 임명식이 끝나자 유방은 한신을 불렀다.

"승상이 자주 그대 이야기를 했소. 그대는 과인에게 무엇을 가르쳐주시겠소?"

"대왕께서는 용감하고 사나우며 어질고 강한 점에서 항우와 비교하여 누가 더 낫다고 생각하십니까?"

유방은 한동안 생각에 잠겼다.

"내가 부족하오."

그러자 한신은 두 번 절하고 나서 말했다.

"그렇습니다. 신 역시 대왕께서 부족하다고 생각합니다. 그러나 신은 전에 항우의 아래에 있었기 때문에 그를 알고 있습니다. 그가 화를 내며 큰소리로 말하면 1,000명의 사람이라도 모두 엎드릴 정도지만 부하를 믿고 군대를 맡기지 못합니다. 다만 보잘것없는 사내의 용기만을 가지고 있을 뿐입니다. 그는 사람을 대하는 태도가 겸손하고 자애로우며 부드럽습니다. 누가 아파하면 눈물을 흘리며 음식을 나눠줄 정도입니다. 그러나 부하가 공을 세워 상을 주어야 할 때가 되면 항상 머뭇거립니다. 이는 아낙네의 인정에 불과한 것입니다. 지금 항우는 비록 천하의 중원에 있지 못하고 변두리인 팽성에 있으면서 자기와 친한 제후만 왕으로

아미자峨嵋刺
양 끝이 화살처럼 뾰족하다. 중간에 있는 고리를 가운뎃손가락에 끼우고 품에 감추었다가 회전을 시켜 적을 찌른다. 보통 양손에 두 개를 들고 사용한다.

고대의 무기 중국

삼고 있습니다. 그의 군대가 지나가는 곳은 한결같이 학살과 파괴만이 남아 있을 뿐입니다. 그래서 백성들이 그를 원망하고 감히 따르는 자가 없습니다. 지금은 그가 비록 패자覇者(무력이나 권력, 권모술수로 천하를 다스리는 사람)라 불리지만 이미 천하의 인심을 잃고 있는 것입니다. 전에 항우는 항복한 20만 명의 진나라 군사를 땅속에 묻어버렸습니다. 그래서 진나라 사람들의 원한이 뼛속까지 사무쳐 있습니다. 이에 비해 대왕께서는 진나라 땅에 들어가시고도 손끝 하나 백성을 해치는 일이 없었으며 진나라의 가혹한 법을 폐지시키겠다고 약속하셨습니다. 그래서 진나라 백성들은 대왕께서 진나라의 황제가 되기를 바라고 있습니다. 본래부터 제후들끼리 '먼저 관중에 들어간 자가 왕이 된다'고 약속한 만큼 당연히 관중에 먼저 입성하신 대왕께서 천하의 왕이 되셔야 했습니다. 이제 대왕께서 모든 힘을 쏟아 동쪽으로 진출하시면 격문 한 장만 붙여도 대왕의 땅이 될 것입니다."

이 말을 들은 유방은 '내 한신을 너무 늦게 얻었구나'라고 생각할 정도였다. 유방은 한신의 제안대로 즉시 동쪽으로 공격할 것을 명령했다.

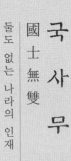

둘도 없는 나라의 인재

國士無雙

국 사 무 쌍

한나라 원년, 한신이라는 사람이 있었다. 처음에 그는 초나라 군대에 속해 있었으나 아무리 전략을 제안해도 받아주지 않는 항우에게 실망하여 한나라로 건너왔다. 그 후 한신은 우연한 일로 재능을 인정받아 군량을 관리하는 관리가 되었다.

소하는 한신이 비범한 인물이라고 생각하고 유방에게 그를 추천했다. 그러나 유방은 한신을 등용하지 않았다. 결국 한신은 도망을 치게 된다.

소하가 이 소식을 듣고 유방에게 보고도 하지 않고 한신을 뒤쫓았다. 얼마 후 돌아온 소하가 유방을 찾아왔다. 유방은 분노와 기쁨이 뒤섞여 소하를 꾸짖고, 그 연유를 묻자 소하가 말했다.

"도망친 것이 아니오라 도망친 한신을 잡으러 간 것이옵니다."

"한신이라? 이제까지 열 명이 넘는 장군이 도망쳤지만 그대는 쫓아간 적이 없었소. 한신을 뒤쫓았다는 것은 거짓말이 아닌가?"

"다른 장군들은 모두 어디서든 쉽게 얻을 수 있는 자들입니다. 그러나 한신과 같은 인물은 나라에 없어서는 안 될 둘도 없는 인재입니다. 전하께서 오래도록 한중의 왕으로만 만족하신다면 한신이란 인물은 필요 없사오나, 반드시 천하를 얻으려 하신다면 한신 말고는 함께 큰일을 도모할 자가 없습니다. 전하의 목표가 천하라면 한신을 등용하십시오. 그렇지 않으면 결국 한신은 달아날 것입니다."

결국 대장군에 임명된 한신은 유방을 도와 천하를 통일했다.

國 나라 국 | 士 선비 사 | 無 없을 무 | 雙 쌍 쌍

나라에서 가장 뛰어난 인물

[출전] 《사기史記》 〈회음후열전淮陰侯列傳〉

유방이 한나라를 세우다

초가을 바람 끝이 매서워지기 시작하는 8월이었다. 한나라 군사들은 조용히 움직이기 시작했다. 한신은 장량의 제안대로 모든 잔도를 불태워버리고 계책을 세웠다. 분명 항우나 옹왕으로 임명된 장한조차 한군이 들이닥칠 것이라고는 예상하지 못하고 있을 것이었다. 소하는 이미 함양에서 진의 각종 지도와 전적을 보관하고 있었으니, 한신은 관중 지역을 환하게 들여다볼 수 있었다.

한왕은 한신의 계책에 따라 장수들을 배치했고, 소하를 한중에 남겨두어 파와 촉 지역에서 거둔 조세로 군량을 공급하게 했다. 한중에 틀어박혀 뼈를 묻을 줄로만 여겼던 군사들의 사기는 하늘을 찌를 듯 높아졌다. 그들에게 관중 땅은 당연히 돌아가야 할 곳이었고, 그곳에 두고온 가족들을 위해서도 반드시 되찾아야 할 땅이었다.

불타는 잔도를 보면서 눈물을 흘리던 군사들은 이제 돌아가기 위해 잔도를 복원하는 공사에 제 몸을 바쳤다. 나무를 짊어진 채 절벽을 기어오르고, 불타버린 잔도를 이어나갔다. 군사들에게 대장군 한신은 희망의 빛이었고, 끊어진 잔도를 잇는 것은 희망의 길을 놓는 것이었다. 한왕인 유방에게도 이러한 변화는 놀라운 것이었다. 어디를 보아도 흐트러짐이 보이지 않는 군사들이었다. 유방은 승상 소하를 불렀다.

"승상이 아니었다면 어찌 대장군과 같은 인재를 얻을 수 있었겠소? 또 대장군을 얻지 못했다면 수만의 정예군을 어찌 얻을 수 있었겠소? 이 모두 인재를 알아보는 승상의 안목에 있음을 과인이 이제야 깨닫는 것만 같아 부끄럽구려."

유방의 진심어린 말이었다. 유방은 장량의 조언을 들었을 때만 해도 가능한 일인지 의심을 떨칠 수가 없었다. 그러나 대장군 한신은 그 일들을 하나하나 현실로 만들어가고 있었다.

"어찌 그것이 신의 안목에서 비롯되었겠습니까? 이 모든 것들이 대왕의 덕에서 나온 것이옵니다."

"내 잊지 않으리다. 승상께서 이 한중 지역을 잘 다스려주시오. 한나라 군사의 뒤에는 이렇게 든든한 승상이 있으니 마음이 놓이는구려. 이곳의 백성들 또한 승상을 존경하고 있다고 들었소이다. 아무쪼록 이곳을 잘 부탁하오."

유방은 소하에게 한중을 맡겼다. 대군을 움직이기 위해서는 군량의 조달이 무엇보다도 중요했다. 한신은 옹왕 장한의 근거지인 폐구를 목표로 정하고 공격하기로 했지만, 무엇보다도 군량을 저장하고 있는 진창을 확보해야만 했다. 잔도를 통해 군량을 조달하려면 많은 시간이 필요했기 때문이다. 한신이 대군을 정예군으로 만들었듯이, 소하가 뒤에서 끊이지 않는 보급을 담당해야 한다는 것을 유방은 당부하는 것이었다.

"신에게 맡겨진 일을 어찌 소홀히 하겠나이까?"

이제 곧 겨울이었다. 서둘러 군량을 확보하고 관중에 본거지를 만들어야만 했다. 헐벗고 굶주린 군사들이라면 제아무리 정예군이라 하더라도 가을철 시든 풀이나 다를 바가 없을 것이었다. 유방에게는 아직 그것이 걱정이었다. 하지만 한신과 소하는 그런 걱정을 덜어주기에 충분한 인재들이었다.

드디어 유방은 은밀하게 군사를 움직이기 시작했다. 잔도까지 불태워버린 채

오지에 갇힌 유방이 들이닥칠 것이라고는 누구도 예상하지 못했다. 장한도 마찬가지였다. 오히려 유방군이 움직이고 있다는 첩보를 접했다 하더라도 그것은 믿을 수 없는 정보일 뿐이었다.

"유방이 새가 되지 않고서야 어찌 한중에서 기어나온단 말이냐?"

장한은 오히려 첩보를 전한 군사의 목을 날려버렸다. 하지만 한나라 군사들은 어둠을 타고 빠르게 움직여 진창을 에워싸기에 이르렀다. 장한이 수도로 삼고 있는 폐구의 식량을 저장해 놓은 곳이었으나, 경비는 삼엄하지 않았다.

장한은 이미 함양의 군사 20만을 끌고나가 몰살시킨 채 겨우 제 목숨만 구걸해온 장수였다. 관중의 백성이라면 그 누구도 장한을 곱게 보지 않았다. 언제고 때가 된다면 장한부터 죽이고 싶을 정도의 원한에 사무친 백성들이었다. 설령 유방의 군사들이 은밀하게 진창을 향해 칼날을 번뜩이는 것을 보았다 하더라도 알리지 않았을 것이다.

"신속하게 진창을 장악해야만 한다. 조금이라도 지체했다가는 우리 군사들의 양식을 불태울 수도 있는 일이고, 그렇게 된다면 우리에게도 치명적일 것이다."

한신의 계략은 일사불란하게 움직이는 장수들과 군사들에 의해 차질 없이 진행되었다. 진창을 향해 돌격하는 한나라 군사들은 이미 사기가 하늘에 닿을 정도였다. 진창은 일시에 한

삭朔
기병들이 쓰는 긴 창으로 최소 4미터나 되는 길이에 무게도 많이 나간다. 휘두르지 않고 한 손으로 든 채, 달리는 속도를 이용하여 공격한다. 어깨에 멜 수 있도록 끈이 달려 있다.

고대의무기중국

나라 군사들에게 점령되고 말았다.

　놀란 장한은 부랴부랴 군사들을 몰고 진창을 향했다. 믿기지 않는 일이었으나, 진창은 이미 한나라의 수중에 들어가 있었다. 하지만 이대로 진창을 버릴 수는 없었다. 폐구의 식량을 모두 저장하고 있는 곳이 아닌가. 장한은 군사들을 몰아쳤다. 그러나 순식간에 진창을 점령했다는 말이 나돌면서 군사들의 사기는 꺾였고, 발은 무거웠다. 몰아칠수록 도망치는 군사들이 늘어날 뿐이다. 장한은 달아나는 자들의 목을 가차 없이 칼로 베어버렸다.

　"도망가는 자들은 이 칼이 용서치 않을 것이다. 어서 서둘러라."

　한나라의 대장군은 한신이었다. 이미 장한이 진창을 지키기 위해 허둥대며 달려올 것을 알고 그에 대한 계책을 모두 준비한 상태였다. 장한의 군대는 한신의 그물망에 여지없이 걸려들어 대패하고 말았다. 진창에 이르기도 전에 패하여 폐구로 도망치기 급할 따름이었다. 장한은 함양을 지켜냈던 명장이었지만, 항우의 수하에서는 그저 제 뱃속이나 채우는 데 급급한 위인이었을 뿐이다.

　한신은 군사들의 기세를 몰아 사마흔이 다스리던 역양을 공격했고, 고노의 동예를 쳐서 관중을 점령했다. 한나라 군사들의 기세도 기세였지만, 유방의 군대가 관중으로 들어오고 있다는 말을 들은 백성들의 기세도 만만치 않았다. 마치 마른 들풀에 붙은 불길처럼 삽시간에 관중을 집어삼켰다.

　관중의 백성들은 환호했고, 그들의 왕이 될 자는 오로지 유방뿐이었다. 관중은 다시 유방을 맞이했다. 불타버린 함양의 거리에도 환호성이 물결치고 있었다. 항우에 의해 쑥대밭이 되어버린 도시에서 백성들은 유방을 떠받들었다. 유방은 마침내 사마흔이 수도로 삼았던 역양을 수도로 하고, 한나라를 세웠다.

유방과 항우, 세력을 확장하다

　장량은 더는 항우 곁에 있을 수가 없었다. 유방은 이제 옹·새·적 지역을 평정하고 있었다. 소식을 접한 항우는 화가 머리끝까지 치밀었고, 눈에는 살기가 가득했다. 누구보다도 유방에게 기울었던 장량이 항우에게는 눈엣가시였고, 또 장량의 권유에 따라 유방의 편을 들었던 한왕 한성에게도 위기일 수밖에 없었다. 그러나 장량은 침착하게 행동했다. 유방을 위해서라면 아직 항우의 칼날이 함양으로 향하지 못하도록 해야만 했다.

　장량은 찬바람이 불기 시작하는 뜰을 서성거렸다. 바람 끝에 나뭇잎이 떨어졌다. 그는 떨어진 잎을 주워 가만히 들여다보았다. 때에 이르면 나무도 겨울을 대비하는 법이다. 이대로 두었다가는 항우는 분명 분을 이기지 못해 대군을 움직여 함양으로 향할 것이다. 그대로 맞섰다가는 한왕의 대패로 끝날 터였다. 아직은 때가 되지 않았다. 장량은 한동안 머뭇거리다가 안으로 들어갔다. 무엇보다도 유방에게는 시간이 필요했다. 항우는 벌써 불같이 화를 내며 진영을 갖추었을지도 모를 일이었다. 우려했던 장량의 생각은 맞았다. 항우의 동태를 살피고 돌아온 자의 말 또한 같았다.

　"서둘러야겠다. 내 서한을 써줄 것이니, 당장 발 빠른 자들을 부르라."

　장량은 서둘러 붓을 들었다. 유방에게는 자신의 계책을 알려야 했고, 항우에게는 발목을 잡을 만한 계책을 보내야 했다. 장량은 이미 제와 조나라를 염두에 두고 있었다. 항우의 발목을 잡을 수 있는 것은 그들이었다.

장량은 전영과 진여라면 능히 자신의 뜻을 따를 것이라고 믿고 있었다. 전영이라면 제나라의 재상이었으나, 항우는 그의 공적을 치하하지 않았다. 전영이 추대한 전시를 왕으로 인정하지 않았을 뿐만 아니라, 교동의 후로 격하시켜버린 항우였다. 전영에게는 치욕적인 일이었다. 항우는 자신에게 군사적으로 얼마나 도움을 주었는지에 따라 상을 주었다.

제에서는 전도라는 자가 거록 전투에 소규모 부대를 지원한 것이 공으로 인정되어 제왕의 자리를 주었고, 전안이라는 자는 항우의 진영에서 제나라와 연락을 주고받은 것이 공으로 인정되어 제북의 왕으로 삼았던 것이다.

전영에게는 항량에게 지원을 하지 않았다는 점을 들어 무시해버렸다. 이에 전영은 항우에게 반기를 들고, 제왕인 전도를 쳐서 쫓아내고 자신이 임금으로 받들어 모셨던 전시를 교동으로 보내지 않은 채, 제의 수도인 임치에 머물게 했다. 전시는 항우의 보복이 두려웠다. 이대로 임치에 머물러 있다가는 언제 항우에게 화를 입을지 모를 일이었다. 전시는 자신의 영토인 교동으로 떠났지만, 이를 안 전영에게 죽임을 당하고 말았다. 전영은 스스로 제왕에 올랐다.

장량은 이런 복잡한 제나라의 사정을 눈앞에 그리고 있었다. 한편, 조나라에도 항우의 논공행상에 불만이 큰 진여가 있었다. 항우에게 반기를 들기 위해서는 전영과 함께 진여의 힘이 필요했다. 조나라의 공신인 진여에게 항우는 세 개의 현을 상으로 내렸을 뿐이었다. 옛 친구였던 장이는 조나라 땅을 상으로 받고 상산왕이 된 후였다. 진여는 그것에 격분하여 옛 조나라의 군사를 이끌고 장이를 쳤다. 장이는 도망쳐서 유방에게 몸을 의탁했다.

진여는 헐이라는 인물을 조왕으로 삼았으나, 항우의 허락도 받지 않은 상태였다. 그리고 자신은 대라는 땅을 점령하여 대왕으로 즉위했다. 이것은 그들의 자립을 의미하는 것으로 항우에게는 반기를 드는 것이었다. 장량의 붓끝은 바로 이들이 처한 상황에 항우를 끌어들일 수 있도록 신중히 움직이며 써내려갔다. 분명 자신의 뜻대로 일은 풀리고 말 것이었다.

항우는 유방이 관중에서 세력을 키우고 있다는 소식을 듣자 격분했다. 당장이라도 유방의 목을 비틀어버릴 기세였다. 그럴 때마다 범증은 항우에게 자신의 말을 따르지 않았던 지난날을 상기시켰다. 항우의 분노는 머리끝까지 치밀어 올랐다. 이미 항우의 움직임에 예민하고 신중하게 대처하던 장량이 글을 올렸다.

장량이나 한왕 성도 내심 눈엣가시로 여긴 항왕이었다.

"진작에 놈들의 목을 날려버려야 했어."

그 말에 범증은 속으로 혀를 찼다.

'잡아온 호랑이를 눈앞에서 풀어준 것이 화근인 줄은 모르고 있군.'

범증은 항우의 말에 아무런 대꾸도 하지 않았다. 장량이란 함부로 대할 자가 아니라는 것을 범증은 이미 알고 있었다. 항우는 장량의 글을 읽고는 집어던져버렸다. 유방보다도 제나라와 조나라가 항우에게 반기를 들었다는 내용에 심기가 거슬렸던 것이다. 그렇다고 당장 발등에 떨어진 불을 가만히 내버려둘 수는 없는 노릇이었다. 하지만 항우에게는 관중에 들어선 유방이 더 불쾌했다.

고대 중국의 무기

질려蒺藜
네 개 이상의 뾰족한 날이 있는 철질려가 유명하다. 이것을 여러 개 연결하여 땅바닥에 놓아두면 적의 이동을 방해할 수 있다. 여기에 독을 발라 놓기도 한다.

"이제 장량은 유방에게 붙을 것이옵니다. 호랑이에게 날개를 달아준 격이지요."

범증의 말이 가슴을 파고들었지만, 항우는 그저 가슴을 칠 따름이었다. 장량이 유방에게 붙는다 해도 어찌 자신에게 대항할 생각이나 하겠는가. 유방은 그저 생쥐처럼 빠져나가는 것에 익숙한 자였지, 그 어떤 용맹도 없는 작자였다. 항우는 아직도 한편으로는 그렇게 믿고 있었다. 오히려 범증이 자꾸 유방을 호랑이에 비유하는 것에 심사가 뒤틀릴 지경이었다.

"저들은 시간을 벌자는 것입니다. 초의 강군을 셋으로 나누어 힘을 약하게 하고, 그 틈에 유방은 제 세력을 키울 것입니다. 어찌 유방이 함곡관에 머물고자 그 사지에서 나왔겠습니까?"

범증은 여전히 경계하는 빛이 역력했다.

"하지만 이 항우가 나서지 않는다면 어떤 장수가 나서서 그들을 쳐부순단 말이오? 차라리 내가 선봉에 서서 하나둘 물리친다면 그것이 오히려 빠른 시일에 천하를 얻는 지름길일 것이오."

범증은 말문을 닫아버렸다. 언제나 제 고집대로 일을 처리하고, 뒤에 화를 불러들이는 항우였지만, 누구의 말도 듣지 않는 저 불 같은 성격을 범증은 잘 알고 있었기 때문이다. 항우의 용맹을 누가 막을 수 있단 말인가. 적들조차 항우의 깃발을 보면 뒤로 물러설 정도였다. 산을 무너뜨릴 정도의 우렁찬 목소리에 초목이 비틀거리지 않던가. 범증도 그의 그런 점은 인정하고 있었다. 하지만 어찌 용맹함만으로 천하를 얻을 수 있으랴.

"그렇다면 이미 장량은 쥐새끼처럼 달아났단 말이오?"

"분명 그랬을 것이옵니다."

"군사를 풀어 그자를 추격토록 하시오. 그리고 한왕 성은 그대로 둘 수가 없을 것이니, 이 항우를 배신한다는 것이 무엇을 의미하는지를 천하에 보이기 위해서라도 목을 베야 할 것이오."

항우는 한왕 성을 죽인 후, 초나라의 대군을 제나라로 움직였다. 항우의 대군은 팽성에서 북쪽을 향해 행군을 서둘렀다. 그 위용에 창검은 번쩍였고, 군사들의 사기는 하늘을 찌를 것만 같았다. 제나라의 전영은 항우의 군사들을 막을 방도가 없었다. 한때 항우는 소공각에게 군사를 주어 초나라를 괴롭혔던 팽월을 치게 한 적이 있었는데, 그때 소공각은 팽월에게 참패를 당하고 말았다. 하지만 항우가 직접 나선 이번 싸움에서 팽월은 그 상대가 될 수 없었으며, 사방으로 도망치기에 급급할 따름이었다. 제왕 전영 또한 홀로 달아나다가 농민에게 잡혀 죽고 말았다.

"감히 이 항우에게 반역을 하다니!"

항우는 제나라에서 이르는 곳마다 쑥대밭을 만들었다. 마을은 불타서 잿더미가 돼버렸고, 보이는 사람들은 닥치는 대로 잡아 죽이거나 생매장했다. 제나라의 백성들은 항우의 그러한 처사에 분노하며 곳곳에서 반란을 일으켰다.

대군을 잃고 위기에 처한 유방

항우가 제나라를 초토화시키는 동안 유방은 그 틈을 노려 세력을 확장하고 있었다. 장량은 이미 유방에게 성신후로 봉해진 후, 한신과 더불어 유방의 곁을 지켰다. 한신은 군사들을 지휘하는 총사령관이었고, 장량은 전략을 세우며 유방을 따랐다. 또한 후방의 보급은 든든한 소하가 맡고 있었다. 장량은 때를 놓치지 않고 동진할 것을 주장했고, 한신은 군사의 움직임에 치밀함을 더했다. 유방의 입가에 미소가 떠나지 않았다.

유방은 먼저 패 출신인 왕릉이라는 자를 불렀다. 수천의 무리를 거느린 우두머리였던 그를 유방은 오래전부터 잘 알고 있었다. 유방은 사자를 보내 정중하게 왕릉을 대접했다. 다름 아닌 자신의 부모와 처자를 보호하기 위한 조치였다. 자존심이 강한 왕릉을 다루기에는 정중한 예밖에 없었다. 유방의 이러한 대접에 왕릉은 그의 뜻을 따랐다.

왕릉은 정예의 군사들로 구성된 부대를 이끌고 패의 풍읍으로 향했다. 항우의 군사들이 왕릉의 어머니를 인질로 잡고 왕릉 앞을 가로막았다. 그러나 왕릉의 어머니는 아들에게 유방을 따를 것을 이르고는 스스로 목숨을 끊었다. 왕릉이 풍읍에서 가족을 구출하는 데 성공하자, 이에 분노한 항우는 왕릉의 어머니를 삶아버렸다.

겨울바람이 매서운 날이었다. 항우는 비밀리에 구강왕, 형산왕, 임강왕에게 명을 내렸다. 바로 이제까지 미루어두었던 의제를 제거하기 위해서였다. 의제는 항왕의 명에 따라 침 땅으로 떠나는 중이었다. 황제의 행차라 하기에는 초라하기 이를 데 없었다. 항왕의 명을 받은 그들은 장강에서 기다리고 있다가 의제의 초라한 행렬을 공격하여 그를 죽였다.

유방은 황하 상류를 건너 동쪽으로 진군했다. 항우에 의해 위왕에 봉해졌던 표는 유방에게 스스로 항복했다. 항우의 잔혹함과 폭정에 시달리던 백성들과 병사들은 유방군을 막기보다 오히려 길을 내주었기 때문이다. 항우는 한왕 성을 죽이고 정창을 한왕으로 삼았다. 하지만 정창도 유방의 군사를 막을 수가 없어 참패당하고 말았다. 은왕이 되었던 사마앙도 유방의 포로가 되었다. 유방은 포로가 되거나, 항복한 장수들조차도 끌어안았다. 유방의 군사는 점점 기세가 올랐고, 그 세력도 만만치 않았다.

"이 모두 한신 대장군의 공이 아니고 무엇이겠소?"

유방은 한신의 뛰어난 용병술에 놀라며 칭찬을 아끼지 않았다. 칭찬 속에도 뼈는 있었다. 한신의 능력이 뛰어나면 뛰어날수록 두려운 대상이라는 것도 유방은 내심 빼놓지 않았다. 칭찬에도 한신은 더욱 머리를 숙였다.

"이 모두 대왕의 덕이옵니다. 어찌 소신의 힘만으로 이길 수 있겠나이까?"

"……허허."

한신의 속은 헤아릴수록 깊었다. 유방의 얼굴에는 미소가 가시질 않았지만, 경계하는 빛이 역력했다.

유방군은 낙양으로 진군해 들어갔다. 백성들은 항우의 잔혹함보다 유방의 너그러움을 따르고 있었다. 유방군은 어디에서나 환영을 받았고, 각 지역 부로들의 축하 행렬도 이어졌다. 그에 따라 군사의 수는 더욱 늘었으며, 사기 또한 높았다. 이때 신성이라는 지역의 부로 셋이 유방을 찾아왔다. 축하를 하기 위해서였지만, 그들의 속은 분노로 가득 차 있었다.

"항우는 의제를 장강 변에서 살해했습니다. 천사(천재의 아들, 즉 하늘의 뜻을 받아 천하를 다스리는 왕을 이르는 말)를 살해하는 그런 극악무도한 자를 어찌 두고만 볼 수 있겠습니까?"

유방도 그 소식을 접한 후였다. 항우라면 그러고도 남을 위인이었다. 하지만 그의 난폭함이 여전히 두려운 것은 사실이었다. 군의 세력을 키우기는 했다지만 아직 항우에 대적할 유방군은 아니었다. 그들의 이야기를 묵묵히 듣고만 있던 유방에게 장량은 넌지시 귓속말로 일렀다.

"어찌 곡을 하시 않으십니까? 어서 곡을 하소서."

유방은 장량의 말뜻을 알아채고는 큰소리로 곡을 하기 시작했다. 유방의 곡에 따라 장량도 곡을 시작했고, 모든 군사가 의제의 죽음을 슬퍼하며 곡을 했다. 천자의 죽음을 슬퍼하는 유방군의 모습에 감동을 받은 것은 낙양의 백성들뿐만이 아니었다. 바람처럼 퍼져나간 이러한 소문은 그동안 유방군을 탐탁지 않게 여겼던 세력들의 마음까지 흔들어놓고 있었다.

장량의 지혜는 날카로웠다. 이어 사방으로 격문을 날렸다. 의제의 죽음을 슬퍼하며, 항우를 대역무도한 자로 만드는 격문이었다.

'우리는 천하와 더불어 의제를 옹립하고, 북면北面('칭신[신하로서 임금에게 복종함]'을 의미한다)하여 신하의 예를 올린다. 항우가 의제를 강남으로 추방하고, 또 군사를 보내 죽인 것은 대역무도한 짓이다. 그러니 제후들은 왕을 따라 의제를 죽인 자를 쳐야 할 것이다.'

유방은 왕이 되어 대역무도한 항우를 칠 것이니, 제후들은 따르라는 내용의 격문이었다. 장량은 의제의 죽음을 통해 항우를 쳐야 하는 정당한 명분을 얻은 셈이었고, 그에 따라 항우에 대적할 만한 군사들을 모은 셈이었다. 또 한편으로는 항우에 대한 선전포고와도 같은 격문이라, 이제 유방은 대군을 거느리고 항우를 위협하는 존재로 부상하게 된 것이었다.

유방이 이끄는 군사는 순식간에 56만의 대군이 되었다. 한중에서 군사를 돌릴 때만 해도 3만에 불과한 초라한 유방군이었다. 군사들은 한신의 명에 따라 일사불란하게 움직이기 시작했고, 유방은 구름같이 모여든 군사들을 보며 항우에 대한 두려움 따위는 날려버렸다. 장량은 대군을 통제할 방법을 강구하여 한신에게 넘겼고, 유방은 각지에서 도착한 제후들을 이끌었다.

"이제 팽성으로 쳐들어가야 하오. 항우는 제의 군대를 치기 위해 군사를 움직였으니, 팽성은 텅 비어 있을 것이오."

한신은 한시라도 빨리 항우의 본거지인 팽성을 공략할 것을 주장했다. 장량의 생각에도 타당한 일이었다. 항우에 대한 제나라 백성들의 원성도 날이 갈수록 높아지고 있었다. 그렇다면 저항 또한 만만치 않을 것이니, 유방군으로서도 이 기회에 팽성으로 진격하는 것은 당연한 일이었다. 적지를 떠돌고 있는 적들은 돌아올 곳이 없는 처지였다.

팽성은 사방으로 트인 평원에 있었다. 물자가 풍부했지만 적을 방어하기에는 적절하지 않은 곳이었다. 유방군은 팽성으로 밀물처럼 밀려들었다. 팽성은 맥없이 무너지고 말았고, 유방의 연합군은 순식간에 팽성을 점령해버렸다.

병사들은 이미 항우에 대한 적개심으로 불타고 있었다. 수없이 많은 사람들이 살해당하거나 모든 재산이 잿더미가 되어버린 지난날의 원한을 앙갚음하기라도 하듯 병사들은 방화와 살육에 혈안이 되어 있었다. 재물이 약탈되었고, 부녀자들까지 범하는 등 그 정도가 항우에 못지않았다. 이제 한신조차 이들을 통제할 수가 없었다. 이미 대군은 의미가 없었다. 항우가 돌아오는 날엔 그저 대패를 각

오해야 할 판이었다.

하지만 유방까지도 이런 한신과 장량의 우려를 헤아리지 못했다. 워낙에 술과 여자를 좋아했던 유방이었다. 그러나 함곡관에 들어가서도, 그 숱한 미녀와 술이며 재물을 두고도 손 하나 까딱하지 못하지 않았던가. 지금 자신의 뒤에는 56만이라는 대군이 팽성에서 승리를 만끽하고 있을 뿐이었다.

"어찌 한의 군사들이 항우군과 다를 것이 있겠습니까? 백성들의 마음이 돌아서는 순간, 무너지는 것은 순식간일 것입니다."

장량과 한신의 간곡한 만류에도 유방은 듣지 않았다.

"항우의 수도인 팽성을 손에 넣었는데, 저들이 이제 어찌 한단 말이오. 군사들은 항우에게 원한이 맺힌 자들이오. 제 부모형제를 위해서도 마음껏 한을 풀어야 할 것이 아니겠소. 자, 그대들도 이 즐거움을 누려야 하지 않겠소? 먼 길이었소. 하하."

누구의 말도 듣지 않은 채 유방은 미인들을 품에 안고 술잔을 기울였다. 한신과 장량은 돌아섰다. 항우를 상대로 승리를 한 것은 아니었다. 항우가 비운 팽성에 들어와 승리를 만끽하고 있는 유방의 모습이 안쓰럽기 짝이 없었다.

"항우의 용맹은 누구도 따를 수가 없을 것이오. 반드시 돌아올 것인데, 그것이 문제입니다."

장량은 깊은 한숨을 내쉬었다.

"이제는 각 제후들의 군사도 뿔뿔이 흩어진 상황이니, 대군이라 어찌 말할 수 있단 말입니까? 통제가 불가능하니, 이 모든 것이 하늘의 뜻인지도 모릅니다."

한신은 탄식하며 돌아섰다.

그들의 우려는 얼마 지나지 않아 현실로 나타나고 말았다. 제에 있던 항우는 팽성이 유방군에 점령되었다는 전갈을 받고는 불같이 노하며 급히 군사를 돌리

려 했다. 하지만 모든 군사를 이끌고 갈 시간적 여유가 없었던 항우는 3만의 정
예병을 가려 급히 팽성으로 향했다. 수십만의 항우군은 전횡과 전광의 저항을
뿌리 뽑기 위해 군사를 나누어 싸우고 있었다. 항우는 전력을 다해 팽성으로 말
을 달렸다.

"뒤처지는 놈들은 살려두지 않을 것이다. 어서 달려라."

"적은 이미 60만에 이른다고 합니다. 고작 3만으로 무엇을 하겠다는 것입니
까?"

범증의 우려 섞인 말에도 항우는 꿈쩍하지 않았다.

"60만이 아니라 100만이라도 이 항우를 맞서지는 못할 것이오. 내 저들에게
이 항우의 위력을 보일 것이니, 걱정할 필요 없소."

그는 미친 듯 말을 달렸다. 서두른다면 팽성의 서쪽까지는 새벽이면 이를 것
이다. 유방군이 술과 잠에 빠져 있는 사이 항우는 기습을 감행할 계책이었다. 깊
은 밤이 되어 항우의 정예병은 팽성의 서쪽에 이르렀다. 10만의 연합군이 주둔
하고 있었지만, 방비는 허술했다.

항우는 새벽의 정적을 깨뜨리고 유방군을
급습했다. 땅이 꺼지는 듯한 고함소리에 놀란
유방군은 속수무책으로 도망치기에 급급했다.
그러나 정예군으로 급습한 항우군은 달아나는
군사들에게 창검을 휘두르며 목을 날렸고, 기
병들의 말발굽으로 짓밟아버렸다. 순식간에
유방군을 물리친 항우군은 조금의 지체도 없
이 팽성으로 곧장 내달렸다.

"항우군이다. 항우군이다."

분온차轒轀車

성을 공격하기 위해 성에 접근할
때 병사들을 보호하기 위한 것이
다. 안에 탄 병사들은 적의 화살,
돌, 쇳물과 같은 공격에서 보호받
을 수 있다.

다급한 목소리가 유방군의 진중에 퍼지기도 전에 놀란 군사들은 저마다 달아나기 시작했다. 유방군의 처참한 패배였다. 한신은 단신으로 달아나기 시작했다. 예견된 패배였다. 그렇더라도 이렇게 빠른 시일에 팽성으로 돌아올 줄은 한신도 예상하지 못했다. 정병이라지만 고작 3만을 이끌고 56만의 대군을 상대하기 위해 말을 달렸다니……. 항우의 용맹성만은 누구도 부정할 수 없을 것이었다.

　장량도 아수라장이 되어버린 성에서 달아났다. 군사들의 보호를 받으며 유방을 찾았지만, 그 누구도 한왕이 있는 곳을 몰랐다. 유방의 군사들은 뒤죽박죽이 되어 패주하다가 강물에 빠져 죽은 자가 10만 명을 넘었고, 그나마 목숨을 건진 자들이라 하더라도 초나라 군대의 추격으로 수수라는 강가에 갇힌 꼴이 되고 말았다. 더는 도망칠 곳도 없었다. 군사들은 할 수 없이 수수의 강물 속으로 뛰어들었고, 그 숱한 군사들 때문에 강물은 일시에 멈추고 말 지경이었다. 유방의 처참한 패배였다.

　"한 놈도 살려두어서는 안 된다. 유방을 쫓아라."

　항우는 초나라 군사를 더욱 몰아쳤다. 이제 유방의 운명은 바람 앞의 등불이었다. 이미 56만이었던 한나라 군사는 곡수와 사수에서 물귀신이 되고 말았다. 세 겹으로 포위된 유방은 망연자실하고 있을 뿐이었다. 그러나 하늘은 유방을 버리지 않았다. 갑자기 큰바람이 서북쪽에서 불어오기 시작했다. 폭풍은 나무를 뽑아버리고 집을 무너뜨리며 모래와 돌을 날렸다.

　"오, 하늘이 나를 버리지 않았구나. 하늘이 나를 버리지 않았어."

　유방은 뜻하지 않은 기회가 오자 수십 명의 기병만을 거느린 채 포위를 빠져나갔다. 한 치 앞도 보이지 않았고, 대낮이 칠흑같이 어두웠다.

　"무엇이라고? 유방이 또 빠져나갔단 말이더냐?"

　"분명 패로 향했을 것입니다. 그곳에서 가족들을 거두려고 할 것이니 급히 군사들을 보내 그를 쫓아야 할 것입니다."

항우는 괴성을 질러댔다.

"쥐새끼처럼 빠져나갔다니? 당장 군사들을 보내 반드시 쥐새끼를 잡아들이도록 하라."

이에 초에서도 급히 군사를 패로 보냈다.

"급히 서둘러야만 한다. 놈들이 먼저 닿는다면 네놈들의 목부터 날아갈 것이다."

그러나 유방의 가족들은 이미 도망친 후였다. 유방 역시 그들을 만날 수 없었다. 오히려 초나라 군사들에게 쫓기는 처지가 되고 말았다. 겨우 죽음의 위기에서 벗어났다 싶었으나, 아직도 생사를 알 수 없는 일이었다. 한참을 달아나던 하후영은 급히 수레를 세웠다.

"효혜와 노원 공주입니다."

그러나 유방은 달갑지 않은 표정이었다. 당장이라도 초나라 군사들이 들이닥칠 위기의 순간이었다. 가벼운 수레라도 벗어나기가 힘겨울 지경이었다. 가뜩이나 둘을 더 실었으니 수레는 그만큼 속력을 내지 못했다. 유방은 수레에서 효혜 왕자와 노원 공주를 밀어 떨어뜨렸다. 비명소리에 놀란 하후영은 다시 급하게 수레를 멈춰 세웠다.

"어찌 그러십니까?"

"사태가 이다지도 급한데, 어찌 자식을 구하겠는가?"

싸늘한 유방의 말에도 하후영은 떨어진 그들을 다시 수레에 태웠다.

"지금 비록 급하다 하더라도 이들을 내버릴 수는 없습니다."

"우리 처지야말로 바람 앞의 등불이 아닌가?"

"아무리 그렇더라도 할 수 없는 일이옵니다. 수레는 제가 책임지고 몰 것입니

다."

유방은 다시 수레에서 자식을 밀어버렸으나, 하후영은 또다시 수레를 멈추고 그들을 태웠다. 그러고는 수레의 속력을 더욱 늦추어 달렸다. 유방은 화가 치밀어 자식들에게 칼을 빼들었으나, 하후영의 저지로 자식들을 벨 수가 없었다.

한편, 심이기는 태공과 여후를 보호하며 유방을 찾았지만 찾을 수가 없었다. 생사를 알 수도 없는 처지인지라 서둘러 성을 빠져나가려 했다. 하지만 초나라 군사들이 그들의 앞길을 막았다. 항우는 그들을 인질로 잡아 진지 안에 두었다.

재기를 노리는 유방

유방은 여태후의 오빠인 주여후가 있는 하읍으로 수레를 돌리라고 명했다. 주여후의 군사들이라도 자기 것으로 하여 재기를 노려야 하기 때문이다. 달리 갈만한 곳도 없었다. 하후영은 하읍으로 향하는 샛길로 수레의 방향을 급히 바꿨다. 그 누구도 하후영의 수레 모는 솜씨를 따를 자가 없었다. 하후영은 속력을 더 높일 수도 있었지만, 수레에서 행여 유방의 자식들이 떨어질까 조심스러웠다.

"더 빨리 몰아야 하지 않겠는가?"

"놈들의 추격을 따돌리는 것은 이 하후영에게 맡기십시오."

유방은 여전히 못마땅한 얼굴이었다. 이제는 초나라 군사들의 추격도 보이질 않았다. 하지만 유방의 가슴은 금방이라도 터져버릴 것만 같았다. 60만에 가까운 군사들을 다 잃고 달랑 자식 둘만을 데리고 달아나는 길이라니, 도무지 믿기지가 않았다. 겨우 목숨은 구했다지만, 이제부터가 더욱 문제였다. 적은 군사들로 무엇을 할 수 있을까 싶어 절망감만 더욱 커질 뿐이었다. 어찌되었든 지금 자신의 처지에서는 여태후의 오빠인 여후에 의지할 도리밖에 없었다.

유방은 깊은 한숨을 내쉬며 눈물을 흘렸다. 하루 전만 하더라도 이 천하의 주인은 바로 자신이 아니었던가.

"수많은 제후들과 어울려 술을 마시고, 천하의 미색들을 모두 거느린 것처럼 향기롭기 그지없었는데 지금 이 꼴이 무엇이란 말이냐.”

유방은 간신히 목숨을 건져 달아나고 있는 자신의 처지를 한탄했다. 장량과 한신의 충고를 받아들이지 않았던 것이 후회스러웠다. 하후영은 말없이 눈물을 흘리는 유방을 위로했다.

“여후에게 하읍을 지키게 하고 대왕께서는 탕으로 가서 군사를 다시 모아야 합니다.”

“그래, 그래야 되겠지.”

유방은 힘없는 목소리로 중얼거렸다. 이제 제후들은 분명 초나라에 붙어 제 목숨을 구걸할 것이었다. 보잘것없는 자신에게 붙어 저 막강한 항우에게 반기를 들지 않을 것임을 유방도 잘 알고 있었다. 유방의 우려는 현실로 나타났다. 제후들은 모두 한나라를 배반하고 다시 초나라에 붙었고, 새왕 사마흔과 적왕 동예도 도주하여 초나라에 항복했다.

유방은 한나라의 군사를 이끌고, 하읍에 주둔한 주여후의 군사들을 거둬들였다. 그러고는 탕으로 향했다. 유방이 탕으로 숨어들었다는 소식을 들은 한나라의 군사들이 사방에서 속속 모여들었다. 한신과 장량도 우여곡절 끝에 유방을 찾아왔다. 한신은 그나마 소규모의 군사들이라도 이끌고 있었다. 유방은 기쁜 나머지 손수 그들을 영접했다. 장량은 초나라에 쫓기면서도 계속 한왕을 찾았던 것이다.

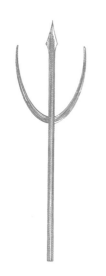

비차 飛叉
던지기용이다. 칼 끝이 세 갈래로 나누어져 있는 것이 일반적이며, 고수는 160미터까지 던질 수 있다. 고기를 잡을 때 쓰는 작살에서 비롯된 것으로, 수호지의 정득손이 잘 쓴다.

중국 고대의 무기

"내 그대들의 말을 따랐어야만 했소. 모두 내 탓이니, 그 수많은 군사들을 내가 죽게 한 꼴이 되고 말았구려."

유방은 그들 앞에서 한없이 눈물을 흘렸다.

"이제 다시 군사를 모아 패배를 만회하면 될 것입니다. 그러기 위해서는 함곡관의 땅을 내놓으셔야 합니다."

장량의 말이었다. 장량은 한없이 눈물만 흘리고 있는 유방을 위해 벌써 패배를 만회하기 위한 계책을 준비해두고 있었던 것이다. 관동의 땅이 아니라면 누가 흔쾌히 유방의 편을 들 것인가. 아깝기는 해도 유방은 이대로 주저앉을 수는 없는 노릇이었다.

"좋소. 내 함곡관 동쪽의 땅을 내놓을 작정이오. 그렇다면 초나라에 당한 패배를 설욕하기 위해 누구와 함께해야 하겠소?"

그러자 장량이 대답했다.

"경포와 팽월이 함께해야 합니다. 구강왕 경포는 초나라 출신의 맹장이지만, 항왕과는 사이가 좋지 않습니다. 그리고 팽월은 제나라와 함께 항우에게 반기를 들고 있습니다. 이 두 사람이라면 가히 공을 이룰 수가 있을 것입니다. 그러나 반드시 대왕의 휘하에 있는 한신에게 큰일을 맡기셔야 할 것입니다. 한신이라면 능히 한나라 쪽을 담당할 것이니, 이들 세 사람에게 관동을 내준다면 초나라를 꺾을 수 있을 것이옵니다."

유방은 무릎을 치며 기뻐했다. 역시 장량이었다. 경포라면 당시 항우가 제나라를 치고자 할 때 구강에서 군사를 징발한 적이 있었다. 당연히 경포가 군사들을 이끌고 올 것으로 믿었던 항우였지만, 경포는 병을 핑계로 수하의 장수에게 고작 수천 명을 보냈을 뿐이었다. 이것 때문에 항우는 경포를 곱게 보지 않았다. 항우는 여러 차례 사자를 보내 경포를 불렀다. 하지만 이를 눈치 챈 경포는 두려워서 감히 갈 수가 없었다. 장량은 바로 그 둘의 갈라진 틈을 비집고 들어갈 참이 었다. 항우가 경포를 믿고 제나라를 치고자 했을 정도로 경포는 대단한 자임이 틀림없었다.

유방은 주위를 둘러보았으나, 큰일을 성사시킬 인물이 눈에 띄지 않았다. 유 방이 크게 탄식하며 말했다.

"어찌 저들과 천하의 일을 논한단 말이냐!"

그때 빈객을 접대하는 관리인 수하가 물었다.

"무슨 말씀이시옵니까?"

"누가 나를 위해 구강으로 가서 구강왕에게 군사를 일으켜 초나라에 반기를 들게 할 수 있겠는가? 항왕의 발을 몇 달 동안만 묶어둘 수 있다면 내가 천하를 얻을 수 있을 것인데 말이야."

그러자 수하가 말했다.

"신이 구강에 사자로 가기를 청하옵니다."

"그대가? 그렇지. 빈객들을 맞이하는 관리이니, 맞아."

유방은 수하에게 20명을 붙여주면서 구강으로 가게 했다.

진평, 유방의 눈에 들다

5월, 유방은 형양성에 이르렀다. 항우에게 패했던 군사들이 소식을 듣고 모여들었고, 소하는 관중에서 늙고 쇠약한 사람들까지 징발하여 유방에게 보냈다. 다시 한나라의 군대는 그 규모가 커지기 시작했다. 하지만 초나라는 팽성에서 시작하여 북쪽으로 승전을 이어갔으며, 한나라 군사와는 형양의 남쪽에서 맞서고 있었다. 초나라는 정예의 기병을 앞세웠다.

"저 초나라 기병들에 맞설 장수가 있어야 하지 않겠소?"

유방은 다급하게 물었다. 그러자 진나라의 기사였던 이필과 낙갑을 추천했다. 그들이라면 충분히 초나라의 기병을 막아낼 수 있을 것이라는 말에 유방은 그들에게 관직을 제수하려 했다.

"신들은 옛 진나라의 사람들이었습니다. 그 때문에 군사들 중에는 신들을 믿지 않는 자가 있을 것이오니, 어찌 저들을 지휘할 수 있겠나이까?"

"할 수 없다는 말인가?"

"원컨대 장수 가운데 말을 잘 타는 사람을 뽑아서 그를 따르게 해주신다면 반드시 초나라 기병을 물리칠 수 있을 것이옵니다."

유방은 그들의 말에 따라 관영을 중대부령에 제수하고, 이필과 낙갑은 각각 좌우의 교위로 삼았다. 이들은 기병을 이끌고 형양의 동쪽에서 초나라 기병을 공격해 크게 격파했다. 이에 초나라 군사들은 더는 서쪽으로 나올 수가 없었다.

유방은 영양성에 군사를 주둔시키고 숨을 고르고 있었다. 오창에는 황하의 물길을 따라 이동된 곡식들이 저장되어 있었다. 이 오창에서 성까지는 흙으로 다진 용도를 이용했다. 하지만 초나라의 군사들이 노리고 있는 한 안전은 오래가지 못할 것이었다.

이때 유방의 군영에는 뜻하지 않은 골칫거리가 하나 있었다. 진평에 관한 장수들의 불만이 그것이었다. 진평이라면 양무 사람으로 무엇을 나누든지 아주 공평하게 나누기로 소문난 사람이었다. 하지만 진평은 위왕을 모셨다가, 다시 달아나 항우에게 와서 도위에 제수되었는데, 이번에는 유방을 꾀고 부추겨서 유방의 수레에 함께 올라탈 수 있는 권한과 전호군의 직책을 얻었다. 장수들은 바로 그 부분에 불만을 품고 있었다.

"어느 날 초나라에서 도망친 졸병 놈을 높낮이도 모르면서 수레에 덜컥 같이 타게 하시지를 않나, 이번에는 우리를 감독까지 하니, 내 원 참."

장수들의 불평은 그치지 않았다. 이에 주발과 관영이 한왕에게 건의하기에 이르렀다.

"진평은 관에 붙인 옥처럼 아름다운 사람이지만, 그에게는 반드시 있어야 할 것이 없사옵니다."

"진평에게 있어야 할 것이 없다?"

모 矛
모는 대나무에 뾰족하고 폭이 넓은 양날의 창날을 부착한 무기이다. 사모는 날 부분이 뱀과 같이 생겼다고 해서 붙인 이름으로, 길이가 1장 8척인 장팔사모가 유명하다.

"신이 듣자오니, 진평은 집에 있을 때 그의 형수와 몰래 간통했던 자라 합니다. 그뿐만이 아니옵니다. 전에 위나라를 섬기다가 뜻이 맞지 않는다 하여 초나라에 복종했고, 또한 초나라에서도 도망쳐 한나라에 복종한 자이옵니다. 그렇듯 배신을 밥 먹 듯 하는 자에게 관직을 높여주어 군을 다스리게 하고 있습니다. 어찌 그뿐이겠습니까?"

한왕은 관영의 말에 이마를 찌푸렸다.

"그뿐 아니라니?"

"진평은 이미 뇌물까지 공공연하게 받아 챙기는 자이옵니다. 여러 장수들에게서 금을 뇌물로 받아 금을 많이 낸 자에게는 편한 곳에 근무하게 하고, 금을 조금 낸 자에게는 힘겨운 곳에 근무하게 한다고 합니다. 이에 장수들의 불만이 끊이질 않는 것입니다."

유방은 이 말을 듣고 진평이 괘씸하고 의심스러웠다. 당장에 진평을 추천했던 위무지를 불러들였다. 그러자 위무지가 말했다.

"신이 폐하께 추천한 것은 그의 능력이옵니다. 지금 폐하께서 나무라시는 것은 그의 행실이 아니옵니까? 미생과 효기의 행실이 좋다 하더라도 승패의 세계에서는 아무런 보탬이 되지 않습니다. 어찌 한가롭게 그와 같은 사람을 쓰시겠습니까? 신은 초나라에 맞설 수 있는 기이한 계책을 쓸 줄 아는 그런 인사를 추천했던 것이옵니다. 그의 계책이 국가를 이롭게 할 것인지, 아닌지 생각하시옵소서. 형수를 범한 것이나 금을 받은 것을 가지고 그의 능력을 의심할 수 있단 말씀이옵니까?"

위무지의 뜻을 안 유방은 다시 진평을 불러들여 불쾌한 표정으로 물었다.

"선생은 위나라를 섬기다가 등을 돌렸고, 초나라를 섬기다가도 떠나서 이제는 나를 좇고 있는데, 어찌 이렇게 여러 마음을 가지고도 신의 있는 사람이라 할 수 있겠소?"

그러나 진평은 당황하지 않고 대답했다.

"신은 위왕을 섬겼사옵니다. 하지만 위왕은 신의 말을 채용하지 않았습니다. 하여 신은 항왕을 섬겼던 것입니다. 항왕은 항씨가 아니면 일을 맡기지 않는 인물이었으니, 어찌 제게 기이한 계책이 있다 한들 쓸 방도가 있었겠나이까? 듣자오니 한왕께서는 사람을 귀하게 쓰실 줄 아는 분이라 했기에 복종했던 것이옵니다. 또 신은 맨몸에 칼 한 자루만을 지닌 채 한나라에 복종했습니다. 그러니 금을 받지 않으면 쓸 자금이 없었습니다. 폐하께서 신의 계책이 쓸모없다 하신다면 이제까지 받았던 금은 그대로 있으니 밀봉하여 관청으로 보내옵고 물러날 것이옵니다. 허락해 주시옵소서."

유방은 장수들의 말만을 듣고 잠시 진평을 의심했던 자신이 부끄러웠다. 진평에게 사과한 유방은 이에 더 많은 상을 내리고 그를 호군중위에 제수하여 여러 장수를 모두 감독할 수 있는 권한을 주었다. 이에 장수들은 다시는 그에 관해 불평을 드러내지 않았다.

한신의 대활약

위왕인 위표는 한나라에 복종해 항우에게 저항했으나, 유방의 오만함에 불만이 있었다. 마치 제후들을 신하 부리듯 하는 유방에게 은근히 부아가 치밀었던 것이다. 위표는 부모를 찾아뵙는다고 핑계를 댄 후 강을 건너가 초나라 항우에게 복종하고 말았다. 유방은 여러 차례 위표를 불러들였지만 그는 말을 듣지 않았다.

노한 유방은 한신을 좌승상으로 삼고, 관영과 조참에게 위나라를 치도록 명했다. 역이기의 보고에 따르면 위나라의 대장은 백직이라는 자였다. 한신의 적수가 되지 못할 어린 장수였다. ▪

유방이 역이기에게 다시 물었다.

"기병 대장은 누구인가?"

"풍경입니다."

"풍경? 그자라면 진나라 풍무택의 아들이 분명하다. 똑똑하다고는 하지만 또한 관영에 미치지 못할 것이다."

기병 대장에서도 관영과 맞설 만한 인물이 아니었다.

보졸 대장에서도 마찬가지로 조참을

구상유취口尚乳臭
입에서 아직 젖내가 난다는 뜻으로, 상대가 어리고 그의 말과 행동이 유치하다.

당해낼 장수가 없었으니, 위를 격파하는 것은 다만 시간 문제일 따름이었다. 하지만 전투를 앞둔 한신은 역이기에게 신중하게 다시 물었다. 한신은 분명 위나라에서 주숙을 대장으로 썼을 것이라 판단했기 때문이다.

"아니옵니다. 백직이었습니다."

역이기에게 재차 확인한 한신은 고개를 끄덕였다. 분명 위왕은 임진나루를 막을 것이었다. 임진에서 맞서서는 승리를 장담할 수가 없었다. 적은 임진을 건널 것이라고 믿고 있을 것이니, 한신으로서는 달리 방법을 강구하는 수밖에 없었다. 만만한 적은 어디에도 없다. 한신은 신중하게 계책을 강구했다.

임진 주변의 지형을 살피던 한신에게 좋은 계책이 떠올랐다. 임진나루에 포진한 위표의 군사들을 속이는 작전이었다. 한신은 비밀리에 작전을 명했다. 한나라 군사들의 일부는 임진을 건너는 것처럼 꾸며놓고, 다른 한편으로는 하양에서 나무로 만든 항아리에 군사를 숨겨 강을 건너게 해서는 그 뒤를 치도록 한 것이었다.

이에 놀란 위표는 서둘러 군사를 이끌고 한신의 군사와 맞서 싸웠으나, 이미 신출귀몰하는 한신의 군사들에 의해 위표마저 포로가 되는 신세를 면치 못했다. 한신은 기세를 몰아 위나라 지역을 평정하고는 곧 유방에게 전갈을 보냈다.

"위나라를 평정했으나, 군사 3만이 더 필요합니다. 북쪽으로 연나라와 조나라를 뒤엎고, 동쪽으로는 제나라를 치고, 남쪽으로 초나라의 숨통을 끊어버릴 수 있을 것입니다."

유방은 이를 받아들이고, 장이와 함께 군사를 지원했다. 한신은 무서운 기세로 대나라 군사를 격파하고 알여에서 대나라 상국 하열을 사로잡기까지 했다.

유방에게서 3만의 병사를 지원받은 한신은 조나라의 동쪽으로 향하던 중 정형구라는 곳을 앞에 두고 있었다. 길은 좁아 말조차 일정한 대열을 이루어 지날 수 없었고, 수레 역시 두 대가 지나칠 수 없을 정도였다. 수만 명의 군사들이 길게 늘어선다면 행군 대열은 수백 리에 이를 것이었다. 조나라 군사들은 그 허리를 노릴 것이 뻔했다. 그렇다고 달리 돌아갈 길도 없는 상황이었다. 이대로 군사를 돌리지 않는다면 정형구를 돌파하는 방법뿐이었다. 한신은 머뭇거렸다. 아무리 날랜 군사라 하더라도 불가능한 일이었다. 이때 장이가 나섰다.

"성안군은 누구보다도 제가 잘 알고 있습니다."

한신도 장이와 진여의 관계에 대해서 알고 있었기에 귀를 기울였다. 누구보다도 절친한 그들이었다. 죽음을 걸고 우정을 맺었다고는 하지만, 이제는 서로에 대한 적대감으로 맞선 상황이었다.

"어찌 나올 것 같습니까?"

"진여는 사모기계詐謀奇計(속임수나 기이한 계책)에는 능하지 못한 자입니다. 스스로 의로움을 강조하지만, 그의 신의라는 것은 보잘것없습니다. 정형구에서 기습을 감행할 위인이 아닙니다."

장이는 장담하듯 말했다. 하지만 한신은 장의의 말만 따를 수는 없는 노릇이었다. 천혜의 요지를 이룬 정형구가 아닌가. 제 아무리 의로움을 내세우는 장수라 할지라도, 군사들을 매복시키고 뱀 꼬리처럼 길게 늘어선 행렬의 허리를 자르려 하는 것은 지극히 당연한 일이지 않은가.

"오히려 성안군은 성을 단단히 걸고 한나라 군사들의 움직임을 주시할 것입니다. 들기로는 성안군이 모은 군사의 수가 20만이라고 합니다. 분명 진여는 군사의 수를 등에 업고, 한군을 깔볼 것이니, 어찌 기습공격을 생각하겠습니까?"

한신도 고개를 끄덕였다. 서둘러 첩자를 조나라로 보내 적들의 움직임에 촉각을 곤두세웠다. 장이의 말대로 조나라의 군사가 안일하게 대처한다면, 먼저 기습을 감행해야 할 것이었다. 한신은 첩자가 돌아와 보고할 때까지 조나라의 대군을 물리칠 계책을 강구하고 있었다.

장이의 말마따나 진여는 의로움을 내세우며 정형구를 활용한 이좌거의 계책을 받아들이지 않았다. 광무군 이좌거는 한신과 장이의 군사를 정형구에서 막을 수 있는 계책을 성안군 진여에게 알리고, 기습할 수 있는 군사 3만을 청했다. 먼 길을 온 한신과 장이의 군사들은 후미에 군량을 두고 있었다. 이좌거는 기습으로 그 허리를 자르자는 것이었다. 보급로가 끊긴 한나라 군사들은 그저 성 안에서 기다리기만 하더라도 채 열흘이 되지 못해 패배하고 말 것이라 장담하고 있었다. 그러나 성안군 진여는 그것이 의롭지 못한 것이라 여기고 있었다.

"적이 성 앞에 이르렀는데도 싸우지 않는다면, 제후들은 모두 나를 겁쟁이로 여기고 치려 할 것이오. 우리는 의로움으로 싸우는 군사들이오. 어찌 저 장이와 같은 자들과의 싸움을 피한단 말이오."

한신은 첩자가 전한 이좌거의 계책을 듣고는 간담이 서늘했다. 그와 같이 지혜로운 자라면 언제든 무릎을 꿇고 배움을 청할 수 있을 것 같았다. 이에 한신은 장수들을 모아놓은 자리에서 광무군 이좌거를 생포하는 자에게는 천금의 상을 주겠다고 선포했다. 성안군 진여가 그의 계책을 쓰지 않는다는 것을 전해들은 한신은 기뻐하며, 긴급 군사회의를 소집했다. 한신에게는 정형구라는 지형만이 염려스러운 것은 아니었다. 군사들은 마치 까마귀들을 모아놓은 것만 같았다. 이대로 조나라 군사를 대했다가는 패배는 불 보듯 뻔했다.

"오늘밤이다. 날랜 기병 2,000명을 뽑아 대기토록 하라. 그런 다음 기병들마다 각각 한나라의 붉은 깃발을 준비하도록 해야 한다."

부하 장수들은 한신의 명에 귀를 기울이고 있었다. 한신은 샛길을 통해 기병들이 산속에 몸을 숨기도록 명을 내렸다. 모든 것은 이미 한신의 머릿속에 하나하나 그려져 있었다.

"조나라 군사는 정형구로 들어서던 내가 중간쯤에서 도망치기 시작한다면 반드시 영루를 비우고 쫓을 것이다. 그때 숨어 있던 기병들은 쏜살같이 성 안으로 들어가 조나라의 깃발을 뽑아버리고, 한나라의 깃발을 세워야 한다. 오늘은 조나라 군영을 깨뜨린 후에 회식을 할 것이니 그리 알도록 하라."

장수들은 모두 고개를 끄덕이고 있었지만, 도무지 한신의 계책을 이해할 수가 없었다. 기병들을 통해 기습을 한다 했지만, 그도 또한 깃발을 세우는 것이 전부였다. 이해할 수 없다는 장수들의 눈치를 안 한신은 다시 명을 내렸다. 이번에는 배수진을 친다는 것이었다. 사색이 된 제장들은 그저 입을 벌린 채 한신만을 바라볼 뿐이었다.

'우배산릉右倍山陵, 전좌수택前左水澤.'

모두들 병법에서 이르는 그 대목을 떠올리고 있었다. 진을 칠 때면 오른쪽에 산릉을 등지고, 왼쪽 전면으로 물을 가까이 한다고 하지 않았던가. 하지만 한신은 끄덕도 하지 않았다. 한신은 새벽이 오기만을 기다리고 있었다.

깊은 밤 2,000명의 기병은 이미 산속에 몸을 숨겼고, 가슴속엔 한의 붉은 깃발을 품고 있었다. 드디어 주위가 밝아지기 시작했다. 기다렸다는 듯 대장군의 기가 세워지자 북이 울렸다. 군사들은 발걸음이 무거웠다. 조나라 진영에서도 바싹 긴장하며 한나라 군사의 움직임을 지켜보고 있었다. 이미 배수진으로 조나라의 군사들에게 비웃음을 산 한신이었다. 성안군 진여는 한신의 깃발을 보자, 공격을 명했다.

조나라 군사들의 공격이 매서웠다. 한신은 짐짓 싸움에 밀리는 것처럼 기와 북을 버린 채 달아나기 시작했다. 이미 한나라는 배수진을 치고 있었기에 달아나던 한나라 군사들은 이제 영락없이 죽음을 면치 못할 처지였다. 이를 지켜보던 조나라의 진영에서는 아예 한나라 군사들을 몰살시킬 작정으로 군사를 몰아

성을 나섰다. 터진 봇물처럼 조나라의 군사들이 몰려나왔다. 그러자 한신은 기병들에게 명을 내렸다. 순식간의 일이었다. 한신의 기병들은 바람처럼 성 안으로 스며들었고, 이내 조나라의 깃발을 빼버린 채 한나라의 붉은 기 2,000개를 성루에 꽂았다.

이제 조나라의 성은 한나라의 성이 된 것이었다. 또한 물가에 진을 치고 있던 한나라의 군사들은 사력을 다해 조나라의 군사에 대항하여 큰 싸움이 벌어졌다. 한군의 기세에 주춤하던 조나라의 군사들은 성 안으로 들어가기 위해 돌아섰지만 성에는 온통 한나라의 붉은 깃발이 꽂혀 있었다. 이미 성은 한나라의 수중에 떨어진 것으로 여겼다. 조나라 군사들은 급격하게 무너지기 시작했고, 도망치기에 바빠 일대는 아수라장이 되고 말았다.

한나라 군사는 양쪽에서 조나라 군사를 공격해 들어갔고, 저수에서 성안군 진여의 목을 베고, 조왕 조헐을 사로잡아 대승을 거두었다. 장수들은 적군의 잘린 머리와 포로를 바치며 승전을 축하했다. 의문이 풀리지 않았던 배수진에 대해 어떤 장수가 한신에게 물었다.

"병법에서는 진을 칠 때에는 오른쪽으로 산릉을 등져야 하고, 왼쪽으로는 강이나 못을 마주봐야 한다고 되어 있습니다. 그런데 이번에 장군께서는 신들에게 반대로 배수진을 치게 하고서 조나라 군사를 깨뜨린 다음에 회식을 하겠다고 하시어 사실 신들은 믿지 못했습니다. 대체 이것은 어떠한 병법입니까?"

한신은 얼굴 가득 웃음을 띤 채 장수들을 돌아보았다.

"우리의 군사들은 훈련되지 않았다. 까마귀나 다름없는 자들에게 싸우게 하기 위해서는 그들을 죽음이 닥친 위급한 상황에 놓아두는 것뿐이다. 싸우지 않고는 살 수 없는 형국이니, 어찌 배수진을 치지 않겠는가? 이 또한 병법에 있는 것이다. 죽을 곳에 빠진 뒤에야 살아나는 것이고, 패망할 장소에 놓아둔 뒤에야 남아

있게 된다는 것이 바로 그것이다. 행여 살 수 있는 곳에 진을 쳤다면 저 군사들은 모두 달아나버렸을 것이니 어찌 잡아 쓸 수가 있단 말인가?"

미처 생각지 못했던 한신의 병법에 장수들은 저마다 감복했다.

얼마 지나지 않았을 때였다. 천금의 상금을 내걸었던 광무군이 한신 앞에 잡혀왔다. 한신은 그의 결박을 풀게 하고는 예를 갖추어 동쪽을 향해 앉도록 했다.

"스승으로 섬기고 싶어 이렇게 무례를 범했나이다."

"신은 패장일 뿐입니다. 어찌 스승을 운운하시는 것입니까?"

광무군은 한신의 태도에 당황하는 듯한 표정이었다.

"제가 북쪽으로 가서 연나라를 치고, 동쪽으로 가서 제나라를 치려고 합니다. 어떻게 해야 그러한 공을 세울 수 있는지 가르쳐 주십시오."

"포로가 된 패장이 어찌 그처럼 큰일에 저울질을 할 수 있겠나이까?"

그러자 한신이 말했다.

"백리해가 우나라에 살았을 때 우나라는 망했습니다만, 백리해가 진나라로 옮긴 뒤에 진나라는 패권을 잡게 되었습니다. 이것은 우나라에서는 그가 어리석었고, 진나라에서는 똑똑했다는 것이 아닙니다. 다만 그와 같은 지혜로움을 쓰느냐 쓰지 않느냐의 문제였을 따름이옵니다. 만약 성안군이 장군의 계책을 썼더라면 이 한신은 이미 포로가 되고 말았을 것입니다. 이제 장군의 말씀대로 계책을 쓰고자 하오니, 원컨대 장군께서는 사양치 말아주십시오."

광무군은 지그시 눈을 감았다. 명장다운 한신의 말이었다.

"군사를 잘 사용하는 사람은 약점을 가지고 강점을 치지 않고, 강점을 가지고 상대의 약점을 공격하는 법이지요."

광무군은 무겁게 입을 열었다.

"저의 강점과 약점은 무엇이옵니까?"

"장군께서는 황하의 서하를 건너 위나라 왕을 포로로 잡으시고 하열도 사로잡았습니다. 또한 동쪽으로 가서는 정형을 함락시켰으며 아침나절이 채 끝나기도 전에 조나라의 20만 대군을 깨뜨리고 성안군을 주살하여 이름과 위엄을 온 천하에 떨쳤습니다. 농부들은 그 위엄으로 인해 호미를 놓고 밭 갈기를 그만두고 좋은 옷을 입고 맛난 음식을 찾아 먹지 않는 사람이 없으며, 모두 귀 기울여 자기의 운명이 어떻게 될지만 기다리고 있으니 이것이 장군의 강점입니다. 그러나 많은 무리가 지쳐 있고 병졸들은 피로하여 이대로는 군사를 사용하기 어렵습니다. 지금 장군께서 이 피폐한 병사들을 이끌고 연나라의 견고한 성 아래에 주둔하면서 싸우려 한다 해도 싸울 수 없을 것이고, 성을 공격한다 해도 함락되지 않을 것입니다. 또 아무것도 하는 일 없이 시간만 끌면 식량은 고갈될 것입니다. 연나라가 복종하지 않게 된다면 제나라도 반드시 국경에서 막으면서 스스로 강력해지려고 할 것입니다. 연나라와 제나라가 서로 기대고 있어서 함락되지 않으면 유방과 항우 세력의 우열은 구분되지 않을 것이니 이것이 장군의 약점입니다."

"그렇다면 어떻게 하는 것이 좋겠습니까?"

한신은 예리한 광무군의 말에 귀를 기울였다.

"이제 장군을 위해 계책을 세운다면, 갑옷 입은 병사들을 어루만져 위로하면서 쉬게 하고, 또한 조나라 백성을 어루만져 위로하면

구겸창 鉤鎌槍

보통 창의 형태에 안쪽으로 휘어진 칼날이 더 붙었다. 적을 찌를 뿐 아니라 갑옷에 걸어 적을 넘어뜨리는 데 사용한다. 수호지의 서녕이 잘 쓴다.

서 100리 안에서는 쇠고기와 술을 매일 군사들에게 먹이는 것 만한 것이 없습니다. 머리를 북쪽으로 돌려서 연나라 쪽으로 가는 길을 향하고, 말 잘하는 변사를 파견하여 그대의 강점을 연나라에 드러내십시오. 그렇게 한다면 연나라는 감히 말을 듣지 않을 수 없을 것입니다. 연나라가 따라오게 되면, 동쪽으로 발길을 돌려 제나라로 가십시오. 그렇게 하면 아무리 지혜로운 사람이 제나라에 있다고 해도 제나라를 위해 어떻게 해야 좋을지 계책을 세울 수 없을 것입니다. 이와 같이 하면 천하의 일은 모두 계획한 대로 될 수 있습니다. 병법에서 이르기를 명성을 먼저 드러내고 후에 실속을 챙긴다고 했는데, 이런 것을 두고 하는 말입니다.”

한신이 무릎을 치며 기뻐했다.

“역시 장군의 지혜로움은 훌륭합니다.”

한신은 광무군의 계책에 따랐다. 연나라는 풍문만으로 무너졌고, 한나라에서는 한신의 뜻에 따라 장이를 조나라 왕으로 삼았다. 초나라에서 자주 조나라를 기습했으나, 때마다 장이와 한신이 이를 구원했다. 이제 한신은 동쪽으로 향할 준비를 하고 있었다.

구상유취
口尙乳臭
입에서 젖비린내가 난다

한의 유방이 초의 항우와 천하를 걸고 싸우던 때의 일이다. 위나라 왕 표는 유방을 따라 항우의 군사를 팽성에서 공격했는데, 유방의 군사가 패배하여 형양까지 후퇴했다. 이에 표는 한나라의 패색이 짙다고 보고 초나라의 항우 편에 붙었다. 유방은 신하인 역이기를 시켜 표를 만류했으나, 그는 뜻을 바꿀 기색이 없었다. 후에 유방이 위나라의 표를 치기 위해 한신을 보내자, 떠날 때 한신이 역이기에게 물었다.

"표 군사의 대장은 대체 누구요?"

"백직이라는 자입니다."

유방은 코웃음을 쳤다.

"입에서 젖비린내가 나는구나. 어찌 우리 한신을 당해낼 수 있겠는가?"

유방이 큰소리쳤듯이 표는 도저히 한신의 적수가 되지 못했다. 한신은 순식간에 위나라 군사를 무찌르고 표를 사로잡아 유방에게 압송했다. 끌려온 표가 머리를 조아려 결코 다시는 배반하지 않겠다고 간청하자 유방은 노여움을 거두고 표에게 형양의 수비를 맡겼다.

그러나 후에 초나라 군사의 진격으로 형양이 포위되자, 표를 감시하고자 그곳에 있던 한나라의 신하 주가는 표가 또 항우 편에 붙을 것을 염려하여 그를 죽이고 말았다.

口 입 구 | 尙 오히려 상 | 乳 젖 유 | 臭 냄새 취
상대가 어리고 그의 말과 행동이 유치하다.
[출전] 《사기史記》 〈고조기高祖記〉

경포의 마음을 돌린 수하

　수하 일행은 구강에 도착했으나, 구강왕 경포를 며칠 동안 만날 수가 없었다. 한시가 급한 일이었기에 수하는 무슨 수를 쓰더라도 경포를 만나야만 했다. 경포는 여전히 응답하지 않았다. 수하는 구강왕의 고관인 태재를 불렀다.

　"왕께서 저를 만나지 않는 이유가 초나라가 강대해지고 한나라는 승산이 없다고 여기기 때문이 아닙니까?"

　"지금 초나라에서도 사신이 도착해 있습니다. 처지가 난처하시니 왕께서도 신중하신 것이지요."

　수하는 태재의 말에 단호하게 말했다.

　"만약 이 수하의 말이 타당하다면 받아들이시고, 황당무계하다고 판단되신다면 우리 일행을 참수하시라 전해주시오. 우리를 참수하시면 한나라를 적으로 삼고 초나라를 우방으로 여긴다는 것을 초나라에 분명하게 전하는 것이니, 왕의 처지도 분명해지는 셈이지요. 이렇게 된다면 왕께서 어느 쪽을 택하시든 조금도 손해볼 것이 없을 것이오."

　태재는 곧바로 수하의 말을 경포에게 전했다. 그동안 처지만 난처해진 경포에게 수하의 말은 일리가 있었다. 경포는 수하를 불러들였다.

　"한왕은 대왕께 친서를 바치도록 저에게 명하셨습니다. 그 전에 몇 말씀 여쭙고 싶습니다."

"무슨 말이요?"

"대왕께서 초나라와 친선을 유지해야 하는 이유를 알고자 합니다."

그 말에 경포는 한숨을 내쉬며 말했다.

"나는 항왕의 신하이니 어쩌겠소."

그 말을 들은 수하는 정색을 하며 경포를 설득하기 시작했다.

"처음 대왕과 항왕은 대등한 제후였습니다만 지금은 항왕의 신하로 계십니다. 그것은 현재 초나라가 강대하므로 그 아래 있으면 안전할 거라는 생각 때문일 것입니다. 그런데 초왕은 지난번 제나라를 공략할 때 스스로 나무를 어깨에 메고 병사들과 똑같이 일했던 분입니다. 항왕이 그토록 있는 힘을 다하여 노력하는데 대왕께서도 마땅히 회남의 병력을 총동원하여 몸소 지휘를 맡으시고 초군의 선봉을 맡았어야 했습니다. 하오나 대왕께서는 불과 4,000명 정도의 병력을 파견하셨을 뿐입니다. 신하로서 과연 그런 행동이 용납되겠습니까?"

경포는 수하의 말에 얼굴을 찡그렸다.

"그뿐이 아닙니다. 한왕이 지난번 팽성을 공격했을 때를 잊으셨는지요? 항왕이 제나라에서 달려오기 전에 대왕께서는 먼저 군사를 이끌고 팽성으로 달려오셨어야 했습니다. 하오나 대왕께서는 휘하의 군사 한 명도 회수를 건너게 하지 않았습니다. 단지 그 싸움의 승패를 앉아서 보고만 있었습니다. 그 때문에 지금 항왕이 대왕을 몹시 불쾌하게 여기고 있을 것은 자명한 일이 아니겠습니까? 그렇다고 지금 대왕께서 당장 회남의 군사를 동원한다 하더라도 초나라에 그 힘이 미치겠습니까?"

"그대가 원하는 것이 무엇이오?"

"대왕께서 초나라에 반기를 드는 것이옵니다. 그렇게 된다면 항왕은 더 신경

을 쓰게 될 것입니다. 앞으로 몇 달 동안만 항왕을 괴롭혀주신다면 그동안에 한나라는 천하를 취할 수 있을 것입니다. 대왕의 군사가 천하를 취하는 한나라에게는 더없이 중요한 일을 할 것입니다."

경포는 이제야 고개를 끄덕이며 수하에게 물었다.

"한나라가 천하를 얻게 된다면 나에게는 어떤 이익이 있겠소?"

"우리 한왕께서는 대왕의 은혜를 중히 여겨 천하를 얻은 다음에는 큰 나라 하나를 내어주실 것이옵니다. 잘 생각하셔야 합니다."

이제 수하는 경포의 선택을 기다리고 있었다. 한동안 말없이 수하의 말을 곰곰이 생각하던 경포는 마침내 고개를 끄덕였다.

"알겠소. 그대 말에 따르리다."

경포는 마침내 초나라에 반기를 들 것을 승낙했다. 그러나 이것은 어디까지나 밀약이었다. 수하는 머뭇거리지 않고, 초왕의 사신이 머물고 있는 영빈관으로 향했다. 초나라 사신은 항왕의 명에 따라 원군을 보내라 독촉하고 있던 차였다. 수하는 상좌를 차지하고 앉아 거침없이 그들을 향해 밀약의 내용을 선언했다.

"구강왕 경포께서는 우리 한나라 쪽에 서기로 하셨다. 이미 초나라의 명령은 통하지 않을 것이다."

초나라의 사신은 바로 자리를 떴다. 수하는 지체 없이 경포에게 알렸다.

"일은 결정되었습니다. 이대로 사신을 돌려보내시면 안 됩니다. 즉각 한나라에 협력하셔야 합니다."

"귀공의 말이 옳소. 이렇게 된 바에야 군사를 거느리고 초나라를 공격할 수밖에 달리 도리가 없겠소."

초나라의 사신을 추격하여 처치한 경포는 드디어 군사를 일으켜 초나라를 공격했다. 분노한 항왕은 항성과 용저 두 장군에게 회남을 치도록 명했다.

수개월 후 회남에 출격한 용저는 경포의 군대를 격파했다. 경포는 겨우 수하 몇 명과 함께 샛길로 빠져나와 한나라의 유방을 찾았다. 이제 믿을 수 있는 것은 한왕뿐이었다.

그러나 경포를 맞이하는 한왕은 무례하기 짝이 없었다. 의자에 걸터앉은 유방은 여자들에게 발을 씻기며 경포를 맞이했던 것이다. 순간 경포의 눈앞은 캄캄해졌다. 모든 것은 한순간에 사라져버리고, 치욕을 당하느니 차라리 죽음을 택하고 싶은 경포였다.

낙담한 경포는 숙소로 들어섰다. 경포는 다시 놀라지 않을 수가 없었다. 숙소의 시설이나 장식, 수레는 물론이거니와 시종을 드는 것까지 화려한 유방의 그것과 다름이 없었기 때문이다. 이 융숭한 대접에 경포는 당장 마음이 가라앉았다.

"그대가 패했더라도 남은 군사들이 있을 것이니 가서 군사를 거두어오라."

경포는 얼마 뒤에 구강으로 사람을 보냈다. 그러나 초나라는 이미 항백을 시켜 구강의 군사를 다 거두게 하고 경포의 처자마저 모두 죽인 후였다. 경포의 사자가 옛 친구들과 아끼는 신하들을 찾아내어 수천 명의 무리를 거느리고 한나라로 돌아왔다. 한나라는 구강왕에게 군사를 더 늘려주고 함께 성고에 주둔했다.

진평의 반간계에 희생된 범증

이때 초나라가 쉴 새 없이 한나라의 용도를 침략했다. 오창의 곡식으로 군량미를 대고 있던 한나라에는 큰 타격이었다. 군사의 식량은 모자라기 시작했고, 더는 초나라에 대항할 힘조차 남아 있질 않았다. 이대로 가다가는 성 안에 갇힌 채 죽음을 기다려야 할지도 모를 일이었다. 유방은 장량과 진평을 불렀다.

"어찌하면 좋겠소? 천하를 안정시킬 방도가 없겠소?"

장량도 마땅한 대책을 내지 못하고 있자 진평이 앞으로 나섰다. 기이한 계책을 세우기로 따를 자가 없는 진평이었다. 한때는 의심하며 그 신의를 질책했던 유방이었으나, 이런 때일수록 그의 계책은 반갑기 그지없었다.

"어서 말씀해보시오."

"항왕의 신하 가운데 강직한 자는 아부, 종리매, 용차, 주은 같은 자에 불과합니다. 대왕께서 수만 근의 금을 내어 간첩들을 이용한다면 반드시 그들 간의 틈을 벌려놓을 수 있을 것이옵니다. 항우는 본래 시기가 많고, 남을 헐뜯는 말을 잘 믿는 사람입니다."

진평의 계책에 장량도 고개를 끄덕였다. 항우라면 틀림없이 계책에 말려들 수밖에 없을 것이었다. 그 군신의 멀어진 틈을 비집어 공격한다면 반드시 승리할 것이라고 진평이 덧붙였다. 한왕으로서는 수만 근의 금이 문제가 아니었다.

"좋소."

유방은 선뜻 4만 근의 황금을 내렸다.

진평의 계책은 서서히 초나라 진영을 흔들기 시작했다. 산들바람처럼 퍼지던 첩자들의 말은 점점 초나라 군사들 속에서 술렁거림으로 이어졌다.

"범증이나 종리매처럼 항왕을 위한 공로가 많은 사람에게는 끝내 땅을 나누어주지 않고, 왕으로도 세우지 않으니, 그들이 한나라에 붙어서 항왕을 멸망시키고 그 땅을 나누어 가지려고 한다."

이 소문은 항우의 귀에까지 들어갔다. 안색이 변한 항우는 탁자를 내리치며 화를 삭이지 못했다.

"아부도 그렇다는 말이냐, 아부도?"

"이는 모두 한나라의 술책에 지나지 않습니다. 그들처럼 강직한 신하들이 어찌 폐하께 불만을 품을 수 있겠습니까?"

주위의 간곡한 말에도 항우의 분노는 풀리지 않았다. 옆에서 그럴수록 소문은 항우의 가슴속으로 파고들었다. 항우는 급기야 그들을 감시하라는 명까지 내렸다. 자신에게 불만을 품고 딴 생각을 품는 자들을 용납할 수 없는 항우였다.

"아무리 헛된 소문이라 하더라도 어찌 군사들의 입에서 그따위 소리가 나온단 말이더냐. 철저하게 감시해서 보고하도록 하라."

항우는 점점 그들을 멀리하기 시작했다. 믿을 만한 자들조차 마음속으로는 제 욕심만 가득 채우고 있었다는 생각만으로도 온몸이 떨리는 항우였다.

이제 형양의 유방은 독 안에 든 쥐나 다를 바 없었다. 항우는 포위망을 더욱 좁혀 들어갔다. 당장이라도 형양성을 공격하고 싶었지만, 항우에게는 다른 근심이 있었다. 승승장구하고 있는 한신이 문제였다. 만약 유방이 곤란한 지경에 빠진 것을 안다면 한신이 대군을 이끌고 올 것이고, 그렇게 되면 항우는 오히려 역공을 당할지도 모를 일이었다. 협공? 항우로서도 섣불리 결정할 문제가 아니었다. 그렇다고 범증의 뜻을 따른다는 것도 어딘지 모르게 불안해 견딜 수가 없었다. 이때, 항우를 찾은 것은 한나라의 사신이었다.

"한왕께서는 이미 관중을 얻었으니 초패왕과 싸울 의사가 전혀 없다고 하십니다. 형양성을 경계로 동쪽은 초나라가 차지하고, 성의 서쪽은 한나라가 차지하여 싸움을 그치자는 제안을 하셨습니다."

항우는 범증에게 그의 뜻을 물었다.

"이는 한왕의 얕은 속임수에 불과합니다. 형양성은 이제 우리 초나라의 공격을 감당할 수 없을 것이옵니다. 그런 것을 알고 거짓으로 화의를 청하는 것이오니, 이때를 놓쳐서는 천하를 도모하지 못할 것이옵니다."

항우는 범증의 말에도 일리가 있다고 생각했지만, 결정을 내릴 수가 없었다. 범증에 대해 떠도는 소문도 아직 그 진위를 가리지 못하지 않았던가. 섣불리 성을 공격하다가 이 모든 것들이 함정이 되어, 한신의 대군까지 합세하게 된다면 초나라는 결국 끝나버리고 말 것이었다. 항왕은 고민 끝에 수일 내로 사신 편에 답을 보내겠다고만 했다.

진평은 이 소식을 듣고는 기뻐하며 이간책의 절반이 성공했음을 유방에게 보고했다.

"이는 항왕이 범증을 의심하고 있음을 보여주는 것입니다. 그렇지 않았다면 항왕은 범증의 계책에 따라 공격을 했을 것입니다. 항왕의 어리석음이 이와 같으니 어찌 초나라

권圈
금속으로 된 링이다. 손으로 잡고 싸우면 주먹과 같은 구실을 한다. 형태는 여러 가지인데, 링 안쪽에 칼날이 있으면 적의 무기 손잡이나 손을 벨 수 있고, 바깥쪽에 칼날이 있으면 적을 찌르거나 벨 수 있다.

중국 고대의 무기

가 멸망하지 않겠나이까?"

"역시 선생다운 지략이오."

항우가 얼마 지나지 않아 한나라에 사자를 보냈다. 사자가 그곳에 도착하자 진평은 계획대로 태뢰太牢(나라에서 제사를 지낼 때, 소를 통째로 바치던 일. 또는 그 소)를 다 갖추어 준비하게 했다. 그러고는 음식을 내오다가 초나라 사자를 보고 짐짓 놀라는 체하며 말했다.

"아부의 사자인 줄 알았는데 항왕의 사자로군!"

진평은 음식을 다시 갖고 들어갔다가 조악한 채소로 바꾸어 내오도록 하자 초나라 사자는 화가 나서 돌아갔다. 사자가 귀환하여 이를 모두 항우에게 보고하자, 항우는 과연 범증을 크게 의심했다. 범증은 급히 형양성을 공격하여 떨어뜨리려 했으나, 항우는 범증의 말을 들으려 하지 않았다. 항우가 자신을 의심하는 것을 안 범증은 마침내 노하여 말했다.

"천하의 일은 대체적으로 정해졌으니 군왕께서 스스로 처리하십시오. 저는 물러나겠습니다." ▪

걸해골乞骸骨
늙은 재상이 나이가 많아 조정에 나오지 못하게 될 때 임금에게 그만두기를 주청함을 이르는 말이다.

그렇게 항우를 떠난 범증은 팽성에 이르지도 못하고 등에 종기가 나서 죽고 말았다.

乞骸骨 걸해골

해골을 구걸하다

유방은 기원전 203년 항우가 반란을 일으킨 팽월, 전영 등을 치기 위해 출병한 사이에 초나라의 도읍인 팽성을 공략했다가 항우의 반격으로 형양에 도망쳤다. 그러나 수개월 후 군량 수송로까지 끊겨 더는 지탱하기 어렵자 유방은 항우에게 휴전을 제의한다.

항우는 응할 생각이었으나 범증의 반대로 쉽게 이루어지지 않았다. 이 사실을 안 유방의 참모 진평은 '범증이 항우 몰래 유방과 내통하고 있다'고 초나라에 헛소문을 퍼뜨렸다. 이에 화가 난 항우는 은밀히 사신을 유방에게 보냈다. 진평은 정중히 초의 사신을 맞이하며 물었다.

"범증께서는 안녕하십니까?"

사신은 불쾌해 하며 자신은 초패왕의 사신으로 왔다고 대답했다. 진평은 짐짓 놀란 체하면서 잘 차린 음식을 소찬으로 바꾸게 한 뒤 말없이 나가버렸다. 초나라 사신이 돌아와서 그대로 전하자 항우는 범증이 유방과 내통하고 있는 것으로 확신하고 그의 모든 권리를 박탈했다. 이에 범증은 크게 노하며 말했다.

"천하의 대세는 이미 결정된 것 같으니, 전하 스스로 처리하시옵소서. 신은 이제 '해골을 구걸하여乞骸骨' 초야에 묻힐까 하나이다."

항우는 어리석게도 진평의 책략에 걸려 유일한 모신을 잃고 말았다.

乞 빌 걸 | **骸** 뼈 해 | **骨** 뼈 골

늙은 재상이 나이가 많아 조정에 나오지 못하게 될 때 임금에게 그만두기를 주청하다. (심신은 주군에게 바친 것이지만 뼈만은 돌려 달라는 뜻으로, 자신의 몸을 해치지 말고 돌아가게 해달라는 뜻이다.)

[출전] 《사기史記》 〈항우본기項羽本記〉

범증의 죽음에 분노하는 항우

범증의 어이없는 죽음은 항우의 분노로 이어졌다. 며칠을 목 놓아 울어도 좀체 그 분노는 삭지 않았다.

"이 자리에서 유방의 목을 베지 않으면 반드시 후회할 것입니다."

지난날 범증의 말이 또렷하게 귀에 들리는 것만 같았다.

쉴 새 없이 범증의 환청에 시달리던 항우는 주위를 돌아보았다. 말없이 고개를 숙인 부하들에게도 면목이 없었다. 이 모든 것이 유방의 잔꾀에 속은 자신의 탓이었다.

"당장 저 형양성을 쑥대밭으로 만들어야 한다."

"이제는 독 안에 든 쥐일 따름입니다."

"쥐새끼 한 마리 빠져나가지 못하도록 도륙할 것이다. 반드시 유방을 잡아 내 앞에 끌고와야 할 것이다."

항우는 온몸을 부르르 떨며 총공격을 명했다. 형양성의 한나라 군사들의 저항도 만만치는 않았다. 성벽은 두꺼웠고, 범증을 잃은 초나라 군사들의 사기도 시일이 지날수록 현저하게 떨어지고 있었다. 공격은 쉴 틈 없이 계속되었다.

한편, 한나라 진영에서는 항우의 거센 공격에 마땅한 대비책도 없는 상황이었다. 이대로라면 얼마 버티지 못하고 무너질 것이 뻔했다. 이 시점에 유방은 한신이 아쉬웠지만, 너무 멀리 있었다. 유방은 급하게 회의를 소집해 대책을 강구하고자 했다. 장량조차도 마땅한 대책을 세우지 못하고 있었다. 그때 진평이 다시 나섰다.

"이제 폐하께서는 이 성에서 빠져나가셔야만 합니다. 그래야 뒷날을 기약할 수 있을 것입니다. 예전에 제나라와 진나라가 싸울 때 제의 경공이 큰 패배를 당해 쫓기던 때가 있었습니다. 그때 늙은 농부가 경공 앞에서 이렇게 말했지요. '대왕께서는 어서 수레에서 내리셔서 숨어야 합니다. 그리고 소신과 옷을 바꾸어 입으셔야 합니다'라고 말입니다. 그러자 경공은 고개를 저으며 그럴 수 없다고 했지요."

이 말을 듣고 있던 유방도 고개를 저으며 말했다.

"어찌 내 목숨을 구하자고 백성을 버릴 수 있단 말이오?"

"한 백성의 죽음은 떨어지는 나뭇잎 하나에 지나지 않지만, 왕이 없으면 모든 백성도 있을 수 없다고 했습니다. 왕의 옷을 입고 수레에 탄 늙은 농부는 진나라의 군사들에게 잡히고 말았습니다. 진의 군사들이 분노해서 노인을 죽이려 하자 늙은 농부는 이렇게 말합니다. '만일 너희가 나를 죽인다면 이후에 누가 왕을 위해 목숨을 내놓겠느냐.' 그들은 차마 노인을 죽일 수 없었다고 합니다."

묵묵히 진평의 말을 듣고 있던 장수들의 얼굴에 화색이 돌기 시작했다. 유방조차 진평의 말에 아무런 대꾸도 할 수가 없었다. 그때 기신이 앞으로 나서며 말했다.

"신이 하겠나이다. 신이라면 쉽게 폐하라고 속일 수 있을 것이니, 폐하를 위해 이 한 몸을 바치겠나이다."

기신은 한눈에도 유방의 모습을 닮은 장수였다. 선뜻 제 목숨을 내놓겠다고 나선 기신을 보며 유방은 눈물만 흘릴 따름이었다. 이때 진평은 기신의 뜻을 기리며 예를 갖추었다.

"장군의 그 의로움을 모두 본받을 것이오. 참 장하신 결정이옵니다."

진평은 장량과 함께 모의했다. 항우의 불 같은 성격이라면 이번 계책도 이룰 수 있을 것이었다. 장량은 성 안에 2,000여 명의 여인들을 준비하고, 황색 덮개와 대장기를 꽂은 유방의 수레에 기신을 태워 성 밖으로 내보낼 작정이었다. 분명 항우의 군사들은 경계를 소홀히 할 것이고, 자신들이 속은 것이라고는 생각지 못할 것이다. 하지만 서둘러야만 했다. 기신이라는 것을 알아채기까지는 그렇게 오래 걸리지 않을 것이다. 그 사이에 유방을 안전한 곳까지 모셔야만 했다.

진평과 장량은 기신에게 계책을 모두 일러주고, 정중하게 예를 표했다. 이제 마지막 가는 길이었다. 기신은 그런 진평과 장량에게 웃음을 보일 뿐이었다.

"이것이 모두 폐하를 위한 일이니, 어찌 슬픔이 있겠소? 이미 모든 것은 하늘에 맡긴 몸이올시다."

기신은 당당하게 수레에 올랐다. 수레가 서서히 성을 빠져나가고, 병사들은 일제히 항복의 뜻을 외치기 시작했다.

"이제 먹을 것이 떨어져 한왕은 항복하겠소."

초나라 진영에서 잠시 술렁거리는 듯하더니, 일제히 환호성을 질렀다. 성을 나서는 유방의 행렬을 구경하기 위해 초나라 군사들은 저마다 성 앞으로 몰려들었다. 장량과 진평은 때를 놓치지 않고, 수십 기의 기병들의 호위 속에 유방과 함께 몰래 성을 빠져나갔다.

이 소식을 접한 항우는 직접 유방의 항복을 보기 위해 행렬을 지켜보고 있었다. 저런 자였단 말인가. 항우는 당장 쫓아가 유방의 목을 베어버리고 싶었다. 저렇듯이 졸렬한 자였다니 믿을 수가 없었다. 항우는 아직도 분이 풀리지 않은 목소리로 당장 유방을 자기 앞에 끌어오도록 했다.

"유방은 어디 있는 것이냐?"

부하 장수들에게 끌려온 자는 유방과 비슷하기는 했지만, 유방이 아니었다. 항우는 두 눈을 부릅뜨고 기신을 노려보았다.

"유방은 어디 있더냐?"

분노에 찬 항우의 목소리는 쩌렁쩌렁 울렸다. 단칼에 기신의 목을 날려버릴 기세였지만, 기신은 조금도 흐트러지지 않은 표정으로 항우에게 말했다.

"나는 폐하를 대신해 온 기신이오. 한왕께서는 이미 성을 떠난 지 오래되었소."

"무엇이라고? 이런 죽일 놈이 있느냐."

항우는 온몸을 부르르 떨며 어쩔 줄을 몰라 했다.

"이미 성을 떠났다니? 이번에도 이 항적(항우, 본명은 적籍이며, 우羽는 그의 자이다)을 속였단 말이더냐?"

"천하는 이제 한왕에게 돌아갈 것이니, 그대도 우리 폐하께 항복하는 것이 옳을 것이오. 어찌 지혜로운 한왕을 따르지 않을 수 있겠소?"

기신의 웃음소리가 항우의 가슴에 비수처럼 박혔다. 환호성을 질러대던 항우의 진영에서도 이내 술렁거리기 시작했다. 항우는 기신의 얼굴을 기가 막힌 듯 쳐다보고 있었다. 어찌 저런 자가 유방에게만 있단 말인가. 저런 자가 자신에게도 있었다면 천하는 반드시 항우 자신의 손안에 들어올 것이었다.

"저자를 당장 끌어내 팽살烹殺(중국 고대의 형벌 중 하나로, 삶아 죽이는 형벌이다)하도록 하라. 또한 쥐새끼처럼 달아난 유방은 얼마 가지 못했을 것이니, 계포와 용저에게 군사를 주어 잡아들이도록 하라. 반드시 잡아들여야만 한다."

항우는 기신을 불태워 죽이고, 군사들을 풀어 유방을 쫓도록 했다. 용저와 계포의 군사들은 쏜살같이 뒤를 쫓았지만 유방을 잡지 못하고 돌아오고 말았다.

"당장 성을 공격하라. 한 놈도 살려두지 마라."

항우의 군사들이 벌떼처럼 성으로 달려들었다. 그러나 성 안에서는 이미 항우의 공격에 대비하고, 성문을 단단히 걸고 있었다. 항우의 군사들의 공격에도 성은 끄떡도 하지 않았다. 주가와 종공은 한왕의 명을 받아 성을 지키고 있었다.

"성은 쉽게 함락되지 않을 것이오. 다만……."

"무엇이오? 성은 군사들이 목숨을 내걸고 지키고 있소이다."

주가는 잠시 생각에 잠겼다가 말을 이었다.

"한 번 나라를 팔아먹은 놈이라면 어찌 두 번 그런 일이 없겠소? 이런 때일수록 군사들은 흔들리기 쉬운 법이오. 위표란 자가 아무래도 의심스럽소. 이런 때 안에서 항우에게 내통하는 자가 있다면 성이 무너지는 것은 시간 문제일 것이니, 위표는 살려두어서는 안 될 것이오."

주가의 말에 종공도 고개를 끄덕였다.

"은밀하게 위표의 동태를 살펴야겠소. 항왕의 공격이 매서우니 분명 움직일 것이오."

주가와 종공은 위표의 동태를 면밀히 살피도록 명을 내렸다. 위표는 생각보다 빠르게 움직이고 있었다. 한왕에게 모든 것을 빼앗긴 위표로서는 공을 세우기만 한다면 어렵지 않게 잃은 것들을 찾을 수 있을 것이었다. 위표는 주가와 종공의 눈을 피할 수 없었다. 은밀하게 성 밖으로 연락을 취하다가 덜미가 잡히고 만 것이다.

"잘 보아라. 배신하는 자들의 말로이니라."

주가는 망설임 없이 위표의 목을 베어 성에 내걸었다. 여전히 항왕의 공격은 쉴 새 없이 이어지고 있었다.

한신의 군사를 빼앗은 유방

달아난 유방은 그 길로 북쪽으로 향하여 황하를 건넜고, 소수무의 역사에 도착했다. 유방은 장량, 진평과 함께 한신의 진영으로 가고 있었다. 한신의 군사를 얻을 수 없다면 유방으로서는 절망적인 상황이었다. 어떻게 하든지 한신의 군사를 장악해야만 했다. 유방은 초조하게 소수무에서 밤을 보내고 있었다.

"한신은 이미 대군을 이끌고 있는 대장군이오. 섣불리 군사를 내주지는 않을 것이니, 어찌하면 좋겠소?"

장량도 한동안 말이 없었다. 한신은 그동안 승승장구하면서 제를 공략하기 위해 군사를 훈련시키고 있는 중이었다. 조금의 빈틈도 보이지 않는 한신이었다. 군사들은 한신의 명에 일사분란하게 움직였고, 뛰어난 전략으로 대적할 자가 없었다. 장량은 고심 끝에 한 가지 방안을 내놓았다.

"한나라 사자로 위장해서 들어가는 방법밖에는 없을 듯합니다. 깊은 밤 대장군의 처소로 들어가 먼저 인수를 빼앗아야만 합니다. 장수가 인수를 빼앗긴다면 그 어떤 변명으로도 대장군의 위엄을 보일 수가 없을 것이니, 그의 군사는 자연스럽게 폐하의 휘하에 들게 되는 것입니다."

"이젠 우리가 사자로까지 위장해야 한단 말인가?"

유방은 쓸쓸함을 감출 수가 없었다. 그렇다고 지금 체면을 따질 때가 아니지 않은가. 유방은 장량의 말에 따라 한나라 사자의 복장으로 위장했다.

"우리가 제나라를 향해 군사를 직접 움직일 수는 없는 일이지 않소?"

"한신이 명장이라는 것은 누구나 알고 있는 일이옵니다. 그는 평범한 군사들이라도 정예군으로 만들어 쓸 줄 아는 장수입니다. 폐하께 군사를 넘긴다 하더라도 다시 군사를 모아 제를 칠 수 있을 것이옵니다. 또한 이번 일로 한신이 원망을 하게 될지도 모르니, 멀리 보내는 것이 좋을 것입니다."

"으음……. 좋소. 그럼 오늘밤 행하도록 준비하시오."

깊은 밤, 유방은 스스로 한나라의 전령傳令(명령을 전하는 사람)이라 외치며 한신의 진영으로 말을 달려 들어갔다. 장군인 장이와 한신은 아직도 깊은 잠에 빠져 있었다. 유방은 그 길로 두 장군의 침실에 들어가 인수를 빼앗았다. 장군의 인수를 쥔 유방은 곧 장수들을 소집하고 새롭게 군사들을 정비했다.

그제야 소란함에 눈을 뜬 한신과 장이는 놀라서 유방 앞에 무릎을 꿇었다. 이미 군권은 유방의 손에 들어가 있었다.

"어찌 이렇게 태만할 수가 있단 말인가? 한나라 군사들은 초나라 군사와 맞서 밤낮으로 싸우고 있는 이때에 세상 모르고 잠에 빠져 있다니?"

유방은 짐짓 목소리를 높여 꾸짖었다.

"신들이 어찌 태만할 수 있겠사옵니까? 군사들은 계속된 싸움으로 피로가 누적된 상태입니다. 그들에게는 적절한 휴식이 필요하고, 또한 기강을 바로 하기 위해서 훈련을 병행하고 있는 것입니다."

한신의 말에 유방은 다시 꾸짖었다.

"짐이 들어오는 줄도 몰랐으면서 어찌 변명을 늘어놓는 것인가?"

한신과 장이는 할 말이 없었다. 유방은 곧 장이에게는 조나라를 지키라 명했고, 한신에게는 조나라에서 군사를 모아 제나라를 공략하라고 명했다. 한신은

졸지에 모든 군사들을 유방에게 내줄 수밖에 없는 상황이었다. 장량과 유방은 한신의 군사들을 거두었다. 순식간에 이루어진 일이었다.

"한신이 명장이기는 하오나, 제나라만은 함락시키지 못했습니다. 제나라 사람들은 변덕이 심하고, 초나라가 가까우니 그들이 배반할 것이 두렵습니다."

역이기가 조심스럽게 나섰다. 이제 한신이 공을 들였던 군사들은 자신이 이끌고 있었고, 한신에게는 까마귀 같은 군사들만을 남겨둔 후였다. 유방도 내심 역이기의 말에 공감하고 있었다.

"한신이 아니라면 누가 제나라를 물리칠 수가 있단 말이오?"

"설령 수만의 군사를 보내더라도 쉽게 깨뜨리지는 못할 것이니, 청컨대 조서를 받들어 신이 제나라 왕을 설득하여 한나라의 신하가 되도록 하겠나이다."

"선생이 말이오?"

놀라운 말이었다. 명장 한신이 하기에도 벅찬 일을 달랑 세 치 혀로 해보겠다고 나서는 역이기였다. 유방은 흔쾌히 허락했다. 역이기라면 가능할 수도 있는 일이었다. 역이기는 곧장 제나라로 수레를 몰았다.

"왕께서는 천하가 누구에게 돌아갈 것이라 여기십니까?"

역이기의 말에는 거침이 없었다. 제나라 왕은 이미 한나라의 군사들이 자신을 향해 창검을 번뜩이고 있는 상황인지라, 당황스러운 질문에 미처 대답을 하지 못했다.

"한나라에 돌아갈 것입니다. 한왕은 먼저 함양에 들어갔습니다. 그러나 항왕은 약속을 저버리고 한왕을 한중의 왕으로 봉했습니다. 또 항왕은 의제를

역이기
사람들은 미치광이라고 했지만, 유방을 만나 그 뜻을 펼치기 시작한다. 외교 활동에서 큰 공을 세웠다.

강남으로 쫓아보냈다가 죽였습니다. 이 소식을 들은 한왕은 촉과 한에 있는 군사를 일으켜서 삼진을 치고 함곡관을 나와 의제를 시해한 책임을 물었습니다. 그런 뒤 천하의 군사를 거두어 제후들의 후예를 세웠습니다. 또한 성을 함락시킨 후 곧바로 그곳 장수들을 제후로 책봉했고, 물건을 얻으면 군사들에게 나누어주었습니다. 천하와 함께 그 이익을 나누었으니 호걸과 영웅과 현명한 인재들이 모두 그에게 복종하고 있습니다. 반면 항왕은 약속을 어기고, 의제를 죽이는 죄를 저질렀습니다. 또한 다른 사람이 세운 공로는 기억하지 않으면서, 다른 사람이 저지른 죄에 대해서는 잊는 일이 없습니다. 전투에서 이겨도 상을 내리지 않고, 성을 함락시켜도 제후에 봉하지 않으며 항씨 성을 가진 사람이 아니면 높이 등용하지 않습니다. 그러다 보니 천하 사람들이 그를 배반하고, 똑똑한 인재들이 그를 원망하며 그를 위해 일하지 않으려 합니다. 그러므로 천하가 한나라 왕에게 돌아가게 될 것임을 앉아서도 짐작할 수 있습니다. 한나라 왕이 촉과 한 지역의 군사를 내어 삼진을 평정했고, 서하에서 황하를 건너서 북위를 깨뜨리고 정형을 나와서 성안군을 죽였으니, 이는 사람의 힘으로 한 것이 아니고 하늘이 내려준 복입니다. 이제 오창의 양곡에 의지하여 성고의 험한 곳에서 막고, 백마나루를 지키며, 태행의 가파른 길과 비호의 입구를 막고 있습니다. 천하의 제후들 가운데 나중에 항복하는 사람은 먼저 죽게 될 것입니다. 왕께서 빨리 먼저 한나라 왕에게 복종하시면 제나라는 보호받을 수 있을 것입니다. 그렇지 않으면 위험을 서서 기다리는 것이지 않겠나이까?"

제왕은 고민에 빠졌다. 이미 화무상과 전해가 이끄는 군사들이 역하에서 한나라 군사들을 대비하고 있었다. 한신의 군사들이라 두려움에 떨고 있는 것도 사실이었다. 역이기의 말대로라면 제나라는 피를 흘리지 않아도 되는 일이었다. 제나라 왕은 역이기의 말에 역하의 방어를 풀고 한나라의 뜻을 받아들이기로 했다. 그러고는 연회를 베풀어 종일토록 역이기와 술을 마셨다.

　이 소식은 급히 한신의 진영에 전해졌다.

　"역이기가 이미 제왕을 설복했다고 합니다."

　괴철은 고개를 갸웃거리며 한신을 바라보았다.

　"이대로 군사를 돌려서는 안 됩니다."

　"하지만 사자의 보고가 있지 않았소이까?"

　"제나라를 치라는 조서가 있었을 뿐이지, 어디 공격을 멈추라는 조서가 있었나이까? 또한 역생은 한낱 선비로 세 치 혀를 휘둘러 제나라 70여 개의 성을 떨어뜨렸습니다. 그런데 장군께서는 1년 동안 수만 명의 군사로 50여 개의 성을 떨어뜨렸을 뿐이니, 그동안 한 일이 한낱 유생 한 놈만 못하단 말입니까?"

　괴철의 말에도 일리가 있었다. 자신의 군사들조차 모조리 거두어간 유방이었다. 이제 유생에 비해 자신의 초라한 공적을 질책당할 것에도 울화가 치밀었다. 한신은 군사를 그대로 제나라로 향하게 했다.

　한신이 제나라 역하에 있는 군사를 격파하고 임치에 이르렀다. 그러자 역이기가 자신을 속인 것이라며 분노하던 제왕은 그를 삶아 죽이라고 명했다. 역이기는 자신의 결백을 주장했으나, 이미 한나라 군사는 제의 수도를 향하고 있었으니 변명 또한 할 수가 없어 그대로 죽음을 맞을 수밖에 없었다. 제왕은 이에 급하게 군사를 이끌고 동쪽으로 향해 초나라에 구원을 요청했다.

제5편
붉은 용이 하늘에 오르다

항우의 힘과 유방의 지혜

  유방은 한신의 군사를 이끌고 황하를 따라 남쪽으로 향했다. 역시 한신의 군사들이었다. 충분한 휴식과 훈련으로 단련된 군사들인지라 몸놀림이 빠르고, 생기가 넘쳤다. 유방은 흡족하게 미소를 지으며 소수무에 이르러 다시 항우에게 맞설 계책을 강구하고 있었다. 이만한 군사들이라면 당장이라도 항우의 군사를 물리칠 수 있을 것 같았다. 그때 시종인 정충이 앞으로 나섰다.

  "아직은 수비에 만전을 기하는 것이 상책이옵니다."

  "그렇습니다. 주력군으로 항우에 맞서기보다는 기습병들로 적의 후방을 교란하는 것이 나을 것입니다. 팽월에게도 초군의 보급로를 공략하게 하여 초나라 군사들을 더욱 지치게 할 필요가 있사옵니다."

  이에 유방은 유가와 노관에게 병졸 2만 명과 기병 500명을 주어 초군의 후방을 공략하게 하는 한편, 팽월과도 공동 작전을 펼쳐 보급로와 후방을 교란하게 했다. 항우는 마치 사냥개에 쫓기는 멧돼지처럼 이리저리 물어뜯기기 시작했다. 보급로가 차단되는가 하면, 팽월이 양 땅을 헤집으며 17개 성읍을 함락시켰다는 보고가 끊이질 않았다. 항우는 바짝 약이 올라 성고의 수비를 조구에게 맡기고 팽월을 치기 위해 직접 군사를 움직였다.

  "성고의 수비를 맡길 것이니, 유방이 도전해오더라도 결코 싸워서는 안 될 것이오. 이곳에 발을 묶어두기만 하면 될 것이오. 과인은 지금부터 양 땅으로 가서 성읍을 탈환할 것이니, 절대 성문을 열고 싸움에 응해서는 안 된다는 것을 명심하도록 하시오."

항우는 급하게 양 땅으로 향해 진류, 외황, 수양 등 팽월에게 빼앗긴 성읍을 모조리 탈환했다.

초나라의 깃발을 내건 성고성은 굳게 성문을 닫고 있었다. 유방은 급히 성고성을 함락하라는 명을 내렸지만, 도무지 조구의 군사들은 싸움에 임하지 않았다. 장량은 군사들에게 성 밖에서 날마다 조구에게 욕설을 퍼붓도록 했다. 조구는 성격이 급하니, 결국엔 참지 못하고 싸움에 임할 것이었다. 항우도 이런 점을 알고 있었기에 신신당부를 하며 싸우지 말라고 이른 것이다.

마침내 참다못한 조구는 성 밖으로 나와 사수를 건너 한군을 공격했다. 조구의 군사들이 몰려오자 한나라 군사들은 짐짓 달아나는 척하다가 장량의 계략에 따라 일시에 초나라 군사를 공격하기 시작했다. 역공을 당한 조구는 문득 정신을 차렸지만, 이미 초나라 군사들은 무참하게 공격당하고 있었다. 항우의 불같은 성격에 살아남을 수도 없는 일이었고, 이미 한군은 턱밑에까지 쫓아오고 있었다. 조구는 스스로 죽음을 택할 수밖에 없었다. 한나라 군사들은 성고성을 완전히 격파하고, 성 안의 금은보화를 모두 수중에 넣었다. 유방은 그 기세를 몰아 광무까지 진격했고, 기름진 오창을 손에 넣었다.

허탈해진 것은 항우였다. 양 땅에서 동분서주하며 10여 개의 성읍을 탈취했지만 정작 성고성이 함락되었다는 소식을 접했던 것이다. 항우는 곧장 군사를 이끌고 서쪽으로 내달렸다. 지친 군사들을 광무에 주둔시킨 항우는 유방과 대치하기 시작했다. 당장이라도 군사를 이끌고 나와 천하의 주인을 가르고 싶었지만, 유방은 응하지 않았다. 유방의 뒤에는 오창의 양식이 있었던 탓이다. 하지만 항우의 초나라에서는 군량이 바닥나기 시작했다.

"내 그토록 성고를 지키라 했건만……. 이제 남은 건 단 하나의 방법뿐이다."

항우의 말에 항백은 놀라 다시 물었다.

"지금은 군사를 물리고 다시 기회를 볼 수밖에 없소. 어떤 방법이 있단 말이오?"

"대를 만들어 태공을 묶어 놓아라. 항복하지 않는다면 내 태공을 삶아버릴 것이다."

한나라 진영에서 볼 수 있도록 높다란 대를 만들어 태공을 올려놓고는 유방에게 사자를 보내 항복하지 않는다면 태공을 죽일 것이라 전했다. 그러나 유방은 눈 하나 깜짝하지 않았다.

"나는 항우와 함께 회왕의 명을 받는 신하이기도 했지만, 형제가 되기로 약속하기도 했으니, 내 아버지가 곧 그대의 아버지일 것이오. 기어이 삶아 죽이겠거든 나에게 삶은 국물 한 그릇 나누어주면 좋겠소."

그 말에 노한 항우는 태공을 죽이려 했다. 그러자 항백이 말리며 나섰다.

"천하가 어찌 돌아갈지 아직 알 수 없소이다. 또한 저 유방은 천하를 위해서는 집안도 돌아보지 않는 사람이니 태공을 죽인다 해도 아무런 이득 없이 화만 보탤 뿐이오."

항우는 하는 수 없이 태공을 죽이지 않았

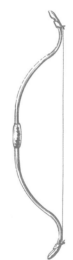

고대 중국의 무기

궁弓

100미터 이내에 있는 목표를 향해 쏠 수 있다. 짧은 시간 동안 많은 화살을 쏠 수 있다는 것이 장점이며, 사용하는 사람의 팔 힘과 기량에 따라 명중률이 달라진다.

다. 하지만 지금 이 상태가 지속된다면 초군은 굶어 죽고 말 것이다. 항우는 답답한 마음에 계곡을 사이에 두고 마주한 한왕에게 다시 전했다.

"천하가 흉흉한 지 몇 년인데, 이는 우리 두 사람 탓임을 잘 알 것이오. 그러니 나는 한나라 왕과 직접 싸워 자웅을 겨루고 싶소. 천하의 많은 백성들을 헛되이 고생시키지 맙시다."

그러나 한나라 왕은 웃으면서 사양했다.

"나는 지혜를 가지고 다툴지언정 힘으로 다툴 수는 없소."

항왕이 장사를 시켜서 세 번이나 한나라에 싸움을 걸게 했으나, 한나라 진영에서는 말을 달리며 활을 잘 쏘는 누번이란 사람이 이들을 매번 쏘아 죽였다. 크게 노한 항왕은 스스로 갑옷을 입고 창을 잡고 달려나갔다. 누번이 또 활을 쏘려고 하자 항왕이 눈을 부릅뜨고 괴성을 질렀다. 그러자 누번은 괴성에 놀라 감히 항우를 쳐다보지도 못했고, 활을 쏠 수도 없었다. 잽싸게 성 안으로 달아난 누번은 정신이 나간 듯 꼼짝도 하지 않았다. 유방도 놀라 그가 누군지 알아보게 했다.

"다름 아닌 항우라 합니다."

유방은 저도 모르게 고개를 절레절레 흔들었다. 저런 자와 단 둘이서 맞섰다가는 단칼에 목이 떨어지리라 싶어 온몸이 떨렸다. 항우를 상대할 자가 천하에 있을까 싶었다. 하지만 이제는 독 안에 든 쥐의 꼴이니 어쩔 수 있으랴.

"한왕은 어찌 그리 비겁한 것이오. 군사들에게 부끄럽지도 않소? 군사들을 수고롭게 하지 말고, 나와 단 둘이서 천하를 걸고 자웅을 겨룬다면 그 누구도 따를 것이지 않소?"

항우의 말에 군사들도 술렁거렸다. 유방은 쥐 죽은 듯 항우의 욕설을 듣고만 있을 수가 없었다. 한나라 군사들의 사기는 항우의 쩌렁쩌렁한 목소리에도 꺾이고만 있었다. 유방은 멀리 떨어져서 항우를 향해 목소리를 높였다. 다분히 한나라 군사들의 사기를 위해서였다.

"어찌하여 항우는 비겁함을 운운하는가? 이제 그대의 죄목을 말할 것이니, 귀가 있다면 똑똑히 들으시오. 항우는 약속을 어기고 나를 촉과 한 지역에서 왕 노릇을 하게 했으니 이것이 첫 번째 죄요, 경자군관 송의를 속여 죽인 것은 두 번째 죄이며, 조나라를 구원하고 돌아와 보고하지 않고 제후들의 군사를 멋대로 겁주어서 관중으로 들어오게 한 것은 세 번째 죄이다. 또한 진나라 궁실을 불태우고 시황제의 무덤을 파헤쳐 그의 재물을 사사로이 거두었으니 그것이 네 번째 죄요, 진나라의 항복한 왕인 자영을 죽인 것은 다섯 번째 죄이며, 진나라의 자제 20만 명을 속여서 신안에다 묻어버린 것은 여섯 번째 죄이고, 여러 장수들은 왕으로 임명하여 좋은 곳에 있게 하면서 옛날부터 왕이었던 사람들은 다른 곳으로 쫓아낸 것은 일곱 번째 죄이다. 의제를 내쫓고 팽성에 스스로 도읍을 정한 뒤 한나라 왕의 땅을 빼앗고, 양나라와 초나라 지역을 약탈하여 왕 노릇 하며 스스로 많은 토지를 가진 것은 여덟 번째 죄이고, 사람을 시켜서 의제를 강남에서 몰래 죽인 것은 아홉 번째 죄이며, 정치를 공평하게 처리하지 못하고 군주의 약속을 믿지 않았으며, 천하 사람들을 받아들이지 않아서 대역무도했으니 이것이 열 번째 죄이다. 나는 의로운 군사를 가지고 제후들을 좇아 잔학한 도적놈을 주살하려는 것인데, 어찌 고생스럽게 공과 더불어 맞대결을 한단 말이오?"

이 말을 들은 항우는 분노하여 매복시켰던 궁수에게 한나라 왕을 쏘라고 했다. 궁수가 이내 쇠뇌를 당겨 화살을 쏘았다. 유방은 화살을 피하지 못한 채 가슴에 맞았다. 그리고 이내 또 발을 만지작거리면서 말했다.

"비겁한 것이 누구인가 똑똑히 보아라. 적군이 내 발을 맞혔구나."

성 안으로 급히 몸을 피한 유방은 이내 상처를 치료했다. 한동안 가슴의 상처는 깊어갔지만, 이대로 누워만 있게 할 수는 없었다. 장량은 조심스럽게 유방에

게 말했다.

"만일 왕께서 군사들에게 모습을 보이지 않는다면, 분명 상처가 깊어서라고 생각할 것입니다. 이는 군사들의 사기를 현저하게 떨어뜨릴 것이오니, 힘이 들더라도 군사들을 시찰하셔야 하지 않겠나이까?"

유방은 일어서는 것조차 힘에 겨웠지만, 장량의 말에 억지로 일어나 군사들을 위로하며 시찰했다. 장량의 말은 옳았다. 초나라의 진영에서는 올랐던 기세가 꺾였고, 한나라의 진영에서는 일시에 환호성이 터져나왔다. 하지만 유방의 상처는 깊었다.

제왕 한신의 고민

임치를 평정한 한신은 제나라 왕을 추격했다. 구원을 요청한 제왕에게 초는 20만의 군사와 함께 용저를 내보냈다. 용저는 군사를 이끌고 제왕의 군사와 합류해 유수를 사이에 두고 한신과 마주했다. 용저는 이번 기회에 공을 세워 제나라를 차지하고 싶은 욕망에 불타고 있었다.

"내 그자에 대해 이미 알고 있소."

"한신은 명장이라고 소문난 장수요, 그것을 말하는 것이오?"

제왕이 묻자, 용저는 비웃으며 말했다.

"한신이란 자가 명장이라? 그자는 한낱 비겁한 자일 뿐이오. 빨래하는 여인에게서 밥을 빌어먹던 자였소. 또 바짓가랑이 사이를 기어서 나가 모욕을 받았던 그런 위인이란 말이오. 한신은 고작 두 명도 상대하지 못할 자인데, 어찌 두려워한단 말이오? 싸우면 반드시 이길 것이니, 무엇을 주저하겠소."

적의 장수가 용저라는 말을 듣고는 한신은 신중히 생각했다. 그는 분명 자신을 업신여기고 있을 것이었다. 만일 패하는 것처럼 보이기만 하더라도 군사를 몰아쳐 유수를 겁도 없이 건널 자였다.

유수는 강폭이 좁고, 물살이 거센 곳이었다. 한신은 이내 군사들에게 명을 내렸다. 깊은 밤 1만여 명의 군사들에게 자루에 모래를 가득 채워 상류를 막게 했다. 상류에서 물을 막자 유수는 이내 군사들이 건널 만큼의 수량밖에는 없었다. 아직 날은 밝지 않았다. 한신은 군사들에게 유수를 건너 제와 초를 공격하다가 도망치라고 했다. 이에 용저는 한신의 예상대로 군사를 몰아쳐 단번에 한신의 군사를 공격하기 시작했다.

"한신이 겁쟁이라는 것을 이제야 알겠소? 겁쟁이 한나라 군사들을 한 놈도 살려두지 마라."

수많은 군사들이 유수를 건너기 시작했다. 군사들이 반쯤 건넜을 때 한신은 상류의 군사들에게 신호를 보냈다. 이내 신호에 따라 막았던 자루를 한꺼번에 터버렸다. 막혔던 물살은 급하게 몰아쳤고, 용저의 군사들은 허둥대기 시작했다. 한신은 기회를 놓치지 않고 군사들에게 공격을 명했다. 겁 없이 덤볐던 용저가 죽으니, 초나라와 제나라의 군사들도 흩어져 달아났고, 제왕 전광도 도망쳐 버렸다. 한신의 대승이었다.

그들을 쫓아 북쪽으로 간 한신은 성양에 이르러서 제나라 왕인 전광을 포로로 잡아 제나라 지역을 평정했다. 괴통은 한신에게 제나라 왕이 되라고 간청했다. 또다시 유방에게 모든 것을 빼앗길 수도 있는 일이었다.

"지금은 장군이 아니라면 제나라 백성들을 안정시킬 사람이 없습니다. 제나라의 안정이 있어야 초나라와 대결하더라도 유리할 것이니 한왕께서도 이를 받아들일 것이옵니다."

한신은 괴철의 뜻을 받아들이고 유방에게 사람을 보냈다.

"제나라 사람들은 거짓말을 잘하고, 이랬다저랬다 변덕이 심해 번복을 잘합니다. 또한 남쪽으로 초나라가 있습니다. 청컨대 제가 임시로 왕이 되어 이곳을 진압하게 해주십시오."

편지를 꺼내본 유방은 크게 노했다. 한신은 두려운 존재였다. 항상 마음에 담아두고 있었지만, 이제 그가 왕이 되어 자립하겠다고 하니, 놀라고 두려운 마음에 화부터 났던 것이다.

"내가 이곳에서 어려움을 겪으며 밤낮으로 그가 나를 보좌하러 오기만을 기다렸거늘, 이제 자립하여 왕이 되고 싶다고!"

그러자 장량과 진평이 한나라 왕의 발을 밟으면서 귀에 대고 말했다.

"아직은 한나라가 유리한 처지가 아닌데, 어떻게 한신이 스스로 왕이 되겠다는 것을 막을 수 있겠습니까? 차라리 이 기회에 그를 왕으로 세워 제나라를 스스로 지키게 하는 것이 나을 것입니다. 그렇지 않으면 변란이 생겨 한나라에 큰 화가 될 것입니다."

그제야 유방은 정신을 차리고는 말했다.

"대장부가 제후국을 평정했다면 진짜 왕이 될 것이지 어찌 임시 왕이 되겠다고 한단 말인가?"

다음 해 2월, 유방은 장량에게 국새를 주고 파견하여 한신을 제나라 왕으로 삼았다.

"용저가 죽었다니?"

넋을 잃은 것은 항우였다. 팽팽하게 한나라와 맞서고 있는 형국에 제나라 한신의 세력이 만만하지 않으니, 그것이 두려웠다. 하지만 제의 왕이 되었다는 소문이 들리는 것으로 봐서는 한신을 유방의 수하로만 볼 수는 없는 일이었다. 누군가가 한신을 얻는다면 그는 곧 천하를 얻게 될 것이었다. 항우는 서둘러 한신에게 유세할 만한 자를 물색했다. 우이 출신인 무섭이 나섰다. 무섭은 한신을 찾아 항우의 뜻을 전했다. 괴철은 이것이 하늘이 내린 기회임을 알고 정중하게 사신을 맞이했다.

"천하가 오랫동안 진의 고통을 받다가 서로 힘을 합쳐서 진나라를 쳤소. 진나라를 무너뜨린 뒤 공로를 계산하여 땅을 나누어주었고, 사졸들은 쉬게 했소. 그런데 지금 한나라 왕이 동쪽에서 다시 군사를 일으켜 다른 사람의 몫을 침략하고 다른 사람의 땅을 탈취했소. 한왕은 이미 삼진을 격파하고 군사를 이끌고 함곡관을 나와서 제후들의 군사를 수합하여 동쪽으로 나와 초나라를 치고 있소. 그의 속뜻은 천하를 다 삼키지 않으면 그치지 않을 것 같은데, 그가 만족할 줄을 모르는 것이 이처럼 심하오. 또한 한나라 왕은 약속대로 이행할 사람이 아니오. 그의 몸이 항왕의 손에 들어간 적이 여러 번 있었는데, 항왕은 그를 불쌍히 여겨 살려주었소. 그러나 벗어나면 갑자기 약속을 어기고서 다시 항왕을 치니 그를 믿을 수가 없는 것이 이와 같소. 족하께서 지금 비록 한나라 왕과 두터운 관계를 맺고 그를 위해 모든 힘을 다해서 군사를 동원했으나, 끝내는 사로잡히고 말 것이오. 족하께서 오늘까지 오게 된 것은 아직 항왕이 있기 때문이오. 이제 두 왕의 일을 저울질하는 일은 족하에게 달려 있소. 족하께서 오른쪽을 선택하면 한나라 왕이 이길 것이고, 왼쪽을 선택하면 항왕이 승리할 것이오. 만일 오늘 항왕이 망한다면 뒷날에는 한왕이 족하를 칠 것이오. 족하와 항왕은 연고가 있는데, 어찌하여 한나라를 반대하고 초나라와 연합하여 천하를 셋으로 나누어 왕이 되려고 하지 않으시오? 이제 이 기회를 놓치면 족하는 단지 한나라의 편에 서서 초나라를 치는 것에만 머물고 말 것이오. 지혜로운 사람이라면 이처럼 하겠소?"

그러자 한신은 그 제안을 사양하면서 말했다.

"신이 항왕을 섬길 때에는 관직이 낭중에 불과했고, 지위는 창을 잡는 일에 불과했소. 말을 해도 듣지를 않았고 계획을 세워도 채택하지 않았기 때문에 초나라를 배반하고 한나라에 복종했소. 한나라 왕은 나에게 상장군의 도장을 주고 수만 명의 무리를 주었으며, 옷을 벗어서 나에게 입히고, 음식을 밀어서 나에게 먹였으며, 말을 하면 듣고 계책을 세우면 채택했으니 내가 이러한 위치에 이를 수 있었소. 나를 깊이 믿어주는데, 내가 이를 배반한다는 것은 상서롭지 못한 일이오. 비록 죽더라도 내 태도는 바뀌지 않을 것이오. 이 한신을 위해 항왕에게 사과의 말씀을 전해주시면 좋겠소."

항우의 사절이 돌아가는 것을 보고 괴철은 눈을 감았다. 한신은 끝내 제안을 받아들이지 않았다. 그러나 이것은 하늘이 준 기회였다. 이대로 망칠 수는 없는 노릇이었다. 괴철은 자리에서 일어나 한신을 찾았다. 분명 그에게도 천하를 저울질하고 싶은 마음은 있었다. 다만 드러내지만 않았을 뿐이다. 괴철에게도 마지막 기회였다. 이 기회를 얻지 못한다면 자신 또한 한신 곁에 머물 수 없는 일이었다. 하늘이 내린 기회가 어찌 욕심이겠는가. 한신은 그 뜻을 읽어내지 못하고 있었다. 한낱 욕심이라고 생각하고 있는 듯했다. 그것이 한신의 한계였는지도 모른다. 괴철은 한동안 한신의 얼굴을 뚫어져라 바라보았다.

"내 항왕의 제안을 거절한 것 때문에 그러시오?"

한신은 괴철의 굳은 표정을 풀어주고 싶었다. 괴철이라면 이 상황에서 분명 항왕의 제안을 수락하라고 했을 것이다. 그의 마음을 알고 있는 한신이었지만, 그것만은 할 수가 없었다.

"항왕의 제안이 아니라 하늘이 준 기회였습니다. 아직 그때를 놓친 것은 아니니 깊이 헤아리셔야 할 것입니다. 하늘은 기회를 주고 때를 주지만, 그와 동시에 허물을 주기도 하고

삼첨양인도三尖兩刃刀
베는 데 사용한다. 칼날이 세 갈래로 나누어져 있어 찌를 수도 있다. 전체 길이가 3미터로 '손잡이가 긴 검'이라고 보면 된다.

고대 중국의 무기

재앙을 내리기도 하는 법입니다.”

괴철의 말은 무거웠다. 마음을 풀어주고 싶었던 한신도 괴철의 말을 듣고는 깊은 숨을 내쉬었다.

“항왕을 배신하고 한왕을 따르게 된 것에도 나에게는 그만한 명분이 있었던 것이오. 그러나 한왕을 배반할 수는 없는 일이지 않소?”

괴철의 눈에 한신은 한낱 제후 정도의 인물이었다. 그것도 위태로움에 싸여 있었다. 하지만 단 하나 그의 뒷모습에서만은 귀한 모습이 담겨 있었다.

“천하에 처음으로 반란이 있었을 때의 걱정이란 오로지 진나라를 멸망시키는 것뿐이었습니다. 그런데 이제는 진나라를 멸하고도 초나라와 한나라로 나뉘어 싸우고 있으니, 천하 사람들의 간과 쓸개가 땅에 나뒹굴고, 아비와 자식의 해골이 들판에 널려 있는 일이 헤아릴 수 없을 정도로 많습니다. 초나라 사람들이 팽성에 들어가고 나서 여기저기 돌아다니며 싸워 한나라 왕을 북쪽으로 쫓아내며 승리의 기세를 타고 천하에 위엄을 떨쳤습니다. 그러나 그들의 군사는 경과 색 사이에 갇혀 있어서, 서쪽 산으로 달려간다 해도 더는 나아갈 수가 없어 여기에 서 3년이나 머물러 있습니다. 한나라 왕은 10만의 무리를 거느리고 공과 낙에서 방어하고 있지만 산과 황하의 요새에 막혀 하루에 여러 번 싸워도 한 치의 땅도 빼앗지 못한 채 좌절하여 이제는 스스로 구원하지도 못합니다. 이것을 가리켜 지혜와 용기가 모두 곤란하게 된 상태라고 하는 것입니다.”

“……음.”

“백성들은 피로가 극도에 달하여 원망하고 있지만 돌아가 의지할 곳이 없습니다. 신이 생각해보건대, 그 형세로 보아 천하에서 가장 현명하고 성스러운 사람이 아니고는 천하의 재난과 화를 끝낼 수 없을 것입니다. 이제는 두 군주의 운명이 족하에게 달려 있을 뿐입니다. 족하가 한나라를 위한다면 한나라가 승리하게 될 것이며, 초나라를 위한다면 초나라가 승리할 것입니다."

"항왕의 사자도 그처럼 말했소. 그러나 어찌 내 태도를 바꿀 수 있단 말이오?"

"모두 다 이롭게 할 수 있는 것인데, 어찌 태도를 바꾼다고만 생각하시는 것입니까? 천하를 셋으로 나누어 정족鼎足(세 사람 또는 세 세력이 솥발과 같이 벌여 섬)으로 있게 한다면 이는 모두 이롭게 될 것입니다. 이것이 현명한 사람이 택할 수 있는 최선의 방법입니다. 그러면 누구도 감히 먼저 움직일 수 없을 것입니다. 무릇 족하처럼 현명하고 성스러운 분이 많은 병사를 데리고 강력한 제 지역에 기대어 조나라와 연나라 지역에서 빈 땅으로 나아가 그 뒤를 제압하고, 서쪽을 향해 서서 백성들의 명령에 따른다고 하면 천하는 바람이 부는 것처럼 호응할 것입니다. 누가 감히 이 말을 듣지 않겠습니까? 또 큰 것을 자르고 강한 것은 약하게 하여 제후를 세우면 천하는 복종할 것이며, 그 공덕은 제나라로 돌아올 것입니다. 생각하건대 제나라는 옛날부터 교수와 사수의 땅을 갖고 있었는데, 깊은 성에 들어가서 손을 잡고 읍하여 사양한다면 천하의 군왕들이 서로 다투어 찾아올 것입니다. 들건대 하늘이 주는 것을 받지 않으면 도리어 허물을 받고, 때가 이르렀는데 시행하지 않으면 도리어 재앙을 받는다고 했습니다. 원컨대 족하께서는 이를 깊이 고려하십시오."

괴철의 말을 들은 한신이 말했다.

"한나라 왕이 나에게 아주 후하게 대해주지 않았소. 어찌 내 이익을 위해 의를 배반할 수 있단 말이오?"

한신 ─────
유방이 한중으로 들어갈 때 대장군이 되어 위와 조를 항복시키고 제를 평정하여 천하의 3분의 2를 한이 지배하도록 했다.

그러자 괴철이 대답했다.

"장이와 진여는 서로 절친했습니다. 그런데 뒤에 장염과 진택의 일로 다투다가 장이가 진여를 저수의 남쪽에서 죽여 머리와 발을 다른 곳에 버렸습니다. 이 두 사람이 천하에 둘도 없이 화합하다가 끝내 서로 사로잡으려 했던 것은 무엇 때문입니까? 걱정거리는 많은 욕심에서 생기는 것이고, 사람의 마음은 헤아리기 어렵습니다. 지금 족하가 충성과 신의를 실천하면서 한나라 왕과 교제한다 해도 그것은 저 두 사람보다 단단할 수 없으니, 일은 장염과 진택의 경우보다 많고 큽니다. 그러므로 족하께서 한나라 왕이 자기를 위태롭게 하지 않을 것이라고 여기는 것은 잘못이라 생각합니다. 대부인 문종이 망해버린 월나라를 부흥시켜서 구천에게 패권을 쥐어주는 공을 세우고 이름을 떨쳤으나 그 몸은 죽었으니, 들짐승이 다 없어지면 사냥개는 삶아 먹히는 법입니다. 친구를 사귀는 것을 두고 말한다면, 장이가 성안군을 대우해준 것 만한 것이 없을 것입니다. 충성과 신의를 가지고 말한다면, 대부 문종이 구천에게 해준 것보다 지나친 것은 없을 것입니다. 이 두 경우를 참고해볼 만한 일입니다. 원컨대 족하께서는 이를 깊이 생각해보십시오. 또한 신이 듣건대, '용기와 지략이 주인을 놀라게 하면 몸은 위태로워지고, 공로가 천하를 덮으면 상을 받지 못한다'고 했습니다. 족하는 주인을 놀라게 할 위엄을 갖고 있으며, 상을 받을 수 없을 정도의 공로를 세웠으니 초나라에 복종하면 초나라 사람들이 믿지 않고, 한나라에 복종해도 한나라 사람들이 두려워 떨 것입니다. 족하는 이러한 조건을 가지고 어디로 복종하려 하십니까?"

한신이 미안해 하며 말했다.

"선생은 쉬시구려. 내가 장차 유념하겠소."

며칠이 지난 뒤 괴철이 다시 충고했다.

"무릇 말을 듣는다는 것은 일이 성공할 징조이고, 계획한다는 것은 일의 기틀

입니다. 들은 것을 지나치고, 계획 세우는 것을 잊고서 오랫동안 편안할 사람은 아주 적습니다. 그러므로 아는 사람은 과감하게 결단을 내립니다. 의심하는 것은 일에 해가 될 뿐입니다. 터럭같이 적은 계책을 살피다가 천하처럼 큰 운수를 놓쳐버리는 것은 지혜로운 사람이 할 바가 아닙니다. 결정하고도 감히 실행하지 못하는 것은 100가지 일의 화근입니다. 무릇 공이란 이루기는 어렵고 실패하기는 쉬우며, 때라는 것은 얻기는 어렵고 잃기는 쉽습니다. 지금 때가 왔습니다. 때는 다시 오지 않습니다."

그러나 한신은 차마 한나라를 배반하지 못했다. 한편으로는 스스로 공로가 아주 많다고 생각했기 때문에 한나라가 결코 제나라를 빼앗지 않을 것이라고 생각하여 끝내 괴철의 의견을 사양했다. 괴철은 하늘의 뜻을 저버린 한신을 떠나 미친 척하며 점쟁이가 되어 떠돌았다.

위태로운 약속

항우의 근심은 점점 깊어갔다. 광무에 틀어박힌 채 아무것도 할 수 없는 처지였고, 제후들은 하나둘 등을 돌리고 있었다. 항우는 제나라 한신에게 보낸 사신의 소식만을 간절히 기다리고 있었다. 한신의 군사를 얻을 수만 있게 된다면 천하는 이제 자신의 손아귀에 들어오는 것이었다. 그러나 만일……. 항우는 불길한 생각을 떨쳐버렸다. 항우는 항백을 향해 침통한 목소리로 물었다.

"숙부는 천하의 흐름이 보이시오?"

"아직은 한신의 움직임을 예측할 수 없습니다. 다만, 군사들은 피로가 겹쳐 움직임이 둔하고, 대치가 오래될수록 군량미는 바닥을 드러낼 것이니 불리합니다."

항백의 말에 항우는 고개를 가로저었다.

"먼저 물러설 수는 없을 것이오. 군사들이 지친 기색을 보인다면 한나라 군은 지친 호랑이에게 개떼가 달려들 듯이 할 것이오. 이 광무에서 천하의 주인이 결정될 것이니 군사들의 사기가 떨어지지 않도록 기강을 바로잡아야 할 것입니다."

"왕명에 추호도 소홀함이 없도록 할 것입니다."

항백도 깊은 숨을 내쉬며 항우의 처소에서 물러나왔다. 한신의 움직임만이 위기에 처한 초를 구할 수 있을 것이었다. 한신의 구원을 받는다? 항백은 절로 고개를 가로저었다. 한왕에게는 둘도 없는 맹장인 한신이었고, 자신의 모든 군사를 한왕에게 내주고도 제나라를 집어삼킨 지장智將(지혜로운 장수)이기도 했다. 스스로 제왕이 되고자 한 것이 비록 한왕과의 틈을 만들었다고 볼 수도 있지만, 항백은 그마저도 항우에게 이롭게 흐를 것으로 여기지 않았다. 천하의 흐름은 이제 유방에게 흘러가고 있었다.

오래지 않아 제나라로 간 사신에게서 급보가 전해졌다. 항우의 불안은 현실이 되어버렸고, 이제 한신과 경포까지 한의 군사와 연합하여 초를 공격할 것이라는 첩보였다. 항우는 직접 군사들을 위로하며 그들의 사기를 높였다. 항우가 할 수 있는 일이란 이것뿐이었다.

"이제 한나라도 지쳐가고 있다. 어찌 초나라 군사들만이 굶주리겠는가?"

항우는 자신의 밥그릇을 군사에게 내주었다. 군사를 위하는 항우의 자상함은 군사들 사이에서도 익히 알려져 있었다. 적을 향해서는 무서운 기세로 칼을 휘두르는 호랑이였지만, 제 군사들의 아픔을 어루만지기에는 부모처럼 자상한 항우였다.

"한의 사자가 왔나이다."

항우는 사자를 맞아들였다. 태공을 보내달라는 것이었다.

"그렇다면 한은 초를 위해 무엇을 하겠다는 말이오?"

"태공을 보내주신다면, 한왕께서 천하를 둘로 나눌 수 있을 것이라 하셨나이다."

항우는 노한 기색이 역력한 얼굴이었다. 한왕이 자신에게 인심을 쓰듯 나누어 줄 천하가 아니었다. 하지만 항왕은 주위를 둘러보며 생각에 잠겼다. 지금 상황으로 이 제안을 받아들이지 않는다면 훗날을 기약하기도 어렵다는 것을 모르는 장수들은 없었다. 앞으로 나아가기 위해서라면 한 발 물러설 줄도 알아야 하는 것이 아닌가. 항우는 고심 끝에 제안을 받아들였다.

한나라와 초나라는 홍구를 중심으로 해서 서쪽은 한나라 땅으로, 동쪽은 초나라 땅으로 나누기로 합의하고, 태공을 돌려보냈다. 항우는 군사들에게 철수하라는 명을 내렸다. 지친 병사들은 환호성도 없이 짐을 꾸렸고, 무겁게 발걸음을 옮기고 있었다.

"이대로 초나라 군사들을 보내서는 안 될 것입니다."

한의 진영에서는 장량과 진평이 군사를 물리려는 유방을 막아섰다. 의아한 표정의 유방이 그들을 바라보았다.

"이제 그 협의를 깨버리겠다는 것이오?"

"한나라는 천하의 반을 차지했지만, 제후들마저 모두 복종한 상황입니다. 그런데 초나라의 군사는 피로에 지쳐 움직이기조차 어렵고, 식량도 바닥이 난 상황이니 이는 하늘이 한나라에 기회를 준 것입니다. 하늘이 준 기회는 받지 않으면 반드시 재앙으로 바뀔 것임을 대왕께서 어찌 모르시겠습니까?"▪

장량의 말에 진평도 동의했다. 유방은 난감한 표정으로 결정을 내리지 못하고 있었다. 항우와의 합의를 깨버린다면 신의를 저버리는 것이 되니 감히 장수로서 할 수 없는 일이라 여겼다.

"이는 천하의 패권을 다투는 일입니다. 한낱 장수의 신의를 논하는 것이 아니옵니다. 어찌 이와 같은 기회가 사람이 만들 수 있는 것이겠습니까? 하늘이 아니라면 내줄 수 없는 것이니, 신의보다는 하늘의 뜻이 먼저가 아니겠는지요."

유방은 진평의 말에 대답 없이 고개를 끄덕였다.

건곤일척乾坤一擲
주사위를 던져 승패를 걸듯이, 하늘과 땅을 걸고 승부를 겨루다.

건곤일척

乾坤一擲

하늘과 땅을 걸고 승부를 겨루다

당나라의 대문장가 한유가 홍구를 지나다가 한 고조 유방 때의 참모 장량과 진평을 떠올리며 읊은 시이다.

용이 지치고 범도 피곤하여 강과 들을 나누니 龍疲虎困割川原
만천하 백성들의 목숨이 지켜지는구나. 億萬蒼生性命存
누가 왕에게 말머리를 돌리도록 권하고 誰勸君王回馬首
진정으로 하늘과 땅을 걸고 단판승부를 걸게 했는가. 眞成一擲賭乾坤

유방(용)은 항우(범)와 싸움을 멈추고 홍구를 경계로 천하를 양분하기로 했다. 항우가 철군하고 이어 유방도 철군하려 하자 장량과 진평이 유방에게 진언했다.

"초나라는 군사들이 몹시 지쳐 있는데다가 군량마저 바닥이 났사옵니다. 이것이야말로 하늘이 초나라를 멸하려는 것이오니 당장 쳐부숴야 하옵니다. 지금 치지 않으면 호랑이를 길러 후환을 남기는 꼴이 될 것이옵니다."

이 말에 유방은 말머리를 돌려 항우와 결전을 벌였고 이듬해 승리했다.

乾 하늘 건 | 坤 땅 곤 | 一 하나 일 | 擲 던질 척

흥하거나 망하거나 하늘에 자신의 운명을 맡기고 단판승부를 하다.

[출전] 한유의 〈과홍구過鴻溝〉

초나라 노래가 사방에 울려퍼지다

한나라 군사들이 철수하는 초나라 군사들을 뒤에서 공격하기 시작했다. 놀란 항우는 군사를 돌려 한나라 군사에 맞섰다.

"비겁한 놈이 이제는 장수의 신의마저 버렸구나. 저들을 결코 용서하지 않을 것이다. 전 군사는 한나라 놈들의 씨도 남겨두지 마라. 또한 간사하기가 여우 같은 유방을 내 앞에 끌어와 내 직접 놈의 목을 벨 것이다."

항우는 진노하여 고릉에서 한나라 군사와 맞서 싸웠다. 팽월과 한신이 협공을 하지 않는 한나라 군사들은 초의 군사에게 오히려 패한 채 물러났다. 다급해지자 유방은 한신과 팽월의 지원을 요청한 일에 대해 물었다. 분명 군사들을 이끌고 함께 항우를 공격하기로 되어 있었다. 그러나 그들은 나타나지 않았다.

"어찌된 일이오? 분명 팽월과 한신이 나타나야 했는데도, 그들은 오지 않았소? 오히려 항우에게 패하고 말다니……."

어이없는 일이었다. 그러자 장량이 앞으로 나서며 말했다.

"초나라 군사를 격파했어도 두 사람에게 아직 땅을 나누어주지 않았으니, 그들이 오지 않는 것은 지극히 당연한 일입니다. 군왕께서 그들과 더불어 천하를 소유하실 수 있다면 그들은 즉각 올 것입니다. 제나라 왕인 한신이 즉위한 것은 군왕의 뜻에 따른 것이 아니기 때문에 한신은 그 지위가 굳건하지 못합니다. 또한 팽월은 본래 양나라 지역을 평정했는데, 당초에 군왕께서 위표가 본래 위나라 왕의 자손이라는 이유로 그를 먼저 왕으로 삼고, 팽월을 상국으로 삼았습니다. 위표가 죽었는데도 팽월을 왕으로 임명하지 않았습니다. 왕이시여! 이제 수양에서 곡성에 이르는 땅을 팽월에게 주어 왕으로 삼으시고, 진의 동쪽에서 바다에 이르는 곳을 제나라 왕 한신에게 주시옵소서. 그리하신다면 한신은 그 집안이 초나라에 있기에, 그 옛집을 찾으려 할 것이옵니다. 땅을 덜어내어 두 사람에게 준다면 어찌 저들이 싸움을 마다할 것이며, 초나라가 버틸 수 있겠나이까?"

"땅을 얻는 것이 그다지 중한 것이오?"

유방은 깊은 숨을 내쉬며 물었다.

"땅 위에서 백성들이 사는 것이옵고, 백성들 위에 왕이 서는 것이옵니다. 그 땅이 아니라면 어찌 왕이 설 수 있겠사옵니까? 항우는 제 욕심이 앞서 공적에 알맞은 상을 제대로 주지 않았기에 원한을 산 것이옵니다. 해서 천하를 굽어보기 위해서는 하늘의 뜻이 있어야 하는 것이옵니다."

유방은 장량의 말에 따라 급히 한신과 팽월에게 사자를 보냈다. 그러자 한신과 팽월은 군사를 이끌었다. 한나라의 군사들은 연합하여 초나라의 진영을 겹겹이 에워싼 채 마지막 결전의 순간만을 기다리고 있었다. 북이 울린다면 그대로 초나라 진영은 무너지고 말 것이었다. 하지만 장량은 이 순간에도 지혜로움으로 초나라를 무너뜨릴 방법을 강구하고 있었다.

"이제는 천하의 주인을 가리는 것이옵니다. 어떤 화근을 남겨서도 안 되는 것이니, 초의 군사들이 스스로 전의를 상실하게 하는 것이 이 싸움을 끝내는 방법일 것입니다."

장량은 장막을 나서 밤하늘을 올려다보았다. 달빛이 밝고, 풀벌레 울음소리가 사람의 심금을 울리는 밤이었다. 어찌 시황제의 심금을 울렸던 고점리의 축의 소리만이 있겠는가. 군사들 중에 피리에 능숙한 자들을 뽑은 장량은 달밤에 사람의 애간장을 녹일 만한 슬픈 가락을 연주하도록 이미 준비하고 있던 차였다.

"이제 초의 군사들은 군영을 벗어나 달아날 것이옵니다. 사람의 마음이란 늘 고향에 맞닿아 있어, 아무리 그곳이 멀다 해도 마음만은 아주 가까이 있는 법입니다."

장량은 달밤에 그들에게 슬픈 가락을 연주하도록 했다. 그것도 초나라의 음악이었다. 음악은 달빛을 타고 슬프게 퍼져나갔고, 산새의 울음소리조차 음악에 끼어들어 눈물을 머금고 있는 듯했다.

항우의 군사는 해하에 주둔하고 있었다. 범증을 잃었던 아픔에 새삼 가슴이 저렸다. 그때 단칼에 천하의 근심을 없앴어야 했다. 이제는 한신과 팽월과 유방의 군사들이 초나라의 병들고 지친 군사들을 에워싸고 있으니, 달리 모색할 방법도 없었다. 항우는 애첩 우희(우미인)를 곁에 두고 술을 마시고 있었다. 한시도 떼어놓을 수 없는 사람이었지만, 지금의 우희는 항우의 가슴을 더욱 아프게 했

다. 멀리서 들려오는 구슬픈 소리에 항우는 술잔을 멈춘 채 오래도록 귀를 기울이고 있었다.

"고향을 떠난 지 오래되었지."

술을 몇 잔 거푸 마셨을 때였다. 항백이 들어서며 다급하게 말했다.

"이는 한나라에서 우리 군사들의 마음을 흔들기 위한 계략입니다. 군사들은 이미 하늘을 우러러 탄식하고 있으며, 군영을 이탈하는 자들이 속출합니다. 이 어찌하면 좋단 말입니까?"

항우는 그 말에 어이없이 웃음을 터뜨렸다. 우희는 말없이 항우의 빈 잔을 채우며 눈물을 떨어뜨렸다. 그 모습을 본 항우는 술잔을 받아든 채 말없이 눈물을 흘렸다. 수많은 백성들을 묻어 죽인 자신이었지만, 이렇듯 신의를 저버리고 얕은 꾀로 천하를 도둑질하고 있는 여우 같은 유방에게 천하의 주인을 넘겨줘야 하는 현실을 받아들일 수가 없었다. 이는 하늘의 뜻이라고 할 수 없었다.

"내 너에게 천하의 즐거움을 주려 했건만 이제는 틀린 것 같구나. 어찌 하늘의 뜻이 교활하고, 비겁한 자에게 흐른단 말이냐. 비에 젖은 군사들을 위해 제 갑옷을 벗어주고, 지친 군사들에 앞서 말을 달리며 적진을 누빈 이 항우에게 어찌 하늘은 이다지도 모질단 말이더냐? 내 너를 더는 지킬 수 없을 것 같으니, 이를 어쩐단 말이냐?"

지그시 우희를 바라보며 눈물을 흘리던 항우는 술잔을 들고 슬픈 목소리로 노래를 부르기 시작했다.

"추여, 추여. 너마저 걷지 않는구나. 산을 뽑아버릴 힘도, 천하를 제압할 기백도 이제는 모두 물거품이 되고 말았구나. 우희여, 우희여. 너를 위해 해줄 것이 이제는 아무것도 없구나." ▪

항우의 노랫소리는 가슴을 울리며 슬프게 이어졌다. 우희는 그런 항우의 눈물을 지켜보며 알 듯 모를 듯한 미소를 머금은 채 항우의 빈 잔에 술을 채웠다. 항우의 뺨 위로 굵은 눈물이 흘러내렸다. 항우를 모시던 자들도 모두 그 광경에 눈물을 흘리며 흐느낄 뿐이었다.

우희는 그런 항우를 위해 마지막 춤을 추고 있었다. 하늘하늘 날아갈 듯 가냘픈 우희의 모습을 슬픈 눈으로 바라보던 항우는 눈을 감았다. 그러자 항우

역발산기개세 力拔山氣蓋世
산을 뽑고, 세상을 덮을 만한 기상. 아주 뛰어난 기운이나 놀라운 기상을 뜻한다.

의 눈짓을 기다리고 있던 신하가 순간 칼을 휘둘러 우희의 목을 베었다. 항우는 그 자리에 얼어붙은 듯 말없이 눈물을 삼키고 있었다. 군막 안은 눈물을 삼킨 울음으로 가득할 뿐이었다.

항우는 마지막 잔을 들고는 자리에서 일어났다.

"우희를 부탁하네."

항우의 목소리는 조금도 떨리지 않았다. 어느새 눈물은 메말라 있었고, 뒤도 돌아보지 않은 채 군막을 벗어나 기다리고 있던 장수들 앞에 섰다. 멈추지 않고 들려오는 한나라 군사들의 초나라 노랫소리에 잠시 귀를 기울이던 항우가 마지막으로 입을 열었다.

"이제 하늘은 초나라를 버렸다. 저 비겁한 유방에게 천하를 넘겨주려 하고 있으나, 아직 이 항우는 살아 있다. 내 마지막까지 하늘의 뜻이 잘못되었음을 바로 알릴 것이다. 그 어떤 군사나 장수에게도 내 뜻을 강요하지 않을 것이니, 죽음을 각오한 자들이 있다면 나를 따르라."

항우의 말은 짧았다.

"어찌 대왕의 뜻을 따르지 않겠나이까? 죽음을 각오하고 따르겠나이다."

항우가 오추마烏騅馬(검은 털에 흰털이 섞인 말)에 오르자, 800여 명의 장수들이 그 뒤를 따랐다. 항우는 주위를 돌아보고는 이내 박차를 가해 적진을 향해 쏜살같이 내달리기 시작했다. 이제 사랑하던 우희를 잃은 항우였다. 하늘마저 우러러 탄식할 항우가 아니었으니, 어둠이라 하더라도 그의 앞길을 막아설 수는 없었다. 항우는 휘하에 장사들을 거느린 채 한나라의 포위를 뚫고 남쪽으로 내달렸다.

날이 밝아서야 항우가 달아났다는 사실을 안 유방은 관영에게 5,000의 기병을 주고 뒤쫓으라 했다. 이번에는 반드시 항우의 목을 베어야 할 것이라 엄명을 내리고, 또한 항우의 목에 큰 상을 걸기까지 했다. 관영은 기병들을 재촉해 항우의 뒤를 쫓았다.

"멀리 가지는 못했을 것입니다. 분명 회하를 건널 것이니, 가로지르면 반드시 항우를 잡을 수 있을 것입니다."

관영이 이끄는 군사들은 길을 재촉했다. 한편, 어둠을 뚫고 내달린 항우는 겨우 한나라의 손아귀에서는 벗어날 수 있었지만, 음릉에 이르러서 길을 잃고 말았다. 항우는 주위를 둘러보았다. 남은 기병이라야 고작 100여 명에 불과했다. 이제 갈림길에서 어느 길로 가야 할지 가늠하기도 힘든 상황이었다. 그때 길에 있던 농부에게 물었다.

"오강 쪽으로 향하는 길이 어디오?"

농부는 왼쪽 길을 가리켰다. 이는 쫓기는 자들이 이미 항우의 무리임을 알기라도 한 듯한 행동이었고, 그 길은 이내 늪으로 빠지는 길이었다. 항우의 무리는 얼마 가지 않아 늪에 이르러 더는 나아갈 수가 없는 처지가 되었다. 다시 기마를 돌려 오던 길을 되짚어 가려 했을 때는 이미 관영이 이끄는 한나라 기병들이 길을 막고 있었다. 항우는 남은 기병의 수를 헤아렸다. 28명만이 남았을 뿐이었다. 이제는 달아날 수 없음을 깨달은 항우는 기병들을 향해 말했다.

"내 군사를 일으킨 지 지금까지 8년이 되었다. 70여 차례의 전투에 몸소 나서서 아직까지 단 한 번도 패한 적이 없었느니라. 그랬기에 천하의 패권을 잡았으나, 이제 여기에서 곤경에 처했으니 이는 하늘이 나를 망하게 한 것이지, 내가 싸움을 잘못한 것이 아니다. 오늘 죽음을 결심했으니, 제군들을 위해 장수답게 싸워서 반드시 포위를 무너뜨리고, 적의 장수를 목 베고 적의 깃발을 찢을 것이로다. 이 항우는 세 번 이겨서 제군들에게 하늘이 나를 망하게 한 것이지, 내가 싸움을 잘못해 죄를 받는 것이 아님을 알게 할 것이다."

항우는 남은 기병을 나누어 네 방향으로 향하게 했다. 한나라 군사가 겹겹이 포위하고 있었던 터라, 이는 무모한 일이었으나 항우로서는 다른 길이 없었다. 그러나 항우는 이미 하늘의 뜻을 포기하고, 자신의 용맹함을 하늘에 보이려는 것처럼 기병들에게 말했다.

"내가 저들 장수 중에 하나의 목을 벨 것이다."

항우는 기병들에게 신호를 보내 내달리기 시작했다. 겹겹이 포위했던 한나라 기병들은 항우의 괴성에 놀라 맥없이 여기저기 쓰러지기 시작했다. 놀란 한나라 기병의 말들은 내처 몇 리를 달아나버렸고, 급기야 항우는 장수 하나의 목을 베어버렸다. 항우는 다시 기병들과 한곳에 모였다. 이에 다시 한나라 군사들은 그들을 에워싸고 항우를 향해 창검을 겨누고 있었다.

"하하하. 내 어떤가? 저들의 장수 하나를 목 베었으니, 내가 싸움에서 지지 않았다는 것을 인정하는가?"

항우를 따르던 기병들은 일제히 그를 향해 예를 표했다. 항우는 다시 기병을 셋으로 나누고 한나라 군사들을 향해 말을 내달리기 시작했다. 항우는 한의 군사들을 마치 헤치듯이 베어나가 100여 명을 쓰러뜨리고, 도위 한 사람의 목을 더 베었다. 다시 기병을 모았을 때에는 고작 두 사람만을 잃었을 뿐이었다.

포위를 뚫고 내달리기 시작한 항우는 이제 오강에 이르렀다. 때마침 오강의 정장이 배를 준비하고 있다가 항우에게 말했다.

"강동 지역은 비록 작으나 땅이 사방으로 1,000리나 되고, 수십만의 무리가 있으니 왕으로 다시 설 수 있으시옵니다. 원컨대 대왕께서는 어서 강을 건너십시오. 지금은 신만이 배를 갖고 있어서 한나라 군사들이 도착해도 강을 건너지 못할 것이옵니다."

그러자 항우는 웃으며 말했다.

"하늘이 나를 망하게 했는데, 내가 강을 건너 무엇하겠는가? 나 항우는 강동의 자제 8,000명과 더불어 장강을 건너 그 뜻을 펼쳤으나, 이제 한 사람도 돌아오지 못하게 되었다. 설령 강동 지역의 부형들이 나를 가련하게 생각하여 왕으로 맞아준다 한들 내가 무슨 면목으로 그들을 보겠는가? 설사 저들이 나를 책망하지 않는다 하더라도 부끄럽지 않겠는가?"

항우는 애마인 오추마를 쓰다듬다가 이내 정장에게 내주었다. 그리고는 기병들과 모두 내려서 걷기 시작했다. 이제는 모두 칼 한 자루만을 든 채 몰려드는 한나라 군사들을 맞서고 있었다. 항우는 거침없이 한의 군사들을 헤치며 나아갔다. 수백의 군사들이 쓰러졌고, 항우도 여러 군데 상처를 입었다. 항우를 둘러싼 한나라 군사의 수는 이루 헤아릴 수가 없었다. 항우는 주위를 둘러보았다. 그때 낯익은 한 사람이 눈에 띄었다. 항우는 웃으면서 말했다.

"너는 옛날 내 사람이 아니었던가?"

그를 본 여마동은 손가락으로 항우를 가리키며 중랑기인 왕예에게 소리쳤다.

"여기 이 사람이 항왕이다."

항우가 그를 보고 말했다.

"한나라에서는 내 머리를 1,000금과 읍 만 호에 산다고 하니, 내가 너를 위해 덕을 베풀어야겠다."

항우는 이내 웃음 띤 얼굴로 스스로 목을 베었다. 침묵이 흘렀으나 항우의 목이 떨어지자 왕예가 달려들어 그것을 차지했다. 그러자 곁에 있던 기병들이 서로 밀치고 밟히며 항우의 몸을 빼앗으려고 다투기 시작했다. 이때 서로 죽인 자가 수십 명에 이르렀으나, 맨 마지막으로 양희와 여마동, 낭중인 여승과 양무가 각기 그 몸의 조각들을 나누어 갖게 되었다. 결국 이들이 가진 항우의 찢긴 몸을 맞추어보자 항우의 몸 전체가 되어 그들에게 만 호의 읍을 나누어 상으로 주었고, 이 다섯 사람은 모두 열후로 책봉되었다.

항우의 울부짖음은 하늘을 향해 있었으나, 우희의 죽음으로 그는 이미 모든 것을 버린 듯했다. 산천을 뒤흔드는 항우의 괴성은 끝내 하늘에 닿지 않았던 것이었다.

항우의 죽음을 알게 된 유방은 자리에 주저앉으며 깊은 숨을 내쉬었다. 이제 천하는 평정된 것이었다. 유방은 찢긴 항우의 시신을 잘 거두라 명하고, 군사들을 이끌어 항우의 본거지를 향했다. 노나라는 예부터 예의를 중히 여기는 지역이었고, 자신들의 주군을 위해 죽음으로 절개를 지키는 곳이었다. 유방이 성에 이르렀을 때에도, 성 안에서는 비파소리와 책 읽는 소리가 끊이질 않았다. 유방은 마음 깊이 그들의 모습에 감동하여, 항우의 시신을 내주고 후하게 장사를 지내게 했다.

"이제 왕께서 직접 저들의 주군을 위해 곡을 하소서."

유방은 진심으로 항우의 죽음을 슬퍼하며 곡을 했다. 천하를 놓고 죽음과 삶의 길을 넘나들었지만, 유방의 가슴에는 항우의 인간적인 면 또한 깊이 각인되어 있었다. 그런 유방의 모습을 보고 노나라 사람들은 마침내 항복했고, 유방도 항씨 종족들은 아무도 죽이지 않았으며, 항백에게는 유씨 성을 상으로 내려주었다.

역발산기개세 力拔山氣蓋世

산을 뽑고 세상을 덮을 만한 기상

항우는 초나라의 도읍인 팽성을 향해 철군길에 올랐으나 서쪽의 한중으로 철수하려던 유방은 장량과 진평의 진언에 항우를 추격했다.

이윽고 해하에서 한신이 지휘하는 한나라 대군에게 겹겹이 포위된 초나라 진영은 군사도 줄고, 군량마저 떨어진 상황이었다.

그런데 한밤중에 사방에서 초나라 노랫소리가 들려오자 심신이 지칠 대로 지친 초나라 군사들은 전의를 잃고 그리운 노랫소리에 눈물을 흘리며 도망쳤다.

이미 끝장이라고 생각한 항우는 연회를 베풀고는 사랑하는 우미인이 사면초가의 애절한 노래를 부르자 비분강개한 심정을 다음과 같이 읊었다.

"추여, 추여. 너마저 걷지 않는구나. 산을 뽑아버릴 힘도, 천하를 제압할 기백도 이제는 모두 물거품이 되고 말았구나. 우희여, 우희여. 너를 위해 해줄 것이 이제는 아무것도 없구나."

力 힘 력 | 拔 뺄 발 | 山 산 산 | 氣 기운 기 | 蓋 덮을 개 | 世 세상 세

아주 뛰어난 기운이나 놀라운 기상

[출전] 《사기史記》〈항우본기項羽本記〉

유방, 천하를 통일하고 황제가 되다

　　유방은 천하의 주인이 되어 봄을 맞았다. 붉은 깃발은 봄꽃처럼 휘날렸다. 많은 제후들의 상소로 유방은 황제가 되고, 왕후는 황후가, 태자는 황태자가 되었다. 유방의 봄이었다. 하지만 아직 천하에는 눈이 남아 있었다. 눈 속에서 핀 꽃에 나비가 날겠는가. 유방에게 아직 천하의 봄은 오지 않은 것이었다. 진의 시황제는 천하의 무기를 거두어 녹여서 음악을 연주하게 하지 않았던가. 하지만 항우의 죽음으로 얻은 천하는 아직 허술한 곳이 너무도 많았다.

　　"제후와 장수들은 짐에게 숨김없이 말하도록 하라. 내가 천하를 차지하게 된 것은 무엇 때문이며, 항우가 천하를 잃게 된 것은 무엇 때문이라 생각하는가?"

　　황제는 낙양의 남궁에서 주연을 베풀며 물었다. 다분히 저들의 속마음을 가늠하고 싶어서였다. 조심스러워 하면서도 황제의 물음에 왕릉이 나서서 대답했다.

　　"폐하께서는 성을 공격하거나 땅을 점령한 후에는 반드시 그것을 사람들에게 나누어주셨습니다. 이는 천하의 이로움을 함께한 것이라 할 수 있을 것입니다. 하오나 항우는 그렇지 못했습니다. 공이 있는 자는 칼로 베었고, 지혜로운 자들에게는 의심을 풀지 않았습니다. 이것으로 천하의 주인을 가리게 되었던 것이라 생각하나이다."

　　유방은 너털웃음을 웃으며 주위를 둘러보았다.

"공은 어찌 하나만 알고 둘은 모르는 것인가? 모름지기 계략을 짜서 천 리 밖에서 승리하는 일에서는 내가 자방(장량의 자字이다)을 따를 수가 없을 것이요, 나라를 지키고 백성들을 위무하며 군량을 공급하는 데에는 소하만 할 수 없으며, 100만의 무리를 연합하여 싸워서 반드시 승리하는 데에는 내가 한신만 못할 것이오. 나는 이 세 사람의 뛰어난 능력을 채용할 수 있었지만, 항우는 단 한 명 범증만이 있었소. 그 또한 오래 쓸 수 없었으니, 바로 이것이 항우가 나에게 패한 이유인 것이오."

모든 신하들이 황제의 말에 탄복했지만, 유방의 말 속에는 비수가 들어 있다는 것을 장량은 느낄 수 있었다. 세 치 혀로 천하를 진동시킨 자신이었다. 만금의 자산이 중요치 않았을 뿐만 아니라 진나라에 망한 한나라의 원수를 갚으려고 살았던 삶이 아닌가. 하지만 아직은 때가 되지 않았다는 생각에 가만히 황제의 말에 귀를 기울이고 있을 따름이었다. 황제는 분명 한신을 염두에 두고 있을 것이었다. 한신의 공은 담을 그릇이 없었다. 이미 제나라의 왕이 된 한신에게는 정예의 대군이 있었으며, 따르는 백성들도 수를 헤아릴 수 없을 정도였다. 황제도 만약 한신이 항우에게 붙었다면 천하는 항우에게 돌아갔을 것임을 알고 있지 않은가.

유방도 또한 한신을 마음 깊숙한 곳에 담아두고 있었다. 드러낼 수는 없었지만, 언제고 화가 될 것임은 분명했다. 그렇다고 선뜻 그 공을 가로챈다면 제후들의 반발 또한 억제할 길이 없을 터였다. 유방의 고심은 거기에 있었다. 그러나 한신을 그대로 놔둘 수는 없는 일이지 않은가. 유방은 고심 끝에 항우가 자신을 변방으로 내칠 때를 떠올렸다.

"한신의 공은 그 누구도 부인할 수 없을 것이오. 하지만 아직 천하는 안정되지 않았고, 행여 항우의 본거지인 초나라에서 반란이 일어날지도 모를 일이니, 짐이 믿을 수 있는 장군이라면 한신 장군이 아니겠소?"

유방은 한신에게 제나라의 모든 것을 버리게 하고, 초나라의 왕으로 삼을 작정이었다. 초나라의 왕이 된다면 한신의 기세는 한낱 날개 부러진 독수리나 다름없을 것이었다. 또한 초나라에서 일어나는 반란도 한신이라면 충분히 제압할 수 있을 터이니, 유방으로서는 더할 나위없는 방책인 셈이었다. 그러나 한신은 어두운 안색으로 대답했다.

"신이 제나라의 왕이 된 지 이미 수년이 지났사온데 어찌 초나라의 왕으로 가란 말씀이옵니까?"

"천하의 안정을 꾀하고자 하는 짐의 뜻이니 그리 알도록 하시오."

황제의 명에 한신은 한숨을 쉬었다. 괴철의 말이 언뜻 머리에 스쳤으나 이미 엎질러진 물이었다. 천하의 주인은 유방이었고, 자신은 한낱 사냥개에 불과한 몸이었다. 하늘의 뜻을 받지 않으면 화를 면치 못한다고 했던가. 괴철의 말이 비수처럼 온몸을 찌르고 있었다.

"군사들에게는 이제 자기의 옛 현으로 돌아가 옛날의 작위와 전택으로 복귀하여 나라의 명부에 제 이름을 올리게 할 것이며, 관리들은 그들에게 글과 법을 가르치고, 의리를 분별하도록 하라. 병졸에게는 욕을 보이지 말 것이며, 작위가 7대부 이상인 자는 모두 식읍에서 나는 것을 먹게 하고, 7대부 이하인 관리는 그 자신과 가족의 호부를 면제시키고 노역을 시키지 말도록 하라."

황제의 서릿발 같은 명이 이어졌다. 천하의 제후들은 각자의 본국으로 떠났으며, 장

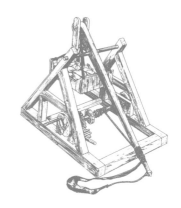

양양포 襄陽砲
추를 이용하여 탄환을 발사하는 무기이다. 추를 들어올릴 때 힘이 들지 않으며, 그 인원도 적게 든다.

안에 도읍을 정했다.

"이제 신도 몸이 병들어 물러날까 합니다. 허락해 주옵소서."

장량은 스스로 때가 되었음을 알고는 황제에게 말했다. 유방도 그의 병약함은 익히 알고 있었지만, 벌써 떠난다고 하는 장량을 선뜻 보낼 수는 없었다.

"어찌 그러시오. 아직 짐은 해야 할 일들이 태산 같기만 하오."

장량은 간곡하게 병을 핑계 대며 마침내 유방의 허락을 받았다. 장량은 스스로 만족함을 알고 있었다. 지나침은 곧 모든 것을 잃게 되는 것이라 여겼다. 오직 도에 이끌려 낟알도 먹지 않고 세상의 모든 일에서 손을 놓는 것만이 제 한 몸을 보존하는 길임을 잘 알고 있었기 때문이다. 세 치 혀로 살아오며 황제의 스승이 되고, 만호후에까지 봉해졌으니 더는 오를 곳도 없는 몸이었다. 장량은 흰 도포를 휘날리며 황궁을 떠났다.

사냥을 끝낸 사냥개를 죽이다

눈보라가 몰아치는 겨울이었다. 얼어붙은 대지 위에 몰아치는 바람은 쌓인 눈마저 꽁꽁 얼어붙게 했다. 급하게 황제에게 날아든 소식도 매서웠다. 한신이 모반을 꾀하고 있다는 보고였다. 기어이 올 것이 왔다는 듯 유방은 온몸을 부르르 떨었다.

한신은 기어이 초나라에서까지 제 능력을 버리지 못하고 있었다. 한신의 모반이라면 한나라 전체를 뒤흔들 만한 큰일이었다. 더욱이 항우가 죽자 종리매는 한신에게 몸을 숨기고 있다고 하지 않았던가. 분명 한왕이 종리매에게 원한이 있다는 것을 알고 있는 한신이었다. 그렇지만 종리매를 잡아서 보내지 않는 한신이었다.

"큰일이구나. 한신이, 기어코 한신이······."

황제가 말을 잇지 못하자 누군가 앞으로 나섰다.

"빨리 군사를 내어 그를 잡아 죽여야 합니다. 그렇지 않으면 큰 화를 부를 것입니다. 폐하, 한시가 급합니다."

"어디 호락호락한 한신인가?"

"한신의 모반을 황제께서 알게 됐다는 사실을 알고 있사옵니까?"

곰곰이 생각하던 진평이 나섰다.

"아니 모를 것이오."

"그렇다면 폐하의 정병들을 초나라 군사와 비교한다면 어떻습니까?"

황제는 답답하게 고개를 저었다. 한신과 맞설 장수도 없을 뿐더러 한신의 군사들 또한 대적할 만한 정병은 아니었다. 진평은 잠시 생각에 잠겼다가 다시 말을 이었다.

"지금 군사는 초나라 군사만큼 강하지 못하고 장수도 따라갈 수 없는데, 군사를 일으켜 그를 공격한다면 도리어 폐하가 위태로워질 것입니다."

황제가 놀라 물었다.

"그럼 이를 어쩐단 말이오?"

"옛날에 천자는 순수巡狩(임금이 나라 안을 두루 돌아다니던 일)를 하면서 제후들을 불러 모았습니다. 폐하께서 운몽에서 연회를 베풀다가 진현으로 제후들을 불러 모으십시오. 진현은 초나라의 서쪽 경계에 있으니 한신도 그 소식을 들으면 아무 일 없다는 듯 나와 배알할 것입니다. 그때가 바로 한신을 잡을 기회입니다. 이러한 일은 군사를 동원할 것이 아니라 역사 한둘로도 충분한 일이옵니다."

황제는 그제야 고개를 끄덕였다.

"짐은 장차 남쪽으로 내려가 운몽에서 놀 것이다."

황제의 명이 떨어지고, 각 제후들에게도 진현으로 모이라는 전갈이 내려졌다.

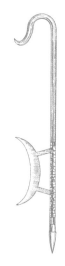

중국 고대의 무기

구鉤

손을 보호하려고 초승달 모양의 무기를 하나 더 부착한 호수구護手鉤가 유명하다. 갈고리같이 생긴 구로 적을 끌어당기고, 초승달처럼 생긴 무기로는 적을 찌르거나 벤다. 상당한 고수가 아니면 오히려 쓰는 사람이 다친다.

초왕 한신은 소식을 접하자 어찌 할 바를 몰랐다. 황제는 자신을 의심해 초나라와의 경계에까지 내려온 것이 틀림없었다.

"종리매의 목을 가져가소서."

누군가 방법을 일러주었지만, 차마 자신을 찾아와 몸을 의지하고 있는 종리매를 어찌 버린단 말인가. 한신은 판단을 내릴 수 없었다.

"이미 종리매를 장안으로 보내라는 명을 받은 지 오래입니다. 어찌 황상의 뜻을 받들지 않고 화를 자초하는 것이옵니까? 분명 황상이 원하는 것은 종리매일 것이오니, 헤아리소서."

한신은 더는 할 말이 없었다. 방법은 종리매의 목을 바치는 것뿐이었다. 한신은 어두운 안색으로 종리매를 찾았다.

"무슨 일인데 안색이 어둡습니까?"

한신은 종리매의 말에 선뜻 대답하지 못한 채 술만 거듭 마실 뿐이었다. 그러자 종리매도 눈치를 챘는지 고개를 끄덕이며 제 잔에도 술을 가득 채웠다.

"내 목이 필요한 것이오?"

한신은 종리매의 싸늘한 얼굴을 마주보기만 할 뿐이었다.

"내 목을 주는 것은 어렵지 않은 일이오."

종리매의 말에 한신은 가슴이 아팠다. 차라리 전장에서 칼을 휘두르며 피를 보는 것이 백 번 나으리라 싶었다. 하지만 당장 황제의 부름에 응하기 위해서는 어쩔 수 없는 일이었다.

"한나라가 초나라를 빼앗지 못하는 것은 바로 내가 그대 곁에 있기 때문이오. 공이 나를 한왕에게 바치고 싶다면 나는 오늘이라도 죽을 것이오. 하지만 나 다음은 분명 공이 망할 것이외다. 내 그대가 장자長者(덕망이 뛰어나고 경험이 많아 세상일에 익숙한 어른)라 여겼던 것이 부끄럽소이다."

말을 마친 종리매는 그 자리에서 칼을 뽑아 목을 찔렀다. 한신은 눈물을 흘리며 죽은 종리매를 끌어안았다. 항우가 죽자 유방에게 쫓기다 자신을 찾아온 종리매였다. 제 목숨을 구하고자 그런 장수를 죽이게 된 자신을 탓해보았으나 소용없는 일이었다. 한신은 종리매의 목을 거두었다.

"참수한 종리매의 목을 들고 황상을 배알하면 황상은 분명 기뻐할 것입니다. 근심하지 마시옵소서."

한신은 의구심을 떨쳐버릴 수 없었다. 군사들의 호위도 없이 달랑 소금에 절인 종리매의 목만 가지고 진현으로 향하고 있었다. 붉은 깃발이 휘날리고, 화려한 황제의 수레가 눈에 들어오자 한신은 명장답지 않게 초조했다. 아무래도 뭔가 잘못되고 있는 것만 같았다. 그렇다고 서둘러 수레를 돌릴 수도 없는 일이었다.

그러나 한신의 우려는 곧 현실이 되고 말았다. 황제의 알현을 기다리던 그에게 무사들이 달려들었고, 옴짝달싹 할 수도 없을 만큼 포박당한 채 수레에 실리고 말았다. 한신은 탄식하며 말했다.

"과연 누군가 말하기를 교활한 토끼를 사냥하면 사냥개를 삶아 먹고, 높이 나는 새를 사냥하면 좋은 활은 창고에 넣어두며, 적국을 격파하면 모신謀臣(뛰어난 신하)은 죽음을 당한다더니, 나를 두고 하는 말이었구나." ▪

한신은 자신의 죄가 무엇인지 묻지 않았다. 이미 정해진 대로 자신의 목을 노린 칼날을 받았을 뿐이었다. 황제는 한신을 수레에 싣고는 바로 장안으로 향했다. 천하의 근심거리였던 한신은 이제 황제의 손아귀에 들어 있었다. 혹시나 한신이 잡혀 들었음을 알고 반란을 꾀하는 자들이 많을까 두려웠던 황제는 대사령을 내려 민심을 수습했다.

토사구팽兎死狗烹
토끼 사냥이 끝나면 사냥개를 삶아 죽인다는 뜻으로, 쓸모가 있을 때는 요긴하게 쓰다가 쓸모가 없어지면 헌신짝처럼 버리는 것을 이른다.

'천하에 주인이 둘일 수는 없는 일이

지 않은가.'

하지만 황제의 마음은 흡족하지만은 않았다. 천하의 제후들은 황제를 비웃을 지도 모를 일이었다. 한신이 없었다면 천하를 얻지 못했을 것이다. 황제는 초라 한 한신의 모습을 보며, 천하의 명장이었던 한신의 모습을 떠올려보았다. 그에 게 군사들만 없다면 어찌 모반을 꾀하고 황제에게 반란을 하겠는가. 마침내 낙 양에 이른 황제는 한신을 사면한 후에 회음후에 봉했다.

"이는 천하를 통일하는 데 지대한 공을 세운 한신이기에 죄를 사면해주는 것 이다. 또한 한신을 회음후에 봉할 것이니 매사에 신중을 기하도록 하라."

"신이 어찌 모반을 꾀하리까? 신은 오로지 황상만을 위할 것입니다."

한신은 눈물을 흘리며 황제에게 절을 올렸다. 그러나 속으로는 피눈물을 흘리 며 황제를 원망하고 있었다. 황제가 한신에게 다가와 손을 잡아 일으켰다.

"짐이 어찌 회음후를 의심하겠소? 그렇지 않아도 짐에게 궁금한 것이 있소이 다. 짐과 같은 사람은 군사를 얼마나 거느릴 수가 있겠소?"

"폐하께서는 10만을 넘지 않을 것입니다."

한신은 머뭇거림 없이 대답했다. 그러자 황제가 다시 물었다.

"그렇다면 그대는 어떠하오?"

"신은 많으면 많을수록 좋을 것입니다."

황제는 이내 안색이 변하며 한신의 얼굴을 바라보았다. 조금의 흔들림도 없는 한신의 대답치고는 당황스러운 것이었다. 군사의 수만으로도 이미 자신을 능가 할 수 있다는 대답이지 않은가. 황제는 다시 한신에게 물었다.

"그렇다면 어찌하여 짐에게 붙잡히게 되었소?"

"폐하께서는 장병을 거느림에 능하지는 못해도 장수를 거느림에는 능하오나, 신은 장병을 거느림에 능할 따름이기 때문이옵니다. 게다가 폐하께서는 하늘이 내려주신 분이지, 사람이 만들어낸 인물이 아니기 때문이옵니다."

그제야 황제는 한신의 손을 맞잡고는 호탕하게 웃었다.

"짐이 자주 그대를 부를 것이니, 그때마다 짐을 찾아와주시오."

그러나 한신은 이제 황상의 속마음을 알고 있었다. 황제의 눈에는 의심이 가득했고, 자신을 향한 칼날은 아직도 시퍼렇게 날을 세우고 있었다. 한신이 황제의 부름에도 병을 핑계 대며 나가지 않은 것도 그 때문이었다.

兎死狗烹

토끼 사냥이 끝나면 사냥개는 삶아 먹힌다

토사구팽

한나라 고조 유방이 한신을 초나라 왕에 책봉했다. 그러나 적장 항우의 맹장이었던 종리매가 한신에게 몸을 의탁하고 있다는 사실을 알고 지난날의 원한이 되살아나 크게 노했다. 유방은 한신에게 당장 종리매를 압송하라고 명했다. 그러나 종리매와 오랜 친구인 한신은 명령을 어기고 오히려 그를 숨겨주었다. 이때 유방에게 이를 밀고하는 자가 있었다.

유방은 핑곗거리를 만들어 모든 제후를 모이게 하여 회의를 열기로 했다. 한신을 습격하려는 것이었다. 한신이 이 소식을 듣고 모반을 일으킬까 했으나 아무리 생각해봐도 지은 죄가 없어 순순히 따르기로 했다. 그러나 여전히 불안하기만 했다.

"종리매의 목을 베어 오면 폐하께서 반드시 기뻐할 것이오."

어떤 신하가 한신에게 말하자 한신은 이 말을 종리매에게 전했다. 종리매가 말했다.

"고조가 초나라를 치지 않는 것은 자네 곁에 내가 있기 때문일세. 그런데도 자네가 내 목을 가지고 고조에게 가겠다면 당장 내 손으로 베어주지. 하지만 그때는 자네도 무사할 수 없다는 걸 잊지 말게."

결국 종리매가 자결하자 한신은 그 목을 가지고 유방을 찾아갔다. 그런데 역적으로 몰아 체포하는 것이 아닌가. 한신이 분개하며 말했다.

"토끼가 죽으면 사냥개를 삶아 죽이고 새가 다 없어지면 활을 감추어 두며, 적국을 격파하면 뛰어난 신하를 죽인다더니 그 말이 다 맞구나. 천하가 이미 평정되었으니 내가 죽는 것은 지극히 당연한 것이로다."

그러나 유방은 한신을 죽이지 않고 멀리 좌천시켰다.

兎 토끼 토 | 死 죽을 사 | 狗 개 구 | 烹 삶을 팽

쓸모가 있을 때는 요긴하게 쓰다가 쓸모가 없어지면 헌신짝처럼 버린다.

[출전] 《사기史記》〈회음후열전淮陰侯列傳〉

붉은 용이 하늘에 오르다

황제는 숙손통에게 나라의 예절을 마련하도록 명했다. 소하에게는 예법을 지키고 종묘사직을 새로 건축하게 했다. 또한 닷새에 한 번씩 신하들이 조정에 들어 정사를 논하도록 했으며, 부친을 높여 태상황이라 했다.

그러나 천하는 다시 요동치기 시작했고, 북쪽의 오랑캐 묵돌이 군사를 일으켜 한나라의 변방을 치기 시작했다. 이에 황제는 소하에게 관중을 맡기고 직접 30만 군사를 이끌고 출병했다. 하지만 황제에게 도전하는 세력들은 우후죽순으로 일어나고 있어 유방에게 편할 날이 없었다. 차라리 묵돌을 사위로 삼아 훗날을 대비한다면 자연스레 한의 세력 안에 묶어둘 수 있지 않겠느냐는 제안에 따라 공주와 닮은 가짜 공주를 시집보내기까지 했으나, 천하의 바람은 가라앉지 않았다.

그중에서도 한신은 아직도 마음속에 한을 품고 있었다. 회음후에 봉해진 후 한신은 황제의 부름에도 병을 핑계 삼아 나아가지 않았다. 그런 그에게 장군 진희는 마지막 희망이나 다름없었다. 어느 날 남들의 눈을 피해 회음후를 찾은 진희를 깊은 정원으로 이끌었다. 한신은 무겁게 입을 열었다.

"내 그대의 뜻을 물어도 되겠소?"

느닷없는 물음이었지만, 진희는 그간의 회음후의 처지를 알고 있던 터라 대강의 뜻은 짐작하고 있었다.

"장군께서는 명령만 내리십시오."

"공이 있을 곳은 천하의 정병들이 있는 곳이오. 그리고 공은 폐하께서 믿고 총애하는 신하요. 그러나 만일 공이 황제를 배반했다고 어떤 사람이 말한다면 폐하는 틀림없이 그대를 믿지 않을 것이오. 다시 그런 말이 황제에게 들어가면 폐하는 마침내 의심할 것이오. 세 번째로 그런 말이 들어가면 반드시 노하여 스스로 군사를 거느리고 갈 것이오. 그 기회를 이용하여 내가 장안에서 군사를 일으키면 천하를 도모할 수 있을 것이오."

진희는 평소 그의 능력을 알고 있었으므로 그 말을 믿고 대답했다.

"삼가 말씀하신 뜻을 받들겠습니다."

회음후 한신은 치밀하게 모의를 준비하고 있었다. 그러나 한신에게는 군사가 없었다. 생각 끝에 한신은 각 관청에 갇혀 있는 형도刑徒(형벌을 받은 무리)와 노예를 사면한다는 거짓 조서를 꾸며 그 무리를 이끌고 여후와 태자를 습격할 계획이었다. 한신은 매사에 조심하면서 가신들을 단속했다. 하지만 평소 한신의 처사에 불만이 있었던 가신이 여후에게 한신이 반란을 꾀하고 있다는 사실을 알리고 말았다.

한신은 이것을 모른 채 진희의 소식을 기다리고만 있을 뿐이었다. 한신만이 아니라 진희까지 반란에 가담했다는 말에 여후가 소하에게 이를 모두 이르자, 소하가 말했다.

"황후마마, 모든 열후들을 불러들여야만 할 것입니다. 그것도 진희를 잡아 죽였으니 모두 축하하러 오라 하신다면, 오지 않는 자가 없을 것입니다. 만약 오지 않는 자가 있다면 진희를 잡아 죽인 것을 기뻐하지 않는 자이오니, 어찌 역적과 내통하지 않았다고 할 수 있겠사옵니까? 한신 또한 오지 않을 수 없을 것입니다."

"그렇게 하면 되겠군."

소하는 직접 한신을 찾았다.

"그대가 비록 병들었지만 억지로라도 들어가서 축하하시오."

한신은 진희의 죽음이 믿기지 않았지만, 그렇다고 축하 자리에 빠질 수도 없는 노릇이었다. 고심 끝에 한신은 궁으로 향했다. 수레 위에서도 한신은 다른 날같지 않게 내내 불안함을 감출 수가 없었다. 괴철의 말은 늘 가슴에 상처를 내듯 아프게 되살아났다. 지난 일을 떠올려서 무엇 하겠는가. 한신은 하늘의 뜻에 따르는 심정으로 장락궁 앞에 이르러 무거운 발걸음으로 궁 안으로 들어섰다. 그 순간 장락궁의 문 뒤에 숨었던 여후의 무사들이 한신을 단번에 결박했다. 그제야 상황을 파악한 한신은 이미 움직일 수조차 없었다. 여후의 모습이 나타났을 때 한신은 하늘을 우러러 탄식했다.

"괴철의 계책을 쓰지 않은 것이 후회되는구나. 더욱이 여자에게 속았으니 어찌 하늘의 뜻이 아니겠느냐?"

한신은 두 눈을 감았다.

"저자의 목을 베라."

여후의 날카로운 명이 떨어지자 무사의 칼은 그대로 한신의 목을 베었다. 신출귀몰하던 한신의 죽음이라고는 믿을 수가 없을 정도로 순식간의 일이었다.

수전袖箭

용수철을 이용하여 화살을 쏘는 원통형 발사기이다. 크기가 작아서 소매 속에 숨긴 채 사용할 수 있으며 별다른 힘이 들지 않는다. 유효 사거리가 100미터나 된다.

고대 중국의 무기

한신의 죽음을 전해 들은 황제는 기쁘기도 하고, 또 한편으로는 슬퍼하며 눈물을 보였다. 한신은 너무 강했다. 강한 것은 부러지고, 사냥이 끝나면 사냥개는 쓸모가 없어지는 법이다.

그러나 황제에게는 기쁨보다 슬픔이 깊었다. 팽월도 또한 반란의 죄목으로 삼족이 멸하고 말았다. 한신의 죽음과 팽월의 죽음에 위기를 느낀 경포도 또한 반란을 일으켜 병든 황제와 싸웠으나, 결국 허무하게 죽고 말았다. 이때 경포를 공격하던 황제 유방은 화살을 맞아 병이 깊어지기 시작했다. 황제는 스스로 운명이 하늘에 있으니 명의라 하더라도 고칠 수 없음을 느끼고 있었다.

한때 유방은 자신의 고향인 패현을 지나게 되었다. 경포를 추격하던 때였다. 패궁에 들른 황제는 옛 친구와 부로들을 궁으로 불러들여 술을 마시며 옛이야기에 10여 일이나 빠져 있었다. 때로는 직접 노래를 부르고 춤을 추는 그의 눈에서 하염없이 눈물이 흘러내렸다.

"천하를 떠돌다 돌아온 고향이 눈물을 흘리게 하는구나. 패공에서 시작해서 포악한 역적을 죽이고 천하를 갖게 되었으니, 이 패현이 아니었다면 어찌 짐이 이룰 수 있었겠는가. 패현의 백성들에게는 세세토록 부역을 부과하는 일이 없도록 하라."

유방은 흐르는 눈물을 주체할 수 없어 춤을 추며 다시 노래를 부르기 시작했다. 함께 천하를 위해 일어섰다가 사라진 많은 사람들의 얼굴이 눈에 어른거리는 듯싶었다. 유방의 노랫소리는 구슬프게 패현에 울려퍼졌다. 한 마리의 붉은 용이 깊은 구름 속으로 승천하는 모습이 황제의 눈에는 보이는 듯싶었다. 황제는 63세의 나이로 장락궁에서 붕어했고, 장릉에 장사지냈다.

청소년을 위한 초한지

펴낸날 초판 1쇄 발행 2025년 03월 07일

지은이 이상인
그린이 유환영
펴낸이 최석두

펴낸곳 도서출판 평단
등록번호 제2015-000132호(1988년 07월 06일)
주소 (10594) 경기도 고양시 덕양구 통일로 140 삼송테크노밸리 A동 351호
전화번호 (02) 325-8144(代)
팩스번호 (02) 325-8143
이메일 pyongdan@daum.net

ISBN 978-89-7343-582-1 (03820)